金理 编选

我曾经和这个世界肝胆相照

2719文学对话录

上海文艺出版社
Shanghai Literature & Art Publishing House

做同代人的批评家

〔代序〕

对话：陈思和　金理

金理： 陈老师，刚刚读完您的《批评与创作的同构关系》。本来我担心完成这个访谈的差事对我而言可能有点无话可说，现在倒觉得确实有很多想法准备与您交流。这篇讲稿回顾了文学史和批评史，结合了您自身的批评实践经验，当然重点是回到新世纪的现场，分析了症结也表达了某种希望。您提出创作和批评的同构性，依据是这两者呈现的都是对当下生活的理解。我在想，对生活的感受和理解是千人千面的，这里不存在正确与否的问题。以前我们经常会围绕着真假的价值判断做文章：哪种生活是本质的、典型的，符合正确世界观的；哪种生活是现象的、表面的，不值得进入文学。现在看来，所谓对生活的理解，不存在准确不准确的问题，批评家要判断的，是作家对生活的理解是否真诚，其感受是否新鲜、细腻、具有穿透性。我想起胡风在他的批评文章中经常喜欢在"感觉"与"感受"这样的字眼后面加上一个"力"字，创造出"思想力""感觉力"这样的词。一方面强调这种力量的实体性，往往能刺穿教条、概念的空壳而抵达活泼的具体事物与流动的生活世界；另一方面强调这种力量发生的动态性，主体与生活世界突进、化合的过程。是不是应该这样来理解？

陈思和： 你说的这个"哪种生活是本质的、典型的，符合正确世界观的；哪种生活是现象的、表面的，不值得进入文学"的问题，现在已经基本上不存在了。过去我们创作被约束在所谓的"现实主义"教条之下，必须有一个理论前提，就是生活的意义是有"本质"的，世界的意义也是有"本质"的，那什么是"本质"呢？我们不知道，是有话语权的人告诉我们的。按照当时流行的社会主义现实主义理论，所谓生活本质就是社会从低级到高级发展，从一个不完善的社会到一个理想社会发展。顺着这个发展来表现生活现象的，就是本质的生活真实；如果不按照这个理想的发展去描述生活，那就是非本质。举个例子，20世纪80年代我们的文学表现改革开放的中国，改革开放政治路线当然是由权力者决定的，在理论上是代表着未来的发展方向，中国只有通过改革开放才能达到理想境界。那么，所有文学作品都应该描写、反映改革开放好的一面，这个才是达到生活真实的"本质"，如果揭露改革开放过程中的负面现象，那就是改革开放当中的阻力，不利于改革开放，那就是生活的非本质，这个就要批评。这个就是本质论。你只要去看80年代的文学创作，百分之八十以上写改革开放的作品一定是塑造改革开放的当代英雄，像乔厂长啊；反对改革开放的人物都是坏人，或者犯错误的人，官僚主义啊、落后群众啊等等。那这样的小说在生活中有没有"真实性"？当然有的，在某些地方确确实实就是这样发生的，但是这是否意味着生活中凡是支持改革的都是对的？反对改革的都是错的？似乎也很难说。改革开放是不是一定会带来理想的结果？连邓小平都说这是"摸着石头过河",既然是摸着石头过河那就肯定有成功的和失败的案例、也可能会掉到河里去的。改革开放有可能在政策上出现问题,只有在实践中才得以纠正。但是在1980年代,作家只有站在支持改革开放一边,小说才具备"本质"的意义,批评家也才会支持他。比如,蒋子龙写《乔厂长上任记》,大家都支持他,为什么支持他?不是支持蒋子龙本人,是因为他写的改革开放的题材最有力度,人物也写得符合大家期望的那种人。过去我们评论家和作家的所有认识都是在这个大前提下进行的,几乎没有一篇文艺作品是对改革开放本身提出质疑的,这样的小说是没有的,就是有也发表不出去。所以,我说过中国没有像前苏联柯切托夫那样的理直气壮的"左派"作家。

可是到了1990年代以后,现实主义本质论的这样一个大前提崩溃了。比如张炜笔下涉及改革开放的行动,往往都是消极的,比如建立高尔夫球场、造别墅、土地兼并等等,在张炜眼睛里所有这些东西都给人带来灾难。过去很多人都批评张炜,说他是一个保守理想的体现者,看不到社会进步的力量,这是对张炜批评的焦点。但是现在我们不会这样说。当然只有坚持改革开放才能推动中国进步,这一点没问题;但是在改革的过程中会产生许多资本主义带来的负面因素,那么这些负面的东西我们怎么去评价?在过去我们没法处理,过去的文学作品在面对这样的生活现象时是失语的。然而张炜以他的艺术实践解决了这个问题,反而是我们批评家严重滞后于社会的发展,我们看不到这些复杂面。再举个文学"失语"的例子,比如说农业合作化,在1950年代是被确定为代表社会发展"本质"的,因为集体主义、理想主义,最后是共产主义,消灭私有制,毫无疑问是代表社会发展本质的。所有写合作化运动的文艺作品都不能写消极的一面，如果写农民不愿意加入合作化，这个问题就大了，这个小说就得不到很好的评价。这也就是评论家为什么都喜欢《创业史》，因为《创业史》最坚定最理论性地描写合作化运动，直接把消灭私有制当作理念提出，因而评论家都喜欢，这个喜欢不是针对小说本身，而是小说体现出来的理念和评论家接受的理念是一致的，因而评论家有话好说。但是如果当时有一个作家深入生活，发现农民并没有那么喜欢合作化运动，或者合作化有很多问题，那么情况就复杂了。赵树理后来的作品为什么得不到好评，因为他从生活实感出发，发现并不是那么回事，虽然他也支持合作化，但是现实中他觉得合作化产生的问题很严重，挫伤农民积极性。赵树理把这样的问题表现出来，而评论家就失语了，没法说，因为这部小说不符合社会发展的本质论。其实这是一个很辨证的问题，因为如果从理论的深层次上来看，即使我们认定生活发展有本质，这个本质也会带来很多问题。比如说我们在认识这个世界本质的过程中，可能会产生很多问题，那么这些问题允许不允许表达？在苏联早期也有过争论，最典型的就是《静静的顿河》，这里面有反苏维埃的东西，哥萨克反反复复的政治态度变化，都是不利于苏维埃的。不过那时候斯大林、高尔基也都认同了肖洛霍夫，这个作品终于能够以完整的形态出来了，后来还得到很高荣誉，但是这样倾向的作品在后来的苏联文学发展中也不被允许了，后来肖洛霍夫写的小说就没有超过《静静的顿河》的。而在中国从1950年代初始就能写。

这个本质论在1990年代以后才慢慢就被否定了，被作家抛弃了。1990年代以后的中国文学，代表"主旋律""本质论"的文学大约最多只占有三分之一的地位，我说是三分天下：代表知识分子立场的批判文学、代表文化商品市场的通俗文学，以及代表主旋律的文学大概各占三分之一。到了新世纪以后，近十年来的文学状况又出现了很多变化，"主旋律"也不再像1990年代那样要求作家一定要写出"本质"，"主旋律"的界定越来越模糊。模糊的标志就是茅盾文学奖可以容忍麦家的类型文学和贾平凹、莫言、张炜的批判文学，可以看出代表主流方面的批评立场也在变。这个变可以说明很多问题，如果我们深入讨论的话，涉及中国历史形态的发展和演变问题。这个不是我们今天的话题，我们把它搁置起来暂且不谈。这个变化带来的另外一个后果就是作家在探讨生活意义的时候，个体性突出了。此时我们判断作家对生活的看法，已经不知不觉地打破了本质论的前提。即，我不需要表达这个社会的"本质"，或者说，社会发展变化本来就没有"本质"，即使有，作家也可以站在自己的立场去表现，用多元的方法去理解和表现这个"本质"。这种情况下，作家的多元性和个人性为批评家提供了选择的可能。如果作家都只能写一种理念和看法，批评家也只能接受和阐释这样一种理念和看法，那这个理念和看法就是关乎所谓"本质"的，只能用这个本质的东西去衡量作品。我在1980年代学的就是这套理论，当时我在卢湾区图书馆学着写批评文章，第一个要考虑的就是作品到底是歌颂谁反对谁，这在当时是对批评最大的限制。你掌握了这个标准，其实作家也掌握了这个标准。作家介于生活和理性当中的位置，要贯彻理性，必须要借助生活，但是一旦面对生活，就看到有血有肉、五花八门的活生生现象，要把五花八门的现象统摄到理性当中，实际上是很困难的。生活的很多地方要大于理念。我们当时的批评界起到一个不好的作用，往往将生活的多样性、溢出本质的东西都当作消极的一面。所以我说，当代文学以前最大的问题就是批评家都是官员，都是权力者。这种情况在"五四"时候是没有的，到了1950年代以后才有，那时候宣传部的、作协的官员，"文化官员""机关刊物主编"等几乎都成了批评家。他们领会上级精神去管理和指导创作，所以批评当时是至高的权威，决定着创作的命运。在1980年代后期，从我们这一代开始发生了转变，这个转变，有很大一个原因是当时的青年批评家大都是在高校里受过系统教育，后来的工作大都也是在学院里，他们没有指导文学的权力，他除了指导学生就没有其他权力。这种情况下，批评家就有了选择批评对象的可能性。当这个作家对生活的理解和这个批评家对生活的理解发生共鸣的时候，他们就会结成一个圈子。当时吴亮有一篇文章，《论圈子文学和圈子批评家》，就是谈文学界的"圈子"。当时北京的主流批评家，比如《文艺报》周围那些主流批评家，基本上还是官员，他们的立场是一致的，带有"本质"性的，他们批评上海的批评家，就是指一批围绕在李子云主持的《上海文学》周围的非常活跃的年轻人。他们认同上海批评界的确活跃、尖锐，但是他们最担心的就是"圈子"性。那个时候"小圈子"是个坏名词，指那些搞宗派主义、"反革命"活动的，才叫"小圈子"。作为回应，吴亮就写了那篇文章，意思大概是所有的批评家都有圈子，不是在这个圈子就是在那个圈子，任何人不可能包揽天下，唯独由他来指导。这个说明吴亮这样的批评家与北京主流批评家的立场已经不一样了，后者只有一个立场，就是官方的主流立场，如果站在这个立场上，不论是具体哪个人，表达出来的意思是一样的，立场基本上是一致的。可是1980年代后期不断分化，文学就开始多元了，标志就是"寻根文学"的出现。"寻根文学"出现时，不仅受到一些文学观念保守的批评家和主流批评家反对，连刘宾雁这样当时作为知识分子良知的代表，也不赞同。他说你们都不关心国家的改革大业，都在写那些古老的落后的东西,"寻根"是从民族文化开始的,在他们看来都是很落后的东西。同时所谓先锋小说也出现了,马原、孙甘露等出来了;还有那批所谓的"现代派",被称为"伪现代派",像刘索拉、徐星等。于是文学分化了,再沿用以前的本质论的标准是拢不住了。

先锋文学出来,如果没有先锋批评家去阐述他们的主张和理由,那这个先锋运动就没有人理解。能够认识先锋意义的批评家肯定不会是传统立场的批评家,比如余华的小说发表后,你去查一下,余华小说的第一篇评论出自张新颖老师,那时张新颖还是个学生,而其他的批评家还在观望。因为即使是很优秀的批评家,也没有办法去阐释一个在方式和审美取向上不相同的对象。因此我觉得1980年代后期批评家开始分化了,这其实是一个好的现象,看上去批评家的功能是减弱了,但是其实是走对了,因为如此一来批评家自己对于生活的理解就凸出来了,他有创作作为依据,本来模糊的、理念化的东西就变得实践化了。比如说借助于"寻根文学",就可以阐述自己对于文学或者文化的看法。我觉得作家介于理性和生活当中,批评家介于理性和审美当中,但批评家也要陷入到文学作品中才能审美,否则他就不是文学批评家,而成为哲学家或者是思想家。所以,只有当文学变得多元,前提是生活变得多元,用本质论去解释生活的大前提崩溃了,文学才开始相对自由,相对个性,这也就让批评有了选择的可能性,变得多元。

1990年代以后文学界的分野非常清楚,有些东西是不需要批评家了,比如通俗文学,通俗文学有大量读者去追随它,它是不需要批评家去阐述。但是知识分子的文学、学院派的文学,需要不同的批评家去阐释,学院里不同的审美方式可以对不同的文学进行分解。

比如，当时有人就喜欢"新状态"文学，从"新写实"这一路过来的，陈晓明、张未民、王干他们就能理解。当然也有人不喜欢。生活的多元性就是从这个时候开始的。我一直认为1990年代文学取得的成就高于1980年代。所谓"批评缺席"其实是伪问题，大统一的批评家没有了，批评的权力中心没有了。但是从多元性、自由性、个性来说，1990年代以后的批评更有力量。

金理：您基本上作了一个当代批评史的回顾。不过回到当下，文学批评的状况似乎不让人满意，不仅受到圈外人"炮轰"，批评界内部人士也觉得并不乐观。

陈思和：问题是后来又有许多变化。为什么我们今天还是感到批评寂寞？倒不是与主流意识形态有关，而是与我们的教育体制有关。当今的文学批评主要出现在两大领域，一是传媒批评；二是学院批评，两者也不能截然分开。我今天主要想说学院批评的问题。在当代文学批评家主要在学院里，但是当代文学不在学院里，在日常社会生活当中，当代作家可能还是得面对生活第一线，与生活发生关系才能写出作品。这两者的认知上是有冲突的。1980年代，像我们这样一代从事批评工作的人，虽然工作岗位也是在学院里，但是学院对我们来说只是上上课啦，比如我的很多兴趣和活动都不在学院里，我在社会上做了那么多事情，提倡"重写文学史"啊，参与"人文精神寻思"啊，编"火凤凰"丛书啊，都与学校没有关系的。那么我与作家是同时面对生活的，他们在描写生活的很多问题，比如说农村啊、改革啊、反思"文革"啊，这些对我来说，关心是一样的。但是今天的学院状况就不同了，一是学院体制越来越强化，我们的当代批评家主要精力都放在学院里，上课啊，带研究生啊，申报项目啊，做课题啊，等等，忙个没停。学院的墙已经把批评家和社会隔离开了。批评家的主要身份是教师，主要任务是教育学生，他的教育方法必须要因循教学体制的规定。这可能对北大、复旦这样的学校还影响不大，但对地方上的院校是一个很大的限定。如果一个老师在报纸上写文章非常尖锐，对揭露生活的作品非常赞赏，可是他在课堂上局限于课堂纪律，必须讲一些很教条的教材，那么这个老师在学生面前就会丧失信任度。现在老师为什么没有以前那么高的威望，我觉得这是一个非常大的问题。这样的束缚渐渐会使教师的思想也受到束缚，因为他在课堂上不能畅所欲言反过来来也失去了刺激他继续深入思考的环境。第二个原因是，现在教师所有精力都牵扯在科研项目上，做项目表面上看与从事文学研究没有什么本质上的不一样，还给你钱花，你也可以把你的思想记录进去。但其实有很大的问题，文学批评和文学研究两个功能不一样，文学研究是研究相对稳定的现象，文学批评是研究和生活同步的现象，文学批评要求的是对生活的变化有一种敏感的理解，而且这种敏感是借助于同时代同样敏感的文学表达出来。而项目研究要求必须面对过去的文学史。所以为什么我们的研究生写论文，明明研究的是当代文学现象，也往往一拉开架势就是从晚清的现代化谈起，洋洋洒洒。当代文学研究和现代文学联系起来，一讨论就是百年文学啊，因为比较稳定嘛。如果博士论文研究网络文学，可能过两天就被淘汰了，因为还没经过时间检验。所以大量博士生以及留校青年教师，他们对从生活中发现的问题不敏感，大量精力都放在历史上。所以，做学术研究需要关注被历史已经肯定的东西；但是文学批评却相反，一定要联系现实，文学批评如果总是关注过去，这个批评永远没有力量。当个批评家,和当一个老师、一个学者,其实是两回事。我们大学里做当代文学的,包括我自己在内,你也是这种情况,我们身上同时兼着两种功能,不是一种功能。那么你自己要有意识:我做学术研究就是要面对历史文本,但做批评是一定要面对当下。这两者有关联,但是功能不一样。第三个原因与此也有关系。在我看来,如今高校里百分之九十以上的研究当代文学的青年老师,都自觉往学者上面靠,他把文学批评也当作学者的功能了。所以追求的就是要在权威刊物上发文章,那必然是发学术研究性的东西。还要做大项目,往往就是"文学史""概论"一类的东西。学者自己就没有一个做批评家的自觉。这就是为什么我们二十年来研究生制度发展非常快,全国建立了那么多硕士点、博士点,培养了那么多专业队伍,可是我们的批评的声音却越来越寂寞,这与教育制度有关系。从培养学者的角度来说,也许当前的学院制度还是可以的,但培养一个批评家是完全不同的。今天批评的标准是与同时代的文学共生的,如果没有活跃的思想、活跃的言论,文学创作、文学批评就不会发达。我们现在进入一个常态的文学状态,常态文学不需要批评家,通俗文学、娱乐文学,或者社会生活出现点新的现象,可能会出现一点粉丝读后感式的批评,文学当然也可能慢慢演进过去,最终去芜存菁,但是我并不认为这是一个繁荣的文学状况。如果说文学发展的流程中有突变,有先锋文学的出现,生成一些对社会有巨大推动性的文学现象、思潮,就需要有批评家在里面起作用。

为什么"五四"现在看起来还那么活跃,就是因为"五四"根本没有一个能够照住一切的批评家。比如《新青年》,《新青年》的批评家周作人,写《人的文学》,他也只是一家之说,我们现在写文学史把他的作用夸大了。当时对他来说,身处于一个先锋团体,这个小团体一定要发表一些"高论""怪论",要发表一些尖锐批评、标新立异的言论。你要这样来理解"五四","五四"就是一个先锋文学思潮,一些批评家先起来呼吁,然后有创作接着跟上。为什么先锋团体里的小说家、诗人、剧作家,往往自己都是批评家?他要把自己的理论伸张出来,要发表宣言,因为当文学要发生激变的时候,批评会比创作更重要。一般艺术家自己发表宣言,多半都是模模糊糊,理论上说不通;可是如果这个团体有好的批评家参与,那么这个思潮就会变成大思潮,就会对生活、文学产生很重要的影响和推动性。1980年代的"寻根文学"也是一个先锋的思潮,"寻根文学"其实就是批评家和作家共同参与、建构的,杭州会议上批评家和作家坐在一起讨论。作家提出大量的创作经验,讨论他们怎样发现、怎样理解。批评家根据作家提供的内容产生了自己的想法,再反馈回去,不是事先准备好稿子的。阿城当时发言如何写《棋王》,就直接促动了批评家宋耀良,宋耀良提出东方意识流啊,东方思维啊,是与作家有互相感应的。作家有感性的东西,他讲不出理论,而批评家调动起知识积累,把这些感性的东西上升到理论去阐述。我印象非常深,当时杭州会议上,作家最早发言,阿城、陈建功、李陀……然后再是批评家,南帆、宋耀良、鲁枢元……现在这样一种作家、批评家亲密交流、合作的文学气氛没有了。批评家都开始端出了学者的架子,不是与作家在一起平等地交流想法。所以,我认为今天要活跃文学创作和批评,一定要恢复这种小圈子的力量,你要承认,批评是有局限性的,批评不是包打天下的,批评家要把自己的审美理想通过作家的创作来发扬,通过阐释被大家承认,可能这个作家后来就变成大作家了。你想当时左翼运动其实没什么创作的,除了茅盾以外大多数都是小青年,没什么大作家的。可当时左翼批评远远走在创作的前面，当时的批评家比如瞿秋白啊，冯雪峰啊，一直到胡风。胡风当年谈了很多张天翼的创作，张天翼当时还是小作家；胡风还评论艾青，艾青还被关在牢里，是一个年轻人，可是你看，后来他们就成大作家了。包括田间、沙汀、艾芜、叶紫，当时都有不同的批评家在鼓励他们，后来慢慢就成名。沙汀、艾芜流浪来上海，放在今天其实就是一个"北漂"，或者说是一个流浪艺术家，他们想写小说，给鲁迅写信，鲁迅发表《关于小说题材的通信》，一下就把他们抬起来了。而我看现在的作家其实是非常寂寞的，为什么寂寞？因为他得不到知音。一般的读者只有喜欢不喜欢，讲不出理论，无法帮助作家去提升。这里的"提升"和所谓批评家高于作家、指导创作是不一样的。作家在写作的时候，也许并不清楚自己的创作可能会达到一个什么样的高度，如果有一个好的批评家，与作家志同道合，他就会帮助作家指出理想的图景应该会是怎么样的。那对作家是一个鼓舞。而这样和谐的关系失去之后，批评家和作家之间的锁链就失去了，创作没法发展。

我觉得"70后"作家，一直到"80后"作家都没有遇到好的批评的环境，或者说，没有得到批评的支持、批评的响应。原因还得归结于学院化。因为学院化，要求你做学者，做学者你就没兴趣面对不成熟的文学，所以你看大量的博士生一研究就是莫言啊、王安忆啊、贾平凹啊……因为这些人已经走过来了，已经变成典范了，他们的作品被批评家不停地演绎。然后，批评杂志也觉得讨论这些人有价值，媒体也觉得这些人吸引读者眼球，媒体也就集中在他们身上，从这个角度看这一代作家是最被宠爱的一代作家。反过来，如果你现在要用博士论文去演绎一个"70后"的作家，可能导师那里就通不过。所以"70后"作家碰到的一个最大问题是他们得不到知音的批评家与他们共同去面对今天的时代。作家是非常敏感的。1960年代出生的作家和1950年代出生的作家，他们受的教育是同步的，都是"文革"以后的1980年代思想解放运动，但是他们的生活经验不一样，他们表现出来的生活、以及对生活的理解就是不一样。莫言写"文革"，一下子就把"文革"前五十年代的那种饥饿啊灾难啊都带出来了。可是余华写"文革"，一写就是童年记忆，跟1950年代的作家就是不一样。到了"70后"，他们对生活的理解，对生活的批判，由这些表达出来的经验就得不到批评家的呼应。结果他们写的经验只能是模仿上一代作家，只有写了上一代作家的经验，批评家才会认可。"80后"作家遇到同样的问题，最典型就是张悦然，张悦然的小说很被大家看好。很多人不选择韩寒、不选择郭敬明，就选择张悦然作为"80后"作家的代表，为什么？因为张悦然的经验是表达上一代人的经验，所以大家都认同她。张悦然的小说看起来比别人深刻，因为她表现的东西和上代有关系，有点"寻根"啊。这些东西比较容易被大家接受，但未必就是她自己的感受。韩寒也是，韩寒批判当代生活现象时有些想法很尖锐，可是你看他写小说，他的《1988》，我关注了，觉得不深刻，为什么不深刻，因为他没有写出"80后"的感觉在里面。这个故事你放在"五四"，就是《春风沉醉的晚上》。作为一个"80后"的年轻人，他有新的东西，但是不强烈，没有带给他这一代人强烈的、自己的风格。我觉得这里很重要的一点就是"80后"没有遇到自己的批评家，只有粉丝，为什么当时《三重门》出来那么受欢迎，就是因为说出了许多这一代人心里的想法、欲望。可是没有一个批评家把他们这一代的想法用理论化的形态阐述出来。韩寒现在自己也长大了，开始学鲁迅，批判社会，大家都赞扬他，因为这可以和上代人精神沟通。韩寒的博客比小说写得好，批评很尖锐，说到底，一方面说明韩寒已经长大了，他的经验和上代人的经验沟通了，人的成长一定要和传统结合起来。但从另外一面说，我觉得他还是没有把他这代人的真正感受表达出来去，很可能他有自己的想法，但这些特殊的东西可能被湮没了。大家都不去注意，或者说大家不去挖掘那方面的东西。我看了你和李一编选的《新世纪十年小说系列·青春卷》，当时看了就有点不满意，你们选的是不错，但是这个"不错"里面还是看不出新一代的东西，还是在迁就原来的审美标准。而如果年轻作家的新鲜的经验得不到支持和褒扬，他慢慢就没信心，觉得表达这个东西不能够被大家认可，或者说不重要，慢慢地他自己也会觉得不重要。当时王安忆 1980 年代开始写作的时候，写"雯雯"系列，很多老一代批评家很关怀她，觉得她是茹志鹃的女儿啊，但是也觉得"雯雯"的天地太小，要跳出来啊。王安忆就很努力要跳出来，写不好又写回去，有过反复的过程。最后你看，王安忆一直到写几个长篇，写来写去离不开她自己的天地，我觉得她骨子里是属于自己的那片天地，从这片天地衍生出《69 届初中生》《纪实与虚构》《长恨歌》，才会有今天的《天香》。

金理： 您近期的文章都在围绕着"先锋"与"常态"展开，我的理解是，您是以自身的批评实践在新世纪召唤文学的"先锋性"，视其为文学发展的核心力量。而我觉得"先锋"的出现，是要"人力"和"天时"相配合的。它是在常态的文学上加上一鞭，这首先来自主观的能动，同时也要获得客观社会形势的支持。我记得章太炎、胡适都表达过这种意思，近代中国之所以"你方唱罢我登场"，原因之一是"中间主干之位"（"社会重心"）的不稳固、一直处于寻求过程中。胡适多次提及"历史上的一个公式"：在"变态"的社会国家里，政府腐败，干涉政治的责任，一定落在少年的身上；相反，等到国家安定了，学生与社会的特殊关系就不明显了。也就是说，在"变态"的社会，学生运动、青年力量在社会生活，以及少年情怀、青春意象在文学中，均能大显身手、鼓动人心。像您提到的"中年作家"，他们的出道，正逢一个大转折过后百废待兴、重心重建的过程，这是历史提供的客观际遇，他们是这个过程的推动者、参与者，今天看来也是受益者。"五四"与"80 年代"都恰逢这种客观际遇。但是如您所说，从"文革"后到今天，中国社会结束持续动荡、骚动的"青春期"，逐步进入了告别理想、崇尚实际的"中年期"。这样的局面中是不利于青年人脱颖而出的。在一个无名时代里没有占据统治地位的力量、立场，在冲突之外更多的是妥协、合谋，甚或在看似轻松的环境中随波逐流、无可无不可，创作者往往意志消磨而难以聚敛精气，或如置身无物之阵难以找到掷出投枪的靶子。先锋精神能否最终被主流文学吸纳并扭转后者的发展方向（这是我们确认先锋成功的标志），这取决于先锋精神自身的能量大小，能在多大程度上刺穿主流文学坚固的肌体并在其"井然有序"的内部引起震撼，是否能提供鲜活的、足够异质性的血液，以此起搏主流文学垂垂老矣的肉身？我的问题是，一方面在创作和评论中，我们都应该呼唤具备顽强战斗力与惊人预见性的先锋精神；但另一方面，我不知道作家、批评家能在多大程度上"反动"时代和环境施予的根本影响？

陈思和：在"常态"与"先锋"的关系上，"常态"永远是永恒的，是主流；"先锋"是阶段性的。但是在我看来，"常态"的文学是不能建构传统的。传统的成立当然需要漫长时间的积累，但是反过来说，一个源远流长的传统往往不是靠老师带学生带出来的。在"常态"当中，传统会慢慢趋向没落，从盛而衰，学生一般是超不过老师的，比如孟子接孔子的衣钵，但孟子无法超越孔子，到什么时候会有转机，就是出现"对立面"的时候，传统的发展是通过"变异"（一个否定之否定）来实现的，"对立面"用外来的新资源补充了传统。可能一开始会吵吵嚷嚷，但一个真正有生命力的传统最终会包容"对立面"，这个时候传统就发展了。张文江讲课时经常提到"偏得"，这个是有道理的，正常的传道授业，底下听讲的学生未必有出息，旁边一个马夫、烧火和尚随便听听，就听进去了，他根据自己的实践领会、结合了老师的传统。一"碰撞"就有新的东西产生了，新的东西再度被传统容纳进去，传统就发展了。所以一个传统如果经过几代大师发扬，其中肯定有"变异"，"变异"有时候明显有时候不明显。

这次我到意大利去讲学，看了许多古罗马时期的艺术雕像，非常有感受，之前我一直很喜欢米开朗基罗，我把他看作是文艺复兴的天才偶像，但是到了佛罗伦萨以后我发现米开朗基罗等艺术大师诞生在意大利是必然性的，古希腊古罗马的艺术雕塑远远超过文艺复兴的艺术，那种神话人物的雕塑都是巨大的、裸体的，肌肉比例非常夸张，在这些雕像面前，能唤起对人和人性力量的强烈信念。中国庙里的菩萨也很大，但反衬了现实中人的渺小；可是西方古代雕像虽然也是神话，却是依据了现实的人体，让人感受到人的伟大。这种雕塑文化被基督教文化遮蔽了。中世纪的时候表现圣母的身体都要用衣服紧紧包裹起来。文艺复兴时期从地下发掘出很多雕塑，我在那不勒斯看到从庞贝废墟里抢救出来的雕塑，就理解文艺复兴为什么发生在意大利了。很简单，文艺复兴的大师们不是凭空想象出人类自身的伟大，而是看到了古希腊古罗马贡献了那么多好的艺术作品，于是米开朗基罗在描绘先知、上帝、亚当和夏娃的时候也开始用古希腊古罗马的方式来表现，比如米开朗基罗的雕塑作品《大卫王》，与古希腊阿波罗的雕塑非常相像，把人当作神来表现，非常大气。文艺复兴找到了依据，历史上就是有那么辉煌的时代，艺术对人的肉体的表现那么精彩和美，对于米开朗基罗那代大师来说，其实就是古代的传统召唤"我"这么做。于是，文艺复兴和古希腊古罗马有了对接。但是文艺复兴对于基督教文化传统来说是一场裂变，文艺复兴是把宗教主题和古代的表现手法结合起来，比如著名的西斯廷教堂的顶部壁画。这种杰作不是直截了当继承传统，而是其间出现了裂变，中世纪否定了古希腊，而文艺复兴否定了中世纪，否定之否定。文艺复兴之后人类的地位成为"神"了，所谓天地之精华，万物之灵长，一路发展下来。到现实主义时代就有了表现普通人的日常生活，表现"小人物"的题材，现代主义艺术兴起后，表面上来说否定了文艺复兴以来"人"的主题，可这种否定"人"现在也成为西方文化的传统。我们今天面对梵高、马蒂斯，觉得这就是西方现代文化的主流。但这种主流初现时是以裂变的、反叛的方式面世的。所以人类的演进不是像达尔文描述的那样，遵照进化论按部就班，而是中间经过巨大的否定与裂变，这已经有科学根据了。而人类的文化也是如此，否定过往，产生新的范式、新的艺术、新的经典，这些新出现的东西慢慢地又被人们和以前的东西结合起来，于是给传统带去了生命力。这是文化发展的规律。当然传统肯定不喜欢新的东西，后者意味着对前者规范的否定，前者一定会压制后者，所以裂变具备的力量要强大，力量不大就被传统扼杀了，而扼杀也会为下一次的裂变提供资源。比如说斯特恩的《项狄传》，一出来就被压制，当时的西方文化中就不允许有"现代派"的东西出现，所以《项狄传》就寂寞地过去了。但是等到卡夫卡出来，他也许会觉得《项狄传》很好，卡夫卡也是寂寞地过去了。可是今天我们经过了现代主义阶段才回过头去重新认识《项狄传》、卡夫卡，这两者也慢慢融合到西方文化传统之中。

同样道理，"五四"也会容纳到中华文明的传统之中，恰恰是"五四"批判传统文化，为传统的发展提供了新的东西，这些新的东西今天也成为我们的传统。没有这样一种观念的话，我们的传统会越来越狭隘、僵死，不仅不会推动社会发展，而且会产生自我束缚、自我萎缩。回过来看我们今天的文学。今天我们的文学是不是进入一个"常态"？"文革"大动乱过后，人心思安定，慢慢进入一个秩序社会，商品经济、消费文化也出现，好像进入一个太平时代了。这是从我们中国的立场来看。如果从西方的眼光来看，这是一个资本原始积累的时期，市场经济一方面高度推动生产力发展，人的欲望也被刺激而生；另一方面也给社会带来负面性的巨大动荡。这些都是被历史证明的，马克思主义就是在资本主义高速发展、社会大变动的时期诞生的。从人类历史来看，高速发展时期不会是一个"常态"社会。资本主义高速发展时期，浪漫派、批判现实主义、现代主义……一波又一波就这样产生。今天这样的时代，一定要出现先锋，才能推动文化发展，同时将传统整合起来。如果"五四"新文化经过了一百年都无法和传统融合、连接的话，怎么来发展今天的文化。而文化又会反作用于时代，这是一个辩证关系。今天很多人倡导拜孔子、读《三字经》……我认为都没有什么意义，这一代年轻人应该选择新的东西来研究、解读。

金理：我想起自己的一个经历。我一直想和朋友做一个栏目，当时把名字都想好了，叫："80后：新文本与新批评"，设想是找一批年轻的写作评论的朋友，以作家作品论的方式，一人一篇，来评论同龄人的创作。当时我们很兴奋，认真商定研讨和写作的对象，觉得这既是一次对文学的检阅，也是对自我生命的检阅。没想到本来有意向的刊物后来不了了之，我们自己也接触了几家刊物，都谈不下来。我想那些刊物的顾虑是：这是一个时髦的话题；但它具备研究的可能吗？在惯常的理解中，文学批评是文学史或者说经典化的第一道"滤网"，"80后"文学值得研究者积极地"跟进"吗？这些暂且不谈，我觉得有问题的是，有位编辑老师就告诉我：作家作品论的方式已经没意义了，这种方式无法进入年轻一代的文学。但今天我有了一点信心，您在讲稿《批评与创作的同构关系》中提到《1988》里那个"私生子"的细节，进而和上一代创作中的"无后"现象作比较。甚至我想还可以用您的《中国现当代文学名篇十五讲》中的方式来考虑一下这个细节背后"托孤"原型的意义（在这个婴儿诞生的过程中哪几种力量牵涉其中）。我觉得这个看法非常新鲜。这其实是以您一贯倡导的"文本细读"的方法赋予韩寒小说意义。我之所以觉得新鲜是因为，在我看到的对"80后"文学的解读中，最多的就是文化研究的那种方式。避谈作品，而关注作品背后的新媒体、文学生产之类。所以我想这也造成了那种局面：我们往往以传媒话题、娱乐新闻、粉丝心态的方式去理解青年人；而也许已经有丰富的文学文本存在了，只不过我们不认真对待。

陈思和：你说得非常好，应该这样来做。当时我是在和李一讨论她的博士论文，提到韩寒小说中这个细节，"80后"还很年轻，他们对生命现象很敏感，不会像莫言、王安忆、贾平凹笔下出现畸形的"无后"现象。你刚才提到的很有意思，可能韩寒在创作时未必明确意识到，这里是不是有一个隐喻：新生命的艰难诞生。小说中还有一个细节："我"叫那个女孩子娜娜站到窗户边，把阳光遮住，好让自己睡觉。等"我"醒过来时发现，从下仰望，那个站在床边被阳光穿透的女孩形象，像圣母玛利亚，当时我读到这里一闪念：这个女孩子是妓女，妓女像圣母一样伟大，这里有同构性。小说中的孩子是私生子，父亲是谁不知道，而且注定其出生要经过很多坎，很多神话中都有这样的原型。我把这个隐喻理解为"80后"在想象一个新的世界。从这个角度去想，你就会觉得"80后"是很有力量的。韩寒小说中还有一个细节，写主人公小的时候爬在旗杆上，眼睛往下看一片乌黑黑的人，人群中有个女孩子是她想象中的女朋友，后来这个女孩子的经历好像也很坎坷。韩寒在小说中为什么写这个细节，而且选到《独唱团》里发表？我的感觉是，这似乎是对自我成长经历的一个隐喻：自己还很不成熟的时候被人们捧到旗杆上，高处不胜寒，这个时候非掉下来不可。我很鼓励你们这样做：志同道合的朋友聚拢，先放低架子，不要把自己放到一个比同代作家高的位置；然后根据学过的文艺理论，结合自己这一代的生命经验，进入文本的解读；用形象逻辑推理出艺术真实，这个艺术真实的境界可能作家的创作还没有抵达。我觉得优秀的批评家就是这样的。

金理：我们这一代的年轻人应该关心同样年轻的新秀作家，而本质上，其实您提出的是批评的审美标准到了一个该更新的时候了；再沿用"中年作家"的规范可能会对新出现的审美精神、表达时代生活的新方式和感受产生遮蔽。

陈思和：每一代人感受时代都有自己的方式，也形成相应的独特表达。比如，我在解读卫慧、棉棉的小说时，发现她们有单亲家庭的背景，这在我们这代人身上是没有的，单亲家庭就会出现对父母的报复，于是迁怒于达芬奇、贝多芬，于是新的审美的力量就出来。批评家如果不重视这些东西，时代的信息就没了。"70后"的一代作家很可惜，没有批评家形成呼应，在后面支撑他/她们，逐渐就被时尚的泡沫湮灭了。我鼓励你们年轻人做同代人的批评家。

目录

代序 做同代人的批评家 | 陈思和　金理 ___ 1

圆桌 常小琥《收山》：在传统的末尾，应对席卷而来的时代新潮 ___ 3

双雪涛《平原上的摩西》：永不回头的生铁 ___ 18

张忌《出家》：门槛上的相互眺望 ___ 33

陈楸帆《荒潮》："中国式科幻"，抑或"命题作文" ___ 46

《诗建设》"80后"诗歌专辑："不彻底的个性"或"进入中年" ___ 63

张怡微《细民盛宴》：叙述视角的得失，或走出城堡 ___ 91

陈志炜：隐藏"密钥"的写作 ___ 116

胡迁："我"曾经和这个世界肝胆相照 ___ 129

梁鸿《梁光正的光》："我们"如何面对父辈的遗产 ___ 145

《收获》青年作家小说专辑：朝向不可预测的未来 ___ 173

《鲤》匿名作家计划：传统与创新的变奏 ___ 191

郑小驴《去洞庭》：在"美好"与"虚无"之外 ___ 218

陈春成《夜晚的潜水艇》：轻逸的美学与逃逸的姿态 ___ 235

笔谈　　王威《去海拉尔》：在穿林打叶声中缓步徐行 ____ 257

　　　　　石一枫《借命而生》：于时代错位之中让理想重生 ____ 276

作业本　为什么我们看不见他们：为一种青年写作辩护 | 金理 ____ 297

　　　　　郑小驴《可悲的第一人称》：个人主义的末路鬼 | 吴天舟 ____ 317

　　　　　贾行家《尘土》：数十载的人世游 | 王俊雅 ____ 332

　　　　　大头马：北京城里的蝙蝠侠 | 蕨弦 ____ 342

　　　　　笛安：倒下的船长 | 赵明节 ____ 353

后记 | 金理 ____ 365

作者简介 ____ 369

圆桌

常小琥《收山》：
在传统的末尾，应对席卷而来的时代新潮

时间：2016年4月27日
地点：复旦大学光华西主楼2719室

金理： 两年前我参加一次青年创作会议，遇见《收获》杂志一位资深编辑，谈起当今青年人写作单一的情况，这位编辑说有个北京小伙子写作内容很特别，追踪采访、收集资料，做大量案头准备工作。后来我在《上海文学》杂志上读到一个中篇，讲一个青年人怎么跟一个老头学习喂鸭子、养鸭子、制烤鸭，我很喜欢这个小说，也记住了作者常小琥这个名字。那我们今天就聊聊《收山》。先请担任主发言人的同学谈谈。

方文宇：《收山》中有一句很重要的话，贯穿了全文的主线——"做徒弟最重要的是有一颗孝心"。杨越钧的五个徒弟属于不同类型，最后的道路也不一样，但他们恐怕都没能做到对师傅有一颗孝心。

首先我想讲讲活灵活现的邢丽浙，她在书中分别有几次给予了屠国柱关键的帮助：1. 第一次见面，领工资。"我教你一招"，她教屠国柱拿下葛清，不接受屠国柱要送她烤鸭的请求，讲求"干净"。邢丽浙教了屠国柱以后，葛清居然带屠国柱去道林吃饭，最

后邢丽浙还说:"你师父估计是想培养自己人,他肯跟你回道林就足够了,这是步险棋。"2. 屠国柱和大师哥叫板,被邢丽浙骂了,说曲百汇的事情不是他管得着的。3. 邢丽浙阻止屠国柱,说"要是由店里正式下通知,让领导去跟葛清谈,轮不着你。"不该管的事情不要管。4. 埋怨屠国柱,不应该替葛清代笔,前途更重要而不是烤鸭这门手艺,如果万唐居没有评上"涉外"可能所有的烂摊子都要屠国柱收着。5."你是不是怕不寄信葛清就不教你宫廷烤鸭?好办,这事包在我身上。"后来刑丽浙拿了饼干和桂花酒和葛清谈了天。6."葛师傅在徒弟身上吃了那么大亏,肯托付给你,算是他终于走出来了。"(有一部分原因应该是计安春的死亡使得葛清下决心托付给屠国柱,也是为了让手艺传承下去。) 7."我要是葛清,跪什么,大嘴巴扇死你"(为什么邢丽浙会说这种话?有意思) 8. 陈其带头顺肉,邢丽浙对屠国柱说:你继续当你的好人,恶心的事,我来做。9. 杨越钧去世之后,屠国柱发愁火势问题,被邢丽浙轻易解决了,灶上有进风口。10. 逼走张晗,表面不言语,心里什么都是清楚的。

文中邢丽浙其实有着十分复杂的性格:她首先是一个希望生活熬出头的人,她能忍:她盼着屠国柱出头,自己也努力在科里好好表现(受点委屈都不算什么),邢丽浙非常了解办公室的那些人际关系,有些油滑。同时她又是一个眼里揉不得沙子的人,不是说她有多么正义,而是说她能不受委屈的或者自认为不该受委屈的地方,她绝对不会妥协;比如和陈琪、飞刀田关于医疗报销的争执,以及让张晗离开万唐居。

王俊雅: 我补充一点:《收山》里有条暗线,是邢丽浙和杨越钧。前半部屠国柱在鸭房时，杨越钧为了收鸭房，时常找屠国柱明里暗里谈心敦促，谈着谈着就带出些本不应该知道的情况。像杨越钧带着书记来鸭房跟葛清谈上访信的一节，寄信这事书里就仨人知道，葛清、屠国柱，和从屠国柱那里听了一嘴的邢丽浙。葛清自然不会跟杨越钧说，屠国柱没说，那剩下的只能是邢丽浙。

这类事前前后后总有那么两三茬，邢丽浙那么精明，她图的是什么？自然也考虑到给屠国柱铺平在万唐居的路，让他断了葛清这条线的念想，但恐怕得的不止是这点人情。杨越钧死后，屠国柱上他的灶，折腾得满头大汗不明白诀窍，邢丽浙走过来，冷冷一句话点破风口的奥秘。大徒弟冯炳阁跟了杨越钧二十年不明白，邢丽浙一个没上过灶的会计凭什么明白？自然是杨越钧告诉她的。杨越钧又凭什么把自己的不传之秘告诉这么个徒弟媳妇？考虑到前文二人之间的信息传递，想来是某种交易，邢丽浙告诉杨越钧屠国柱的动向，解除这颗不定时炸弹的引线；杨越钧拿来换的，就是这口灶的秘密。

方文宇：小说的中心应该就在于保全精良手艺和传承。葛清始终坚持保持宫廷烤鸭这项手艺的纯正，因此从喂养鸭子开始就是自己在做。并且当他发现自己的手艺因为时代的变更已经无法传承下去的时候，他有慌乱愤怒，而后心如死灰。屠国柱多少受了两位老师傅的影响，他也曾说，"你和我，终究是厨子，就该老老实实地炒菜"。在时代的洪流中，万唐居遭遇了危机，眼看着周围新开的餐馆生意兴隆，自己却无法推陈出新，但出新的方式是什么呢？做融合菜，改变份量，加些违禁物，在厨子眼里看来不正宗不实在。

时代在变更，我们无法固守住自己的东西，也无法抵抗时代的洪流，只能选择离开这种纷扰。面对即将失传的传统手艺，我们应该毫无变更、原汁原味地保留传承还是对其有所改变（良），这是值得思考的问题。

金理：我最早接触这个小说是通过《上海文学》上的选段，选段的主体内容是葛清和屠国柱之间的关系发展，非常精彩。读单行本的时候，对于张晗这个人物出现感觉有点奇怪，她的出现好像就是为了给屠国柱日渐麻木的心灵注入曙光，给他日渐闭塞的心开一扇窗户，他俩之间共同话语特别多。但大家会不会觉得这个人物出现得比较突兀，而结局又略显潦草。

王子瓜：我不太同意这样的说法。我觉得这两个人物实际上要比粗看起来复杂得多，在我看来，张晗甚至可以说是小说中第二重要的人物，仅次于主角屠国柱，她的出现不仅不是小说的败笔，反而是为小说增添了一笔亮色。在具体讨论之前，我想还是先按照我的思路来梳理一下这部小说。

我认为《收山》写得很实在，能够讨论的东西基本都写在书里了，但同时小说又写得很收敛，存在很多值得玩味的细节，因此分析的困难并不在方向上，而在于对细节的认真关照上。这部小说主要的关注点有三个，其一是厨师行业的规矩、做菜的手艺；其二是师徒关系；其三是各种各样的人情世故。如果用一句话来概括这部小说，可以说《收山》讲述了屠国柱这一代厨师如何在传统的末尾成长，又如何应对席卷而来的时代新潮。

王俊雅：中国这类谈论技艺的文字有条隐含的道家传统，源头是

"庖丁解牛"和"郢人斫垩"。我们似乎暗暗相信，从单纯的、重复性的，甚至仪式性的技艺中，能够得到"道"。某种意义上，这也是一种格物。老舍在写下《断魂枪》时，慨叹的实际是"道之不传也久矣"。汪曾祺在那些写高邮匠人的小说里，宁静地陈述着一种"至人"的理想。甚至阿城的"三王"里，也能看到那个和树化为一体的护林人，背后是对"混沌"与"能致物"的"圣人"的再叙述。上述几位作者不是通过训练技艺本身去达到"道"，而是通过阅读和思考道家的思想去重建"道"，对他们来说，技艺是种自己不曾走过的修行道途，因而显得神秘而有趣。他们在这条道路上附加了自己的理解，使作品能够达到道境。而那些口述材料，是从技艺道路内部去陈述习技艺者所能达到的"道"，虽然写作技法粗糙，但能看到单纯的作家不能达到的地方。我相信常小琥能够感受到这支传统的存在，也着力去模仿去达到这一境地，但《收山》可能有一个问题，作者本人不曾经历过技艺训练本身，所以他的写作，缺乏这种对技艺更深层次的理解，最后不得不落入三角恋和行政事务的琐碎窠臼里去。既要唤回一支技艺的传统，却又无法说出它最精妙的地方。

王子瓜：我们还是回到文本，必须先理清《收山》的"传统"具体指向什么。我认为小说中的这个"传统"主要包含两个方面：一方面是人的传统，比如书中杨越钧反复提到的那句话，"做厨子，最要紧的是孝心"、"一个老师傅能不能体面地收山，不是看他这辈子做了什么，而是看徒弟对他做了什么"，指的是老北京带有古典气息的人情味，人与人之间的真诚，师徒之间的教与孝。另一方面则是菜的传统，比如小说里随处可见的老师傅精致的技艺，对年轻厨子的严苛训练等等，指的是做菜的老规矩，是厨师对手艺的近乎神圣的忠诚。理解了传统的具体含义，我们就可以很容易地依据人物对传统的态度与践行情况将小说的人物大致分为三类。

第一类是老一辈厨师，按照葛清的说法，他们建功立业的时代正是一个黄金时代的末尾，他们心中所坚守的东西与他们所处的社会现实并没有冲突。杨越钧是这类人的代表，比如他对冯炳阁、陈其等徒弟的严厉教导，比如在和屠国柱的一次谈话中，他对他的师父的感恩和怀念，他做鱼的精湛手艺，他和许多老师傅之间的感情，他们都是仅仅因为对做菜的热爱而联系在一起。葛清同样也是这类人，除了他手上的绝活外，他和那个卖气球的瞎子师傅之间风风雨雨几十载的感情，他对鸭子投入的巨大精力，他为鸭房拆迁而上诉等，都是很典型的体现。尤其有一个细节让我记忆十分深刻，在看守所里，他已经精神涣散，对外界的信息没有什么反应，唯独当屠国柱告诉他，"最近戴大檐帽的天天来查后院，说烧木头总是不安全，问能不能改成液化气，要咱们适应新生事物。我说我坚决不答应"时，他的眼睛亮了一下，"紧紧望着我，点了下头"，非常精彩，可以看出烤鸭这门手艺在他的精神中有多么重要。

第二类人则主要是杨越钧的三位徒弟，冯炳阁、陈其和田艳、屠国柱等。他们是夹在剧变中的中间代，也是这部小说的主角，他们所受到的教育与迅速变化的大环境之间存在着日益明显的冲突，在这一冲突中，他们对传统的态度是肯定的，希望能够坚守他们眼中的传统。比如冯炳阁，虽然他常常做出一些蠢事，但他在做菜方面毫不含糊，他烧得一手好汤，也曾严厉地训斥过做坏菜的曲百汇。陈其的形象塑造得则更加成功，他是一个典型的匠人形象，除了做菜，似乎一无是处。他爱占小便宜，爱偷油水，做事不顾大局，只为显示自己，他在考级时破口大骂，后来还栽赃嫁祸。但同时，在做菜方面，他厨艺十分高超，他被辞退之后杨越钧仍反复说"要是陈其在就好了"，在师徒关系方面，他虽然和杨越钧关系十分恶劣，但最后仍然出席师傅的葬礼。传统在这两位徒弟身上仍然较为真实地留存着，但时代和命运却将他们最终请下了舞台。

第三类则是思想更加活跃，更加不安分的一代人，比如马腾、严诚顺，还有曲百汇、苏华北等。这一类人对传统的态度是反对，至少是不完全认同的。马腾是一个极端，他效益至上，曾批评冯炳阁花五个小时炖汤。他曾和屠国柱争吵，说他讨厌他们称兄道弟的做派，他甚至还为了效益想要往鸭肉里添加苏丹红。

不过马腾的形象其实比较扁平，这部小说如果只有马腾，而没有曲百汇、苏华北，那魅力就会大大减弱了。曲百汇在行为上很不符合传统对厨师的要求，他不太会做菜，被戏称作菜谱厨子，对待难得的考级机会也很不上心。后来他走上了讲堂，把做菜完全变成了纸上谈兵。但在态度上，他始终是更亲近传统的，他和屠国柱关系十分亲密，在他整理教案的时候，他说："不知为什么，现在整理教案，拟菜单，全没了当年那种热情，心里还总是空空的。直到看见两位师哥在身边，总算踏实一些。"

苏华北则是一个更加重要和复杂的角色。表面上看，他既不重视师徒关系，也不重视做菜的手艺，他一开始是为了讨师父欢心而举行拜师仪式，后来又不顾师父的感情，南下独自闯荡。他不愿意上灶，对"繁荣"有着新的理解，也拥有许多新的理念，比如一开始的"顾客是上帝"，比如后来的没有油烟和厨师的餐厅等。在秉持着传统理念的杨越钧和屠国柱看来，苏华北的行为无疑是欺师灭祖。但我们要注意两个细节，苏华北说过两段话："我是他的第五百个，第五百个徒弟呀，他光靠收红包，就能拿多少钱，你想一想。我去广东找他，想学东西，可到了人家地界儿，根本不搭理你，你是谁呀，我连他人影儿都见不到。我再想想咱师傅是怎么对我的，你说我还有脸见你们？在说这就认怂了，那也太小瞧我苏华北了。''对。这将会是未来餐饮业的趋势，一家没有厨师和油烟的餐厅，也是我的理想目标。'苏华北冷静地说，'也许，不止一家。'"这两句话说得都很含蓄，我的理解是，如何报答老人，苏华北心里是有答案的，他并非一个全然冷血的人，他意识到传统的经营方式必然没落，只有创造新的行业模式，让厨师这个古老行业不论有多少改变至少能够延续下去并在某种程度上发扬光大，这才是对师父的报答。传统在他眼里未必一文不值，但像屠国柱那样精心制作的菜肴，在资本逻辑统摄下，只能成为博物馆里的纪念品，成为纯粹的艺术而不再是谋生的技艺。苏华北是一个野心家，他有灵活的头脑，崭新的理念，也有变革的魄力和把握全局的能力，他代表着现实中厨师行业的真正未来，这是由大环境决定的必然，厨师行业要想求变通，只有他这样的人才能做到，能担负起这个责任。

在这三类人之外，还有一个张晗。我认为这个人物的塑造是这部小说最成功的地方。张晗绝不是屠国柱的"情人"那么简单。小说出现张晗的时候，我也很害怕它会不会突然转变成伦理剧而烂尾。继续看下去，才松了口气。我认为张晗是介于苏华北和屠国柱之间的人物，她有着苏华北那种活跃的思维和能力，也愿意跟屠国柱学习做菜的传统手艺。她在小说中多次向屠国柱提出要拜他为师，跟他学手艺，却被屠国柱忽略，以为她在开玩笑。屠国柱只领会到张晗爱慕的意思，却没有领会到她拜师学艺的决心。在做菜以外，她做事认真，也很有人情味，这都证明她是一个能够担当起延续传统重任的人。但同时，她又很有经营理念，在和屠国柱一起去另一家餐厅考察时，屠国柱只注意那家餐厅的菜肴，她却详细地考察了店面的场地大小、规划布置等。如果屠国柱能够认真教她做菜并扶植她，她很可能带给万唐居一个不一样的未来，一个比苏华北更加光明、合理的未来。但无奈，这样的未来被断送了，后来屠国柱也意识到这一点，但那已经太晚。

到了小说的结尾，屠国柱的旧人都已经不在，万唐居也改头换面。他做了几件事：为烤鸭申请专利、拍摄纪录片述说自己的经历和看法、把镇店之宝油炸了，带着一股视死如归的感觉。他的收山比起他的师父更加凄凉。最后他烧一幅画有大海图像的壁纸，在空中飘飞不定的不仅是生死未卜的张晗，也是他的事业的未来。

金理： 我回应王子瓜发言中的两点：一是人的传统和技艺的传统，这二者的辩证统一，往前追溯恐怕就是《庄子》里那些手工匠人，潜心于物，通过具体的劳作而上窥那潜隐于万象背后的"道"。手艺是切身的，天天上手，内在于日常生活，是一个人与世界最基本的打交道方式。同时，也藉此获得自身理解、应对人世与命运的能力。这大概就是胡兰成说的"一器亦有人世之思"；也就是沈从文说的：小木匠作手艺，"除劳动外还有个更多方面的相互依存关系"。二是关于《收山》中的人物塑造。人物众多往往是小说写作的大忌，但也是考验作家笔力的标尺，那些塑造大规模人物群像而又"叙一百八人，人有其性情，人有其气质，人有其形状，人有其声口"（金圣叹：《水浒传序三》）者，大抵都是传世经典。《收山》自然比不得《水浒传》《红楼梦》，但出场的人物一个个数过来也着实不少，且大抵让人过目不忘。我觉得常小琥很擅长在人物间构成的不同关系中塑造各自鲜活的眉目。就像刚才王子瓜分析的，有的是将人物置于对立状态中，比如冯炳阁、屠国柱和马腾、严诚顺、苏华北是两类人，进而在同一类人中，比如苏华北在后者的人物序列中，又映照出强烈的个性。我再举个例子，杨越钧和葛清都属于老一辈厨师，我读这两个人物的时候想到《一代宗师》里"面子"和"里子"的说法，前者是上上下下都服帖的所谓旗帜性人物，而且长袖善舞，各方面都安排得妥妥帖帖；后者隐在暗处，甚至有些举动"不上台面"，但论到技艺的传承又少不了他。

王俊雅：《收山》的题材有一支很长的传统，我能想起来的最早的作品是老舍的《断魂枪》，沈从文的《长河》，其后可能是汪曾祺的一系列短篇，张炜的《古船》，白先勇的大部分短篇，乃至于徐皓峰的所有作品。这支传统讲述由于时代变迁和个人际遇导致的某门技艺和背后承载着某种精神的断绝，一种对过去的生活生产方式的追忆，所谓情怀与工匠精神，实际上是遗民文学的一支变体，张岱《西湖梦寻》精神的徒子徒孙。细分的话可以分成两支，一种是生长于那个时代，自觉或不自觉地认为那是黄金时代，因而写下怀念那个时代的文字，这些人现在还活着的已经不多了。另一种是当代写作者中常见的情况，由于在阅读或与长辈相处或其他什么理由时接受了太多关于自己未曾经历过的时代的信息，而这些信息大多数是经过人脑美化的，使得接受者误以为那真的是个黄金时代，在想象中写下对那个时代的描绘，现在的"民国热"就是这样。这两种写作都是理想化的，将美好的东西全都寄托在过去，有些时候还带有借古讽今的意味。

《收山》是属于后一种情况。在阅读这本书的时候我不断地想起白先勇，他们具有同样的自我想象的遗民特质。就像白先勇不懂昆曲一样，常小琥也不懂上灶。只要见过任何一个在传统技艺行中具有中等以上资质的人，就会知道他们是怎么说话的。我相信常小琥已经采集了相当多的口述材料，但他似乎一直是在外部泛泛地观察，没有真正进入这门行当内部的运转逻辑。在小说中非常典型的一点，就是在所有描述一道菜的味道和做法时，他使用的都是像唐鲁孙那样的民国美食专栏的语法，但实际上没有一个厨子会那样说话。这就是外行人写内行最容易露怯的地方，掌握了那么多的材料，总想把它们尽可能全填进小说里，但传统技艺的传授，永远是藏七分露三分。

在常小琥的上一本书《琴腔》里，所有人都说着一整套四个字形容词的书面语。在《收山》里可以感到作者写对话的水平上升了，但取而代之的是在心理感受中体现出来的一种特殊的菜谱与文艺腔混合的腔调。不能说这种描述不对，但当你是一个厨子，你就不会特别关注自己非常熟悉的那些东西。我看到一口锅和厨子看到一口锅当然不同，厨子一看就知道这锅好在哪儿，但厨子在心里不会跟自己探讨"这锅的内壁养得致深致细，亮滑如镜，这样油爆和煮沸的时候才不容易喷汁过大"。当你熟悉一门技艺时，好与不好都是身体直感性的东西，一看就知道这东西对，这东西不对，而不是跟自己说明半天这东西好在哪。这和鉴赏批评不一样，批评是不管有没有好的地方都要找出几个优点来说一通，技艺不是这样的东西。做一个俗气的类比，《霸王别姬》里走五步还是走七步的那个场景大家都很熟悉，袁四爷说走七步，段小楼说走五步，俩人不会说"走七步体现了霸王的尊贵从容，走五步就使得霸王显得过于骄傲狂放"，这是影评家才说的话。由于小说主题必须的理想化和作者个人的倾向,《收山》在描写那些代表传统的人物时显得气韵生动,相应地,在描写马腾、苏华北这些代表市场化的人物时就显得脸谱化,甚至有时为了表现冲突而让剧情和人物显得荒诞,近乎丑角化。无论怎么说,一个国营饭店的经理会做出往食物里掺明矾和苏丹红这种事,这也有点过于夸张市场的冲击力了。国营单位大家都是比较熟悉的,尤其是这种大饭店,向来都是"爱吃吃不吃滚"的态度。他们不自负盈亏,也就相应地缺乏像掺苏丹红这么"上进"的想法,因为省下来的钱反正不是自己的钱,实在没有必要作假。

《收山》里描绘的那个万唐居像是一切厨艺传统的顶点似的,但考虑到时代,其实常小琥所称耀的传统鲁菜已经很没落了。传统这类东西,就是像我的高中数学老师说的一样,"你们是我教过最差的一届!"在言说和记叙里永远是越古老越好的,越接近现在,就越像末法时代。关于万唐居这类饭店的运营情况,有另一则材料可以作为参看:作家阿城在1986年的北京,也就差不多是《收山》里屠国柱开始当经理的时间地点,走过一家国营饭店,看到门口贴着告示"本店不打骂顾客"。这两种描绘哪一种更靠近现实呢,我想这仍然是可以讨论的。

《收山》是一部用人类学方法写的小说。强烈地试图表示自己在某种东西之内,但又不得不承认在其外。这部书最大的优点在于此,最大的缺点也在于此。常小琥误以为自己确实在内部,可怕的是,很多读者也这么认为。这只说明一件事,常小琥想要宣扬的那个传统,确实像人类学所研究的那些原始民族一样,已经衰颓到没有人能从内部发出言说了。

我会觉得《收山》缺乏以行内人的视点谈论技艺的资格,但是从常小琥的写作来看,《收山》是个很大的进步。《收山》在语言和结构方面都比《琴腔》要好得多，在题材上也很讨巧，受欢迎是应当的。平心而论，这条遗民文学的写作道路是有其价值的，但我觉得，以耳食之学作为材料，可能不足以形成一个坚实的写作出发点。如果仅以题材炫人，那可能真的不如某些文从字顺的口述史料更有价值。

王子瓜：这部小说有两点可以让我赞叹。其一是遍布小说的生活细节，弥漫着真正的生活气息，写出了老北京的味道。其二是作者写作时暧昧的态度。刚才王俊雅说小说"在描写马腾、苏华北这些代表市场化的人物时就显得脸谱化"，这点我不太同意。常小琥确实更多地表达了对传统的留恋，不论是屠国柱接受采访时所说的，做烤鸭需要依靠感觉和年复一年的经验，还是小说中记录下的老规矩、流露出的人情味，但却也不是像许多当代同类作品那样，走一条简单机械的现代性批判的路径，把对传统的感情推向极端。相反，他同时也写出了新潮流的必然前景，尽管这时代的浪潮让他无奈，但他也把苏华北、曲百汇这样的人物塑造得相当复杂，他们身上隐藏着与屠国柱等人不同的声音。此外，张晗到底是生是死，也并没有定论，其实也是作者为万唐居乃至厨师行业的未来留下了一条后路。相比较而言，常小琥在序言中所说的一些想法，反而不如小说实际上处理得更加成熟，一些诸如慢、美的悲叹，极类《从前慢》所代表的一厢情愿，从属于当代社会大众文化中媚俗的一面。但好在小说家最终还是要依靠作品说话，《收山》展现了两代人的风雨悲欢，在行业传统与时代新潮之间终究没有给出裁断，而努力将作品推向一种绝境中的暧昧，给人无限的想象，如同余音绕梁，这是它值得赞叹的地方。

赵明节：从阅读观感，这部小说的前后两部分有一定程度上的断裂。作为一部现实主义小说，前半部分明白晓畅，北京话运用很好，非常具有地方特色，读起来活色生香。但是本书前半部分所覆盖的只是一小段时间。后半部分，小说得语言就不如前半部分生动，而且覆盖了较长的时间跨度，有差不多十年。那么这个作家是怎么处理这么长的时间跨度的呢？他在后半部分没有选择很连贯的叙事方法，大段的时间之间没有很明显的连接痕迹，叙事就显得有些原地踏步，故事内部的因果联系就不强，人物显得比较平板。整个阅读感受就是让人觉得时间在原地踏步，并不是在前行。表现在任务上，就是男主角从20岁到50岁只有突兀的变化，没有循序渐进的描写。对比贾平凹《秦腔》，能把几十年的时光揉进虚拟的一年的时间描述中。描述的是改革开放下农村的变化，人物在流动中慢慢的变化，不断调整心态做出改变。从这方面来讲，后半部分可以有更好的表现。

金理：好像有这么个意思。不过作家对时代的认识会不会影响写作的状态？前半部分是讲往上走，获得经验、实现传承，然后就到了曲线的最高点，但这也是黄金时代的末尾，因为这部分是往上走的，所以作家写来特别饱满。到后来就是从曲线最高点滑下，四处狼烟，败象频现的时代，甚至无法再用连贯的时间发展来叙事。

赵明节：作者在小说之中隐隐地带着价值判断，但是他又不想把这个价值取向明显地展现出来。就如同苏华北和屠国柱之间的冲突一样，作家给了屠国柱许多浓墨重彩的描写，赋予了这个人物表现空间，但是对于苏华北就显得有点气力不足，不仅展示空间小，而且隐隐地觉得苏华北的急功近利是不对的。从这个角度上来讲，我觉得作家应该把两种声音之间的冲突更淋漓尽致地展现出来，能更彻底地展现背后的时代矛盾。

金理： 如果按照你的说法，那么这部作品应该完成得更丰满一些，容纳多种声部，彼此对话的张力演绎得更充分一些。其实常小琥已经占有了大量的材料，小说实际呈现出来也不是单调的声音在讲话，这个态度比他在前言中的表述要更复杂。其实我们想想，葛清所在的时代也不是一个黄金时代，也有政治对人的束缚，如果能写得更充分就会使小说更加丰富，而不仅仅是一种对过往的缅怀姿态。但我想作家未必不理解这个，他也许有自己的取舍，即选择将重点放到哪些部分，而将其他内容留白或处理得影影绰绰。

赵明节： 描写这种民间性的典型人物，只有一种声音在和时代对话会很奇怪。

王子瓜： 也不能说就只有一种声音，像苏华北，我感觉小说并不是将他处理为完全负面的人物。这种人物的出现恰恰证明作者是认识到复杂性的。但小说有个小问题，可能是我个人的问题：我感觉小说行文中藏着很多细节，可能作者觉得心照不宣，但读者并不一定感受到，必须承认，有很多我没太读懂的细节。

双雪涛《平原上的摩西》：
永不回头的生铁

时间：2016 年 11 月 2 日
地点：复旦大学光华西主楼 2719 室

金理： 有一次和文学刊物的编辑朋友聊天，她问我"'80 后'作家是否给出了属于他们的文学书写？"我觉得这个问题有点类似于作总结或画蓝图，怎么回答都不太明智。前面那拨代际的作家中，像阿乙、赵志明等，都是突然之间"斜刺里杀出"。我们与其去费尽心机地预测，还不如期待"预测的落空"，尤其"80 后"写作目前还处于不断生长的状态中。说得再极端一些，在后世的文学史上留名的"80 后"作家，也许现在还处于隐秘修炼中不为人知——如果真发生这样的情形，也一点不用奇怪。其实我在这么回答的时候，心里想到的是双雪涛《平原上的摩西》横空出世时的气象一新。今天我们就来谈谈这本小说集。

一

赵明节： 整本小说集看下来，《平原上的摩西》这篇是双雪涛在叙事和意象营造这两方面平衡得最好的作品。不仅把意象贯穿在整个叙事过程之中，而且也具备了每个意象完整的逻辑与独特的意义，与小说内容高度贴合，如火烧的圣诞树、摩西、平原。这是做得很好的地方。另外，双雪涛把这个悬疑色彩很重的故事处理得几乎无高潮、无冲突，只是在小说的最后才有一个明显的二人之间的正面对话。而且，在语言上，小说采用了日常化的偏向于口语的语言来进行写作，更强化了这种感觉。最终，小说营造出了一种在岁月流逝之中一切悄悄改变的氛围。相比之下，其他几篇作品在两方面的平衡上就显得颇为失控，没有给我阅读上的新意和期待。

王俊雅：可以说《平原上的摩西》在细节把控与气氛营造上做得很好，小说张力巨大，但引而不发。这是我非常欣赏的一点。

王子瓜：我认为双雪涛实际上选择了较为讨巧的方式。比如小说的分节形式。小说采用了以不同第一人称叙述者进行叙述的形式，这样做在形式上固然比单一叙述者要新颖一些，但事实上减弱了叙述的难度，因为这篇小说的重点显然不在于深刻剖白不同人物的心理、行为（科塔萨尔的《病人的健康》是展现这一企图的杰作），而在于情节引人入胜的展开、人物关系在时间中的变化。因此，我也有点怀疑这种形式的必要性。

此外，不同叙事者在双雪涛的笔下总有那么一种一惯性，他们的情绪总显得有同一种压抑和冷淡，这很大程度上是双雪涛强大鲜明的个人气息所致，假如在不同篇目中出现这种现象（事实也正是如此），那不失为一种具有相当辨识度的个人写作风格，但在同一篇小说中则显然伤害了人物的不同秉性，缺少了在性格塑造上的丰富。不过，这一点倒也未必全然是缺漏，从另一方面来讲，也可以认为正是这样一种笼罩全篇的压抑而冷淡的气息构成了小说不同人物之间的一致性,这样的情绪普遍地笼罩在某一时代社会特定人群的心头。

赵明节: 的确有这种感觉。我们能感受到双雪涛对于不同角色的把控程度的差异。比如在李斐、傅东心的部分,就显得没有这么出色,这也可能是性别视角局限带来的失控。

王俊雅: 这种失控带来一种在人物的情感处理上"想象中的狂躁"。

金理: 双雪涛的小说大多数采取第一人称,不知道大家如何来看待这个现象。我的一个朋友说《平原上的摩西》有一个缺陷,登场的不同人物都以第一人称叙述,但是"声口"之间区分度不大,似乎背后是同一个人在说话。这和刚才王子瓜表达的意见是一致的。我倒有个辩护的理由。据说双雪涛曾受到王安忆《小说家的十三堂课》启发而开始写作(何晶、双雪涛:《介入时代唯一的方法,就是把小说写得像点样子》,《文学报》2016年11月10日),但是就目前而言,双雪涛和王安忆是完全两类作家。王安忆是属于那种可以"无中生有"的作家,但双雪涛不是,他目前的写作建立在结结实实的个人经验之上,借用朱光潜对废名的评价,这是一个"极端内倾者":"废名先生不能成为一个循规蹈矩的小说家,因为他在心理原型上是一个极端内倾者。小说家须得把眼睛朝外看,而废名的眼睛却老是朝里看;小说家须得把自我沉没到人物性格里面去,让作者过人物的生活,而废名的人物却都沉没在作者的自我里面,处处都是过作者的生活。"(孟实:《桥》)作家弋舟曾经给双雪涛作品背后那个内倾的、"作者的自我"画过一幅肖像——"一个瘦削的青年伸直了脖子暗哑地咆哮，他的喉结高耸，青筋毕现，两只手紧紧地攥成拳头，将全身的力气聚集起来，一派毕其功于一役、背水一战的拼劲儿"，在双雪涛每个主人公的背后，我们也许都会张望到这个倾力出击的青年。

王子瓜：总体来说双雪涛的小说在情节的把控、结构的设置上具有较高完成度，也具备了极佳的故事性。我也提一点质疑，着眼点在于《平原上的摩西》这部中篇的标题，在当代、在中国，"摩西"的典故很难被真正有效地使用，因为其背后承载了太多的文化和历史。将《出埃及记》中摩西分开红海一事，阐释为"只要你心里的念是诚的，高山大海都会给你让路"，总归是脱离了神学的范畴而降格，处理得比较粗糙。这一点问题尚不大。但是标题中的另一个词，"平原"，就很牵强，烟盒至多象征着二人童年的联系，它与"平原"这个词语之间没有任何天然的联系，这层隐喻是被作者强行施加上去的，使用这一小物件作为小说线索的必然性很弱，作者也没有对烟盒与平原隐喻上的关联给出足够的理由，除了使结尾白璧微瑕，还造成小说意图不必要的含混。

孙时雨："平原"是否可能是庸常生活的象征？

金理：我认为摩西的意象在小说中其实较贴切，摩西在领受神指派的任务之前，有过犹豫和推脱，摩西打动我的地方，不是带领以色列人出埃及过红海时见证种种神迹；而是在开悟、领受自身使命过程中的曲折，就好像庄树所面临的选择的重负。"严肃的生活意味着充分了解这些选择,极其认真地思考这些选择会让人面对生与死的问题,会使他充分认识到,每一种选择都有着巨大的风险,必然会带来难以承受的后果。它清楚地表达着人们渴望或许也需要的一切高尚事物,揭示出它们不能和谐共处的情形是多么令人难以承受。"(艾伦·布鲁姆:《我们的无知》)所以,选择的背后其实有着惊涛骇浪,但也正是这种选择的严肃性,往往产生一种崇高感。

王俊雅:王子瓜提到的"小说意图不必要的含混",我在其他篇目中也会感受到。就是说,小说中有一些似乎无意义的情节。比如《无赖》中母亲箱子里的土,这个情节就缺乏意义。

焦子仪:这倒未必。这个可能是母亲想要借此骗过别人,不要让别人觉得自己家已经一无所有了,这样在人前会比较有底气,像老马总是试图从他父亲那里要钱,有这么一箱子嫁妆就好像给老马看,他们家里还有油水,应该是出于自我保护的心理。那小孩子看到了箱子里什么值钱的都没有,他的年纪是不能理解的,只能如实地反映出来。

金理:《平原上的摩西》这篇中,有一个小说人物是我特别喜欢的,而他恰恰没有作为第一人称叙事者出现,就是李斐的父亲。我甚至觉得他已经可以进入文学史上工人形象史的长廊之中。他是这样明亮又庄严。傅东心答应收李斐为徒,第二天父亲却没有带着李斐去拜师;而是等到礼拜天备好"半扇排骨,两袋子国光苹果,一盒秋林公司的点心"——这是古人说的"束脩"吧,换上干净的衣服,再去拜师,这样的虔敬,这样的整肃,行礼如仪。还有一段写他打扫卫生做家务，"院子里都是有肥皂的香味"，读完小说这香味还环绕着我。废名评论陶渊明，说"陶诗不是禅境，乃是把日常天气景物处理得好，然此事谈何容易"（废名：《关于派别》）。我想移用这番境界来形容李斐的父亲，这个人身上并无伦理或道德的教条，但是动静皆宜，所谓"宜"，就是把为人的法度和律条都化作了人情自然，"然此事谈何容易"。

二

孙时雨：最初看双雪涛的小说时，我觉得他的小说有一点"老气"。我查了一下，他是1983年生人，其实年龄跟韩寒、郭敬明差不多，他没有写他们笔下的那些校园青春和伤痛，而且没有那种明媚阳光下对于周围环境的反叛。他描写的大多是平凡而残酷粗粝的现实生活，好像跟老一辈作家比较像。但是我认为，他依然是反叛的，而且运用得更加狡猾聪明、更加浓烈惊人。

《大师》和《无赖》这两篇小说都是以少年的"我"的视角，来观察和体会一些周围世界中的"俗世奇人"。无论是《大师》中的父亲，还是《无赖》中的老马，都在现实生活中特立独行，有着自己处事方式和精神法则。他们是现实生活中的绝对少数，是真正的异类。而且我发现双雪涛在描写他们的时候，好像特别喜欢描写这些人不同寻常、极致决绝的言行状态，充满着对于压抑生活和强权势力的反叛。比如《无赖》中老马用玻璃酒瓶砸自己的头威胁厂里保卫科的工人，令人触目惊心又无限动容。《大师》中父亲用"傻"来应对平庸的现实生活，可后来却又能够与和尚没有妨碍地下棋。

《大师》很容易让人想到阿城的《棋王》，后者是"寻根文学"中"上山下乡"的知青一代在传统文化中找到美好和寄托的表达，代表了一代人的心灵状态。但是《大师》完全不同，它是极度个人化的经验和体会，它不代表其他任何人，它描写的就是老马和父亲那特定的一种人，他们与普通平顺的生活格格不入，但又深深陷在这样的现实生活之中，化成了泥。这样的极端个人化的描写和对于生活的反叛，让我觉得双雪涛的小说有时候坚硬得像一块生铁。

《大师》中的父亲还有和尚：父亲因为下棋丢了工作失去了老婆终生落魄，和尚因为痴迷棋艺而无妻无子一世孤苦伶仃。父亲叮嘱让我不要学棋，于是《大师》的最后一段就有了"十年之后，我参加了工作，是个历史老师，上课之余偶尔下下棋，工作忙了，棋越下越少了，棋也越下越一般，成一个平庸的棋手"。"我"一旦回归了现实生活，就立刻成为了一个平庸的人。不是平庸就是孤苦伶仃家业飘零，作者笔下的人物是没有中间地带的，只能从极端走向极端。

在这种极端中我还感受到了一种狡黠决绝的聪明，这些"民间奇人"似乎早就已经看清楚了这无聊人世间的种种把戏，从而秉持着自己的处理方式。比如老马和他的前小姨子睡觉，他小偷小摸，爱占小便宜，没有传统意义上的道德观，让我们时常惊骇。同时在工厂的小房间私藏"我们"一家三口，面对驱赶的人毫不畏惧。他心中有自己的法则和自己的道理。

双雪涛在叙述人物和故事时采用的都是比较客观的态度，偶尔还是会露出一些柔软的深情，比如在书写《大师》里的父亲时。我认为，双雪涛对于这种反叛的"民间奇人"的执著大幅刻画，对于特异行为举动和心理状态的着重描写，加上对立极端结构的架构，一同组成了他小说的"反叛"。不同于同龄人对于青春华丽伤情的描写，他粗粝而坚硬，直面现实，像一块永不回头的生铁。

焦子仪：刚刚很多同学都谈到了余华、阿城等对双雪涛的影响，有人还认为《大师》是对《棋王》的高仿。我想沿着孙时雨的意见来讲，《大师》和《棋王》还是不一样的。我们所以会把它和《棋王》联系在一起，是因为《棋王》太有名了，看到写棋的故事很容易联想到《棋王》。但是《大师》里的父亲和棋王很不相同，我们看的时候会发现，父亲本来是可以在生活与棋中找到平衡的，他并没有追求纯粹的胜负，没有把"技"放在一个最高的追求层面上，他不像王一生拼命去找人下棋，赢就是赢输就是输，他很屈从，也很懂得棋盘之外的道理——他会故意输棋，这不应该是一个棋痴一样的人会做的事情。但是很奇怪的是，他没有办法好好生活，明明下棋在他这里并不是毕生的事业或者追求，更像是一种消遣，一件很有趣的事情而已，但是他却会因为这样完全放弃了正常的生活，明明他的个性没有那么极端，为什么会无法均衡？可能这种设置就是双雪涛还是想从《棋王》的框架里跳出来的。

王子瓜：焦子仪同学的问题很好，为什么这样一个看起来并不极端的人无法均衡生活和爱好？正是因为棋对他而言并不只是一件有趣的事而已。顺着两位同学的话继续，我也想从《大师》与《棋王》的关系来讲。毫无疑问，双雪涛或多或少曾受到过阿城的影响，他在一篇访谈中就曾谈到他对阿城的喜爱，二者的语感亦有相通之处。《棋王》可以说是一个时代文学的一种典范——语言洗练、地道，结构精致、层次分明又不露痕迹，故事精彩、经验独特、情节紧凑、绝少闲笔……在《棋王》之后任何试图把棋当作主要元素的小说都很难无视它的存在，而在我看来，《大师》直接承担了《棋王》给它造成的压力，从类似的起点（一个平凡无奇但棋艺高超的主角，一些对手和精彩的比试）出发，却另辟蹊径，找到了绝不低于《棋王》的另一个出口。

在当代，需要区分两种（值得阅读的）小说，即"精彩的故事"与"优秀的文学"。前者之所以吸引人，是因为它出售直接、廉价的阅读快感，类似于本雅明所说的新闻报道，极端依附于接触的那一瞬；后者则不止于取悦读者的感官，它所囊括的意义必定超出文本所限定的范围，只有当它和它的空白在读者心中所生发出的难以捕捉的情绪、感受、思虑、想象结合时，它才被真正完成，这一过程是漫长的，效果也更持久，如同香气四溢的酒窖。假如《棋王》没有超出对王一生高超技艺的颠来复去的描写，那么将象棋换成功夫也完全没有什么不妥，它充其量也只是一篇二三流的武侠小说罢了。但是正像金庸的小说为什么可以被称为"优秀的文学"，甚至是"经典"，《棋王》也正是因为它远远没有停留在表面的技艺上，才没有止步于一则"精彩的故事"。它将技艺上升到了宇宙的层面，上升到一个"道"的层面，在阿城的笔下，一个浸淫于手艺而不知肉味的人，一个从一中窥见了万的人，他的人格会得到一种超越，进入凡人所难以达到的境界。这是《棋王》的高度。

如果说《棋王》讲述的是由技艺成就的"道"，是一种技艺内部的"道"；那么《大师》所讲述的就是另一种"道"，与老庄哲学更加接近的"道"，棋外之"道"。父亲之所以精于下棋而荒废生活，不是因为他权衡之后选择了前者，而是因为他在不断舍弃他生命中的一切，只不过他舍弃后者先于前者罢了。双雪涛所创造的这样一个人物，显然是一个很理想化的人，而不是一个生活的人，他的与众不同之处就在于人间的生活没能将他扬起，像其他灰尘那样。他的内心似乎有一种天然的沉静，近乎庄子所说的"纯白"，岁月的更迭并不令他蒙尘，反而将他身上除这种空虚之外的事物都逐一剥去了。他早年痴迷于棋，这时的他已经走完了王一生的路——棋的技艺将他从黏稠的日常中解救出来，他变得疏于生活，不求上进，情感的波折也都被暗中消化，妻子的不辞而别其实正造就了他——他或主动或被动地舍弃了一个社会人在人伦政治中上升的一切追求。而另一方面，在和棋相关的事项中，他早早舍弃掉了棋的输赢——在下三盘必胜其二的信条中，他所仍不能舍弃的是对于棋道的把握，和对于人情世故的拿捏——然而这些果然不负众望地被中年的他所舍弃了，对于对弈这一行为本身，早年的他就已经开始了节制，人到中年，他就找借口完全舍弃了下棋，如此，他已几乎舍弃了一切。这还不是结束，接下来他果真像他所说的那样，"脑子坏了"，终日不知所为——这时他舍弃了作为人的智能，类似于老子说的"弃智"，他几乎做到了"无为"，老庄哲学一定对写作《大师》的双雪涛产生过深刻的影响。

那么为什么最后他又从他生命的混沌状态中走出，与十年后秃了头的瘸子下棋？这个瘸子是他毕生遇到的真正高手，在技艺上几乎可以与他匹敌，但在个人的修为上却与他相去甚远，十年前他们失去了切磋的机会，这成为了父亲唯一的心结，成为了他迟迟无法舍弃的东西，他必须了却这样一桩心事。他看到这样一位与他旗鼓相当的对手为心魔所扰，通过棋，他成全了自己，也解救了他人。在此之后，他可以做到真正的舍弃了。很快，他也舍弃了他所拥有的最后一件东西，那就是他的生命。

从这个层面上看，《大师》中的父亲几乎就是经历了《棋王》故事之后的王一生，读者会产生这样的幻想，似乎在象棋大赛的鏖战之后，第二天一早，王一生骑着车子来到工厂的仓库上班，然后是下岗、失业、下棋、痴呆、死去。技艺之后还有什么？一个现代人还有没有"得道"的可能？这些问题就是《大师》的野心。

焦子仪：我觉得大师还是一个普通人吧，并没有在精神的高度上有所追求。双雪涛自己说他写这篇文章时候有向父亲致敬的意思，虽然故事不是同样的故事，但是想传达的都是有这么一种人，很普通，也可能很少见，被那么少数几个人爱着记挂着，喜欢着自己所喜欢的事，其余没什么特别。从大师在文本里的行为来看，我们看不出他对技有过高的追求，棋对他来说，就是一个很有趣的事情，可以沉浸进去，消磨很多心思，他所有聪明劲用在这上面，其他事他顾不上，也不在意。说他有点像"玩物丧志"，而不是痴、纯粹，是因为他心里又觉得这样是不好的，只不过他放弃了，不想再努力去从一种不好的生活状态里出来了，他知道自己处理不好赚钱、打理家务、维护家庭这些事情，但也就这样了，儿子不像他一样就可以了。除了棋，他没有把其他什么作为追求，但他也没有把棋作为一种追求，仅仅是喜欢、痴迷而已，钻研也就是想开心，想琢磨清楚而已。

三

王子瓜：我再来说说《无赖》。首先要指出双雪涛的弱点，就像刚才很多同学说的那样，这篇小说存在一些不合理的地方，最明显的就是"我"搬家时拖着的那只沉重的箱子，看似是贯穿了小说的重要物件，事实上没有得到合理的处理和解释，更像是故弄玄虚，这与《平原上的摩西》中的烟盒存在着同样的问题。

不过这一点并不妨碍《无赖》仍是一篇很好的小说。它的优点中有一些是双雪涛一贯的优点。比如语言，双雪涛的语言简洁而精确，气息沉稳、冷淡，又懂得克制，往往不把一件事说透。在《无赖》中我们甚至可以看到一些恰到好处的超现实的表达（不同于《长眠》的过分和失控）。双雪涛现在已经很擅长将感觉具象化，有些很好的语句可以说是诗的写作。在结构方面，《无赖》也像《大师》《平原上的摩西》那样，显示出作者非凡的布局才能，他可以很绵密地编织情节，看似无意的地方总有他精心安置的效用，具有很高的完成度。

前面有同学说《无赖》同《大师》很像，都是写一个身怀绝技，又在世俗生活中很不得意的人。这一看法并不准确，事实上棋的技艺是《大师》写作的一项重点，是情节的中心，而偷的技艺却不是《无赖》着重关注的地方，偷在《无赖》里只是作为背景出现的。偷的技艺也完全不是主角老马的追求。《无赖》的意图在于还原一个人的复杂性。一个好的作家必须具备独特的视角，要具备一种对于物事纹理、人的行为举动和神态情绪的天然敏感。一种高度，足以无视低矮的成见；一种亲近，能够获得带有体温的经验。我认为《无赖》的写作意图正在于此。人们称一个曾多次偷过东西的人叫"惯偷"，好像偷窃就是这样一个人的生活的全部，我们的头脑中会立刻浮现一个鼠头鼠脑的形象，他最好马上就被人抓住了现行，拳打脚踢，再扭送去公安局。同样的，在生活中，你是经理，他是律师，我是学生，假如我不再怀有一颗敏感和好奇的心，世界会变得多么寡淡啊，因为我们中没有谁仍是一个丰富的"人"。

《无赖》中的老马，固然是一个混混，小说中出现了太多他的丑陋之处，他当着孩子的面讲黄段子，他酗酒，他无能、无赖……但有一点非常重要，他没有偷——当读者和文中的一家子都认为他"手不干净"，对他处处提防，或多或少地预感他其实是一个彻头彻尾的坏人——但他能够克制住自己的欲望，在他最潦倒的时候也没有放纵自己去偷窃。老马自己说，他偷窃是因为他幼年的时候除此之外别无活路，字里行间满是辛酸，但这样的怀旧也很快便戛然而止了。现在他是愿意向无处安身的"我"一家人伸出援手的老朋友，是深谙他人对自己的成见而不愠，在车间听到"我"的收音机却知趣走开的中年人。（多么动人的细节！）在小说的最后，所有人都以为是老马因为没有得到父亲承诺的钱而告密，但这样一个没有能力、失去靠山、有伤在身的老混子，却为了"我"这个孩子再次拿起酒瓶砸向自己的头。一个矛盾、立体的形象被很好地被塑造了出来，在双雪涛的笔下，误解、成见反而使我们看到，仍有细微但明亮的光芒照耀着一个肮脏的灵魂。

王俊雅：如果以这个人的某种特殊义气作为出发点的话，这个人的复杂性可能就没有那么明显了，大家对于这个人有很多偏见，但是这样其实也不算是偏见，敲脑袋是他觉得解决事情的唯一的手段，这种类型的任务不能用平常人的道德观念去衡量。

四

徐铭鸿：我还是选择先从《跛人》的文本解读入手。双雪涛的小说中有许多隐喻性质的意象设置。这些庞杂的隐喻构成了一个系统，因而给读者的阅读制造了些较难逾越的屏障。但我们依然可以从中分出层次。而"跛人"就是这篇小说中的统摄性意象。"跛人"可以解读为一个有结果意义的词汇，它需要一个从支撑体系"健全"到"残疾"的过程。寻找本文中具有双数性暗示的细节，母亲与刘一朵两个"困扰着我的精神"的人物可以说较为鲜明。我们不妨假设母亲与女友是"我"的青春中两股交替支撑的力量。然而这两股力量同时又给"我"造成精神困扰。这种困扰与支撑的同体可以算是"我"青春岁月的矛盾特点的一种映射。由以上假设推断，故事的主线恰好可以当作"我"的成"跛"经历。换言之，即"我"的青春中刘一朵这一角色退场。

小说中"跛人"这一真人的形象也很值得玩味。起初我曾经设想过"跛人"是否就是未来的"我"穿越时间的列车与现时的"我"的交汇，但结尾显然否认了这一可能。"跛人"其实是一个放荡不羁的、脱离社会规训的流浪者形象，联系女友刘一朵的性格特征，我们可以推断出："跛人"其实是"我"青春期模糊的意识中向往的生存形式，暗含一种对孤胆英雄生活的向往，带有随性而懵懂的悲壮感。因而某种程度上说，"跛人"也是一种偶像的塑造。

联想《阳光灿烂的日子》中的青春图景构造，偶像塑造的同时也伴随着崩塌，而崩塌中往往夹杂着黑色幽默式的亵渎。"跛人"本身即带有反叛、超拔的因素，刘一朵也是。而母亲的"上校"形象、父亲可笑且近乎隐身的处理、高考后的众生速写、乞讨者口中的神佛、最大的中心广场、风筝线的戏耍，都暗含着一种对固化象征物的荒诞甚至轻蔑的解构。更进一步来说，青春期疯狂与受训的两面恰好可以上升为一种时代的隐喻，疯狂萌芽的与最终被扼杀的都基于同体。而这种带有批判性质的隐喻其实也是双雪涛在其他几篇作品中的暗流。

五

赵明节：对于意象和隐喻的营造上，我觉得《平原上的摩西》是最好的一篇。作者将现实主义的叙事和现代主义的意象糅合到了一起，非常贴切。圣诞树、摩西、平原这几个意象贯穿小说的始终，给叙事笼罩上了一层光彩。深刻的疼痛的社会议题以一种抽象的轻盈的意象的方式贯穿在叙述线索之中，这是很妙的。

金理：通过上面这些重点篇目的解读，我们把握到双雪涛小说的一些面貌特征：节制干练而又富有余味的语言、意象和隐喻的精彩营造。我想还有一点，小说集通读下来发现，人和工厂之间的关系，或隐或显地成为双雪涛关注的主题。国营大厂1950年代"火红的岁月"，1980年代中国社会阶层全面的重组，1990年代工人阶级"老大哥"地位的全面衰落，新世纪以来劳动者的社会隐形——以上动荡会在历史展开的过程中留下深刻的嬗变印痕，但在一般的工业题材中，人和工厂两者之间的关系总是静态而单面的，我们看不到嬗变的印痕。双雪涛就处理得很好，把《无赖》《大师》等篇放在一起看，那种彼此挤压又相互成全，写得非常复杂。

张忌《出家》：
门槛上的相互眺望

时间：2016 年 11 月 30 日
地点：复旦大学光华西主楼 2719 室

金理：我十多年前就读过张忌的作品，感觉他并不是一个出手很多的作家，但几乎每部作品水准都很稳定，近期长篇《出家》又有上佳的气象。我们讨论这部小说，也是听取了在座几位同学的建议，想必和我有同感，先听听大家的看法。

一 "最后四分之一的飞跃"

赵明节：在看这本书的时候，我的阅读感觉是前四分之三都比较平淡，没有什么亮点。但是最后四分之一作者实现了一个飞跃，这个飞跃是从方泉接管小庙开始。

在读前四分之三的时候，我一直担忧两方面：一方面是担心自己又读到一部余华式的、或对底层文学的高仿作品；另一方面是担心作者会给方泉安排一个宗教化的救赎的结局，即方泉在现实生活中非常烦闷难以解脱，于是彻底出家六根清净。这是非常简单粗暴的方法，没有什么新意。为什么我会有这些担忧？是因为在阅读过程之中,我看到了中国文学传统中由来已久的两个意象,一个是宗教场所寺庙,一个是山水田园。在我们的文学传统之中,佛教寺庙总是在现实生活中不得志的文人们寻求短暂休息或者内心平静的最好场所,凡是不得意了,就可以逃到这个避难所中。在山水田园诗中,美丽宁静的自然风光也可以荡涤人的心胸,给人以精神上的抚慰。而刚好在这本小说之中,这两个传统意象都出现了。方泉之后愿意选择出家,有一部分的原因是他在寺庙之中获得了短暂的精神平静,他感觉这和山下的世界很不一样。而且,小说中所写到的所有寺庙几乎都在城外的山上,在自然之中。于是我就很担忧作者会不会把寺庙作为方泉的人生解脱之地。

但欣喜的是,最后四分之一,作者写出了新意。他写出了一个非常复杂而焦灼的人物形象,写出了一个重重叠叠的内心世界。方泉首先要面对的是物质上或者说经济上的矛盾。他在看到和尚这一行的内幕之后内心就拒绝做这一行,不想找一个护法来招徕生意。但是如果不这样做,他就没有收入,不能再给孩子们买零食,寺庙就会空落落的。他已经无法再接受这种没油水的生活。另一方面,他要面临的是精神上的矛盾。方泉不想成为一个和尚,他不想应付复杂的人际关系,不想和周郁维持情人关系,不想面对孩子和妻子异样的目光,他曾经孜孜以求的清静也荡然无存,佛经不能再给他带来清静,他觉得曾经的那片"净土"已经消失了,不纯粹了。但是回过头来,他也享受那场神秘的膜拜,同时妻子和孩子也还是排斥他,把他当作家里的一个异类来看待,他发现自己好像不得不成为一个和尚。在这样的背景下,所有的二分对立都被打破了,我们看到的是一个跌跌撞撞的现代人和一个云遮雾罩的现代世界。没有纯粹的宗教避难所,也没用柔情蜜意的田园风光。作者把方泉一次次地推到两难的境地进行拷问，看似描写的是一个小人物的悲欢，其实写出了我们每个人每天都会有的精神困惑：物质和精神之间我应该如何选择？到底我做什么选择才能让我内心安宁？从这个角度来说，我觉得作者塑造了一个非常丰富的人物形象，构造了一个复杂的内心世界，很成功。

同时，我觉得作者在本书中选择了一个社会底层的小人物来描写，努力开掘了他的内心世界。难得的是，全书的语言非常平实近人，没有落入一个作家写小人物的窠臼：用知识分子的口气让小人物思考知识分子思考的问题。我们可以看到一个小人物就是从他的日常生活出发，一点点地，达到一个非常复杂的内心状态，达到一个困扰每个人的问题。整个过程非常流畅，没有隔膜感。这也是我觉得非常成功的地方。

整个小说给我的感觉是，和李安的新片《比利·林恩的中场休息》很相似，它们的艺术追求是差不多的：努力地去逼近、挖掘一个人物的内心世界，去除掉我们想当然的成见，把他的想法原原本本地呈现给你看。李安运用了高科技还原了比利·林恩的经历，复原了他的心路历程。而《出家》则是用丰富的心理描写还原了方泉的痛苦。同时《比利·林恩的中场休息》也体现了主人公在两个世界里挣扎的困难。本来所有大兵都以为阿富汗战场是血腥残酷的，还是美国好。但是当他们回到美国，发现美国已经不能再容纳他们了。迎接他们的不是善意的欢迎而是层层叠叠的偏见、消费、利用、不解，他们疲于应付这些不快。所以，一班士兵最后回战场的时候觉得这是回家了。"外面的世界"反而成了不可靠的世界，你不得不回到那个你讨厌的世界里去。放到《出家》里面来看，方泉不喜欢寺庙，不喜欢复杂的人际关系，他又想回归正常的家庭生活。但是他最后发现，妻子和孩子都把他当成异类，都不理解"当和尚"的辛酸，都不欢迎他回到这个家。所以方泉也发现，好像自己不得不去当和尚了。

金理：我很认同赵明节的意见，先简单作个回应。"最后四分之一的飞跃"是个很妙的判断，并不是说小说前面部分写得不好，比如写几场送礼尤其是通过送鳖换来工作，既妙趣横生也见出消解苦难的民间智慧，但问题是这样的内容和写法我们很熟悉，用明节的说法就是"一部余华式的、或对底层文学的高仿作品"。我想起胡兰成的一个比喻："长江之水，汲来煮饭，先得漾开水面的浮沫"，这些"浮沫"就是我们熟悉的套路，"只发现了新奇，没有感觉冷暖。要感觉冷暖才算是尝到了人间味。所以看他们的作品，只等于看电影的新闻片，探险记与风土志"（胡兰成：《人间味云云》）。《出家》后面部分好的地方就在于完全"漾开浮沫"，写出冷暖自知的"人间味"，也就是明节说的不落入"作家写小人物的窠臼：用知识分子的口气让小人物思考知识分子思考的问题"。"最后四分之一的飞跃"这个说法还能提示几个思考面向：首先，我记得这部小说出版后的宣传语中频繁提到汪曾祺，汪曾祺应该是张忌心仪的作家，甚至或许是他取经的对象，张忌此前的作品包括这部长篇的局部，都让人想起汪曾祺的味道。但《出家》很让人吃惊的地方是在后半部分有一个"加速度"，原先有意为之的从容、和缓，渐渐被撕扯掉，一变而成急迫、不安，直到结尾那句"我看见了我，孤独地坐在东门庵堂那个冰冷的石门槛上，相互眺望"——这完全是一个现代主义式的主体，纠结、内省、自我分裂，这已经溢出了汪曾祺式的古典气派的传统。其次，既然大家认为是小说的后面四分之一拯救了这部小说，那么是不是意味着前面那部分应该精简一些，甚至删去，直接从想出家开始写。前面那些部分究竟有没有意义？

王俊雅： 整本书的节奏有点奇怪，前半部分日常的地方太长且无意义的细节太多（包括作者得意的"鳖"与突然出现拉走秀珍的黑车），如果砍掉三分之一节奏可能会好一点。

焦子仪： 我觉得不能砍掉。前面的部分其实是给最后方泉没有在宗教里获得解脱提供了合理的依据，他本来就是一个很努力生活的人，遇到生活中各种问题很积极地想办法去解决，也很懂得社会上一些潜藏的人情规则，并且乐于利用这些关系，就是所谓的"心思很活"，所以虽然他最后有一段心灰意冷的时间，读佛经打坐，但是我个人的看法是，他并不觉得这是一种心灵的宁静，也不觉得这样是正常的，消沉一段时间后还是会再振作起来，继续为生活奔波。

二 不纯粹的宗教世界

金理： 那么对方泉而言，出家的动机是什么？

朱朋朋： 出家这件事情，在方泉这里太不纯粹。出家最初是因为经济压力，不用胆战心惊，不用起早贪黑。出家后参加的典礼，最大的感受是"感觉自己在参与一种很重要的事情"。慢慢地有了自己的寺庙之后，就有了更多的刺激和诱惑，他发现从中可以得到一种现实世界难以得到的关于名利的虚妄的满足……里面有众人的顶礼膜拜、有想象中的三大殿……

出家这件事，寄托了太多对现实的不满足、欲望、功利、自我实现的背后的因素。出家之后，我们也看得到护法周郁和住持阿宏叔的情感和背叛、慧能和村子里老太太的和与不和的纠缠。试想，如果要把寺庙"做大做强"，方泉势必变得像阿宏叔一样，在护法、僧众、信众中来去自如——当习惯了这种模式，会不会变得更加可怕？出家这件事，出与不出，都一样的，都会有各种各样的欲望和压力，纠缠和纷扰。

焦子仪：最后的救赎与宗教擦肩而过了，方泉曾经有过"人生为什么这样苦，不知道何时才能解脱"的疑惑，但应对他提问的人不是一个真正的高僧，而是把和尚作为谋生手段并且很有野心的阿宏叔，阿宏叔对他的开导是："你能吃和尚这碗饭。"另一个和尚长了师傅给他的指导也是，"就是个吃饭的东西"，所以方泉的感觉是，自己之前的失败是因为入错行，而"佛"在这些和尚心里是很虚无的，当他作为"高僧"不断赚到钱的时候，他就更加感受到这些事情的荒谬。应该说方泉一开始对佛是有敬畏的，但是他后来越来越没有战战兢兢的庄重感，完全是向往自己的三大殿和被人膜拜的感觉了，他没有看到过宗教对人生指引、对生命探索的部分，只看到了宗教附加的神秘体验和一些蒙骗手段，因为他所处的现实就是一个荒谬的末法的时代。

王俊雅：这里面没有宗教，只有神秘体验。《出家》里的宗教表现蛮怪异的，在佛法僧三点上用力突出"僧"（教团），把"佛"泛化成一种神秘体验，让"法"（哲学）从方泉的生活里缺位。作为行业的僧和作为信仰的佛，中间联系起来的不是理性，是超理性的神秘体验。方泉未必知道佛是什么，他所信仰或期望的是某种与尘世对立的东西，以佛的形象和话语系统呈现出来，如果换成基督或其他什么原创宗教也可以，甚至通过嗑药也能达到类似的效果。方泉的佛教是他自己构拟的。

闵瑞：我认为在他的心里，出家的意义发生了一些演变，最初确实是抱着挣钱的打算。直到后来发现自己似乎有一点慧根，这个时候带来的纯粹的精神体验是最多的，现实工作和僧人之间的这种切换也让他的生存轨道似乎变得更加顺畅。但是寺庙的营生逐渐扩大后，方泉似乎不能平衡这两端了。他打点寺庙的雄心受到一些事情的冲击——一个荒谬的末法时代。他就像站在了一个几条路相交叉的路口，要么像阿宏叔一样利用护法越做越大，要么就像慧明师傅一样曾经的热情被浇灭——文中提到慧明师傅其实一开始也是抱着一颗想要打点好寺庙的愿望的，但其实她本人身上也有不那么纯粹的方面，比如她在庙里藏了一个男人。要么就完全退出这个世界，但是如此拼命努力地找出路的方泉或许心里已经暗藏了答案，想要得到阿宏叔式的结局，刚好周郁的归来又给他指出了一条明确的路。

朱朋朋：我想作者的目的不是和我们探讨纯粹的宗教是否存在，而是探讨人的精神状态。这本书写的是一个出家的过程。出家的路上，方泉不是一蹴而就直达终点，而是在两方之间摇摆。家庭有温情也有烦累，寺庙有冷清但有名利。而写的好的地方，就在于这多种因素纠缠在一起的复杂的内心、彷徨的过程、纠缠的选择。举两个例子——

第一处，方泉感觉到自己去当和尚，儿女因此对自己的感情发生了变化，于是决定回到家庭。二女儿"扑闪了几下眼睛：爸爸，你再回去当和尚，不就有钱了？"让人感到方泉所处的境地的纠结和尴尬。为了赚钱去做和尚，当为家人赚了钱之后，家庭却不接受他了。个中酸楚只有他自己知道。第二处，周郁消失不见，方泉半夜在寺庙中冷清难耐，再次骑上车子回家。到了家门口从门缝中窥视，当一对儿女的眼光从中投射过来时，"我转身骑上车，飞快地离开了巷弄。"此时的方泉是惧怕回到家里的，惧怕什么呢……所以我觉得，《出家》要写的是一个在出家路上彷徨和挣扎的人，包括他的生存状态和生存选择。至于宗教，我觉得不是作者的意图所在。

王俊雅：与此相关的一个问题是，作家在小说中为什么选《楞严经》不选其他佛经，我个人的解释是：因为《楞严经》是神咒，只是纯粹的声音，是不需要理性去理解的东西，只去念诵去相信就可以达到某种境界，超乎理性与感官。如果《出家》里有真正纯粹的事物，就是《楞严经》本身，其他所有，周郁、阿宏叔、惠明，包括佛教本身，都是人世里混杂着种种欲望的东西。

从晋宋佛寺制度完成开始，僧人就是一支世俗甚至政治化的力量。如果观察那些世俗文本（例如《笑林广记》僧道部或者其他涉及僧人的白话小说），就会发现，和尚在与他们切近的俗人的眼中是何种形象。但现代使我们离僧人越来越远，使得本来应该已经被世俗消弭的超脱想象又重新在世人心中复生。从这层意义上，《出家》可以说是对这种想象的祛魅，方泉先在槛外看，再在槛内看，最后坐在了门槛上。

金理： 既然提到了不纯粹的宗教世界，那么周郁这个人物大家怎么看？

王俊雅： 周郁这个人物是很定式的，有很多标签集中在她身上，"少妇""富豪""寂寞""精明"，不像是现实主义小说里会出现的人物，反倒像"YY都市网文"常见的那种空闺少妇，因为看上了主角的特别（在方泉身上是他的朴实）而付与一腔真情两袖金银，可以说是卖油郎独占花魁的现代版了。而方泉甚至没有卖油郎的能动性，这让周郁这个角色显得特别不在实处，反而有点苍白。作者可能希望周郁是个方泉的对照组，但这个人物本身的缺乏深度，与日常生活的格格不入使她缺乏魅力和说服力。

要说周郁对佛教有什么了解吗，我觉得不会多过方泉。这两人都被阿宏叔法事震撼过，但这些东西不是佛教的，你参加个天安门阅兵也是一样。方泉比周郁多的是神秘体验，而周郁多的是情感的寄托。周郁身上一点出世的成分都没有，她想要的是一个珍惜她爱她的人，并且并不像方泉那样愿意舍弃世俗生活。她明知道佛寺背后的金钱权力网络，却仍带人来佛寺，说寺里清静，她享受的是这种营造出来的人工的清静，和文艺女青年去趟西藏也没区别。同样地，她选择阿宏叔和方泉作为情感寄托的对象，也是因为这种"与世俗不同"的想象。

朱朋朋： 之前周郁和阿宏叔有所纠缠，在经历了情感变故之后找到了方泉。我们看得出周郁一直都希望过一种安静单纯的二人世界，但是她的现实生活是惊心动魄的。她需要也想要从方泉身上寻求安全的港湾、情感的寄托。为什么周郁要把方泉带去接受膜拜？当然是利用这个看起来宛如"大师"的人来圈钱。所以，周郁对方泉在情感上是功利的。周郁已经看透了这个圈子，所以她只求在这里找到一个让情感栖身的地方和对象。这其实是变了概念的"出家"，从一个世界迈向另一个世界，而不是投身宗教。周郁和方泉两个人是互为映射的存在。

金理： 周郁最后给方泉安排了一场恢宏的仪式接受众人顶礼膜拜，我突然想到，方泉曾经看见阿宏叔端坐高台，"身穿金光闪闪的袈裟"，恍如"一尊真佛"，而当那些信众在膜拜方泉时，他们眼中呈现的肯定也是"一尊真佛"。

闵瑞： 我个人认为周郁在佛法世界的浸入并不像方泉，方泉作为一个僧人还能在念经打坐当中感受到一些宗教的神秘性，但是周郁在这个世界都是在寻找一些功利性的东西，她做的会堂生意具有高风险，运气很重要，所以像马老大一样，她来求佛希望可以保佑自己赚钱，后来她所寻找的东西向着更加世俗的方向发展——男女间的依附关系。至于她为什么不干脆在商界寻找这种依附关系，或许是她对"僧人"这种多少带有一点神圣因素的形象的一种幻想吧，哪怕在知道真相以后，这种想象也依然存在，尤其是遇到了方泉这个真的能体验到宗教神圣性的人。

三 "门槛上的相互眺望"

徐鸿铭： 刚才说到了出家的过程是一个对宗教场景祛魅的过程。但实际上宗教场景原先应该是较为纯粹且神圣的。如此的"祛魅"的前史正是世俗——主要是关乎金钱与人情的世俗对宗教的蚀入。

在宏观角度来说，世俗对宗教进行渗透。而在《出家》的故事中，我们的视角是微观的个体平民。在作品的大半部分，方泉都在通常意义上的"世俗世界"为了所处的现实生活疲于奔命。但我们不难发现"出家"这一表面上的宗教行为对他原先生活的影响是越来越大的。他从偶尔做法事赚取钱财，到逐渐产生幻觉般的神秘体验，再到在上海如神明般"登位"——生活的实感被一步步侵蚀，而作品的笔调也从起初的扎实沉稳漫涌出了荒诞与虚无的色彩。而最终方泉甚至失去了在世俗世界维系生活的情感根基。

离开传统意义上的"家"之后再也难以进入，而纯粹宗教的"家"同样无处可寻。无论是"家"还是方泉自身，都陷入了这个彷徨的分裂同构。如此象征意义的"家"的失落，某种程度上正是这种已经变质的宗教潜流反噬导致的。

金理：我猜测张忌的态度是很模糊暧昧的，其实我喜欢这部小说的一个原因就是这种模棱两可的态度，它并不给出某个稳固、坚定的立场，不会停留在任何一个端点上，而是在两个端点之间游移／犹疑。所以我对"祛魅"这个说法用于这部小说略有保留，因为"祛魅"有着太明确的目的和方向感。作者并不是想为我们展示一个完全祛魅的佛教世界，也许方泉出家的动机很复杂肯定不乏功利性的考虑，但是超越性的宗教体验对于方泉是有巨大吸引力的，这点我想我们不能排除，小说一再写到这种体验。但是反过来，对于一个祛魅后的、或者我们上面提及的不纯粹的宗教世界，作品的态度也不明确，我觉得不是一味批判，甚至对阿宏叔这样的人，也许也有同情和理解。这样说来，我就很想探讨小说这个非常现代意义的结尾——"我看见了我，孤独地坐在东门庵堂那个冰冷的石门槛上，相互眺望"。

朱朋朋： 我也非常喜欢这个结尾。方泉没有做出任何选择，他始终在家庭和寺庙中徘徊。不过从结尾看出来张忌可以驾驭更多风格，那为什么不把前面的语言风格改变一下呢？

赵明节： 我反倒觉得平实的语言是很好的，很贴合方泉这个人物的身份，再改变就不是方泉能想出来的东西了。

闵瑞： 感觉门槛左右身份的切换间是方泉所乐意的，他的生活就在这左右跳动之间前进，反而如果最终做出了选择，另一边的可能性就完全关闭了，他就只能沿着一边不断向前，或许又会出现小说前半部分的那种"窒息感"。

王俊雅： 做选择是世界上最难的事了，将不确定固定成一种实在的无法改变的结果。方泉在真正选择之前是在两者之间穿梭，在做和尚的时候回家看家人，在世俗里刷墙的时候诵《楞严经》，这两者都是暂时超出某种境地，那是很快乐的。真正确定下来之后，就像把爱好当工作的人一样，是没有一个可逃离的地方可去了。

金理： 我其实特别喜欢"门槛上的相互眺望"这个意象。最近读到吴雅凌对于薇依诗歌《门》的解读，那首诗的大意是：人拼命敲门，但门紧闭不开，于是人彻底放弃希望和努力，承认永远无法入门，但此时门却自行打开了，但是门内并无原先预想的花朵和果园，"惟有无边的空间承载虚和光"。吴雅凌的解读是这首诗传达两层意思："首先，人类在门前的任何努力都是徒然的。其次，门内的世界不以人的意愿为转移。"（吴雅凌：《薇依的门》）我想，门槛上的方泉肯定也是这般苦恼，门槛左右两边的世界都不是适意的。但我想强调的是，门槛本身对于人是有意义的。出家就好像跨越一道道门槛的"过渡仪式"，过渡未必指向目的，过渡本身就是目的。弗莱在《批评的解剖》中分析"仪式并不仅是重复的活动，而是表达愿望和嫌恶的辩证的活动"。关于门槛和仪式本身的意义和"辩证性"，薇依在《重负与神恩》中用过一个精彩的寓言来表达：两间相邻的牢房里，两个囚徒以掌击墙传递信息。墙将他们分开，却又使得他们彼此交流。墙是一种障碍，也是一种希望。所以，我很同意闵瑞上面的说法，门槛上的方泉也许依然无法求得解答，但是张忌借这样一个意象表达出人类的某种隐秘意愿——人其实内在地需要门槛提供的临界状态以及"还可以选择"的希望。当然，方泉最后的焦灼说明，张忌也认为这种希望其实是很脆弱的。

陈楸帆《荒潮》：
"中国式科幻"，抑或"命题作文"

时间：2017年3月28日
地点：复旦大学光华西主楼2719室

金理： 2010年夏天，复旦和哈佛联合举办"新世纪十年"文学研讨会，在那次会议上我第一次见到韩松和飞氘，当时我对他们和他们的作品完全陌生。记得飞氘在会议发言中将科幻创作的群体形容为"寂寞的伏兵"，他们已经整装待发了，然而还是处于不受人关注的境地中，想想还挺悲壮的。去年夏天，复旦大学举办科幻文学工作坊，那天我因为其他的学术活动而无法赶去旁观，但据说会场连续更换了三次，因为与会和听会的人不计其数。这两番境遇的对照，其实也提醒今天中国当代文学的研究者，科幻已经成为无法被忽视的文类。

一 "科幻现实主义"

王俊雅： 简单讲一下陈楸帆这个作家的履历。他是1981年生人，1997年在《科幻世界》上发表第一篇作品，正式出道算是在2004年，从北大中文系毕业之后。2012年他出版了首本短篇集《薄码》，

2013年出版了第一部也是目前唯一一部长篇《荒潮》，这部小说拿到了当年的全球华语科幻星云奖长篇金奖。陈楸帆不是专业写作者，他2007—2008年在百度，2008—2013年在谷歌，2013—2015年又回到百度，主要是做产品营销方面的工作。出版《荒潮》的时候他是"最世"旗下的作者，现在已经退出了，目前正在动作捕捉和人工智能相关的创业公司当合伙人，写作是他的副业。

《荒潮》是典型的"赛博朋克"题材科幻小说，这一类型分支兴起于美国1980年代的科幻新浪潮运动，主要舞台是网络空间，通常涉及的元素包括义体、人脑上传互联、虚拟现实、人工智能、网络黑客和跨国公司控制的反乌托邦等。除了题材转移到网络之外，这些小说在形式上也大为变革，从类型小说原来主要的单线叙事转为多线叙事，运用大量现代文学的手法，包括拼贴、意识流、视点切换、戏仿、解构等。由于受到嬉皮士运动的影响，赛博朋克也带有很强的政治性，最为明显的是对政府与权威的反叛，其他经常讨论的论题也包括人的异化、人与信息技术的关系、当代人的自我身份认同、现代性的困境等。《荒潮》很明显受到这一类型中几部名作的影响，包括赛博朋克创始人之一威廉·吉布森的《神经漫游者》、押井守执导的动画电影《攻壳机动队》、保罗·巴奇加卢皮的《发条女孩》等。

从主题上我是觉得这部小说非常"学院派"，你在里面可以找到环保主义、女性主义、后殖民主义、西方马克思主义、东方化、技术反思……翻开任何一本讲后现代主义的导论性质书籍，这些条目就像踩点一样展现在你面前，我都很难想到后现代主义里有哪一个分支是这部小说里没有提到的。这部小说想讲的点非常之多，但篇幅和笔力又不足以容纳如此之多的主题，就导致最后呈现出来的效果像一锅杂烩。如果他重点挑一到两个点深入探讨，可能效果会比现在好得多。

技术上来说，《荒潮》的叙述手法和语言非常花哨，这在当时的中国科幻界也是引起了一阵小小的轰动。中国科幻界从领军者《科幻世界》创刊以来一直是以硬科幻点子型小说为主，要求技术描写过关，科学细节经得起推敲，对文笔和描写不怎么在意，可以说是理科生主导的科幻。但从"80后"的年轻写作者加入《科幻世界》写作群以来，我的印象是整体上技术色彩淡化，人文关怀加强，更注重人物刻画，文笔和情节更加细致，创作主体的职业也从工程师转移到各行各业，比较偏于文科。这一改变使得科幻小说从一小部分小众硬核作者与读者的自娱自乐变得大众化，更加易于接受。中国当代科幻小说与欧美不同，没有经过从通俗到硬核的过程，以刘慈欣、韩松为代表的主力作家主要接受的是黄金时代科幻的影响，一开始就假设读者对科学知识和常见的科幻想象很熟悉，设置了比较高的阅读门槛。而"80后"作者所做的，也是欧美科幻曾经经历的，是"软化科幻"。这个历程从欧美科幻历史看，主要是三条路径：情节化、社会化与纯文学化。

情节化的作品通常探讨情感或人性以唤起读者的共情，也有一大部分是偏向故事紧张抓人的，一般而言都比较通俗，也容易导向市场和影视改编，目前是比较受欢迎的一类。社会化的作品则注重于现实问题的探讨，通常是宏大叙事，现下比较常见的是反乌托邦类型。欧美有些优秀作品是引入社会科学来建构自己的世界观，不过在中国好像还没有看到类似的作品，反乌托邦作品也不太容易出版。纯文学向则比较类似于新浪潮的延伸，从主题和手法上更加靠近当代文学，对于个人的处境等议题讨论更多，也颇有人认为这一类只是披着科幻的皮。这三类发展路径都导向一个结果，就是"近未来"。

最近几年出版发表的"80后"作家科幻作品已经很少看到传统科幻的太空、远未来、外星人、其他生物等题材了，主要都是探讨近未来的人工智能、生物技术、虚拟现实等热点话题。近未来的优点是很明显的，基于现有科技拓展且贴近社会现实，使得读者理解起来更容易，更容易唤起读者的共情感，改编难度也低。但我个人并不是特别看好这一走向，总觉得是在偷闲躲懒，缺乏读科幻这一类型时本应有的对技术本身的惊异感。在黄金时代的远未来科幻里我们能看到对现实的展望、对现实的逃避、对现实的反叛甚至是根本不在乎现实，他们讨论人类能够想象到的极限和不存在于现世的东西，但是近未来科幻基本就是现实，只是加了点科技佐料或者把现有的某项技术往前再推几步（而《荒潮》在科幻方面基本就是已有科幻元素的拼贴组合，没有什么崭新的东西，技术细节也是关于既有技术的小范围扩展），归根到底还是对于现实的关注。也不是说这就不好，就是显得，当代人类本位主义。

陈楸帆对自己的定位是"科幻现实主义"，宣称"科幻最大的作用是提出问题"，比较偏向社会化那一方面。在他之前，也有人宣称过"科幻最大的作用是预测未来"，或是"科幻最大的作用是科普知识"，这些论点很快都消亡了，但也曾在当时有很大的影响。陈楸帆的想法我们看来是好理解的，"五四"知识分子式的责任感，觉得要对社会负责任，但这一论断是不是好的，或者说有没有必要，我个人比较质疑。现在也有人开玩笑说"科幻最大的作用是吸收热钱"，也不是没有道理，甚至可能更贴近眼下的现实。

金理： 俊雅提到的很多信息是我此前所不了解的，对我而言形同"补课"。俊雅认为这部小说大杂烩了很多后现代的议题，不过我想就小说后半部分着力展现的小米的自我分裂而言，这种内向的自我追问，可能不同于后现代式的削减深度。小说在宏大的社会议题和小米细碎的内心声音之间，还是维系了某种文学性的张力。我不知道陈楸帆给自己定位为"科幻现实主义"，显然俊雅对这种科幻写作路线是有保留的，但是我倒是比较认可，我在想什么是"中国式科幻"，中国的科幻应该写什么样的故事？很多中国人写的科幻其实毫无创造力，从情节、人物、意象等都是对西方的仿写。但另一方面，我也不是说要把四书五经、唐诗宋词等直接搬进科幻小说，堆砌这些所谓的"中国特色"很可能沦为东方主义式的展演。但是，《荒潮》让我觉得是充分意义上的中国式科幻，它完全诞生于中国现实的土壤（城市和乡村、发展和环保、民工潮等等都是切中关键、最为紧迫的中国故事），它思考问题的逻辑与历史和当下的中国完全扭结在一起。我这里的意思不是题材决定论，而是"中国式科幻"必须在和中国的历史处境、现实血肉和读者关切的持续互动中来产生。

邱继来： 这不算一部佳作。对比同年出版德国人弗兰克的《海》，同样关心环保等主题，但陈楸帆的作品更显得薄弱。对我而言，这部小说有强烈的国漫既视感，"宏大叙事"作为中心却没有相称的细节支持，使得"宏大叙事"显得破碎空洞。正如金理老师所言这部小说拥有中国式的"风味"，然而我认为这旅游手册介绍式的"风味"正是这部小说细节破碎空洞的例证。更苛刻地说，这些细节的缺失，使得这部小说既不科幻，也不现实。

第二个例子则是小说的语言问题，小说角色说话的方式都是一样的，譬如斯科特的对话就很中国化，并不符合小说对于角色的设定。透过这个角色所传达的对中美关系的刻板印象，小说中并没有揭示出印象和现实的区别，反而透过三条主线印证这些印象，令我觉得反感。披着经典动漫的外套，掺杂着刻板印象，浮光掠影地写一些中国故事，更像是给都市人看的乡野猎奇。

徐铭鸿：我个人对这部小说的印象还可以。这可能和我个人平时阅读经历中较少接触科幻有关。因此我也可能没有对科幻这一类型的特殊要求。在我个人的阅读体验中，这种左翼色彩较为鲜明的作品也不多见。

作者提倡的"科幻现实主义"在这部小说的中间部分执行得相对成功。而这一点执行的成功某种程度上也是故事的左翼色彩所致。在我的阅读记忆中，第一次在长篇小说中看到较为完整的对"后工业时代"资本主义社会体系的控制力以及其中底层劳动者的描绘。总体来说它是一个有着强烈底层关怀和反叛意识的文本，但是受限于我们当前的社会实际和理论发展状况，它也的确只能属于作者本人所说的"科幻的最大作用是提出问题"的范畴。

另外的一个令我感兴趣的点是故事的地理语境处理。我最近重新精读了影片《疯狂的石头》。其中对重庆的城市描绘让整部影片具有独特的地域风格，同时又蕴含了典型的社会意义。《荒潮》中作者也看到了城市语境的重要性，所以一方面突出硅屿的末世废土特征，另一方面着眼于对不同社会阶层分明的城市典型环境（包括工作场景、生活场景、宗教场景）的刻画。

金理： 小说中的地点"硅屿"，一方面原型来自作者家乡——广东汕头贵屿；其次又"反讽"地让我联想起硅谷，硅谷是引领风向的高科技创新产业区，硅屿是世界上最大的电子垃圾倾倒处；再次就像徐铭鸿所讲硅屿是一片"末世废土"的鬼域/鬼狱，简直不是人待的地方；最后我也想到一种"异托邦"空间，硅屿被现实社会"包括在外"，既被权力单位所规划辖制，但又被主流社会所排斥（用陈楸帆的话来讲——"分化"——"被分化的不仅仅是功能，还有政治、经济、文化、科技、民族、宗教、社会地位、甚至尊严"），两者形成或对抗、或同谋的复杂互动（就如小说中文哥所体现的）。

孙时雨： 关于俊雅所说的《荒潮》这本小说的"社会化"，我非常认同。我也认为它不够"科幻"，传统的科幻小说的大型元素：AI、外星人入侵（比如 BDO），还有时空穿梭等都没有构成这本书的大主题。相反，作者用了特别多社会生活层面的细节，比如宗族关系、阶级观念、东西方文化差异等元素将文本填充起来。"科幻"元素停留在了"机甲"和"电子垃圾"等层面，《荒潮》没有给我带来一部优秀的科幻小说所应具备的"新东西"，我觉得它是一个极度封闭的文本，一切的苦难和绝望都在"硅屿"这座垃圾岛上坠落。

关于刚刚我们所说《荒潮》的"文学化"问题，我认为作者只做到了语词上的文学化，而在真正的"文化层面"可能只完成了一些流泛的符号。中国元素比如宗族或者巫术，以及陈开宗这个美籍华人的心理状态的描写都趋于刻板印象和模式化，比如在最初看到阐述宗族关系时，书里的人物在反复表达"是为了一种自然而然团结起来的力量"，于是我就一直期待着这种描写在后面会起到的作用，但是到小说的后半部分都没有发现，这种"中国特色"越来越稀薄，最后只幻化成了辅助帮派斗争的符号。语词方面，作者海浪滔天般的精妙技术词汇和华美诡异的场面描写聚拢在一起，让读者逃无可逃。

小说总的来说给我我一种华美的机械和技术感，冲击力极强。但是因为文本密度真的太高了，描写面面俱到，又不断地进行故事闪移，这种技巧确实很难，但有些影响了阅读的流畅感，我每读几段，就要喘口气休息一下。

林俊霞：我觉得《荒潮》给人一种很强烈的错乱感，一个是叙事角度带来的，一个是故事情节带来的，以及引入科幻因素带来的。这是一本带着社会讽刺色彩的科幻小说，"科幻现实主义"意味着科幻应该是主旋律；但是如果我们把科幻部分的内容删去，把故事换一个科技背景，放到现代社会，以垃圾处理、城乡问题等作为主题，似乎也可以成立。设想一下如果没有科幻因素，落后的科技和利己的人性结合，整个故事的冲突展开与结束可能就比较流畅和呼应。但是作者将故事建立在科幻基础上，宗族制、阶层意识、环境污染等问题就和代表着先进的科技形成了巨大的落差，从而给人带来一种巨大的错乱感。只是不知道这种错乱感是作者特意营造还是无意为之的。

二 小米和垃圾人

邱继来：小说中性的描写太过刻意，没有扣紧叙述，反而妨碍叙事。他对宗教的想法的出现与消失也如同性的描写，并不扣紧叙事，似乎把性和宗教场面抽离也不妨碍小说叙事的进行。

孙时雨： 看着硅屿，作者仿佛始终有意无意地提醒我们这是一个世界信徒的大熔炉。硅屿人保留着宗族制，崇拜自己的祖先，相信巫婆。陈开宗相信上帝，遵守父母的安排，不安增强现实的"义体"。并且作者时时强调，垃圾人包括小米都是泛神论者，相信万物有灵，并时时参拜。

直到小米 1 出现，小说写道：她说"要有光"，作者明确地暗示了小米 1 的一种"神性"。后来她确实成为了硅屿人的"女神"，他们的信仰。文本中有一句："一种跨越生物与机器界限的新生命，人的历史即将结束。"但其实它的造物主就是人，随着终极技术成果的出现，人塑造了"神"，人也就灭亡了。这可以算是对于当下人类社会生活的一种警告与威慑吧。

《荒潮》可以说是集结了环保主题、科幻色彩、黑帮斗殴、宗教哲学、异乡人心理，以及可能还有一点点的女性主义，加上冷冽细致的语言，如同能够冲毁神经的华丽风暴，或者制作精良的电影大片，却好像少了一些真正能给予读者的启发。

王俊雅： 小米如果有宗教思想的话也不应该是《荒潮》后半部分小米 0 表现的那样，"拯救""人是否能成神""僭越"是非常典型的一神教或者说基督教思想，我不是很相信一个普通的民工女孩儿会这样考虑问题。我对潮汕文化也不怎么了解，不过我随便猜测，在那种宗族和神道盛行的地方，应该民间道教思想是主流吧，那么人和神（或者说仙）之间的距离是很近的，也并不是肉身和灵魂的关系，不需要什么精神的超脱。

我也没当过民工，也不是山里出身的，以我作为一个都市文明产物的想法来说，我是不太相信一个被严重地强奸虐待的 16 岁女孩突然获得无比强大的力量后，会去想要不要原谅罪魁祸首。这好像有点不太符合普通人的人性。

总体感觉，《荒潮》后半程的情节有点傻，和前半部分的节奏对不太上，可能是太想塞在这个篇幅里写完了。从赛博朋克那种罪恶之城风格一下子跳到好莱坞展开了，突然众志成城，就有点好笑。

金理：可是，如果加入阶级的维度来考虑，为什么垃圾人不能集合成团结的阵营呢？如果垃圾人发现自己很可能会在某一时刻面临小米式的悲惨遭遇，为什么他们不能够联合起来？

王俊雅：垃圾人是不是能够团结起来，我个人也是打个问号的。前文明明说了小米为了防止被强奸而剪短了头发，说明在垃圾人中肯定有强奸或者其他犯罪存在（实际上民工群体中的女性受到的性侵害也是很严重的），而且也描写了垃圾人对同伴死亡的冷漠，后文又一下子团结起来了，就很好莱坞。

以我个人阴暗的想法来说，不太相信垃圾人会对一个无亲无故的女孩儿受到上等人侵害有什么实际行动。可能内心会有同情，但似乎不至于为了其他人而冒丢掉饭碗甚至遭到殴打谋杀的危险。现实中的农民工群体主要是以亲缘或者地缘为基础而成为一个利益群体的，但《荒潮》里的垃圾人似乎并不是如此，在这种三不管地带也不存在什么为了上访而团结起来的诉求。当然也可以说是李文通过贴片给他们施加了非常强力的心理暗示，强力到足够让他们行动起来，那我就没话说了，但似乎对下层团结反抗上层统治的主题略有影响。

朱沁芸： 第一部林主任、斯科特和陈开宗遇到一个被机械臂钳住脑袋的人，倒在地上挣扎，并看到"很多人向同一个方向奔去，脸上带着兴奋而又恐惧的复杂表情。"

这里我觉得"兴奋而又恐惧"，一方面"恐惧"确实表明他们有感觉到自己可能就是下一个倒在地上的人，有感觉到自己将来的黑暗未来，总有一天也会遇到悲剧；另一方面却又"兴奋"，这个场景令我一瞬间想到的是鲁迅先生弃医从文的那个契机——那些冷漠的围观者，他们不单怀有同情，还有将这少见的悲剧当做一起闹剧，当做乏味生活中一段娱乐小插曲来看的兴趣。

那个男子死去之后，"斯科特看着眼前的人群，看着这些垃圾人脸上那种无助、麻木、惊恐与兴奋混合在一起的表情……"营造的垃圾人群体相当于曾经被鲁迅先生批判过的一盘散沙自私自利的老百姓：为自己的渺小无力感到无助，在重复乏味的工作里被消磨掉所有斗志的麻木，为自己可预见的悲惨未来而惊恐，同时为此时此刻自己不是倒在地上的人感到庆幸，因死水无波的生活被搅动起一丝有趣的涟漪而有热闹可以凑时的兴奋……从他们的反应来看，这样的事情应该不是第一次发生。他们已经被压迫很久了，久到他们都忘了还可以反抗，默认自己是"垃圾人"而默默工作。不公正的待遇已经积久成厚冰，在这个地方这些人已经几乎捐弃了所有希望。

事实上，遇到残酷的待遇的不仅是小米，至少还有李文的妹妹。而这一段强奸案没有得到公开，没有得到重视。警方抹掉了那段视频，"这是他们习惯处理危机的方式"。多少次他们都是这么做的。而垃圾人，还是个人管个人地生活着。

但是这些自私的、习惯了淫威的人们，在李文一封地下传单之后变得极其有凝聚力。当然也可以说小米恰好处在累积的愤怒倾泻的临界点上，但是总感觉没有衔接好以至于民众心理转变太迅速，好像是点了开关一般。小米只是一个很普通的垃圾女孩，更多的人可能根本不认识她。他们确实可能会愤怒，但是我以为此前工作生涯中积累起来的对上级本能的恐惧和畏缩没那么容易因为一起新的悲剧全盘扭转过来，立即团结成一个新的阵营。而且，即使是垃圾人之间，我想也不会完全平等，完全可以交心。也许最开始跟着李文的几个年轻人确实有着一样的想法，但是那么多垃圾人要团结起来真的这样容易吗？比如三个家族之间有摩擦，那么三个家族手下的垃圾人之间真的没有任何党派之见吗？我以为作者多少有些理想化。

此外还有关于老族长的部分，文中有特意描写陈开宗对族长与想象的不同而感到的惊讶。在于族长的谈话中穿插了陈开宗与小米的回忆，并通过夕阳等环境描写渲染出一种神秘的氛围，在其中引出关于海滩的过去。老族长看起来是一个深藏不露的大BOSS，他也忧心着硅屿的未来，包括抽签，包括说"长城不可能一次建成"，都给我感觉他有一套自己的办法来建设、改善硅屿的未来。我一直等着陈家的动作，却未料老族长在全文中唯一的作用似乎就是引出韩愈和海滩的一段故事，此后再也没有出现过。

陈家、罗家、林家既分三家，但家族血脉之间的矛盾并不突出，或者说，和垃圾人与硅屿人的冲突互相冲淡了，就像既要描写同乡人之间的矛盾，又要描写外乡人与同乡人的矛盾，所以着力点很分散的感觉。

款冬组织也是一样，出场的时候很气派，好像是又一个幕后操纵者，即将要在硅屿时局里做一番什么事业。可是似乎它的出现也就是为了引出铃木晴川的故事一般，到最后这个组织都很神秘，搞不清楚它的脉络，它究竟想做什么。我感觉作品前期的很多伏笔到了后半部分就被放弃掉了，虽然一开始以为这有些刻意的描写肯定在后续会有特殊的作用和表现，但是到了后续却发现它们并没有伏笔的作用。

所以我觉得作品的结尾很有些突兀，过于戛然而止了，很多事情都没有交代清楚。硅屿的未来究竟怎么样了？很显然美国人的计划也不是硅屿最好的出路，而三大家族似乎都没有给出什么新的选择。垃圾人救了硅屿人，但是他们之间的关系究竟起了什么样的变化，结尾也没有给出答案。就像一位学姐说的，这不过是个开放式的，"一切才刚刚开始"式的结局。

郑嘉慧：《荒潮》这本书还是有优点的。可能是因为我家在广东，书中与宗族、神婆相关的内容在我看来真实自然、毫不做作，极具中国元素。相比于书中其他带有欧美科幻色彩的内容，这是一大亮点。再说说书中的人物刻画。每个人本应是不同，拥有各自的性格和特点，说不同的话，做不同的选择。但在读的过程中，书中人物给我的印象却是通过不同人的嘴巴讲同一个人的话。作者缺乏对人物细致的刻画，停留在表层，采取交代他们的背景和陈述所做之事完成了人物形象架构，简单粗暴。但他们背后的价值观却是相同的，未免有些单一了。

三 影响源和"命题作文"

王俊雅：之前提到赛博朋克是嬉皮士运动的产物，嬉皮士运动在赛博朋克中留下的印迹还有大量的东方元素与迷幻药物的普遍使用，具体到作品来说，这些创作者经常会把舞台设置在香港九龙寨城，以营造一种混乱、黑暗、充满罪恶和潜规则的气氛，迷幻药物则让作品中充满不明所以的幻觉描写与跳跃叙事，填塞进去大量的色彩和意象（实际上新浪潮作者大部分都接触过LSD或其他致幻剂，甚至有严重的药物成瘾者）。《荒潮》的文风和他所受到的作品的影响是有关的，我可能会说这部小说中大部分纯文学读者觉得难懂的部分都是科幻读者熟悉的科幻元素的拼贴，没有什么新东西。

邱继来： 这部小说的原创性的确有可疑之处，其中大多数涉及科幻的情景，都有主流次文化的漫画、小说题材能够考察出出处。而所谓"华丽"的表达则流于表面，并不足以推进叙事，也不足以描述场景，更类似于逃避刻画现实的举动。

徐铭鸿： 整个故事在反"好莱坞文化商品"的思想下并没有逃开"好莱坞套路"。多线叙事平衡了不同人物的视角权重，符合"群像"式描摹的追求。与底层意识、左翼精神结合，可以说的确是部分地挣脱了个人英雄主义的框架。然而回到开头结尾我们就会发现：第一，故事的爱情线索竟依然是在一个英雄救美的框架内进行的；第二，最终的灾难拯救场面虽然是由底层发起的，但这种突如其来的群众风向改变以及社会互助的图景的确是有美式政治正确的光芒；第三，网状的叙事方式（尤其是结尾）的增强的正是好莱坞式"最后一分钟营救"的直感。

另一个问题是人物心理逻辑上的混乱，这一点与娴熟的叙事视角切换非常不匹配。个别人物的情绪转换颇为生硬，缺乏足够的铺垫。除了刚才其他同学所说的几个例子，我个人阅读时还期待着李文的角色向黑暗面转化。但是最终并没有更深入。"款冬组织"的存在也缺乏足够的意义支撑。其他问题比如，作品中有非常多作者的议论插入，比较干扰阅读体验。

王俊雅： 之前讲到科幻的三条路径，情节化导向市场和观众，社会化和纯文学化则更加针对科幻奖项的评委。科幻至今仍是小众文学，是否能够得奖，对于一个作者的前途来说是相当重要的，所以也不能责怪他们"命题作文"。美国最重要的两个科幻奖项：星云奖和雨果奖，就我的观察来看，星云奖还稍微好点，雨果奖这两年被国人关注很多，因为有很多华裔或者中国人得奖，这个奖近几年的得奖作品基本上就是美式政治正确的集合体：异国色彩、少数族裔、女性主义、人文关怀、LGBT、ABC 成长心路、对东方集权的抨击，有个近几年很活跃的美籍华裔科幻作家叫刘宇昆，他几乎每年都得奖，不管是原创还是翻译，基本都包含这些元素，可以说他是准确把握了雨果奖评委的口味了。

中国这边的科幻奖最大的也是两个，一个是《科幻世界》主办的银河奖，另一个就是《荒潮》拿到的全球华语科幻星云奖。虽然这两个奖彼此观点有龃龉，但大方向还是比较一致，主要是宏大叙事、不推动情节发展的技术描写、情节有逆转、易于改编 IP 之类，不是特别关心个人性。

陈楸帆给我的印象就是特别国际化，他和刘宇昆关系很好，也参加很多国际的科幻活动，他的短篇作品已经被翻译成多国语言，好像很多国家的译者在向本国介绍中国科幻的时候首先考虑的就是他的作品。所以有同学说《荒潮》是外国人看中国的刻板印象，我觉得没问题啊，人家就是面对欧美国家奖项评委读者定点投放，要符合他们的口味才能拿奖嘛。虽然很遗憾《荒潮》因为是长篇所以没有被翻译，但思路上没什么问题，如果你读起来觉得像怪奇马戏团展览，那美国人就想看这个，也没什么办法。

邱继来：听了你的叙述，的确不禁令人认同"定点投放"的嫌疑。小说人物塑造却很薄弱，以罗家的大 boss（罗锦城）而言，不符合黑道的常理。

王俊雅：中国科幻在《三体》火了之后的这几年像雨后的狗尿苔一样疯长，原来有多被忽视现在就有多被重视，资本像流水一样涌进来，主要是买改编 IP，稿费也没涨多少。目前主要是电影行业买了大量的 IP，因为类型小说里科幻是能够容纳最多热钱的文类，也有话题性。他们甚至买了很多我觉得根本不可能改编成正常电影的小说，非常奇怪。现在电影都还没拍出来，不知道制作会怎么样，但我觉得以中国目前的影视业水平来说似乎还没有成熟到能够处理好科幻题材，尤其是宏大叙事。游戏的改编倒没听说有什么起色，但好像科幻作家改行去给游戏公司做策划和设定的不少，也是个办法。不知道这波浪头过去之后科幻行业会怎么样，还能剩下什么，说不定会好点，也说不定就都改行了，说不准。

金老师前面讲中国科幻的中国性，我觉得其他人不说，韩松倒是一个中国特色社会主义科幻作家，恐怕很难在世界其他地方找到第二个跟他类似的作家了。包括反讽性的大国崛起心理、怪奇的场景与人性描写、对于官方语言的把握和玩弄，他的中国特色不是基于什么东方文化元素，而是基于对现有政权、现实和人性的熟悉和审视。就这么说吧,韩松的作品虽然疯,但是疯也是疯得中国特色;而且我也觉得韩松是中国科幻中最接近国际的人。不过以我个人的趣味,我喜欢的科幻作家是比较轻质的,幻想和趣味比较强,潘海天非常好,"80后"里梁清散和陈茜也挺不错的。梁清散这个作家有意思在他是"专业作家业余学者",有好几部小说都是晚清背景的,恐怕这辈子得不了奖,但是很有趣。

《诗建设》"80后"诗歌专辑：
"不彻底的个性"或"进入中年"

时间：2017年4月25日
地点：复旦大学光华西主楼2719室

一 出场与标准

金理： 今天我们讨论的诗歌文本来自《诗建设》（2016年冬季号·总第24期）上"80后"诗歌的专辑。限于我个人的能力和阅读兴趣，平时基本不对诗歌发言。这一次鼓足勇气组织一场关于诗歌的讨论，大抵有三个原因：首先，这次讨论的两位主发言人——薤弦（林诚翔）和王子瓜——已经是很有代表性的"90后"诗人，我读过他们的诗论文章，相信他们会给予我们极具启发性的解读。其次，洛盏兄和陈丙杰兄的驰援，也让我对此次讨论充满信心，尤其洛盏本身就是我们讨论的对象之一。第三，在读到这批"80后"诗作之前，我先拜读了耿占春先生的评点文章《八十年代诗人：原始场景、对话与论述》，一下子激发了读诗的兴趣，所以很期待刊发这组诗选的《诗建设》出版，甚至迫不及待地请求林诚翔在纸质书出版之前通过朋友取来了电子版。这组"80后"诗选体量太大，所以我要求两位主发言人先作一次筛选，缩小了阅读名单。然后我发现一个很有趣的现象：两位主发言人根据他们的视野所挑选出来的诗人，和耿占春先生文章中所评点的诗人，几乎没有重复（交集好像就只有包慧怡）。面对"80后"诗歌这一共同对象，前辈与后来人（两位主发言人都是"90后"）的入手路径几乎完全不同。所以一会林诚翔和王子瓜在发言中可以说明一下你们是如何从这些诗人中各自选择五个出来，或者我们也可以从一些具体的诗篇谈起。

林诚翔：我们所谓的"80后诗人"——虽然我不太愿意使用这一概念——通常在21世纪的最初十年开始写作，在此之前，当代诗坛已有了二三十年的准备，尤其是经历了1990年代的转型和积累后，当代诗似乎已越过莽撞无序的青春期，发展为一种吞吐量与延展性颇为可观的文类，一定数量的作品已被准经典化，诸种内部的小传统也已树立起来。对于刚开始写作的"80后"诗人而言，前人的作品一方面加速了他们的成熟：师法前辈的技艺无疑是一条捷径；另一方面也构成了他们对话的对象：如何完善、突破前人开创的传统，乃至寻求别样的资源以谋划新的路径，都是他们必须面对的。而从写作的外部环境上说，"80后"诗人的成长也明显有别于五六十年代出生的诗人。首先，网络的兴起为很多刚起步的诗人开辟了新的互动空间和写作情境，直接作用于创作与发表模式，重塑了传统的文学生产链，许多"80后"诗人早期都曾混迹于众声喧哗的诗歌"江湖"，遗憾的是不少网络资料今天早已散佚；其次，部分是由于新诗研究、批评的日益制度化，部分是由于一种更为复杂的写作对诗人学养的要求（这一倾向在90年代就已很明显），学院成为许多诗人成长的依托，如今回头去看，寄身于学院系统的诗人坚持阅读、写作的比例往往更大——当然这一现象背后暗含的再生产模式也值得探讨；再次，各式各样的传统官方刊物，以及一些充满活力的民刊，依然是重要的阵地；在这些空间之外也存在一些独自创作且取得了成就的诗人，他们或许预示了别样的可能。总体而言，如果说在讨论80年代诗歌、90年代诗歌时，我们还能够从中概括出几个总体趋势（虽然这很可能是一种后见之明），那么对于新千年后以来的当代诗，特别是"70后"以降的诗人的写作，我们很难做出具有穿透力的概括。前两年几位"80后"诗人在出版一套诗集时，将之命名为"星丛诗系"，"星丛"这一概念显然是从本雅明和阿多诺那里借来的，或许当下的"80后"诗歌现场就是星丛，面目繁多的诗歌并立着，组成一个庞杂的网络，但我们不能凭借几个概念将其结构出来。

回到本次的讨论，我们一共挑了十位诗人，五位是我选的，五位是王子瓜同学选的，在几十位诗人中做取舍无疑有很大的偶然性，很多优秀的诗人未被顾及，选取的诗人也并非尽善尽美，但可以肯定的是，这五位诗人彼此间的差异相当明显，各自的面目都比较鲜明。今天讨论的对象中最为年长的王璞，可以说是在北大诗歌传统中成长起来的诗人，他同时也是一位研究者，具备出色的理论能力，并持有鲜明的左翼立场，王璞的诗歌形式多样，无所不包，但不囿于内在自我，而是始终在文本中呼应如火如荼的当代生活。包慧怡和茱萸也是学院环境所孕育的诗人，阅读、研究是他们生活的有机组成部分，自然构成了他们写作时的重要资源。包慧怡的研究领域高度专业化——中古英语头韵诗及8—15世纪手抄本，同时她又是一位高产的译者，已出版十余种译著，其中包括毕肖普、普拉斯等重要诗人，因而我们能够清楚地看到她作品中异域文化的滋养，以及对西方诗法的借鉴。与之相反，过去二三十年汉语新诗的流变没有在包慧怡的诗中留下多少印记，她径直越过了其中的诸多议题，开辟出另一种可能性，从而跻身于臧棣评价王敖时所说的"无焦虑写作"的序列。茱萸是青年一代中并不多见的具有丰厚古典文学修养的诗人，不仅创作新诗，也是旧体能手，他最为重要的作品展现了重新检阅汉语的文化抱负以及对形式感的极致追求。某种意义上，包慧怡和茱萸构成了微妙的对称。了小朱在网络上有不少读者，我最早应该也是在"黑蓝"或者豆瓣上读到他的作品的，顿时觉得耳目一新，但对他的个人经历并不了解，只知道他有一个神奇的职业：飞行员。了小朱拥有伸缩自如的诗才，能够将绝妙的想象与独到的形式妥帖地整合起来，实现某种愉悦的均衡，值得大家细读。最后说说郑小琼。近年来有关工人诗歌的讨论很多，郑小琼则是务工诗人这一群体中较早受到关注的一位。将她列为讨论对象当然不是为了"踩点"，不是要强化打工诗歌作为当下文学现象、类型之一的叙述，而是希望以她为突破口窥探工人诗歌更多的可能性，观察她的写作溢出"工人诗歌"的部分。以上就是我选择这五位诗人的大致缘由。

王子瓜：诚翔选的几位诗人，从所代表的面向上来看已经很全面了，我根据自己的标准选出我认为写得比较好的五个人，因此还要先说说我的标准大体上是什么。一般来说我们在座中大部分人在进入大学以前很少能读到90年代以后的当代诗歌，对中国新诗的认识往往停留在北岛、海子的阶段，而中国诗歌在写作质量而不是数量上的高峰期恰恰是在90年代及此后。我们原本所受的诗歌教育就不多，对诗歌的理解囿于一套僵化陈旧的教条，即便是中文系的同学，对

90年代后相对成熟而又复杂多样的诗歌可能也不是太了解，对诗歌的阅读和批评缺乏经验。另一方面，我想我们大都很熟悉小说这一文体，至少与诗歌比起来，我们对小说的写作状况和阅读批评方法都比较熟悉，因此一开始进入诗歌的时候，大家遇到的问题是以往掌握的一些概念和方法似乎没有面对小说时那样有效了，几种简单的修辞手法、叙述描写抒情和议论、几种叙事方式等等，从这样一些常规的角度去切入，可能无法适用于这几个诗人，没有足够的经验能够判断他们的好坏。文学阅读说到底是依靠经验的，文学感受的经验，阅读方法的经验等等，诗歌同样如此，我们不可能用条条框框来界定诗的好坏。

不过根据我自己的经验，我想至少有一些较核心的因素可以帮助我们把握一首诗，比如语言的醇熟感，修辞的有效性，细微之处的拿捏等等。一个好的诗人，至少要对他所操持的语言十分熟悉，像一个雕塑家，他必须首先能够很好地控制自己的工具和材料，才谈得上表达和创造。语言若能够最大程度地减少冗余和套话，展现它的灵巧自如，维持其特有的内在气息、节奏，就可以称得上是纯熟了。关于修辞，最主要的就是隐喻，诗歌中的隐喻是否新鲜而合理，在此基础上是否能做到开阔和精确，事关诗人对现实的体察和对神秘的领会。不过还要再次强调我所说的不是教条，诗的阅读必须回到经验。

我所选出的五位诗人大体符合上述标准，其中肖水和洛盏是很早以前就熟悉的，安德和钱冠宇虽然也曾读过但还没有见过面，张二棍则是此前从没读到过，这次读到后觉得很好的诗人。

二 唤醒一个词

林诚翔： 具体的文本讨论，我们从王璞《阶级的黄昏》开始。我讨论前特意把王璞的诗集《宝塔及其他》读了一下，对集中较晚写作的一系列体积小、跳跃大、内容丰富的诗很有兴趣，《阶级的黄昏》和《社会的性质》《怀远》均属于此列。这首诗一开篇就点明了时间和地点：入夜的首都，"煤黑色的运河"；紧接着，人物登场；于是，张力就在小知识分子和劳动的场景之间产生了：暗中"较劲"又"吸吮"，大概是写小知识分子与他眼中的底层之间复杂的关联，这种进退失据是现代文学中小资产阶级、小知识分子的典型心理状态；最后，作者切换成第一人称，引出颇有力量感的结句："我真想冲出我的皮肤跃入你脏兮兮的身体"。

金理： 过于明显的立场会不会影响诗歌可以打开的容量？

林诚翔： 考虑到这首诗的篇幅，已经做得不错了。当然，我觉得我们讨论范围里的《怀远》和《社会的性质》处理得更好。我倒不觉得明显的（政治）立场一定会损害诗歌，或者简化问题，进而压缩诗歌的容量；反倒是以立场去界定作品显得偏狭，甚至有点教条化。王璞的大多数诗作的感知能力和打开的问题空间都挺可观的。

此外提一点，我们看到，王璞近年的诗歌的确大量使用"阶级"这类政治色彩浓重的大词。在中国，它们曾是国家机器的神经最敏感的词语，勾连着庞杂的历史记忆，其具体内涵与作用经历过策略性的转化，但无论如何，最终都在市场经济时代被人们有意无意地淡忘了。对于王璞这样受过左翼学术训练的诗人来说，它们又必然同诸多理论和文学作品产生关联，某些概念可能为他提供了思考的路径，也可能以一种反讽的方式揭示出当下的空缺，还可能在文本内部制造多声部的效果。他完成得如何暂且不论，但新诗应该是一门对语言材料没有限制的艺术，因此这种对政治表述的激活、化用不无意义，显现出新诗"跨语体实践"的能力。

金理：《宝塔》好像呈现给读者两种生活：一种是"周末的购物清单"所构成的生活，形下的、慵懒的、密切贴附感官的；一种是"宝塔"构成的生活，超拔的、向上的、精神的。"宝塔"会让人想到诗人生活过的北大校园，又让人联想到革命（延安，尤其诗歌最后强调"但首先是红色的"）。这两种生活似乎在交战、缠斗，尤其联系到《阶级的黄昏》，明显感觉到对自我的一种不满、失败感与焦虑感，实际上这本身就是小资产阶级最典型的一种感受。

林诚翔：这种小知识分子的矛盾、不安、无力感在文学中相当常见，也是当代诸多写作者的真实写照，不过每个人的处理方式不同。比如在姜涛的某些诗里，它会以一种调侃、戏谑的方式得到疏导，再比如在肖开愚的《下雨——纪念克鲁泡特金》里（《阶级的黄昏》似乎与这首诗具有亲缘关系），它就被定格下来，成为不可回避的根本问题。

金理：这样进退失据，面对自我的挖苦、焦虑等感受，都不是新鲜的话题，从新文化运动开始，当知识分子面对民间、底层时，就不断地触发。我的疑惑是，当代诗人到底有没有把其中的复杂性表达出来？或者在今天的现实中再造上述主题，有没有提供崭新的因素？

王子瓜：刚刚诚翔提到"阶级"这个词一般不容易入诗，那么在这首《阶级的黄昏》里"阶级"用得好吗？我觉得它是一个拒绝个人经验的"大词"，并且携带的意义指向太明确。

金理：好不好暂且不说，这个标题确实给我一种"被击中"、过目难忘的感觉。

林诚翔：这首诗的标题其实挺值得琢磨的，"阶级的黄昏"究竟是指阶级已接近黄昏，趋于消亡；还是指黄昏的场景里暗含着阶级性，因而是一个可以进行阶级分析的对象？另外我们知道，黄昏时分光线衰微，事物逐渐堕入混沌，而在黄昏之后等待着人们的是漫长的黑夜，这是否意味着当前社会试图在一种幻象中弥合深刻的阶级差异，我们所要面临的乃是此问题在后革命时代更为强劲的变体？

邱继来：或许我们能从意象的角度分析？"阶级"作为一个现代以来左派的常用词汇，本身意涵已经被固化，从复杂的面向而言，甚至不如"黄昏"这种古老的意象复杂了。这首诗的题目本身，则可以回归到自然空间里，延伸向自然意象的重叠，我们可以发现其所谓"大词"都链接在自然意象左右，如同其题目和第一行的"阶级 & 黄昏"，次行"星星 & 首都 & 夜"都能看出自然意象在传统的涵义和融合政治语境词汇本身的双重性质。以这种形式开篇，其实开宗明义的意味就很明显了。而且值得注意的是，诗句中标点符号所带来的平衡，也为诗本身带来格律性的意象区隔，作为一首短诗，这处理十分成功。如第四行"煤黑色的运河；小知识分子"、五行"多年前的途经，拖拉着懒"，这两行的呼应有着前后和上下的分别，在这种层面上"煤黑色的运河"作为意象群的开头，它指的是什么？

林诚翔： 劳动、底层。

邱继来： 以逗号和句号来分离意向群是一种方式，但是我更倾向解构这十二行诗成四个三行的意象群，因为这首诗标点符号运用的形式，并不妨碍诗行中意象与意象的链接。分号和冒号是另一个例子，形成一个对持和通联的意象关系。"阶级"这个词是否用的好，我想这个问题可以回置到意象中来回答。

林诚翔： 从"寂静"到"吸吮"有一个议论性质的东西。

洛盏： 也许这首诗初衷是恢复"阶级"这个词的感受力，让我想起"巴枯宁的手"（肖开愚）或"傍晚走过广场"（欧阳江河）这样的表达。跟金老师一样，我对这首诗的题目印象深刻，有一下被击中的感觉。但在词语的拉扯、纠缠之后，也许词的意义在最初的发光发热之后会又黯淡下去。我发现王璞特别喜欢把日常场景与政治术语或知识术语作一个并置，这个也不是太新鲜，关键是能在这条路上走多远，在张力结构上有何突破，多大程度上唤醒一个词。我对于"知识入诗"的作诗法还是有很大的警醒，这是学院诗人的一种绕不开的东西，学院诗人依赖于知识但往往为之所限。上次雷武玲和杨铁军两位典型的学院诗人来复旦讲座，提到一点让我印象非常深刻，那就是：博尔赫斯知识够丰富了吧，但读博尔赫斯的传记才会知道，他写诗的起点不是知识，而是欲望和欲望的不满足。

金理：我好像理解洛盏说的这种阅读感受，也许诗人希望在日常生活中激活某个词以及依附其中的感受力（甚至再锻造为某种更为理性自觉的阶级意识），但是读到最后发现被激活的意识反而黯淡下来，可能从文学史上来说，诗人所呈现的意象、场景太过"典型"了，新鲜感、异质感的消失使得最初的阅读期待没有达成。

林诚翔：我可以理解洛盏的批评，但这种读诗法是否过于极端？对诗作情感上的还原和主题上的归纳，很容易得到相近的结果，将诗当作严格的论证来读，大概也是不可行的。对诗来说，观察的深度、想象的展开、感知的丰富、语言的精密等维度或许都更为重要。

三 晦涩，或碎片重组

王子瓜：我推荐的这部分从安德开始吧。安德的诗整体弥漫着一种荒诞和冷酷，经常出现的是"观察""猜""雪"，这些都涉及诗人处理现实的方式和核心关照。几类词能够很好地展现他的风格，如《深海恐惧症》的"鱼肉闻起来像电池"，指向工业、资本对生灵的入侵，"扎啤""咯嘣脆"这样一些很有代表性的市井词语，"潜水员""压力计"等更富现代感、技术感的词语，也都标明了诗人的感受力取向。

安德的诗多见大幅度的跳跃，有时语言过于节制了，会让诗的晦涩走向极端，比如《罗马假日》一诗，每一行你大概都能够明白诗人的意思，但是不能理解行与行之间的逻辑在哪，因而不能对整首诗有准确的把握。我觉得这是他风格的一个极端。

林诚翔： 安德的语言一直比较灵动、跳跃，近作中也借鉴了一些古诗词的句法，有助于形成凝练而丰富的表达。

金理：《罗马假日》对我这样没有诗歌阅读训练的读者而言实在很晦涩。其实我大致能理解晦涩在1990年代诗歌生成语境中的意义，那个时候诗人与真正的市场化初次短兵相接，外部现实急剧的动荡，会促使诗人回返内心世界，在其中反复进行修辞锤炼，由此造成某种私密、不可解的面貌。但这种"不可解"，置放在诗人与时代的关系中其实是"可解"的。但"80后"诗人与其所身处的当下，已不复当年的对立、对抗，而是一种"你中有我、我中有你"的纠缠、撕扯，在这种更趋复杂化的含混中，如何来理解晦涩呢？

王子瓜： 安德诗里的语言游戏，比如谐音词的戏谑，一些句型的变换和重复，涉及诗歌的音乐性问题，这也与诗歌的写作意图有关，诗不一定是为意义而写的，诗可以与内容无关而着力于对语言的丰富或者对音乐性的探索。除了形式和内容上对中国古典的借用，他还使用了很多关于西方的东西，比如尤利西斯、帕涅罗帕，本雅明等等，这是一种具有互文性的写作。还要提一下《葬礼》这首诗，我认为这首诗是安德语言火候控制得最好的一首，每一句都能理解，整体也能把握，而写得又很好。

洛盏： 安德的写作我比较熟悉，他非常天才而且从一开始就成熟度很高。他对心理学、对拉康特别感兴趣。对微妙的潜意识、小它物、人的欲望唤起机制之类的东西很关注，并能将其内化成诗歌的一部分、内化成诗歌总体的氛围。同样，一些物理学、天文学等奇怪的素材也可以进入他的创作，并成为创作的动力点。

林诚翔： 现在写诗的群体相当多元，大家的知识背景各不相等，可以依凭的东西也很多。不少理工科出身的诗人都喜欢以技术性词汇入诗，这类专业词汇激发的机械运作的想象很容易与诗歌精巧的构造相互呼应，给读者带来新鲜感。

邱继来： 我觉得我们需要从视觉性的角度来理解安德的诗，他的诗带有现代性经典的视觉意象。

徐铭鸿： 读到安德的这首诗的时候想到了自己以前的一次写作尝试。当时选择了两个不同的事件进行分解，然后将碎片重新组合交替出现。个人认为安德这首诗可能也存在这种有意地将连贯的事件进行拆解、重组与架空的可能性。而相对连贯的事件经过如此的结构处理呈现出错落驳杂的效果，或许正如刚才学长所说的，它们更适合侧重视觉角度感受。这里所谓的"视觉"可能不仅需要适应顺序的语句、段落与词的跳跃和组合（这些指向了视觉想象），还需要去勾连段与段之间可能存在的非线性的关系。

假如用以上方法，这首《罗马假日》似乎可以将每一段的两行分开来读。四个第一句相连，"隐形""埋下""变色"与"精装"，我把它们当作一条关于"掩埋"与"变形"的线索。而每一段的第二句，"晚来""袒露""旧书店""归来""乡船""疏松"与"死星地图"，我把它们当作一条关于"坦白"与"复原"的线索。这里需要注意的是"死星地图"一词。一开始我认为是以《星球大战》中的死星地图作为比喻，传递某种革命或是背叛的暗示。但查阅了成都罗马假日广场的资料后我发现，它不仅仅是注释里的"旧货市场"，它是一个古玩市场。因而"死星地图"可以看作一种掺入了作者私人爱好的"古物"的表达。这样拆解开来，每一段的两行之间存在的张力可能比我们想象中要大。它们或许就是两个隐隐对立的场域。

回到"罗马假日"这个词语中来。电影《罗马假日》揭示的似乎是一个回环的链条：A逃避D选择B，B逃避A选择C；转折；B放弃C选择A，A放弃B选择D。故事最终可以说是一个无法获得平衡的状态。我因而猜测这首诗是否也具备回环的结构，发现最后一段似乎是两句之间斥力相对较小的部分。我的阅读体验中，"精装修"与"家乐福"表示的都是一种现代社会的生活图景，是可以勾连在一起的。假如把这两个半句看作一个组合而成的山峰，那么"武侯"（应该是武侯区的意思）和"死星地图"则恰好是两旁语势下落的部分。这是语句的形式上的一种猜想。而在叙事意义上，"离开家乐福"之后，故事也从第一条线索切换到第二条。最终，某种情绪如"流行病"般袭来，"袒露"成为最终的果实。

结合从罗马假日广场的实景图，我们可以猜测作者在面对这一旧货市场时的心境。罗马假日广场由一群欧式建筑组成，而内部售卖的主要是古玩商品，店面中也不乏服饰、小商品、足浴等等。照片中的广场人头攒动、地摊遍布，典雅的欧式建筑外墙和熙熙攘攘的活动场景糅合出一种颇为诡异的市井气息。《罗马假日》是否是安德跨过时间产生的一种迂回的感怀。

四 古典文学的资源与限度

林诚翔： 茱萸是很自觉地动用古典文学资源的诗人。我们来读两首他自创的"谐律"吧。先解释一下"谐律"这个名字，拆开来说，"谐律"之"谐"应是指谐音，不难发现，茱萸的谐律里安插了大量的谐音，《谐律：路拿咖啡馆》里有 15 处谐音，《谐律：译李商隐〈北楼〉诗》则多达 18 处；"谐律"之"律"则有律动和律法之意，大家会很自然地联想到律诗，茱萸的谐律均为八行，在规格上确有效法律诗的意思。我们知道，汉语里很多同音字词，因而借助谐音来拓展语义容量、关联不同事物，都是很常用的技法，同时谐音运用得当的话，还能带来回环反复的音律之美，这几点在茱萸的谐律里都有很好的呈现。举个《谐律：路拿咖啡馆》的例子："有人离开，披起椅背上的单衣，/你淡意转浓，又点了一杯热饮。"前一句的"椅背"和"单衣"倒映成下一句的"淡意"和"一杯"，一种循环往复之感油然而生。再举个《谐律：译李商隐〈北楼〉诗》里的例子："抑郁突燃，如何扑救？异域的/风情，舞断的腰身或无端之蕊？"在创造性翻译李商隐——也即建立文本之间的关联——的同时，还能通过谐音，建立起文本内部的关联："异域"似乎是"抑郁"的缘由，"突燃"似乎是"徒然"之举，"谱就"新曲纵能"扑救"羁泊之愁，也奈何不了花朵"无端"飘坠，如宫腰"舞断"，而这又似乎是对《北楼》中"花犹曾敛夕"一句的再书写。

金理： 经你这样一说，我觉得这种诗在形式上所挑战的难度挺高的。

林诚翔： 茱萸的"谐律"尝试固然新颖，但也存在问题，毕竟既要保证语意通顺，又要兼顾谐音，实在太难了，处理得不好的时候显得过于生涩，可读性不强。其实一个便捷的做法是减少谐音，在诗意与音律层面下更多工夫，当然，茱萸本人可能对这种诗体试验的"难度"有更高的追求。

实际上更能体现茱萸诗歌抱负的，是讨论篇目中属于长诗《九枝灯》的几首。这部长诗还未完成，但按照茱萸的计划，它整体上会是对一个卦象的阐释，因此这部长诗将有六个部分，每部分由若干首诗组成，对应于卦象中的一爻。虽然长诗有总体的设想，但其中的每一首又是自足的个体，可以独立被阅读。这些诗的形式较为统一，一般诗前有题辞，诗后有说明背景的尾注，诗的内容通常与古今诗人相关，包含着诗人对写作、生活等永恒问题的讨论，我推测茱萸是想在这部长诗里勾勒一个私密的文学谱系，并对自己的写作做一个阶段性的总结，用他自己的话说，这部长诗是他对文学人物的"私家遴选"。

金理：在取法古典资源这一方面，除了茱萸之外，我觉得钱冠宇也比较有代表性。不过两者不同。茱萸好像更多还是形式上面的考究。钱冠宇的诗歌虽然有怀古的外貌，但他表达的主题——孤独、零余、自我分裂——其实非常现代性。

王子瓜：钱冠宇的《夜晚的蜘蛛》比这里选的他的其他几首诗都好，一首成功的短诗，精巧，完整，没有冗余，腾挪空间也很大。总体而言，钱冠宇的诗并没有特别成熟，但他后边那几首诗的方式也值得关注，把自己扮演成一个古代的角色，重写了一下典故，从旧事里面凭借自己的理解阐发一些新的东西，甚至是与时间无关的情感或精神体验。比如他对王徽之乘兴而来兴尽而返的重写，这样的尝试是值得继续的。

林诚翔： 除了钱冠宇，还有很多人写故事新编式的诗，我想就这点瞎说几句，和钱冠宇的诗没关系。我认为近年来这类作品的大量涌现可能和一代人生活上的单调有关，大家似乎想要表达，又无话可说，于是纷纷到历史中寻找书写的题材，寻找思绪的载体。当然我不是说这种写法不可行，这条路上有成功的先例，但很多时候给人一种硬写的感觉，而且也形成了比较固定的套路：往往是从历史中发掘出一些契合现代性体验的故事，将故事的主角置换为现代的抒情主体，由此完成一首兼具古典与现代色彩的抒情诗。这类故事新编其实并不"新"，比如1940年代沦陷区的校园诗人吴兴华就写过不少这样的诗，且在音乐、语言、形式层面都近乎完美，然而即使是在1940年代的环境里，也很难说吴兴华的创作是绝对超前的。

五 比喻与叙事

王子瓜： 那么我们看看洛盏的诗。这组诗里，稍微短一些的应该是近两年的新作，另外几首长一些的应该是2012年以前的诗了。洛盏的诗代表着对经验进行精确把握的一种诗，在写法上他也很熟练于跳跃，但他不会在他认为不必要的地方跳跃。洛盏是早熟的诗人，对诗有着他自己成熟的理解，他说"凌空的人需要重新学习晕眩"。刚才我们谈到安德的很多诗存在这个问题。洛盏也绝不会出现钱冠宇的诗中一些冗余和俗套的地方。洛盏的诗像一把刀在划着纸，有一股强大而内敛的力量。我个人最喜欢的是《豆豆》这首诗。

林诚翔： 很多比喻很恰当。很多人的比喻让人觉得没有关联，洛盏的比喻都能落到实处，能感觉到那种体察能力与释放的乐趣。有特别击中你的描写。

金理： 我蛮喜欢《微光》。很短，但有点时间感，有点故事性。

洛盏： 这首诗有个副标题——写给肖水的。是日记体。刚认识肖水的时候他住在北区研究生宿舍。一堆写诗的人会去他宿舍讨论诗。他就会拿出很多诗歌资料展示给我们看，就给他做个比喻。

林诚翔： 洛盏诗作中的比喻很恰当。很多人的比喻让人觉得没有关联，洛盏的比喻都能落到实处，能感觉到那种体察能力与释放的乐趣。有特别击中你的描写。

洛盏： 我比较喜欢特朗斯特罗姆说的："以清晰的方式表述自己感受到的神秘的世界"。以前读王安忆老师写的《梵高日记》的读书笔记，在梵高绘画初期，他说："画煤矿工人回家，这是一个老题材了，但这个题材并没有很好地表现出来。"当他成为一个色彩大师的后期，他注重的是天空是黄色和绿色的，地上是什么什么颜色，这个好题材肯定可以画一幅油画。前者从"题材"、情节出发，后者从"思想物质化"的东西上出发，这对我启发很大，后者是一种更理想的境地，但绘画和写作又不同，好的诗或可以部分实现"语言的物质化"？这里先不讨论了。《豆豆》一诗很简单，就是一只狗的童年、青年、中年、老年，尽量用一个比喻概括一个阶段。

陈丙杰： 洛盏的那首《父亲》其实不能打动我，感觉有些修辞是故意用的，阻碍了情感表达。洛盏兄有一次在微信圈写了首比较传统的诗歌，主题也是怀念父亲，应该是一挥而就的草稿，但情感真挚。不到几个小时他就删除了。那首诗和这首比较，其实很有意思。当真情实感冲击自己、需要表达的时候，修辞的外壳和有意识的修辞意识，反而常常阻碍情感的表达（这个修辞的问题我后面再谈）。从技艺上来说，洛盏的诗歌已经很成熟。不过，他给我的感觉就像一个西方静物画的高手，能很成熟地画静物，懂得透视、光影，但始终没法向油画那种有深厚文化内涵的创作进发。这或许是他的困境。同时，他也没法重新转换表达方式，向传统的水墨画进发。而要真正突破这个困境，或许正需要放下习惯了的东西，勇敢面对真实的自我，袒露真实的自我，正如武侠小说中那样，要学上层功夫，首先要废了以前的功夫。这要有壮士断腕的勇气和魄力。而这或许不只是洛盏兄面临的问题，而是"80后"诗人一个普遍存在的问题。

邱继来： 这里所选的洛盏诗歌的叙事性很强。在紧密连环的意象中导出诗歌形式的叙事，甚至危险地徘徊在接近散文体的界限外两步。就以《豆豆》为例，描绘的对象、叙事形态、意象连贯性是一环扣一环的。他和安德正好是两个极端，采用散文的叙事形态却保持了诗歌的语言，就白话文的形式而言，这是非常难得的。我联想到《孔雀东南飞》，我并非指洛盏的诗是散文叙事，而是指他能够以诗达到散文叙事的高度，而不沦为散文。

林诚翔： 一般来讲，好的叙事不会是一个动作紧接着一个动作，一件事紧接着一件事，中间肯定会穿插一些描写和议论，会运用比喻等手法，但这些部分不应是装饰性的，而要能推动叙事。

金理： 谈到诗歌的叙事性，我们不妨来聊聊肖水，他在这方面作出了很多尝试。

王子瓜： 肖水已经是很成熟的诗人了，他最近写了很多"故事集""小说诗"。"小说诗"这个概念很容易受到质疑：小说和诗怎样糅合在一起，为什么不是叙事诗而是小说诗。他对此有自己成熟的想法：小说诗不是小说也不是诗，叙事或诗意都不是它的核心。关键在于它是将诗和小说都还原为"写作"，小说诗是肖水的一种绝对自由的表达形式，他不想以文类概念限制写作。

肖水以往的诗已经十分成熟，我们看这里边选的那首写于2014年的《猎人》就能明白。现在他显然是进入了新的探索阶段，在自己的内部寻找着突围。对小说诗的尝试才刚刚开始，还有待展开和积淀。

林诚翔： 所谓"小说诗"就是跨文体写作吧，20世纪以来读者已经接触过很多跨文体写作的文本，我觉得大可不必再提这样一个说法。肖水的"小说诗"我读得不多，读完的更少，好像没有特别触动的地方。就讨论材料里的《渤海故事集》《南溪乡》等诗而言，题材主要为都市情感故事，个人感觉叙事上略显滞重，这和洛盏的操作不一样，当然肖水可能是有意为之吧。

邱继来： 他这些诗很明显已经抛弃了传统诗歌调动意象的形式，但这样的实验如果需要作者自身来解释，我觉得这就够不上一种好的方式。我会保守地认为这些抛弃意象而以叙事展开的诗歌已经走出了诗的领域而变成散文,而且这个散文并没有诗的语言和意象,并没有构成散文诗的必要要素。

陈丙杰: 我觉得肖水在《渤海故事集》中对于"小说诗"的尝试是一种有意识的行为。也就是说,他放弃了以前对词和修辞的迷恋,开始尝试着扩大诗歌表现力。这种表现力在我看来,就是用诗歌的方式,刻画人物,结构故事,营造氛围,最终通过人物、故事、氛围来呈现诗意。从《渤海故事集》中呈现出来的诗作来看,尽管有许多问题,比如诗歌结构、表达方式、诗歌主题的重复雷同,在用诗歌展示故事方面,也没有达到一种普遍的成熟。但是,我还是很高兴看到肖水的这些尝试,而且有些尝试已经达到了他的初衷。比如《手工联社》《边界天光》等诗作。我们可以来读一下《边界天光》:

> 她第三次从金州戒毒所出来,家人没有再出现。
> 她走了很久,才走到主干道上。后来,她和顺她回城的货车司机
> 结婚生子。当然,故事并没有那么简单,人们被继续要求不能
> 随意横穿马路,也继续被要求:在年轻时候,不要爱上一个英俊的坏人。

这首诗包含的故事很容易被叙述:"她"因为"爱上一个英俊的坏人",在情感受挫中接触毒品,三次被送进戒毒所。在青春的挫折中,她不只被爱情打击,也失去了亲情的关爱。最终,"她"在一无所有的途中,与"顺她回城的货车司机"结婚生子。这个故事可以

理解为失足女子最终走入人生正途的故事，也可以说是一个个体无法把握命运的故事。我想，这个女孩一定承受过人世间的冷暖伤痕，也许在狱中认清了现实，放弃了爱情中不切实际的幻想，最终走向了"结婚生子"的所谓"主干道"。"她走了很久，才走到主干道上"，说明她第三次走出戒毒所之后，努力回归生活常态。走向人生的主干道，与随后的"结婚生子"，两者看似顺理成章，但一个"顺"字，打破了这种惯性的理解，使得这个女子走向人生"主干道"的行为有了更多复杂的况味，因此这个词包含了太多的想象空间。

在我看来，诗人在这首诗中体现出来的高妙之处，不只在于通过一些特殊的词拉开叙事空间，比如，"第三次""再出现""主干道""顺"等词，省略了太多的人生故事和心灵体验，让一首短诗承载了一部话剧、一部小说可能包容的故事能量；更在于，在这首诗的最后，诗人让这个故事在形而上的层面上得到了提升，从而摆脱了单纯结构一个故事的技术操练。"当然，故事并没有那么简单，人们被继续要求不能……也继续被要求……不要……"——这样的结尾，暗示了这个女子的悲惨遭遇不是个体的遭遇，而是一类人，甚至是人性自身所不可避免的遭遇。"被要求不能……"的句式排比，更透露出诗人对这个女子命运的思考："不能横穿马路"和"不能爱上一个英俊的坏人"，与"横穿马路"和"爱上英俊的坏人"之间的矛盾，不只是道德伦理问题，更是人性欲望和幸福之间永恒的悖论。因此，这首诗最终指向的，就不只是对人类道德伦理合法性的思考，也指向对命运强大的沉思。这样的结尾，让我想到张爱玲《金锁记》中写的那样："三十年前的月亮早已沉了下去，三十年前的人也死了，但是三十年前的故事还没完——完不了。"肖水用如此短的诗歌构筑这样充满厚度、长度和张力的故事，足以看出肖水在叙述能力上的用功。

林诚翔：我觉得丙杰兄联想到的这些东西大概都谈不上新鲜，一首诗做这种程度的延伸都不会太困难。

陈丙杰：这句话说来简单，真正落实起来并不容易。反而很多情况下，我们正淹没和迷失在修辞的快感当中。海子在1988年就意识到这个问题了，他说："从荷尔德林我懂得，必须克服诗歌的世纪病——对于表象和修辞的热爱，必须克服诗歌中对于修辞的追求，对于视觉和官能感觉的刺激，对于细节的琐碎的描绘"，"诗歌是一场烈火，而不是修辞练习"。90年代之后，特别是今天的诗坛，不正是被他言中了吗？

如果总览肖水诗集的话，可以发现，肖水并不是不会修辞，甚至可以说，肖水最敏感、最擅长的，恰恰就是修辞（在此推荐肖水的短诗《桥上》），而他不擅长的，恰恰是叙事和故事的构筑。但我觉得可喜的是，肖水对于自己的诗歌成绩时刻有一种焦虑，一种自我反思和警惕，他一直在寻找一种内心更渴望的东西，在此推动下，他在不断调整自己的创作，挑战自己已有的成果。从这个角度来看，小说诗的尝试，正是积极突破自我的一次实验。他说过，《世说新语》《聊斋志异》这两部古典小说给了他很大的启发，让他沉迷其中，也希望从中吸取新的营养。在我看来，《世说新语》的特色在于，在短篇制中，通过一言一行展示人物个性；而《聊斋志异》则擅长在短篇幅中，结构故事，营造超现实氛围。或许，这恰恰是肖水倾心的东西。从这个角度来看，不论这部诗集有多少失败的半成品，只要有一首诗歌达到了他的目的，我觉得都是值得鼓励的。而且,他敢于展示自己最新的尝试,不论这种成果是否成功。这份坦然,是一种自信,也是在诚实面对自我。

六 修辞

林诚翔:既然今天洛盏也在场,我想问你一个问题。在很多同代人看来,你的诗应该很早就在技术上达到了相当高的水准,但这几年似乎写得很少,是否遇到了瓶颈?有没有考虑过未来的写作进路?是否打算处理一些个人私密情感之外的经验?

洛盏:比如"阶级"这种词我用着不顺手。抽象的概念性的东西,我能感受到它的必要性,但我写东西更接近偏向于语言的物性和感受力。很遗憾我的写作近年来没什么突破,还没有抵达理想中的更复杂的境地。

金理:诚翔提了一个好问题,可以让我们从"一个人"过渡到"一代人"。前面我们分析了不少个案,下面是不是能讨论一些"由点及面"的问题。比如,以这卷《诗建设》"80后"专辑提供的样本为例,我们能否总结出这代人创作上的一些整体性的特征?或者,这种提炼整体性特征的观察方式,对于"80后"而言已经失效?再比如,"80后"诗人迄今的诗作中,是否提供了一些新鲜的表达?

林诚翔:今天我们如何表达互联网生活?

邱继来:或许可以换个方式理解,肖水的诗歌的意象已经从图片式的碎片视角转移为影像（短片）视角。这样理解或许能比较明白他所要表达和尝试。从现代性的蒙太奇碎片跳脱到后现代的影像式叙述，就这一点而言，或许更容易理解其内涵，更容易理解诗人和变革时代的关系。

金理： 这次集中阅读"80后"诗歌给我一个非常强烈的感受："80后"诗人似乎已经高度成熟，但这种成熟又明显是被学院生活、阅读生活所"催熟"的。如果借用1990年代诗歌史的词汇来讲，这批诗人更倾向于"知识分子写作"。在《单行道》里，本雅明有一个有趣的说法："上古时期的雕塑在微笑里把它们的形体意识呈现给观众，像一个孩童把刚刚采集的鲜花散乱地举起来递给我们；而后来的艺术，却板着很严肃的面孔，像成年人用尖利的草编织成的持久不变的花束。"这里借用这个比附可能会有些粗糙，但确实表达出我的阅读感受：我在这些诗歌中看到一张张"很严肃的面孔"，但绝少有散乱、保留着清晨露水的、"刚刚采集的鲜花"。当然，这样的阅读印象也可能和《诗建设》的"取样"有关，我不知道他们选择的依据是什么？这般模样的"80后"诗选，之于"80后"诗歌创作的实存状态，到底有几分覆盖力？

王子瓜： 这个选本不可能面面俱到，从地域上来看就集中在几座大城市。

洛盏： 我觉得这个选本选的大部分是学院里的"80后"诗人，那种偏向于沉思和技术流的，耿占春先生在评论中也提到了这一点。但其实，"80后"最开始是混诗歌论坛的，往往以相互开炮、很暴力很直接的方式交流，但论坛现在基本都关闭了。我的感觉是21世纪初，"80后"刚开始写诗的时候，那种有点偏口语经验的、下半身的、一眼能看透的诗反而是主流，但写这种诗的诗人大部分到后来就不写了。记得2005年有一个不错的选本《刻在墙上的乌衣巷》，里面选了十位"80后"诗人，口语诗人比例相当高，也都写得很不错，比如AT、莫小邪、羊、阿斐等，近年来也有乌鸟鸟等写出了不错的口语诗，当然什么是"口语"也是很难界定的。而这个选集比较"稳"，质量上乘，技术老道，总体来说比较缺乏一种清新的、料峭的感性和凌厉，这个在更早些的"80后"选本里就会有。读这个选本，感觉"80后"确实都已进入或接近中年了。

陈丙杰：我发现今晚对于诗歌的选择和讨论，都是从修辞的角度，从技术的角度展开的。而我认为，真正好的诗歌，首先不是技术打动人，而是诗歌的情感、思想打动人，让人思考，然后才回过头来思考如何表达这个问题。如果诗歌起于修辞和技术，又终于修辞和技术，我觉得再高超的技术，也对人无益。文学本身就是人创造的，也是为人存在的，表达的创新，归根来说，依然是为了更好地表达情感和思想。刘勰说，"修辞立其诚"。诚是什么，就是真诚，一种动情、坦诚。一动情，一坦诚，必然真情流露，而真情流露，正是文学打动人之处。我想刘勰提出"诚"与"修辞"的辩证关系，正与他对于南北朝文学那种华丽的修辞与无诚的内核的文坛倾向有关。实际上，南北朝注重修辞、音律的诗歌，在历史上的贡献，或许恰恰在于为唐诗走向高峰奠定技术上的基础。从另一角度来看，如果把修辞理解为恰当传达思想和感情的话，修辞最高妙的，恰恰在于"羚羊挂角无迹可寻"式的表达。诗歌也一样，用情之处，看似没有修辞，却能震撼人心，这或许才是最高的修辞，最好的表达。海子那句"黑夜从大地上升起，遮住了光明的天空"，哈姆雷特的"To be,or not to be,there is the question"，都是在看似没有修辞中击中心灵。

林诚翔：我想你说的"没有修辞"肯定不是指没用修辞手法，海子的诗里肯定是存在修辞手法的。按照我的理解，很多写诗的人说一首诗"很修辞"的时候，一般是指它在语言上较为华丽，其实这种华丽很多时候是堆砌了太多无效的形容词造成的，在诗歌中，名词和动词往往更直接有效。海子的诗歌语言确实凝练、有力，但绝不简单，海子诗歌的精神构造以及部分意象、句式甚至成为了当代诗歌的某种"原型"，被后来的诗人不断模仿、内化或戏仿，以至于今天的读者会觉得习以为常。

陈丙杰：你说后人模仿海子的意象和表达方式，其实这不怪海子，只能说明我们没有从自我体验出发去感知生活和存在，每个人都有自己对生活最真实的体验，也有属于自我的独特的表达。文学，正是要聆听自我内部的声音，寻找属于自我的表达，而不是去模仿，更不是把模仿的风气怪在前辈身上。

刚才说到王璞《阶级的黄昏》，这首诗最后一句"我真想冲出我的皮肤跃入你脏兮兮的身体"，放弃了修辞的繁复，而这句恰恰最提升了整首诗的品格。"真想"恰恰表达出了"80后"这代人不彻底的个性——有理想的余晖，但没法再为理想而轰轰烈烈去行动。现实的各种牵绊让这代人成为最谨小慎微的一代人。这种个性也体现在了他们的文学表达中。

生活的表面在变，但人类的情感和对生活的体验，仍然有相对的稳定性。这或许可以解释，为何我们能被"90后"后诗人许立志那些泣血之作深深震撼。而且，就说修辞吧，90年代，中国诗歌美学由抒情美学逐渐转向修辞美学和口语美学，背后有深刻的文化动因，有一种"不得已"深藏其中。在这种文化转型中，有的人在新的语境中没法适应，从而放弃了写作，或者暂时保持沉默，有的人却成功转身，进入修辞或叙事的诗歌美学中。无论哪种人，都感受到了时代对于诗歌表达的压力。王家新在《转变》中说："季节在一夜间／彻底转变／你还没来得及准备／风已扑面而来"。欧阳江河也说："对我们这一代诗人的写作来说，1989年并非从头开始，但似乎比从头开始还要困难。一个主要的结果是，在我们已经写出和正在写的作品之间产生了一种深刻的中断。诗歌写作的某个阶段已大致结束了。许多作品失效了。就像手中的望远镜被颠倒过来，以往的写作一下子变得格外遥远，几乎成为隔世之作。"

在这种转变中，80年代被北岛誉为最杰出的抒情诗人的柏桦，一沉默就是十年。西川的诗歌，80年代和90年代是不一样，这种不一样，背后那种不得已，后来的学习者是很难感受到的，因此他们学习的，只是修辞技术本身，而修辞背后的文化内涵和心里体验，他们很可能忽略，而修辞之"诚"在这里恰恰体现为这种不得已的历史无奈和诗学表达的无奈。鲁迅在《为了忘却的记念》一文中写道："年轻时读向子期《思旧赋》，很怪他为什么只有寥寥的几行，刚开头却又煞了尾。然而，现在我懂得了。"鲁迅懂得了什么呢？这值得我们思考。

林诚翔： 不过也不要把修辞的问题神秘化，纠结于要不要修辞没有意义。修辞不是点缀文本的东西，而是托着文本的东西，修辞的最终目的还是更准确、更有新意地表达意思，必要的时候使用合适的修辞就好了。

陈丙杰："80后"诗人其实生活在断裂和过渡之中，他们在开始诗歌启蒙的时候，受的是90年代市场经济搅动下风靡市场的徐志摩、席慕蓉、海子、汪国真的影响，而当他们真正冲击诗坛的时候，90年代新的诗歌美学在逐步成熟并压制了80年代的诗歌美学，附带着各种诗歌媒介平台也在接受新的诗歌美学。在这种情况下，要进入诗坛，必须接受这种新的美学。所以，"80后"诗人必须有意识压制启蒙阶段那种浪漫的抒情，告诉自己，修辞才是正确的。当西川等80年代登上诗坛的诗人，经历了90年代诗歌美学的探索和转型之后，在新世纪初，他们已经在修辞的道路上成了一道不可绕过的标杆。"80后"诗人在新世纪初出道的时候，"知识分子写作"和"民间写作"两种美学，已经成了他们最直接的借鉴，但他们内心又保留着80年代余留的抒情情结和理想情怀。这两种心境很多时候是无法调和的。所以，我感觉，真正把修辞作为自然而然、理所当然的写作方式的，不是"80后"诗人，而是"90后"诗人，"90后"诗人所拥有的诗歌写作的无限可能性，恰恰从要修辞出发，"90后"却注定是要烙上过渡阶段的痕迹，他们的成绩也要从这种断裂和过渡中生长。

张怡微《细民盛宴》：
叙述视角的得失，或走出城堡

时间：2017 年 6 月 6 日
地点：复旦大学光华西主楼 2719 室

一 叙述视角与世情小说

金理： 今天我们讨论张怡微长篇《细民盛宴》，张怡微是我们上海很有代表性的青年作家。从我对这位作家的了解来看，从这部小说的主题和情节来看，很像作家以前创作的集大成。首先我们听听几位主发言人的意见。

徐铭鸿：《细民盛宴》本来就是张怡微"家族试验"计划的一部分，而"家族试验"的规划又是"一群没有血缘关系的人最终以一家人的方式生活在一起"。在"无血缘"的"家庭"容器之中，"世情"得以展开。

小说的标题"细民盛宴"是两个极具张力的词汇组合，但是放在中国的语境中又非常有现实意义。毕竟饭局文化是中国传统文化的一部分，而处于饭局的金字塔相对高层的"宴席"也越来越成为市井平民文化的一部分。故事选取了几次代表性的盛宴，串联出主人公袁佳乔的人生轨迹，的确是一种颇为精巧却又生活化的选材尝试。其实，"宴席"是不同媒介的艺术家都热衷于描绘与呈现的命题。在2017年第70届戛纳电影节之前，德国大师级导演哈内克放出的电影新作《快乐结局》仅89秒片段，用极为精致的场面调度，没有任何外部提示就让观众感受到了一场家庭宴席中的人物关系与权力机制。回到中国的语境之中，李安的家庭三部曲最终章《饮食男女》也通过几场宴席和零碎的生活细节串联起一个家庭的命运变化。再联系一下"80后""青春"之类的文学视域的话，连《小时代》也有关于宴席的描绘，我自己初中时非常爱读的笛安的龙城三部曲（《西决》《东霓》《南音》）中也有不少。而关于八九十年代（或是延伸至今）的"细民"故事，虽然我个人的阅读和观影经验不多，但是客观上的确是有一大批类似题材的作品。

这样看来，张怡微的尝试似乎也不算新鲜。但我的阅读直感又告诉我这的确是一个有其独特韵致的故事。首先是故事非常鲜明的主观视角。这与一些家庭题材的群像式描绘非常不同。每一个角色都是在主角经历了种种创痕之后的主观镜像。父亲、母亲、继父、继母等等所有人的行为都不是第一性的，家庭带给主角创伤，从中孕育出故事，由此贯穿了袁佳乔自己对家庭的理解和对生活的种种碎片式的总结。比如说第一章第一页我们就可以看到，"人生大部分的选择都是很偶然的，但任何一种选择之后，都需要绵长的意志力来克服浅滩暗礁的责难"；以及"因为太过年轻，还不太能理解男人的腼腆与怯懦"。这些都是非常主观且零碎的所谓"生活经验"。再翻到第十五章的第一页，"我就想对'梅娘'说，她的人生何至于此，非要与我父亲这样的大伤心人携手共度"。第二页,"每个人都会像分配好似的,厮守自己命运的深渊,终不能幸免"。自始至终,这种偏向于私人化表达的喃喃自语都此起彼伏。

但我作为一个读者在隔着一层主观滤镜来看视其他人物的时候,就会产生一些疑问。这个主观世界的变化在哪里?或者说,即使是主观的视野,叙述者是站在一个怎样的位置来叙述的?刚才我举的例子是第一章和第十五章,我之所以选取这两个章节是因为在我第一遍完整的阅读体验中,觉得第十六章是颇为古怪的存在,甚至是十五章最后袁佳乔与小茂同学重逢中所生出的"惘然"还没有散尽,十六章开头就是"我像个患过重病的人,以漫长的时间换得释然,许多着急不能解决的问题,也因为时间的治愈,一点一滴被遗忘了"。人物的心理逻辑从"惘然"导向"释然",似乎并不是不可以,但是中间总让我觉得遗漏了一些东西。或者说,之前的凄迷、婉转、幽深的情绪积淀得如此绵密持久,最终却又以这样"所有的往事擦肩过去,笑声你来我去"的方式归于沉寂。我觉得可能无法满足个人的阅读期待。

回到主观视野变化的问题。我在阅读前十五章的时候其实是这样的过程,一开始,由于个人经历的相似性,我对这个家庭故事有非常强的代入感。那些"金句"虽然看上去略显浮薄但是还是能够嵌入我的一部分个人家庭生活经验中。尤其是一家人团聚的描绘,打麻将中引出的"活人与死亡的勾兑"等等,甚至让我联想到诸如《一一》《色·戒》这样的电影作品中类似的呈现。然而之后问题开始显露,当开头就把一些主角对于家庭最深彻的怨念展示一番之后,到了故事的中段,虽然情节依然随着宴席步步发展,也时而回顾去修补、强化人物的形象(比如对父亲的情结等),但是我的感觉确实叙述者的视角基本上处于一个恒定的状态,很难看出她心理逻辑的变化。这种情绪似乎是在不断累积、似乎是在蓄谋一股强大的力量的,那种迂回反复的情感的吸引力在弱化。

这里我可能又要举一部电影的例子作对比。去年戛纳的评审团大奖,加拿大青年导演多兰的《只是世界尽头》同样描绘了一个家庭的一天。一个同性恋作家在阔别十二年之后回到家中意欲宣布自己命不久矣的讯息,但是家庭空间中的种种矛盾让他最终也没能传递这个消息,潦草离去。一天的容量压缩在 97 分钟的电影里和十几年二十年要融合在 13 万字里,很难说哪个的难度会更大。但是它们采取的相似的策略就是表达方式和内容(电影台词、视听语言和小说叙述方式、人物言语)的相对单一化。影片中充斥的是逼仄的特写镜头和频繁的人物冲突,而小说中遍布的就是袁佳乔主观视角下关于家庭生活的数不尽的愁怨。影片在世界范围内都收到了许多差评,但也有人指出这种"烦闷""焦虑"的观感正是导演所要营造的氛围。假如说,电影仅仅 97 钟的时长似乎还是可以接受的,但是在小说中可能一处理不当就会造成一种延宕,甚至是麻木,而人物的形象可能会趋于固化,缺少起伏。

金理: 我个人感觉,张怡微的作品其实蛮"挑"读者的,她不是那种众人喝彩型的作家,需要有较为特定审美口味的读者来和她的作品"对接"。铭鸿上面讲得很精彩,小说和电影的对照也有启发性。你再解释一下,这个固定视点是什么意思?

徐铭鸿: 十五章都没有太大的变化,十六章袁佳乔突然开始释然了。前十五章对家庭的各种幽暗、阴森的角落,有非常清晰的认识。结果十六章，突然对这些阴森的东西释然了。

金理： 我觉得两种视角还是有交织的——一方面是过往岁月中的原始场景，一方面时而会跳出来呈现为一个回望者的姿态；不仅仅是对于过往的回忆，也有对回忆的反思。我也有一个感觉，就是这个小说是先有结尾的，或者说，作者内在地需要这个结尾、这个最终释然的人。十六章不管是你觉得突兀，还是顺理成章，张怡微在设计这个小说的时候，十六章已经放在那里了。

徐铭鸿： 我尝试着将小说理解为一种以当前固定的眼光对人生的回望，以固定的视点去梳理家庭的往事，故事中表露出的那种对世事极为老成的洞彻感似乎可以证明。然而在小说第十六章，一切的怨毒、曲折却又都归于平淡、释然（尽管两者并不真正冲突）。重新翻阅最后几章时，我似乎可以发现袁佳乔在怀孕之后细微的心理变化，比如第十三章末尾"我终于和我的父亲、母亲、继父、继母一样只希望表面的和平，而不追究什么真相了。我终于成为了一个我童年时那么嫌鄙、轻蔑的市井细民"。这些是可以表现袁佳乔从之前不断累加的情绪中又逐渐陷落的过程的。但我依然无法克服这种在阅读结尾时的跳跃感。所以，这种"主观视角"一方面要展现人物成长中的心理变化，另一方面又似乎受限于一个当下的固定视角。这一动一静两者之间存在的矛盾似乎并没有妥善处理。

焦子仪： 感觉到了十六章，可能突然一下子，换了一种情绪。

金理： "叙述视角"这个问题其实很有意思。张定浩把张怡微的创作定位为"世情小说",张怡微的博士论文研究方向也是明代通俗小说,我觉得作家本人会认可这一定位,也会受到世情小说的影响。但是其间也有差异。我的理解当中,世情小说一般要有一个客观的第三人称的叙述视角,以此才能表达对人世既反讽、讽喻又慈悲、宽容的态度。而如果改用主观视角的话,会人为给叙述者增加很多困难。大家可以想象,比如说以林黛玉的视角来展开叙述《红楼梦》,那么读者肯定会对黛玉这个人物本身加入很多负面评价。张怡微这部小说尤其是在阅读前面部分的时候,你会觉得这个主人公真是很刻薄很讨厌;假设我来创作这部小说,那么选择这个主观视角其实很不舒服。但也有可能,张怡微的用心也就在这里。就像刚刚讲的,她可能以一个观察者来展开,但是到最后是让我们看到,这个观察者也在被观察,自发观察、自我反思,先前自以为超越于"细民"之上的那一位最后也加入到"细民"当中,成为其中一员。后记里有过这样的表达:这个小说要写工人阶级,但工人很多是不自觉的。小说前面很多部分都在写一个特别细腻、敏感的人在观察外界的人与事;或者借张怡微的用词,一个有所自觉的人(或自以为自觉的人)扎到这一群不自觉的人当中,肯定很累很失望,因为越是看得分明,越是感觉处处不如人意。所以你看她用了那么多反讽——"现在爷爷要死,他显出了一种甫要登基的雍容之姿""袁家四个兄弟终于在麻将桌上团圆"等等,反讽是一种隔开距离、高高在上的观察,言下之意是"这帮人一辈子都没有活明白"。但是反过来读者会觉得这个主人公对于人情世故故作冷静的描述,其实也挺讨厌的。所以我前面说,张怡微给小说的叙述视角人为增加了难度,也有可能她的用心就在这里。她要写出叙述者的成长、成熟。中国古人所谓"人情练达",并不是指看得分明,"人至察则无徒",

毋宁是指不识破、难得糊涂，对人性和生活的灰暗、参差、微妙状态有包容性的把握。我想小说最后是要让主人公袁佳乔明白这样一种生活的伦理。

王俊雅： 从叙事角度来说，我觉得《细民盛宴》虽然是一部成长小说架构，从 15 岁写到 35、36 岁（因为有提到堕胎七年云云），这个跨度大概有二十年左右，应该来说是成长变化很大的二十年。但是与线性的故事内部时间相比，叙述者的主视角叙述一直是维持在大概 26、27 岁的阶段，一种很典型的大学毕业四五年面对许多现实又不太想面对的女青年视角。她的叙述语言和观点没什么太多变化，写 15 岁，就是 27 岁回顾当时，写 35 岁，就是 27 岁想象未来，非常单一，是一个平调。虽然这理论上来说应该是一部成长小说，但通过这种非常单一的语言和叙述，反映出来的袁佳乔这个人格几乎没有什么成长，从 15 岁到最后一章之前，一直表现出一种自视甚高的冷嘲感。我不知道是因为张怡微做不到书写出变化，还是因为她刻意想保持这个单一性。作为收束的最后一章及堕胎这一情节像是当代国产青春片的窠臼，女主角总要经历一两次堕胎才得到成长，而这一成长在《细民盛宴》中相当突兀，好像堕胎突然开启了袁佳乔接收他人善意的开关，之前单一的性格陡然突变，一瞬间就能接受自己小市民的本质了，也比较令人困惑。

金理： 我觉得至少从创作者的主观意图来讲，是希望我们看到主人公的成长的，你看最后一句话，"这昔年，已不是那昔年"，同样是观察过往，哪怕是过往同样的生活，现在叙事的人，跟过去叙事的人已经不一样了，对于同一段生活的感受也不一样了。

朱朋朋：我个人对这本书叙述视角的看法——作者是把成长视角和观察者的视角做了交叠，也就是在叙述的过程中始终保持一种双重的叙述视角。随着袁佳乔人生轨迹逐渐向前，叙述视角的焦点随着时间的变化产生着线性的推移。与这种时间线上的变化视角交叠的，就是观察者和被观察者的视角，"我"随时随地可以从自己的成长轨迹之中跳脱出来，对自己的成长作一番评判。我不觉得她现在已经是写成一个结尾的，或者是她站在人生终点去回望，开始这样写，不单纯是一个点式的或者固定的。观察者与被观察的视角很好理解，分歧落在第一人称叙述是否产生过变化上。

一个来自重组家庭的独生女子女袁佳乔，在自我的叙述中以一种促狭、猜忌、刻薄、克制、忍耐、坚硬的面目登场。她居住在自己的城堡里，不只是与父母、家庭甚至家族对抗，在自我中心的叙述之下，袁佳乔从城堡的瞭望台里观察整个世界、与整个外部世界对抗。但是袁佳乔面对这个世界最终逐渐走向了妥协宽容，她逐渐从坚硬高耸的城堡里走出来——从个人与外界世界的对抗，最终走向对世界和解，走向对家庭和生活的理解。她在经历了各种各样——不管是光滑还是刺伤也好，她在这个过程当中，逐渐实现个人成长。虽然这个成长或者变化，是非常难以被察觉的，是绵密的、细腻的、渐变的、晕染的。就像她的叙述一样，刚开始是非常严密，不透风的，慢慢地走向一种呼吸感，这中间是一种渐变的变化。而在这个过程中的时间线性主观视点的变化，作者的考量是逐渐渗透式的变化，与主人公走出古堡的行为相伴随，叙述也变得由艰涩走向平和，由严密走向呼吸，由自我走向客观。至于刚刚大家说的重复感，我觉得在重复之中是有递进和上升的。

另外，袁佳乔在生活之中达到的对外界和生活的理解，这种逐渐的变化，我是可以理解的。反而是如果主人公始终处于一个静态、一成不变的状态，我倒觉得这个人就是过分的顽固，而非敏感。因为我可以看到一个女生，她可能生下来非常敏感——因为非原生的家庭给她成长带来各种各样的非正面的一些因素。但是她的这样一种刻薄的性格，在各种各样让你感到窒息的生活当中，逐渐走向了理解生活、理解家庭，以及自己体验了恋爱和家庭之后所达到的与自己的生活相和解的这样一种高度。这个其实说起来是很俗的，但是我觉得她写的不会让你觉得俗，反而会被她感动。我最起码被感动了。

赵明节： 在叙述之中，作者经常突然开启一段人生感悟，或者一段短议论，读上去很像格言警句的串连，这我其实不喜欢这样的处理方式。作者没有把这些感悟有机地融入叙述之中，反而要不时地跳出来，给人力有不逮的感觉。还有这部作品的人物塑造，所有的人物都带着同样的口气去讲话，讲出来的话都带着同一种腔调，人物与人物之间没有拉出明显的差别，以至于读到后面，我总会感觉所有人物都是灰蒙蒙的一片，没有给人特别的阅读观感。

王俊雅： 她母亲和继父好像不是这样的。

赵明节： "梅娘"塑造得也很独特啊。

朱朋朋： 我觉得这一点我可以解释，就是我们说的她的个人视角。我们可以看到她有一个观察者和被观察者的视角，首先这个袁佳乔她是一个非常刻薄猜忌的敏感的性格，她也知道她是这样的性格，张怡微知道她是这样的性格。用这样的视角看的话，我们可以看出来，她的家庭不乏温情，她的继父没有她想象那么差。但是她带着这样的眼睛看，大家都那么刻薄。

林城翔：对，有的时候比如她在描写她的父亲，你可以脑补她父亲原来另外一个样子，你可以读出来这里面有两个层次。

金理：就像我刚才讲的，张怡微一开始选择这个视角展开的时候，就人为设置了难度。刚刚有人讲王安忆《长恨歌》，那篇小说一开始写到鸽子的视角，那是一个上帝的视角，先要给你看到，就好像是历经人生沧桑的俯瞰者来讲故事。那个时候你作为读者，心态可能也会平和一些。张怡微这个小说我刚才讲了，她人为要给主人公/叙述者增加很多负担，因为以她的视角展开叙述的话，势必我们会觉得这个主人公/叙述者是一个很讨厌的人。我同意刚刚朋朋讲的，她就是要让你看到，观察别人的人，最后要观察的就是自己，反身自省；别人身上温情的地方自己先前没有观察到；她堆积到别人身上的缺陷自己身上全有。如果在最后一章感觉到的话，这个小说依然可以看作成长小说。

王俊雅：另外一个问题，《细民盛宴》好像有一个预先的写作理论指导，先定好我要写一本世情小说，然后我再去写。写的时候不停想，脑子里面有一个世情小说的模块，试图用这个模式去框住自己的写作。她会刻意给自己做好文学传统的内部定位，框定可能被读者阐释的范围，有一个宏观理论指导着她（尤其是小说中的议论部分更为明显）。她有一种文学史思维，预先把自己的写作锚定在某个文学史传统的一个点上。但是她的写作本身是非常非常私人化的，与这个文学史大叙事有很多榫卯接不上，就造成一种背离。

书腰上两句话"如果能看到世情小说牺牲格调背后的那个意图、同情，那便是更有趣的事""世情小说，落脚点并不是人的情感，而恰恰是市井生活中不让人升华的真相"，大概就是张怡微想要自己达到的氛围，也是她写作时的指导思想。但是对我来说，《细民盛宴》没有达到这一目标。从第一章到倒数第二章，袁佳乔对身边的所有人没有任何同情，对自己几乎没有任何反思（在中段有两三行关于她"无法对他人释放善意"的自省，但对她后来的行为没有丝毫影响），始终保持自己骄傲而疏离的姿态，并在最后一章堕胎之后突然坠落成她二十年来唾弃的小市民。

"世情小说"，常规操作总是第三人称的旁观与悲悯，张怡微剑走偏锋，全程用第一人称去托住这个目的，优势大概是长而繁密的心理描写，但劣势也是《细民盛宴》这个文本给我留下最大的印象，即共情感奇差。一般来说，第一人称视角会天生赋予读者一些代入感，但是《细民盛宴》则几乎没有带来这方面的优势。袁佳乔在我个人的生活与阅读体验中也算得上是出类拔萃的讨厌了，这使得读者通往作者预设目的的道途上阻碍重重，读者不由得怀疑，从这个第一人称女主角眼中看出的家庭，有多少是可信的，又有多少加上了自私凉薄的滤镜。

读《细民盛宴》的时候我想到的对应文本不是其他海派文学或者世情小说，反而是《喧哗与骚动》里杰生的视角。《喧哗与骚动》是四段式，从一个家族的四个人视角写的，杰生是家族里的二哥，二哥这个人没有什么可取的地方，是一个纯正的坏人。但是阅读《喧哗与骚动》时读者能够很好地进入杰生的视角，从他的视角观察，可以理解他的思考逻辑，同时又能明白他是一个非常恶劣的人。但是《细民盛宴》在这一点上做得很差，读者虽然知道袁佳乔做了些什么，但是进入她的逻辑却很难。

《喧哗与骚动》与《细民盛宴》里的家族都经过第一人称视角变形。在《喧哗与骚动》杰生的视角里，他的家族就是淫妇、神经病、白痴，但是在其他人视角里，他们都是一些很好的人，我们能够通过其他人的叙述拼凑出相对客观的真相。但是《细民盛宴》里的视角是固定的，我们没有办法去掉第一人称视角变形，叙事变成固定性的东西，就相当程度上抑制了读者对主人公及其家族的同情。同时这个写作非常非常私人化，读者几乎没有空间跳出文本。从逻辑上来说，要把这个文本处理成张怡微想要达到的效果，至少应该有一个什么地方稍微跳出主人公的视角。张怡微试图用他人的转述评价来达到这一目的，但是这个转述本身也是在第一人称视角里的，性质就比较可疑。

林诚翔：我还是同意金老师说的，因为是以第一人称参与叙述，不是像《红楼梦》那样的观察角度，人与人不一样，获得一种人情世故的近观。

二 "细民"与"家族试验"

徐铭鸿：我想再谈谈关于小说的"细民"这一要素。就像我们前面讨论的，其实若要展现一个社会的群体，叙述者和人物之间有一定的距离，选择相对客观的视角一般来说更为稳妥。但是张怡微选择了一个主观的视角，这又让"细民"的描绘从外部成像转向内心世界。

这样一来，作为处在故事和人物外部读者的我们似乎可以得出这样一个结论：虽然袁佳乔到第十五章才自称终于成为自己所厌弃的"细民"，但是实际上，袁佳乔自故事的开头便已无法选择地身处这个"细民"的世界之中，她所有不厌其烦的絮叨其实正是一种细民面对另一种细民的生存方式的拒斥而已。这一场盛宴其实是如家庭的涟漪一般，一层一层不断扩散的，在这个阶层没人能得以幸免。

然而当我读到后记时发现，张怡微的写作意图除了"家族试验"的计划之外还有"反映上海工人阶层的日常生活"。这一点我有点不确定它的完成效果。一方面，我个人对工人，而且是上海工人阶层的生活缺乏了解，我无法判断故事中的人物种种是否契合工人阶层的生存状态。或者说在我固有的印象里，"工人"和"细民"似乎是不大容易产生交融的词汇。我总会习惯性地把工人放置于工厂这样的工作场域，而"细民"更多地存身于市井生活。或许《细民盛宴》正是将两者结合相互填补的尝试。

金理： 确实，"工人"这个词的阶级内涵太明显。说实话，在我的视野当中，不太看到"细民"这个用词的，我本来猜测是不是张怡微在台湾受到的影响。

孙时雨： "细"在古代就是小的意思。

焦子仪： 王宏图老师在序言里对比一些法国作家，提到家庭观念，举的例子大多是"我憎恨家庭，我要逃离"这种，好像是说袁佳乔对于家庭有反叛的情绪。但其实就我的阅读感受来说，我觉得她很依赖于这种完整的家庭，虽然她经常以哀怨的眼神看着这一家人做着什么，或者强调说"我"是被强迫去赴宴的，但是她心里应该是格外想去亲近这种环境。我不知道是不是我的误读，我感觉她其实一直想找一种方式能够融入父亲和母亲传奇式的恋爱，就是父亲对母亲深厚的感情，她非常希望拥有同样的联系。最后她和小茂在一起的时候，她非常绝望的一刻是半夜把小茂摇醒说，我们要有孩子了，你开心吗？然后小茂的反应很冷淡，我觉得这个就是他们婚姻关系死亡的契机，而不是说她自己家庭的复杂和小茂家人的挑剔导致，可能她对于家庭有更高更纯粹的追求。但是这种纯粹的圆满的追求，始终也无法达到，所以她最后表现出来对于现在家庭一种极端的……不能说极端不满，而是一种非常持久哀怨的态度。我觉得是这样的。她对家庭的观念是不包含一种家庭对个人束缚也好压抑也好的感受的，相反她整个人就是在期待着一个圆满的家。

王俊雅：《细民盛宴》最重要的感情线是袁佳乔的恋父情结，这条线太明显了，其他人物几乎都像为父亲陪衬。袁佳乔有一种对于理想家庭的假想图式，她拼命想要父亲符合那个图式，以至于忽视了其他所有人，把本来应该很友善的继父继母乃至于母亲都加以一定程度的扭曲。她的男朋友小茂是一个父亲的复制品，一样的无用与软弱，像是从天涯论坛上走下来的奇葩男友，由于太过典型，反而让人很难感受到实感。对我来说，父亲这个人物是有一定深度的，但作为替代品的小茂及小茂出场后的一系列展开（可能也包括梅娘的儿子），则显得过于匆忙。袁佳乔的母亲花了许多努力想让她摆脱细民生活，但是袁佳乔不由自主地沉入到其中，同时又不认为自己是这一生活的一员。《细民盛宴》大量的篇幅都是描写她如何在那些生活当中，如何到她父亲家里吃饭。她父亲家里是她最讨厌的地方，但是她一直到那里吃饭，去追求一些想象出来的父爱。在这个定位上，她的父亲和她讨厌的细民生活是完全重合的。袁佳乔从一开始就根本不具备摆脱小市民生活的意愿和才能，她的自私与庸俗与她的长辈们相比起来也不遑多让，还多了无由的清高与自我感动，就显得更讨厌。

我有一个随意的印象，张怡微好像在暗示袁家的血缘里有一些庸俗小市民的遗传，离这种血缘及"盛宴"越远的人物，小市民的性质就越浅。袁佳乔的母亲是一个追求爱情的文艺女中年，她没有参加爷爷葬礼那场"盛宴"，她的丈夫文艺程度更高，离袁家也更远。而梅娘一开始给人以清洁的印象，但她嫁入袁家之后，就迅速地融入了这一庸俗的氛围，开始讲袁家的家族八卦，追究父亲的拆迁房，清洁的印象也逐渐溶解。作为更明显的象征，袁家人脸上都有一个肉瘤，唯独袁佳乔没有，取而代之的是半身的黑斑，暗示她在外表的清高之下仍然具有袁家血脉的庸俗小市民特征。这个设置我个人觉得是比较刻板的。

其实袁佳乔原生家庭也不算特别差。上海每年父母双方再婚率要达到三十多万例，上海离婚率达到 40%。她继母和继父看起来人都很好，她母亲看起来也很好。但是她就是疯狂迷恋父亲。我觉得恋父情结在这个小说里也是一个指导性思想，我想不出来主人公为什么恋父。

闵瑞： 我觉得她对父亲有很多期待。

王俊雅： 她为什么对父亲期待？她已经连续失望和失败很多次，为什么还对父亲期待？她是不是受到荷尔蒙影响？

朱朋朋： 她有精神隐疾，这个我可以理解。她就是过分敏感，过分刻薄的一个性格，其实就是隐疾。

林诚翔： 小说就是要表述一个心理很别扭的小姑娘。虽然我没有这种经历，但是我看了还是很有共情。

郑嘉慧： 我觉得她对父亲的态度，不可以简单概括为恋父情结。这个小说至少在一种父女模式上的描写是特别成功的，让我产生共情。袁佳乔的父亲是货真价实的窝囊，但在小时候佳乔看到了他非常父亲的一面，比如在华盛顿大学打乒乓球……而且她对父亲有内疚感。为什么有内疚感呢？她觉得小时候自己选择了妈妈，这对父亲而言是一种背叛。如果她不背叛的话，现在整个家庭可能会过得很幸福，父亲不会变成如今的窝囊。对于理解这本小说来说，我觉得这个点是非常重要。

闵瑞： 我记得倒数第二章她还在说："我促成了父亲与母亲的重逢，不知父亲是否会感念我。"就是这种歉疚感，始终贯穿其中。

朱朋朋： 袁佳乔妈妈有点文艺范，而且姿态挺开放的，有一次学校老师打电话告状，妈妈说都是因为你不管。可以看出来妈妈对于女儿是呵护的。我觉得她妈妈还是属于上海这种大城市、比较有情调的，而且妈妈有很多书，就是有文艺气息的女性。

王俊雅： 我觉得，张怡微塑造袁佳乔母亲，是想让袁摆脱这个细民生活，但是她不由自主，包括这个小说大部分的篇幅都是描写她如何陷落在那些生活当中,如何到她父亲家吃饭,父亲家是她最讨厌的地方。但是她一直到那里吃饭,去追求一些父爱。父亲本身这个定位是和她讨厌的细民生活完全重合的。

朱朋朋: 袁佳乔没有说我要追求自觉,或者是一种更加独立、解放的意思。

王俊雅: 她没有想摆脱这些东西,她又不认为自己是这个生活中的一员。

朱朋朋: "细民盛宴"这个表达,我对应到文本里面,感受到的就是一个特别无力的小女孩,她非常无力应付这场盛大的家族聚会,没有办法应付,也不知如何自处,就是非常无力、弱小的感觉。

金理: 后面写到她去她男朋友家里吃的第一顿饭,也用到盛宴这个词,他们去到一个挺高大上的餐馆。我自己感觉"细民盛宴"这个表达,一个是俊雅刚才讲,细民盛宴有一个对仗。另外一个"盛宴"好像是反讽的意味,很隆重,很盛大,但是其实是一地鸡毛的事情。每一场宴会背后要么是权力的宣示,要么是苟且算计。她可能就是告诉我们,人生无非是这样,你最终也不要去设想真有这样一场盛宴的到来。

林俊霞: 我从情节上来理解后记中的那句"世情小说的落脚点并不是人的情感,而恰恰是市井生活中不让人升华的真相"。《细民盛宴》是张怡微关于"家族试验"的小说,里面所有人的婚姻形式几乎都是重组家庭。无论是"我"的父亲母亲，小爷叔甚至是爷爷辈的人物，这些人的婚姻都是二次婚姻。在通常意义中，二婚不仅代表着原来感情的破裂，也是新生活的开始。那么我们是不是可以将这些重组婚姻理解为底层市民对幸福生活的重新追求？世俗的人不甘世俗想要去追求精神上的满足与崇高。比如"我"的父亲虽然再婚，但是在"我"的叙述中他俨然一个情深义重痴情于"我"的母亲的形象。可能这些仪式化的感情对应着的就是所谓的"升华"。但是在再婚之后，所有人的生活并没有因为重新选择而变得美满，相应的原来崇高的爱情、亲情第二次套上枷锁，反而显得不过如此。在这方面作者把精神的东西物质化，崇高的东西低俗化，写的有些戏谑有些讽刺。可能这就是"不让人升华的真相"。而从中可以体会到的是，在"我"心中这群细民的强大破坏力。

再到后来，"我"的婚姻也出现了危机，最后终于破裂。这特别有宿命的味道。"我"从冷眼看着袁家人，最后变成彻彻底底的世俗的袁家人；"我"从不健全的家庭成长，最后组建了不健全的家庭。读来让人特别有轮回和循环的无力感。另外我觉得在"我"的婚姻的处理上，更适合在前文把小茂适当地拔高，那么后期人物形象的崩坏和"我"的心态的转变就有了逻辑基础。

王俊雅： 就像我前面提到的，张怡微是不是想表述一种，袁家人本身在血缘上，会带来一些拙劣小市民的气息。不是要写他们拙劣，而就是小市民，带有庸俗小市民的血统，离他们越远的人，小市民的气息就越少。

金理： 听你这么说，我都想到左拉。那么按照你的讲法，袁佳乔的堕胎是不是可以理解为，要把她体内的"毒"在这一代上面就终结了。

王俊雅：袁佳乔要断绝她的血缘关系。

朱朋朋：我觉得这样解释也可以，袁家的血脉，似乎带有某种遗传性、畸形的基因。他们每个人脸上都有肉瘤似乎是一个象征。

王俊雅：梅娘说袁佳乔是家里唯一一个没有肉瘤的人，但是她在身上。这个也是明显的象征，虽然袁佳乔表面上看不出是小市民，但是内里还是一个严重的小市民。

朱朋朋：但是我老觉得"小市民"这个词也并不是特别的准确。

闵瑞：我总觉得"小市民"这个词比较贬义，而"细民"这个词比较中性。

唐晓菁：作者在后记中写道，她想表现上海工人阶层的日常生活，对于工人来说一家人能够聚在一起吃一顿饭就是一件很不容易的事情了，因此，全家的一顿团圆餐就能称得上是"盛宴"。对我来说，小说最吸引我的部分是开头写袁家人召集在一起等爷爷去世的一段，似乎只要爷爷去世了，任务就完成了，大家就可以散了。这一段的描写和叙述都很细腻，对每个人的性格及特点都有了简单的展示。其实我倒觉得这和我参与过的大部分葬礼还是很相似的，但是这应该不是工人阶层，而是城市小市民的感觉，就是比较世故、世俗的人的日常状态（绝对没有任何贬义的含义）。有学姐说张怡微写的生活在现实中好像不是这样的，但我却很有代入感。生活这种东西还是基于每个人不同的经验千人千论的吧。我觉得小说中还想表现小人物在命运及时代面前的无力感，袁佳乔的继父和"梅娘"本是两个完全陌生的人，却也会因为种种机缘巧合而相遇。继父、"梅娘"这两种身份的设定，包括"梅娘"儿子这一身份，有一种外来感，他们本不应该是这个家庭中的成员，但是大家却还是在一起生活了。我认为，作者基本上体现了"细民盛宴"的主题，但是故事背景设定和人物阶层设定是不明确的。小说中的上海特色并不是生动地体现的，毕竟我觉得很少有上海人第一次叫"梅娘"妈妈的时候会直接称呼"妈妈"这么书面的语言。对于工人阶层的展现在小说中也没有直接的表现。我觉得小说中体现的应该是各个地方细民性格的通性吧。

朱朋朋： 按照张怡微自己的说法，她想完成一个家族叙事，我们如果看现当代文学史上的一些家族叙事的话，都有意去勾连历史的大事件，在家族命运的盛衰荣辱之中，去表达时代的意识和历史的关照，比如张炜的《古船》，比如《白鹿原》，比如巴金的《家》《春》《秋》。但是在《细民盛宴》这个文本里，我觉得她这样一种视角是个人化的写作，非常个人化的生活和感受的描述，其实是反传奇的。但是我觉得她在写作过程当中，在个人化的写作视角、个人的琐细生活和私密的情感空间中，作者实现了对时代和当时所生活的历史的记录或者窥视。袁佳乔这样一个女孩，她的身份是计划生育彻底执行之后这一代成长起来的又是重组家庭的独生子女，生活在90年代上海国有企业改革的大背景下，房产拆迁的大潮之下有人趁机而上有人每况愈下。破碎的家庭和没有抓住机遇的父母，会给她带来一种被抛弃感，还有失败者"赤佬"这样一种深刻的感觉——而这种感觉，显然来自于时代和当下的历史。在这个过程中她完成了对于时代或者是城市或者是历史的描述。她最起码完成了这样一个独生子女在重组家庭孤独感的描述，我觉得在这个层面上实现了。

然而这个实现，肯定是不尽如人意的。个人经历和家庭生活对于时代历史的呼应，我觉得可以试图概括出三个主题。第一个是重组家庭的独生子女在上一辈庞大的家族势力压迫之下所产生的孤独感。因为他们上一辈没有这种生活的体验，他们上一代过的还是家族生活，但是这一代就是纯粹独生子女的一代。他们在上一辈所面临的长幼交替这样一种压迫之下，所产生的孤独和对话困难的感觉，这一层主题的实现是最好的。第二个，袁佳乔所在的"工人新村"所代表的工人阶层，在时代动荡和改革变迁之下阶层下降，并没有成为改革的既得利益者，反而成为这个时代的"赤佬"，这个层面的主体的实现我觉得是次之的。最后一个主题，大概可以说是时代的气象，从改革初期的奋进向上，走向改革的疲惫期，时代的迹象逐渐由蓬勃转向一种颓靡，这个应该也是她试图去写的，但是这个是完成度最低的。

金理：我记得曾有人问过我，现在的青年作家为什么都不写家族小说？一听这个问题，你首先会感觉并非如此，比如笛安、颜歌都创作过家族题材。但问题是，如果我们以现代文学史上比较经典的家族小说为标准来判断的话，可以说我们今天青年作家笔下的家族小说已经消亡了。比如像巴金的《家》、路翎的《财主底儿女们》，都是通过大家族内部动荡来写一个时代的走向和历史变迁。现在的青年作家不知道有没有这样的抱负和视野。

张怡微确实作出了自己的尝试。她后记里面提到小津的《早春》，一个很日常的细节，但这个细节点点滴滴地泄露出，战后日本人如何在日常生活当中承受巨大的历史创伤。如果可以在家族小说当中，发掘这样的细节，由里到外表达出这样的瞬间，我觉得就很了不起。我不知道是不是张怡微也希望我们采取字里行间的读法来阅读《细民盛宴》，不要只读情节，而是像我们欣赏小津电影的方式那样，从日常细节中读出大历史变化的讯息。

赵明节：我觉得作者是想写出这个家庭背后的时代对于这个家庭的影响，但是作者没有处理好家庭与时代的关系，所以显得没有写出来。

林诚翔：我觉得读到小说后半部分，这种社会种种的变化，呼之欲出。好像有这么一个感受，就是不知道怎么了她爸妈就变成了时代落后者，她们家这一代的人，都没有抓住时代的契机，总踩不准时代这个点。比如说她父亲一直不买房，后来慢慢被淘汰了。她爸妈可以有更好的生活，后来因为离婚，各种各样的计划以后，然后慢慢从原来社会里面还可以的水平，慢慢往下降。我觉得到小说后面有这个东西，你感觉这个结构有点出来，可惜就结束了，没有继续往下了。另外，我觉得这个不是家族小说，是家庭小说。家族和家庭不一样，我们在时代变化过程当中胜转衰的大背景里面，由一个家族隐喻一个时代，这个是家族小说。《细民盛宴》里可以感觉时代的变化，但是这个是家庭小说，最后讲的是她个人，她自己在几个家庭游走，最后讲的是个人，不是把个人放在家族变化里把握的。

三 方言与上海想象

朱朋朋：我还想说一下这本小说的语言。很多时候可以看出来这个语言是精心营造的，她用了很多修辞、比喻、成语还有一些过于书面的用语，以及我们生活当中的谚语，她把它结合在其中，都会让你停下来思考。它给你带来的感受不是顺畅的，而是"结界"的，让你一顿一顿阅读，试图通过这种让你感到非常不舒服的阅读，把读者带入她自己塑造的生活牢笼当中。我能够从其中感受到她和外界的对立和对抗。

王俊雅：刚才朱朋朋说，张怡微是故意造成语言的这种效果，我觉得很值得讨论。不知道老师你有没有这种感觉，感觉是把上海话词汇插入了，但是这个上海话词汇写得不一定都对。她就是以书面语言的叙述方式，插书一个一个词汇。

说到语言，我不知道其他读者怎么样，我作为一个上海人，《细民盛宴》里的上海话让我觉得有点难受。有同学之前提到张怡微会用一些特殊的书面词汇来打断语言的节奏，那么上海话在这个文本中是同样的功能。《细民盛宴》和一般大量使用方言的所谓海派文学不同，在这部小说中，上海话就好像阳春面上面的葱花一样，有与没有都无所谓，只是给外地读者带来一点点视觉上的小刺激，但是对我这个吃生葱会烧心的食客而言，这点点上海话实在让人觉得难过。这部小说中的对话全部都是普通话（最典型的是婚礼上"龙虾"与"又聋又瞎"的谐音笑话，上海话中"瞎"与"虾"并不同音），第一人称叙述的语言又是非常书面化的文艺腔，却陡然插入一个两个带引号的上海话词汇，文气被生硬地打断，不知是何道理。

113

而由于《细民盛宴》中的上海话词汇又有很多不符合一般方言书写中"正字"的用例——比如"梅娘"应是"晚娘"之误，对我来说，这部小说就像是刻意印刷了许多错别字，还要用引号括出来强调一下，好像隔几页就要给我放个小静电。

金理："梅娘"这个词就是上海话，她用这个词来"对写"上海话的发音，我觉得张怡微故意要用这个词的。说实话，我读到这个词，读出这个词的音，当然马上就想到在上海话里这是指哪类人物，但是我也是第一次看到选用这个词来落实。有点陌生化的效果，她故意选择跟我们一般能够想象的文字不一样。

林诚翔： 因为我不是上海人，我也不懂上海话怎么说。我单纯以为是普通话的笑话，我理解了那个东西。我阅读的时候，我不知道哪些是上海话。

唐晓菁："梅娘"这一书面语言和上海话的直译是不一样的，我提醒一点，"梅"本就是比较积极正面的形象，作者没有给继父也用上海话翻译一下（小说中没有出现"梅爷"），这是有情感倾向在的。

徐铭鸿： 在我个人的阅读与观影经历中，一部作品中假如有一个充实的城市背景，我与文本之间就会建立起一种奇妙的契约关系。在一个足够扎实的场域之中，人物之间的关系会让我觉得更有层次感，与空间的呼应关系也更为生动（如《疯狂的石头》《攻壳机动队》）。《细民盛宴》中，直接的环境描绘几乎没有，这种上海的气质更多地渗入了人物之中。上海"小市民"的维度就这样在袁佳乔的主观视角中被反复取出、拆解、缝合——甚至是以最直白的方式进行反叛、冲犯。这些似乎依然要归类于我们前面提到的主观视角，将蕴藏于人物中的环境要素吞食、咀嚼然后重新阐释。个人印象中海派的气质中，似乎更多是如《繁花》般言不尽意的绰约，这或许是之前的文学经验带给我的刻板印象。但是由于所反映的阶层差异，这个问题似乎又变得难以判断。

王俊雅：就我而言，《细民盛宴》完全没有必要把舞台设置在上海，能够体现本书海派特色的只有一点点稀薄的地理描写和菜色描写，去掉这些根本不影响主体的部分后，这个故事可以发生在中国任何一个地方，甚至一个架空的二三线小城市都更适合这个故事中想描写的那种无法逃脱的家族纠葛。而后记中所说的"工人新村"甚至把这个场景的意义更加淡化了，说实话，在看到后记之前，我根本想不到袁佳乔竟然住在工人新村。

之前也有同学讲到看完《细民盛宴》构建起一个对上海的想象。海派文学构建起的对上海人的想象，从三四十年代场景里的妓女交际花，再到《细民盛宴》的庸俗小市民，怎么讲，可以说是上海人惨遭海派文学报应了。海派文学向全国人民传达的上海市民形象，从一种大家都穿大开叉旗袍的《传奇》式想象，到一种大家都抠抠索索彼此算计拆迁的《新老娘舅》式想象，我作为一个普通上海市民，阅读后的心情是比较复杂的。

林诚翔：我倒没有被那些上海想象吸引，我被吸引的是那些成语和比喻，我会停顿下来想这个是有用心所在，可以体会到背后的言外之意等。

陈志炜：
隐藏"密钥"的写作

时间：2017 年 10 月 12 日
地点：复旦大学光华西主楼 2719 室

一 小说的三种可能性

金理： 今天我们讨论陈志炜的小说。这位年轻的作者似乎很低调，在主流期刊上很少发表作品；但他的创作实验性又很强，且一以贯之。我们先请子瓜发言，我们阅读、讨论陈志炜，主要出于他的建议。

王子瓜： 很久前就在微信上看到过陈志炜的小说。第一印象是他的风格很奇特，小说里总是出现一些奇异、冷酷甚至略有些恶心的意象，一些平时不常见的东西，比如蛇、蜥蜴、工业码头，还有一些杜撰出来、根本不存在的事物。这些小说乍看上去都是同一种风格，但仔细阅读你就会发现，陈志炜的小说其实是千变万化的，他总是在不断地尝试新的写法，探索小说的边界和可能性。

就拿我们这次讨论的五篇小说来讲，《驰与舞》代表着小说的第一种可能性，那就是作为故事的小说。很明显，这篇小说和另外几篇很不一样，能看出来它在往我们所熟悉的那种比较传统的小说类型靠拢，拥有着叙事的核心。小说的语言大多数时候都很漂亮，有着诗的细腻触觉，许多地方对感受、情欲的描写都很有表现力。从技巧上看，小说不乏巧妙之处。男人、女人和儿子，还有后来的曼丽、斜眼，他们构成了一条线索；"我"、我的同学、中年女人等，构成了另一条线。从开始到结局，我们看到两条线索不断穿插，看似毫无联系，最后（如我们所想的）却重叠在了一起。一般来讲，这样的结构会让人觉得有些做作，不过在这里我们的确能看出这样处理的必要性——如果一开始就告诉你第二条线索里的"我"就是第一条线索里的儿子，而两条线索里的女人就是同一个女人，那么"我"与女人之间的情事就无法脱离道德的审视（乱伦禁忌）而得到纯粹的呈现。不过结尾我仍然没有完全搞懂，曼丽带有阉割暗示的性别转换，似乎将几个角色合成了同一个人，这样做是为了什么呢？仅仅是要一种效果吗？

此外，小说尽管有着一个故事的内核，还是存在着概念化的问题。其他几篇小说或多或少也存在同样的问题。《驰与舞》中，"松弛""疲劳""跳舞""时间"等概念都被刻意强调。跳舞，被视为女人对抗时间的一种行为，是女人（那个母亲）持续压抑的生活中片刻的释放，是对那不断胁迫着自己的时间的反抗。尽管这些概念并非没有背后的想法，但是处理的方式仍然让我觉得有些出戏。

金理：我们停一停，先谈谈《驰与舞》这个作品，其他同学是怎么看的？

王俊雅：我有一点疑问，这是母子乱伦吗，我认为只是找了个长得像他儿子的，因为那个孩子的校园生活还是很正常的。

王子瓜： 确实，"我"和柜子里那个长得很像"我"的，白头发的男孩同时出现过，但我觉得这暗示着精神分裂。"我"就是"儿子"，这是有证据的，曼丽后来找过来时，曾经问"我"："你的妈妈呢？"而"我"也没有否认。"我"还认出曼丽就是当年车祸中丧生的女孩，如果他不是那个儿子，他不可能知道那个女孩的相貌。

王俊雅： 我还是比较怀疑女人的儿子和"我"是否是同一个人的，个人比较倾向于"我"是儿子的替代品。在"我"的叙事线出现的"我"和同学一起去舞厅、被抢劫（抢劫犯甚至说"我"是"年轻漂亮的男孩"）、和女同学谈恋爱，这些特征和事件都不可能属于痴肥、白发、智力障碍的女人的儿子。女人想在"我"身上寻求的是青春与不顾一切也不在乎她的过去的冲动，因为长相相似，触犯乱伦禁忌的快感当然有，但似乎不至于到要在弱智儿子身上特意寻求的地步。

至于"你的妈妈呢"，我感觉是一个习惯性的反应，因为"我"与女人出门开房时都以母子身份登记，"我"对女人也有潜意识的母性认同，被曼丽误认不反驳也很正常。但知道长相这点确实很奇怪，我一时也想不通。最后曼丽其实是男性这个逆转的意义我也想不太明白，似乎去掉这个逆转点对故事没有丝毫影响，现在也只不过是一个"震你一下"级的反转。

卢天诚： 身份是谁这个问题，可以注意一下文本中的时间点，1970，1995，2005这些。

王子瓜： 还有一个并不是决定性的细节，就是最后出现小男孩拿一把刀的细节，同之前在浴室里面，"我"发现很多老男人在看他，又想要自我阉割的细节很像，很可能是一种暗示。

*

王子瓜： 第二种可能性是作为寓言的小说。《白皙》《小镇生活瞬景或长览》，尤其是《水果和他乡》这几篇小说，很明显是从卡夫卡、卡尔维诺等人的寓言式写作来的。《水果和他乡》从题目和形式（内含三篇小说）都让我想起卡尔维诺的《我们的祖先》，小说并非仅仅写了几个有趣的故事，这故事背后还隐藏着某种人类精神、情感的原型，就像卡尔维诺笔下那个一生不再下树的男爵，那个善恶分裂的子爵。陈志炜的椰子商人、投掷椰子的巨人、远离猴面包树故乡的人等形象，也同样体现着一个写作者对人世敏锐的观察能力，和凌厉的赋形、结构能力。《白皙》《小镇》和《水果》三篇小说，整体上普遍存在着故土和他乡、乡村和城市的对立，此中包含着对现代性问题的反思，隐藏着的是怀乡病的母题。《椰子商人》里，亚热带的商业社会逻辑，在热带碰到了钉子。电脑、手机，到了热带就都开始冒烟，不能使用。机器表面上可以运作，内里却都是巨人们都用人工来推动的。热带的一切看起来都充满着生命力。《猴面包树》这一篇也是，小说中提到"我"几乎是一个彻底的城市人了，对故乡的猴面包树已经感到疏远，怀有一种复杂的现代人常常体验到的情感。不过《柠檬》那一篇就比较例外，似乎不太适合放在《水果与他乡》这个标题下面。

《小镇》的结构和刚才我们谈到的《驰与舞》类似，存在着两条线索，一条是外层叙事，"我"和朋友、妻子面对着房间墙上的画，讲述着画里的内容（或幻景）；另一条就是画里的故事，少年、醉汉等等。后来，两条线索似乎也融合在了一起，画中的世界就是我们所处的现实世界。不过小说中的转折有些突兀，就是朋友突然哭了的那一段，他说他看到了机器。还有后面说"我讨厌现在的小镇"等等，这些都是对工业社会的一个比较简单的反思。《白皙》也是这样，飘满了钢屑的工业码头、砍掉蛇颈的"海人"等，主题非常明显。不过结尾又出现了转机，和现代性反思的思路并不相同。这几篇小说都不局限于精彩的故事，而是通过一系列象征，构成映射出人类世界整体的寓言。

金理： 那我们就在这里暂停一下，大家谈谈这三篇。其实和《驰与舞》相比，我觉得陈志炜创作最独异的地方，其实是这批制式精简的超短篇。我其实很喜欢《椰子商人》这一篇，比如"巨人"的形象非常有想象力，让我想到了卢梭，有一种对于现代人的反思，有一种对于"人"的健康的理解在里面。这个问题我没有完全想清楚，暂且不展开了，不过在方法论上我有一个大致想法，就是我们对大头马、陈志炜这些年轻人创作的考察，有必要与流行视野拉开一段距离，在很容易被我们贴上种种流行标签——比如反讽、虚无主义——的背后，很可能掩藏着一个非常古典的主题。

王子瓜：《椰子商人》这一篇其中有一句是"我看到他从赤裸裸的生活中逃离……像巨人用推力与地心引力作抗争。"这个描述很像是在讲不断推石头上山的西西弗斯，而热带就像是充满生命力的希腊世界，带有一种健康和野蛮。我想作者的确流露出了一些希腊情结。

金理： 这篇的结尾我有点搞不懂。当我刚开始要对作品进行一点意义的赋予或者主题解读的时候，它就开始阻碍你。最后的结尾是不是有点情欲式的暗示，巨人和游客的妻子是不是发生了什么，我没太读懂。直升机是游客操纵的吗？

王子瓜： 他们不在一个时空内，不是一条线。游客的故事和其他故事发生的顺序被打乱了。

王俊雅： "我"，"游客"，他们都是没什么特征的人，是谁并不重要。

金理： 来自亚热带的人、没有个性的人就把巨人杀死了？

王俊雅：《椰子商人》最后的结尾很明显是游客操纵直升机干掉了睡了他妻子的巨人，用一个很突兀的倒叙莫名其妙地结束了巨人的故事。不知道这个设置是不是刻意的，虽然这篇里"我"和游客本来就出现得非常突兀，但巨人的死亡和空难实在是突兀得无以复加。如果这里是想用日常琐碎的荒诞消解之前那种民族志式的崇高感，给被纪念的活着的雕像一个无意义而意外的死亡，虽然不是不能理解，但处理上也太激进了。打乱叙述流速和方向的考虑可能也有，但真没什么意义。

金理： 我想起形式主义的一个说法，诗产生于其他诗，小说产生于其他小说。陈志炜有一篇自问自答的创作谈，很坦率地提到自己创作的起步期是从"从文本到文本"。不过我之所以喜欢《椰子商人》《白晳》等篇目,除了一种形式实验的意味之外,这两篇其实都有些溢出"从文本到文本"的地方。我不知道我们上面的解读对于陈志炜式的小说而言,是否是合适的途径。另外,他的作品中经常反复出现一些奇特的、也许形成"互文"的物象,比如"柠檬"。

王俊雅:《柠檬》这篇我感觉是致敬梶井基次郎的《柠檬》,这也是日本现代文学的名篇了,以一个肺病患者灰暗的视角描绘一个闪闪发亮的梦幻般的柠檬,是一种感觉派的写作。但是陈志炜这篇就有点反讽的意思,那个在梶井基次郎看来如同生命的光辉的柠檬在他笔下变成了虚假的东西,四处都有瑕疵,甚至还有柠檬香皂假充的,就完全消解了那种光晕。消费主义、欺骗与愚蠢,和闪闪发亮的柠檬和柠檬背后的生活意志。

我觉得这种写法还是失之于轻浮,不能说很有意思。推倒什么东西是容易的,在废墟上重建则很困难。不要求建起比原来更美更伟大的建筑,但也不能就剩下一堆建筑垃圾吧。反题是不能一直做下去的,会损伤一个作者乃至一个人的品质。

徐铭鸿: 陈志炜笔下有一个句式常常出现,"什么什么,正如什么什么",然后他把它们颠倒过来,代表前后逻辑的颠倒,这种是否是一种暗示,有些情节不是我们想象的顺序,创作的时候就是在玩这种游戏。

王子瓜: 我觉得《白晳》还可以再聊聊。"我"作为一个海中人,象征着古典世界的人,他在岸上感到格格不入,钢屑令他难受。这里所展现的都是现代工业社会的阴暗面,非人的一面。但结尾却发生了转折,"我"发现自己的弟弟并没有遭遇不测,反而生活得很好,在堂弟出现的时候同时出现了粒粒橙,这个可以说是"糖衣炮弹",也可以说是现代社会有助于人的一面。这以后他看到码头都觉得"柔软"了,他好像开始拥抱它。最后的"心脏",也是在说明现代已经彻底进入了人类的内心。

金理: 是不是可以理解为古典的人被现代的码头规训了?类似"码头"这样的边界空间在陈志炜小说中经常出现,也许我们可以理解得复杂一些。边界地带依然贯彻着由上往下的统治意志,甚至是驯化异类的前哨,但也可能因为不可预见的流动性而对统治意志形成干扰。

*

王子瓜: 第三种可能性是作为虚构的小说,就是《老虎与不夜城》这一篇。不过严格来讲也不算是完全的虚构,我记得以前微信上看到过,陈志炜讲他写了漫画《龙珠》的同人小说,不太像同人,更像他自己的其他小说,说的大概就是这一篇,里边出现了弗利萨这个反派人物。这种完全虚构、游戏的写作方式,能写到他这种地步很不容易了。我本来想做一个概念梳理,后来发现做不下去,因为概念太多、太复杂。比如老虎、蛇骨、曲别针、空间的折叠处等,还有许多动物、蜥蜴、长颈鹿、大象、鸟……小说还融合了科幻的元素,数据、计算、电磁波等。最后还出现了一些我们现实中的事物,爸爸和孩子、司机和少年之类。最后部分出现了一个作者自己对小说的解释,他说"不夜城里什么都可能发生"。其实虚构并不难,我们都会虚构,但是虚构一个自洽的世界,而不只是几个碎片,这是陈志炜小说的难度所在。

王俊雅:他混合了很多,不仅仅是七龙珠,还有少年π什么的。

林诚翔:还有点数码宝贝的意思,这好像是他的代表作。这小说有种神奇、莫名的喜感,又有特别诗意的感觉,几个情节穿插来穿插去,琢磨出了一种特别的感觉。

王子瓜:《老虎与不夜城》里的蜥蜴是不是就是弗利沙?只不过后来才提到他的名字吧。他有些段落写得还是很抓人的,蜥蜴那部分,他看到爸爸在产卵……

二 隐藏"密钥"的得失

王俊雅:以类型小说或是影视剧本作为起点的作家经常会执著于小说要惊人,平时说话叫"要有梗"(包括从推理来的情节逆转和从科幻来的世界观设定,甚至可能包括足够强烈的画面意象),没梗就不行,不算好小说。我也是类型小说读得挺多的,可以理解这种心情,毕竟确实有很多读者一看是老梗就会全盘否定掉这篇小说。但对于纯文学作者来说(其实对于类型小说作者也是同样),精彩惊人并没有那么重要。如果在情节之外能够拓展深度与广度,或者是在语言或气氛上营造出足够动人的东西,那就不需要太看重情节展开是不是过于古老，也不必强作惊人语。

"80代"作家受类型小说、影视剧、动画、漫画、游戏影响的人也不在少数，这一类作家是容易识别的，不妨称之为"阿宅作家群"。随意归纳一下他们的写作特征的话，以"梗"为思考起点，数据库式写作，讲究阅读趣味、结构和形式，对情节展开的重视和与之相对的对人物的轻视，偏爱幻想系背景与荒诞反讽，在试图描绘大世界或复杂社会的同时，小说的个人性与自我性极强，语言风格强烈（多数来自偏爱的作家）等等。阅读这些小说你会很强烈地感受到作者人格存在于字里行间，甚至淹没掉小说里所有的人物，只剩下无处不在的作者。

打集换式卡牌游戏有个术语叫"自闭卡组"，意思是不管对方是什么配置，只要自己手上凑齐一套就可以赢，是一种以不变应万变的不利于游戏环境的卡组。同样地，这些阿宅作家们也带有这种"自闭"特征，他们对引入新元素不感兴趣（无论这元素是读者、同行、社会、世界甚至生活），沉浸于以自己的趣味作为核心的小世界，从自己的内心和阅读往外推演。在这些外延中间的核是非常坚固的东西，和作者本人一样坚固。虽然这些作者由于各自的阅读趣味不同而显得风格大相径庭，但在本质上其实是同样的。

陈志炜在那个自问自答访谈里也说了，他是《科幻世界》读者，他的写作反而因为引入类型小说的阅读模式而变得容易读。以《老虎与不夜城》来讲，看出这篇小说是《龙珠》的同人作品之后，如果找到和原作的映射关系，很多难懂的地方就会迎刃而解。这种手法就是太花哨，在一个已有的故事上缀饰大量形式的东西，操作故事的顺序、节奏、意象、结构，有点像你有一个明文码，经过无数变换之后把它变成谁也看不懂的密码。这也是阿宅的一个特征吧，他们把小说视作某种游戏，给读者一篇密文，要求读者在没有密钥的情况下解读出明文。密钥或许是阅读小说的经验技术、作者本人的阅读背景、和其他文本的映射关系，甚至是作者和某些特定读者才知道的一件事。读者掌握越多信息，能破解出越多层密钥，和作者的共谋关系就越深厚。对这种作者来说，他的理想读者不是其他人，是另一个他自己。

沈洁心：阅读的时候感觉作者的文章十分意识流，是一种完全的自我表达而似乎并不希望和读者产生共鸣。他的文章是点状的，有一种特别的跳跃感与破碎感，与此同时他使用了大量对读者而言——至少对我而言——指向不明的意象。其实是觉得意象太个性化了，不是很懂他的意象，就很难把握作品。

王俊雅：他写的时候肯定想了超多的，创作谈里面可以看出来他不是即兴的创作，他是个有表达欲望的人，但大家都读不懂。其实现代小说是一种和读者的游戏，希望读者参与其中，起点比较高一点，他既希望大家参与，又希望把门槛提高。

金理：你觉得他的门槛是什么？

王俊雅：就是阅读技术，包括他自己掌握的文本，如果你要了解就要知道他所掌握的信息，才能破解他的密码。

王子瓜：我觉得门槛是读者对小说这个文体的理解，如果读者觉得小说就是要每个地方都可以理解，那么他大概是很难参与这场游戏的。陈志炜需要一个"心很宽"的读者，他读到了蛇骨，读到了空间折叠处，而不会过分纠结于这些概念的含义，他会说，"嗯，好的我知道了，你继续。"

王俊雅： 他的读者只能有两类，一种是特别无所谓的，一种是很极端的很想读懂的，但是不可能有人全懂，所以他跑出来需要自己写一个创作谈。

在阿宅生态圈里对陈志炜这种人物有个不怀好意的称呼，叫"动漫婆罗门"，当然在这个语境下不限于动漫了，意指一些人对某些文本有深入的研究，写作大量的剧情解析与细节研究，凭借这些分析在生态圈内建立一定地位，并且极端以自己的写作为傲。一般这些人都没什么朋友。

作者对于小众亚文化掌握过于深入而不幸表达欲强烈，产出的作品通常很容易往晦涩复杂的方向一路狂奔回不了头，又由于能理解这种作品的读者实在不多，作者很容易产生曲高和寡的幻觉，就变本加厉地晦涩复杂起来，形成一个恶性循环。"动漫婆罗门"与凡人们尚且有某个共同文本作为背景，文学创作者没有这个背景，情况就很恶劣了。比较好的情况是有少数同好可以理解文中的层层伏线互相抚掌大笑后形成小圈子，倒霉一点就可能沦落到纯粹的自恋与自我满足，又由于寻求认同与心气高傲，就永远寻求理想读者，永远求而不得。这些作者过了三十五六岁会变成什么样呢，我还蛮好奇的。

闵瑞： 我看他的创作谈里提到，小说是一种自恋自怜，读他的作品，感觉是从虚构的不确定来形成一种与现实世界的对立，但我读他的作品会觉得读者不一定能够感受到这些他所要的效果。

金理： 近期我们集中阅读了这个年龄阶段的写作者的作品，大家有什么整体性的看法或印象？

王俊雅： 我自己有一个非常以偏概全的印象，就是"80代后半"这一批作者都不大读中国书，以前还有人要读读张岱蒲松龄重建语言传统云云，现在好像都不提这回事，用的写作文体和语言也是完全西化的当代小说翻译腔。是不是鲁迅和托尔斯泰也没人读了啊？另外就是，最近看的这几位年轻作家好像都不善于立住人物，个个都是虚的，纸片人，起一个象征和推动情节的作用，飘在那里。刻意为之的成分也有吧，但我也部分觉得确实是他们不太关心其他人。急于表达那个坚固的自己，无暇去想象其他人的内心，有这么个印象。当代人嘛，是这样的。就是强烈的自我的感觉，任何一个人都不是很有个性，要么没什么个性，要么就是作家本人的个性压倒一起，现在是不是不太讲人物了？

林诚翔： 很多幻想类的小说都没有什么人物，人物本身都没有什么情感。

闵瑞： 就是说人物已经成了作品里的象征符号。其实会有些审美疲劳。

胡迁：
"我"曾经和这个世界肝胆相照

时间：2017年11月16日
地点：复旦大学光华西主楼2719室

金理： 今天我们讨论胡迁的作品。在我主持"望道讨论班"之初，就和同学们有过一个约定，我们不去讨论那些在文学史上已经获得稳固评价、能够用文学史坐标体系标定的作家，我们关注新人新作。在这样的背景下，我们此前自然不会遇到过像胡迁这样已经过世的年轻作家。我个人是因为参加"《收获》年度排行榜"的缘故才读到胡迁的《大裂》（《西湖》2017年第6期），这是我第一次知道这个作家，惊为天人。在这个讨论班上有一次我们一起商量阅读对象时，我就提议过《大裂》，很可惜还是迟了一步。说实话，这次推荐大家阅读、讨论胡迁，我一度犹豫，担心变成"凑热闹"的举动，但现在看来还是多虑了，今天这个时代热点转移太快。而且，纪念一个作家最好的方式，就是认真阅读他的作品。

讨论胡迁我们会面临一种特殊的困难，因为我们知道这位作家已经迈过了生命终点，这可能会成为我们解读他作品时最易于倚借的阐释背景，但是，如果把一个人生命的终局和他的作品建立起过于直接的联系，似乎又是对人性复杂性的某种简化甚或不尊重。所以，希望我们接下来的讨论能够辩证地注意到这两点。

徐铭鸿：我读胡迁有两点主要的感觉。第一种我把它表述为"局外"。胡迁在一次采访中提到，当代社会的文化产品中，泛滥着一种以美化的"青春"概念取代现实中庞杂的"青年"生活的倾向，而这种复杂的现实与《局外人》一样。这一点可以看作是胡迁对自己的青年生活描绘一种可能的目标指向，也可以看作胡迁作品中人物的状态。

胡迁的作品无不弥漫着颓丧感。这种颓丧感不同于那些有明确的现实环境作为强有力衬托的作品，而是一种游离的颓丧。这种"局外"感最直接地表现于作品中的人物关系，即如默尔索般无论居于何处皆为"局外"。处于叙述者位置的人物几乎始终维持着漫不经心的淡漠，作品的较大篇幅由该人物的心理描摹缀连。比如，《荒路》中桃薇去上厕所时，"我"开始回忆与桃薇之间的"亲近感"记忆，提到和桃薇买围巾，"她说：这个很好。说话时，她下巴轻微晃动，那条粗硕毛线的围巾滑下去一点。我顿时觉得心里极其地喜欢她，特别想拥抱她。我朝她走过去，她视线里的镜子出现了我的身影，然后她走向柜台。而我极其的沮丧。"类似的情绪联结在大多数篇章中都有出现，而且在个别篇目中占据了主导的地位。如此处理使得作为叙述者的这一人物的心理有了相对较为完整的表达呈现。但另一方面，由于对叙述者这一人物的专注，其他的人物往往给人一种隔着毛玻璃的模糊感，甚至是纸片一般的符号。

一般而言，我并不欣赏这样的叙述分配方式，这甚至有可能是一种作品定位和技法的不成熟。但是在阅读胡迁的创作谈之后，我觉得这应该是胡迁有意营造的效果。胡迁在提到我们这一代人的不幸时说:"每天,只要你想,都可以看到生命里出现过的每一个人的横切面,所有人的横切面连接起来,构成了看起来繁复的日常。这些日常下的空隙、陷阱、灰暗,也都被截取的一张张平面所掩盖住,这即是自我所看到的,亦是他人所看到的,于是真正的时间就被掩埋了。所形成的,是概念化、目的化和庸俗化的表象。"我意识到胡迁笔下的叙述者,是与这样的现代个体状态相嵌入的。叙述者本人就是这个局外人,小说呈现的也正是局外视角下的世界——它必须是相对模糊的,颓丧、疏离与压抑的效果以及反思也是通过读者对这种模糊的"局外"视角来完成的。

第二种感受可以概括为"虚像"。"虚像"之"虚",含有文本层次之"虚",也有文本中的符号之"虚"。在这几部作品中我们可以发现几组关于现实与虚构层面的呼应。比如《一缕烟》中的青年画师与他们的画作(藏獒、延安),比如《鞋带》中的演员们与话剧,比如《婚礼》中的参与者与婚礼(或是婚礼摄像),比如《倾泻直下》中的乔桑与窗户外的世界(窗户被比喻为"画框")。这些含有虚构意义的物象或场景已经增殖了文本的层次,现实与虚构的界限也往往通过诸如此类的方式进行柔化甚至是模糊,最终完成整体"虚像"式(虚像是一个含有双重意味的比喻)的呈现。

除此之外,胡迁的作品中出现了非常多的动物意象。有的自然嵌入故事情节之中(比如《羊》中之"羊"),也有的突出于主叙事层中显示出特异的陌生效果(比如《荒路》中的牛蛙)。前者往往已经在故事基本形态上增添了奇幻效果,后者则往往在现实生活中开辟出光怪陆离的感觉领域。

我再简单谈一下胡迁的创作上的一些其他特征。首先,就这几篇短篇而言，胡迁选材的方式基本上是截取生活中无头无尾的片段。这一点往往在结尾体现得很突出，读者的阅读体验感时常在认为故事即将有重大转折的时刻被掐灭，就好像缓缓退下剑鞘却恍然发现这不过是一把断剑。这某种程度上可以是一种感受再现式的文本构造方式，与"局外"的特征相契合。另外，胡迁的短篇采取的是短时间内高浓度的写作方式，因而他的作品也带有一定程度的浓缩色彩：或者是故事时间的短暂，或者是叙事时间的跳跃凝聚。

如果要说缺点的话，有几篇作品给我一种主题先行、概念化的感觉（尤其是《静寂》）；另外，胡迁虽然做到了现代病患视野下的世界呈现，但是他之前提到的"复杂性"我却很难读出来，个人认为更多还是一种荒芜的情绪呈现，这可能也是做到前者之后不得不做出的牺牲。

金理： "局外"和"虚像"这两个词概括得很准确。说到局外，我联想起昨天听一位韩国学者来复旦中文系讲座，谈到重读巴金《寒夜》的感受，她说了一句话，"没有被时代选中的人"。胡迁作品中的主人公，就是一群"没有被时代选中的人"。比如他们往往高考落榜，或者去了一所特别滥的学校。在今天这样的时代里，能够考取名牌学府，就是被时代选拔出来的重要机制，而胡迁作品中的青年人，大多就栽倒在了这道选拔机制面前。说到加缪的《局外人》，这样的人物形象，似乎特别容易架构起当下青年人和时代之间的关系，而文学作品也往往从这层关系的理解中去生发、复制，甚至成了一种塑造自我和世界两者之间关系的稳固的模式、结构。我倒是介绍大家注意倪伟老师一篇解读《局外人》的文章，标题是《向这个世界的冷漠敞开心扉》，倪伟老师提醒我们，《局外人》其实也有不一样的读法。

卢天诚：值得注意的是胡迁的这几篇短篇中都出现了大量的暴力行为。比如《一缕烟》中的家暴，《婚礼》中到教职工宿舍寻事的学生，《荒路》中"我"杀死藏民，《倾斜直下》中对着麦田里"两个燥热的身影"扔石子，《羊》中的偷羊等等。这些暴力事件其实是对于小说中人物一潭死水的生活的冲击，是"变化"的诱因，就像《大裂》中的"老广院"们其实一直期待着新生们的报复。但我们又可以发现，小说中的"我"，往往并不是暴力的直接参与者，虽然他也渴望施暴，但他没有勇气。以《一缕烟》为例，虽然在李宁与慧姐的家暴过程中，"我"一直充当旁观者，甚至与慧姐产生了某种暧昧关系，但其实"我"极度需要这种暴力的"表演"，当家暴消失之后，"我"说，"奇怪的是，当他平和之后，我才多多少少理解了他的愤怒，我甚至也想打人，但也许除了自己的女人谁都不能打。"也就是说，"我"既渴望暴力的刺激，却又不愿承担暴力的伤害，从这个意义上，胡迁短篇小说中的"我"的形象往往是卑鄙的，就像"我"自己在《婚礼》中所说，"我从不知道自己骨子里竟是一个如此卑鄙的人。"

高梦菡：我很早就关注了胡迁的微博，起初是因为被他发的图片吸引，非常美的图片，充满了衰败。比如一根老旧的电线杆，一个冰球，一只气球，一个老男人的背影。凡是涉及生活的，总是"一"。但是他的主页背景是三个人的，就像是《大裂》中的三个人。看到《大裂》之后首先想到了这个博主，但是一直到他死亡，我才知道这位博主就是胡迁。

《大裂》这本小说我是在忙碌的空隙内看完的，从第一篇开始看，一发不可收拾。看至《大裂》这一中篇，感触最深。我对这一篇有特殊的感情，他写的就是我的一段生活，无论是人还是事情，都能找到过去的影子。

《大裂》中的主人公有一个共同的特点，即无所谓的态度和毫无掩饰的自己。成人世界的交往规则与演戏并无二致，对不同的人和事有不同的反应，而这些反应大多不是真实的，逢场作戏而已。为什么要这样做？首先是为了保护自己不受伤害。这些面具像是本我的衣服，没有人愿意裸体出门，自然更不愿意让自己的灵魂赤裸裸地展示在别人面前，这样别人伤害起来太容易了，况且人们还是那么容易而且乐于向真实并且单纯的灵魂投刀子。其二是实在没有必要展示本我，就像是拿一次快递或者是迎面走过的关系，你展示给他们做什么？没有必要的。因此人总是有选择性地向一部分人展示自我，展示的过程中还要小心翼翼，明里暗里地暗示，太快怕对方接受不了，太慢又怕对方没有耐心。

但是胡迁小说中的人则不然。他们没有这一层本我的外衣。无论是对亲人、朋友甚至是路人，展示的都是最本真的自我。并且对于别人的伤害，全然接受。这种自我的包容性是很大的，什么都可以接受，什么都可以成为真实自我的一部分，A也对，B也对，非A非B也都对。这是一种宽广，但同时也是一种虚无。没有边界的东西，也没有倾向，没有固定的性质，你就无法作出一种界定，因而无法确定他具体都有些什么，也就是虚无之境。他的主人公的心灵是虚无之境。对这种心灵的界定主体不是意识寄存的身体，而是外界。就像橡皮泥，外界塑造成人就是人，外界塑造成狗就是狗。这就是现代很大一部分青年人的存在境遇,在社会之间的各种夹缝中生存,并且不断被塑造,而且并没有打破这种塑造的欲望。就这样安静地等死。

《大裂》末尾,"我给你跳支舞吧",很荒诞,感觉"无头无尾"。在创作的时候,或者是我们通常看的故事,有一个完整的闭合的结构。但是生活不是这样的,生活本身就是片段,没有固定的结局。或者说通常情况下不按我们预设的常规发展。

另外,胡迁笔下的青年人考上的都是非常烂的学校。这个世界上能被选拔出来的是小部分,这里涉及一个是否想和时代的选拔机制同步的问题,但是有时候并不是不想同步,而实在是没有同步的必要。因为生活的方式太多了。《大裂》中家里总被偷的那个人,他本来应该属于"被社会选拔出来"的那一类,但是却没有在主流观念中的顶层社会里生活,也和挖洞的一群人住在同样的地方,这好像出现了一个悖论。但是他就以这种方式在生活。我上周去青岛的时候看到立交桥下打牌的人,只烧火没有煮东西的锅,用奇怪姿势走路的小孩,以及织毛衣的看着他的女人。生活方式本身杂乱无章,一生的时间那么短,最终奔向的总是同一个终点,因此他们的所有目的都是活,而不是怎样活。

金理:《大裂》和胡迁其他作品最大的不同,在于其中震撼人心的生命力。刚才高梦菡以在青岛的所见一幕来形容阅读胡迁的感受,这让我联想起钱理群先生一直提到的抗战期间一位美国医生的见闻,他看到日本飞机在头顶轰炸,但是一位中国农民在那里犁地,不为所动、耕作不止……我们对于飞机轰炸下的生活当然会形成固定想象,但是中国农民的犁地完全溢出了固定想象的边界,用刚才高梦菡的话来说,"就以这种方式在生活",这也是《大裂》式的人生,那么庄严、焕发而出坚韧的生命力。

朱朋朋:我想先从《荒路》这个文本入手,《荒路》描绘了一个这样的世界:荒凉的路途、肮脏的风景、晕染的黑夜、流动的雾气、透明的玻璃、幽微的路灯,这样的一个世界混乱不堪,难以触摸。这就更凸显"感觉"的存在和真实。而在这个世界中的两个主人公,感受着混沌和黑暗中的疲惫和恐慌,一种难以确定的怀疑,一种切实存在的痛苦——但是结尾作者又颠覆了前文所有的感知和认识,"似乎不曾存在"。

这个短篇呈现出来的是胡迁极度个人化的写作,通过在主观化的客观世界和个人主观感受中穿梭往来,书写主人公面对世界的绝望和怀疑。这基本可以概括我对胡迁这几个短篇的整体认识。

胡迁的这种主观化,表现在语言上,是很多的分裂和断层、跳跃和罅隙。例如在这几个篇目中都出现了表述上不连贯的现象,在论述一件事情时突然插入其他意象或思维片段。对我个人而言,没有带来阅读上的障碍,反而让我感受到思维的不可控制和生活的杂乱无章,就像复杂的生活中你在做一件事情时突然闯入你脑海中另一个想法。文中很多意象都以这种破碎的方式在文本的各个地方"闪现",草蛇灰线,平静繁复,就像人头脑中关于生活中某些片段的闪回。而这种"闪现""闪回",给我带来的感受是,作者在写作时完全让自己的思维"暴露"在世界之中,正如一个行走在这个世界的"赤裸"的身体,无时无刻不在感受着来自世界的肮脏、混乱、新鲜、燥热……刻意营造的杂乱无章反而更加接近对生活的直感。正如许多篇目中无缘无故出现的排泄物和性器官——这似乎隐喻着,一种来自身体的最原始的欲望没有被规训，对应着处于混沌但是"赤裸"状态的思维。

这让我想起海德格尔在《世界图像的时代》中，对于"现代世界"和"现代人"的描述。"现代世界"是一个被规定的世界，"现代人"无法直接认识和接触世界，而是通过一种被规定好了的方式来生活。举个简单化的例子，当我们拿起一杯牛奶，我们通过牛奶的品牌名称来确认牛奶之所以是"牛奶"，我们通过包装纸上的 500 ML 去确认牛奶的容量，这中间有太多的外部的规定和中间的"介质"，而没有拿起牛奶喝一口对牛奶的认知更真实更接近"牛奶"本身。如果我们把这许多外部的规定和中间的介质看作是人穿的一层一层衣服，那么，胡迁文本中的"我"，与世界相处的状态是脱掉衣服、赤裸相对的。他的文本中是思维与现实世界的直接接触和感受，体现出来的"我"是与世界的直接的交流和对话。从这个意义上来讲，我大胆地把胡迁故事中的主人公看作一个"没有完全化的现代人"，他不是一个全然的"现代人"的形象。这似乎也符合作者本人的形象吧。

金理： 接着朋朋的话，我们来谈这部具体的作品，《荒路》结尾是打游戏。这个如何理解？

卢天诚： 结尾的对话"我去找武器了"，"我杀了其中一人，为了给你报仇"，非常像两个游戏合作者在游戏中会产生的对话，这就让我觉得，作者的用意是不是在暗示之前发生的所有故事都如同游戏一样具有一种虚幻性？或者干脆就是游戏呢？如果是这样，那么这篇中"我"通过杀人而表现出来的一些血性和生命力其实又被消解掉了。

徐铭鸿： 卢天诚所说的恰好可以印证我说的第二点，在《荒路》中现实与虚构的层次恰恰就是由"游戏"这一元素来承担的。与另外几个文本中的画家、摄影师、演员互相呼应。

高梦菡： 我看过一个有关西部刑侦的纪录片。那里面的当事人态度很像《荒路》中所提到的主人公的态度。他们不是故意地无所谓，而是出自于本能地无所谓。当时纪录片中提到一个案件，一直到警察找上门来，杀人的人都不知道杀人是犯罪。就觉得我和他有矛盾，所以我要报仇，所以就找到机会把他杀掉了。中国偏僻的角落太多了，无论是地域上的还是精神上的。现代文明法治体系有太多没有深入到的地方，因而他们也不和我们共享一套认知体系。

金理： 我刚才说过，胡迁的作品似乎非常诡异地分裂成两个阵营，一边是《大裂》，另一边是《大裂》之外的作品。而《荒路》中的"我"恰恰是一个"非《大裂》"甚至"反《大裂》"式的人物，他戴着层层面具，隐含了对世界的极端戒惧和不信任。当小说中妻子被两位藏民拦住汽车时，"我"的反应是去找一块石头作武器，但恰恰促成了行动的延宕，按理说，正常的反应是赤手空拳都要冲过去的，这就是第一张面具。到后来"我"用石头袭击司机，与其说是为妻子受辱报仇（"我"后来就是这样告诉妻子的），毋宁说是为了保护自己，因为他知道自己此前在这一突发事件中的不作为几乎会毁掉自己的一生，从此沉浸在无法自拔的羞愧中，而为了避免被这样的事件毁掉，他终于采取了袭击的举动。这是第二张面具。所以这个小说中的人物暗藏了多重的心理曲折，恰恰不是一个《大裂》式的坦荡人物。

江林晚：《大裂》似乎是所有篇目中唯一一个结尾处主人公进行了忏悔这项行动的。《大裂》的主人公不是一个软弱而无罪的旁观者，他真实地进入了世界，犯下了偷洋镐的罪行，承认了自己的罪行并试图救赎——跳舞。可以对比《荒路》的结尾，"我"对妻子说"我去找武器了""我给你报仇了"，这其实是一个辩解。

朱朋朋：我很喜欢《倾泻直下》这一篇，很简单但是很有趣。但是对于很多地方不理解，比如那封"来自温哥华的信"的作用是什么？

高梦菡：这封信似乎是乔桑吊着的最后一口气。

张丝涵：我觉得乔桑的儿子可能并没有寄信给乔桑，或者那封信并不是乔桑儿子寄的，因为前面提到乔桑拿到这封信时一直没有说这封信是他儿子寄的，而是到最后见到英文老师时才说这是他儿子寄来的。而且如果真的是乔桑儿子写的信，就不应该是一封英文的信，因为儿子不应该不知道自己父亲不懂得英文。

金理：这个解读蛮细致的，也很合理。

高梦菡：我认为是不是来自儿子的信不重要，重要的是"信"本身。如果没有信的话他就和其他人无异了。所以"信"这个东西对他来说就代表着一件未知的东西，一种期待，一种想象中的满足和向往。

信本身的内容或者是来信人都不重要。就好像我们一直很期待生活中的某种改变，而有一个人可以给你带来这种改变。当百无聊赖的一天中你突然收到一条消息的时候反而会对打开这条消息产生一种自觉的拖延。期待存在于你的想象之中，不存在于真实的消息之中。消息本身有可能只是一条推送。

朱朋朋：《静寂》这一篇，结尾有句话——"我想把我知道的告诉他，就是，'你听不到别人讲话，别人也不会听到你讲话。'"这句话似乎在告诉读者，这就是这篇文章的"主题"：在这个社会中大家无法互相倾听，更不能互相理解，我们都完全封闭在自己的世界里，交流在本质上是无法实现的。以及很多篇目似乎都有这样一句话，有点主题先行。不知大家阅读的时候有没有这样的感受？

高梦菡：是的，就像写好了一句主题，然后展开一个故事。甚至有可能是围绕着一句话来创作整个故事的。

陶可欣：《大裂》中的主人公虽然是以一个局外人的身份出现的，但是我感觉书中的人物都在很认真地"挖黄金"这一件看起来很荒谬的事，一个徘徊在虚无中的人居然会这么执著地做一件这么荒谬的事情，而且居然最后还挖到了黄金，这个情节我其实不是很理解。

金理：我也觉得这蛮有趣的，一般情况下根据我们对小说情节的预估和阅读期待，会认为挖不到黄金。

高梦菡：就是因为世界如此虚无，所以可以抓住的东西就会更加坚持。就像西西弗斯。

卢天诚：在《大裂》这本小说集的腰封上引了胡迁的一句话，他说"万物皆有裂痕，那是光进来的地方。"那《大裂》中最后"我"挖到黄金是不是就是这样的一束光呢？但是在其他的几个短篇里我读不出这样的光，感觉到的只是彻底的绝望……而且《大裂》结尾挖到的黄金我觉得也有某种虚幻性。首先，"第四年冬天，我终于找到了黄金"，这一句陈述的出现太过平静，太过突兀，让人怀疑事件的真实性。其次，小说末尾反复出现的"十字架"和"圣经"意象，使得被挖到的黄金带有了非常浓的宗教意味。挖掘的行为本身变成了对自我的救赎。如此一来，所谓"找到了黄金"可能只是一种得救的象征。所以我觉得《大裂》在某种程度上和一些俄国小说非常相似，在结尾给出的是一种宗教的解决方案。但在中国语境里，我觉得这个方案是软弱无力的，因为中国本没有如此厚重的宗教基础，太强调宗教总让人觉得不那么"虔诚"，另外作者既然以"黄金"作为"得救"的象征，那本身就暗藏了作者的不自信，因为黄金总有被挖完用完的时候。所以即使是"光"，我觉得《大裂》中的这束光可能没有我们想象中的那么明亮。

金理：我刚才也表达了类似的隐忧。"局外人"这样的人物形象其实充斥在当下的青年写作中，似乎特别容易架构起当下青年人和时代之间的关系，而文学创作也往往从这层关系的理解中去生发、复制，甚至成了一种塑造自我和世界两者之间关系的稳固的模式、结构。这种模式、结构，渐渐就会板结成一张面具。

现代心理学早就告诉我们，人对外界的观察、反映是以预定的心理图式为先决条件的，人们只能看见他所想要看的东西，而不是洛克所言的在白板上写字。但是，当我们了解到这一点之后，难道不应该对面具（哪怕它们是预定的先决的条件）有所警惕，努力为自己争取更为健全的视野吗？"局外人"的面具稳固了之后，往往把世界理解成黑暗的现实，这本身成为一种过于轻易达成的认识装置而简化了世界本身。鲁迅在《中国人失掉自信心了吗》告诉我们，在"搽在表面的自欺欺人的脂粉"之外，还有一个"地底下"的、由"筋骨和脊梁"组成的世界。掩藏在面具背后的人，容易夸张前者，而看不到后者，看不到黑暗中的光。

《大裂》和除《大裂》之外的胡迁其他作品——这二者间有巨大的差异。幸好有《大裂》！因为有了《大裂》，我们看见这位作家从面具后挣脱起身，他用这部作品告诉我们——"我"曾经和这个世界肝胆相照。

高梦菡：这个世界从来都是自以为是的，不在乎你在做什么。如果说《大裂》整本小说集之中有对总体主人公性格的颠覆，我认为是《大裂》和《玛丽悠悠》两篇。《玛丽悠悠》主人公为老太太找宠物，表现了对外部世界主动探索的实践，最后失败了，但是他也没有对事情的真相作出解释。他是有解释权的，但是放弃了。这表现了他对"总体的主人公"性格的一种回归，大裂中裂开的能让光照进来的裂口最终还是闭合了。因为照进来的"光"也并非他想象的光，甚至是比封闭的自己的内部更加黑暗的东西。那么对于外部世界就只能拒绝了。

卢天诚：在读胡迁的时候我会和我们之前阅读讨论过的大头马进行

对比。就觉得同样是虚无主义的世界观，大头马用一种戏谑的，嘲讽的态度去诉说，而胡迁在这些短篇中展示给我们的是彻彻底底的绝望。可能在面对这个虚无的现实的时候，戏谑和嘲讽会更安全吧。

徐铭鸿：刚刚学姐所说的结尾的救赎。胡迁最喜欢的导演塔可夫斯基，电影《潜行者》结尾是用意念移动杯子，可以感受到对未来和人类的爱的信仰。

金理：胡迁的小说中有两种力量——黑暗和光的力量——在撕扯。

江林晚：这让我想起《大裂》中主人公就算最后找到了黄金，却对跳舞的女孩说，黄金也没有什么，"如果没有蜡烛，就是黑乎乎一片"。

卢天诚：刚刚老师提到黑暗和光两种力量的撕扯，我觉得《倾泻直下》会不会是一个很好的象征呢？乔桑的生活就是黑暗的那一面，而麦田里"两个燥热的身体"，虽然说不上多光明，但起码也是一种生命力的表现？那么乔桑扔石头的举动可不可以理解成在黑暗中待得太久的人受不了这种刺眼的光线呢？那么结尾英语老师的嘶吼，或者就是乔桑背后的作者对于光明的渴望的嘶吼？作者渴望这种光明可以"穿透整片麦田，让厂房和教学楼都开始震动"？

朱朋朋：赞同这个"黑暗世界中刺眼的光"的说法。《倾泻直下》中很明显设置了两个对立的世界的并峙，一个是校长老师相继离开的校园和破败荒凉的工厂，另一个则是每日眺望的麦田和"燥热的身影",这两个世界如此界限分明地存在并对立着——似乎直到结尾乔桑才从走进了那片麦田。卢天诚同学的解读很有说服力,但是这个结尾还是无法阐释燥热的身体为什么是英语老师和那个女生?

徐铭鸿: 结尾一方面说"好像走了有到温哥华的距离一样遥远",后一段又写道"他想石头怎么也不可能砸这么远"。这两个表达之间似乎暗示了石头一直在空中而且完成了一次迂回的运动,甚至给我一种时空穿越的感觉。让人觉得有些难以理解。

金理: 这个结尾其实蛮难解读的。不过谈到光和黑暗,我还是想到鲁迅。鲁迅是一位在暗夜中有丰富生存经验的智者和勇士,他还昂然说过这样的话:"此后如竟没有炬火,我便是唯一的光。"在与黑暗搏战的过程中,何必四处乞求呢?不要去幻想跳舞的女孩和炙热的身影之类,也许任何外在的光亮已不足恃,希望就收归在"我"自己身上,收归在内在生命的自我实现。

梁鸿《梁光正的光》：
"我们"如何面对父辈的遗产

时间：2017 年 12 月 7 日
地点：复旦大学光华西主楼 2719 室

金理：最初认识梁鸿的时候，她是位学者，然后通过"梁庄系列"转型为非虚构作家，近年又以《神圣家族》折回虚构，现在推出了她的第一部长篇《梁光正的光》，这一路行来，手出多面、身份迭变，当然，变化中或许也有不变的通轴。今天我们讨论《梁光正的光》，小说超过我个人的预期，感觉即便与成熟的长篇作家手笔相比照，也丝毫不逊色。

一 梁光正是谁

廖伟杰：梁鸿的一系列非虚构、虚构文学都在关注穰县的梁庄这么一个空间。小说试图随着人物的空间流动反映广阔的现实生活内容，连跟主题关系不大的丹江口移民被长期隔离的问题也有所涉及，当然不是闲笔，"失散"是小说中的关键词，丹江口移民老人跟子女失散，梁光正之所以不断寻亲，也是因为跟亲人、相好失散。而梁光正寻亲的过程也是他把原先独立、分散的四个子女聚拢的过程，梁光正一死，这个家也散了，然而小说的结尾是四个子女去梁光正的墓地打牌，围绕梁光正和四个子女，整个小说写他们不断合合散散，最终还是写了一个"合"的过程，自然是寄托了作者的美好愿望。

林诚翔：我觉得腰封上写的"中国文学前所未有的崭新农民形象"有一定道理。梁光正体现出的矛盾性、多义性，使他难以被归入现当代文学里常见的几种农村父亲类型，这似乎也暗示了小说没有基于我们熟悉的预设，而是吸收了作者真实的生活经验。书中的某些细节在我看来是有效的。

金理：那你觉得"熟悉的预设"一般是为了配合什么？

林诚翔：乡村在20世纪的中国文学里经常被刻板地理解为落后、封建或者世外桃源般的地方，农村的父亲可能是迂腐的封建家长，可能属于被伤害的弱势群体，也可能是带有我们想象中的淳朴品质的老者，等等。但梁鸿笔下的父亲还是挺矛盾的，比如说，他一方面似乎富有正义感，乐于介入公共事务，另一方面又表现出对意见领袖身份的过度享受。再比如说，他一方面很重感情，多年来对病重的妻子不离不弃，另一方面又不时暴露出人性的弱点，与不同女性偷情。总之，梁光正不是一个特别脸谱化的形象。

金理：梁鸿从书写父亲的象征模式中挣脱开来了。

王俊雅：如果要说"某个文学形象超越了文学史"，似乎就需要讨论在既有的文学史中，这一类形象究竟呈现出怎样的风貌。能不能举几个文学史上典型的父亲形象的例子？

金理：我觉得文学史上主要有两类"父亲"形象：一类是在启蒙和现代性的视角下，把父亲作为某种落后、保守、有待革新的对象。比如《家》中的高老太爷作为威权、专制的封建意识形态的代表；比如《创业史》中的梁三老汉，背负着"精神奴役的创伤"和小生产者的狭隘、落后，在面对"新的路线"时徘徊不前。以上这种父亲的旁边，必然会有代表"新人"和变革力量的"儿子"，作为比照的对象，比如觉慧、梁生宝。另一类是在保守主义和田园浪漫主义的视角下，把父亲作为乡土中国及其伦理世界、"超稳定结构"的象征，比如《白鹿原》中的白嘉轩。

高梦菡：梁光正这个人性格中有虚伪的一面存在，随便吐痰就是他真实生活的体现，所以无意识地映射出他本质中的一部分，同时这种形象也是文学史叙述中给人造成的一种普遍印象。而白衬衫则有两部分的含义，一方面是他希望给别人看到的他的样子，另一方面是他希望自己变成的样子，是他想成为的那种理想的代表。如果说突破的话，我认为梁光正身上有一种强烈的主动性，甚至说全书情节的发展都是由他的主动性推动的，如果与余华《活着》里面的福贵相比，就可以看得很明显了。他即使被批斗也不低头，那么多次的寻亲，给儿女造成的各种各样的麻烦，都是他自己引起的。

金理：特别能折腾是吧。梁光正的"折腾"是梁鸿为父亲形象谱系和乡土写作提供的新异因素。无论在启蒙还是左翼传统的书写中，中国农村都是一幅静寂甚或死灭的图景。比如鲁迅笔下的《故乡》："苍黄的天底下，远近横着几个萧索的荒村，没有一些活气。"（这也是梁鸿本人经常引述的一个例证），比如土改小说中，工作队乘着"四轱辘大马车"驶进农村，搅乱了原有的宁静，于是"历史开始了"。这样的书写模式中可能都看不到梁光正这样的人，梁光正身上绽放出中国乡村内在的欢腾和生命力，这是无待外部赋予的。

梦菡刚刚讲的一点我有点不理解，吐痰、虚伪是梁光正的本质？

高梦菡： 我的意思是人的性格有多面性，梁光正是很丰富的，虚伪是他的性格之一，并不是说他完全虚伪。

江林晚： 我部分同意这种意见。梁光正的"光"是一种"体面"，但我觉得这个体面可以从两个方向理解，首先是人的尊严，但同时是一种无意识的遮蔽，比如他经常用一些光辉的道德的理由去遮蔽他对女性的欲望，并且这种欲望的遮蔽最终结成了子女间的毒瘤。

金理： 没错。这对他的子女带来了很大伤害。他跟所有子女的关系都是紧张对立的。

廖伟杰： 梁光正是个没人管得住的人，医生让他忌口他不管，四个子女的话也不听，他是个霸蛮的人，小说有段写父亲坐在河边的堤岸上，脚下的河水也是蛮横的。

林诚翔： 我们对农民的想象经常不自觉地滑入生计困顿的一面（其

实很多情况下并非如此),粗暴地把人物活动降格到生存层面加以理解,但农民首先是社会性的存在,他们的很多行为是基于他们认可的标准而发生的。

金理:我想起乡村里的"能人"。

王俊雅:其实如果我们对农民的想象仅限于单纯的"面朝黄土背朝天、上炕认识娘们下炕认识鞋",那真可以说是都市人的无知和自大了。农村基层社会的公共事务自治基于一种默认的道德判断,这种关系是很坚固的,虽然被红色文化和改革开放洗过两遍,仍然在农村的公共舆论中占有一席之地。梁光正如此热心于乡村公共事务,对他的家庭并不仅仅是造成伤害,相反,在农民之间的交往中,这是一个很重要的筹码。梁光正担当的是一个"乡老"的角色,这本身是一种权力地位,在冬雪们埋怨父亲多事的同时也给他的家庭带来尊重。拥有高道德风评的乡老,在舆论中几乎是立于不败之地的。即使在农村正常交往关系断裂,梁光正被视作反革命分子的时候,这种风评也能给他带来心理上的慰藉。

朱朋朋:从葬礼就可以看出来,很多人来参加他的葬礼。

廖伟杰:其实小说中的子女们对父亲的感情很复杂。梁光正的家庭在过去是个很典型的中国式的棍棒底下出教育的家庭,父亲打儿子,姐姐打弟弟,哥哥打妹妹……《开始》一章的叙述从勇智的视角展开时,父亲首次进入勇智的叙述是吐痰的形象,根据叙事者对勇智内心世界的介入,这是父亲留给勇智的典型的刻板印象,在勇智的意识中，父亲是这样吐痰的："一口浓痰正从父亲口中飞出，滑出优美的足有几米长的抛物线，准确地落在路边的垃圾堆旁、拖车边、树根下、院子外的粪堆上、客厅的墙角里。反正，从来不会在垃圾桶里。"在我们从小接受的教育中，吐痰被告知会有传染肺结核等疾病之虞，这种行为在都市是被严令禁止的，甚至被罚款，也是很多外国人不能忍受中国的一点，在我的认知里以前少有文学作品写吐痰，叙事者叙述父亲吐痰时用"优美"一词，这不是波德莱尔那种通过写腐尸来以丑为美，以怪异为美，叙事者用的"优美""准确"是种讽刺。所以梁光正到底"光正"吗？这个问题很复杂。

王俊雅：如果我们不从子女们的单方面抱怨去考虑的话，其实梁光正给自己的儿女们带来了很多的尊严和好处，包括就业、上学等等，虽然在勇智的回忆中他显得屈辱，但如果他不具备乡老的地位而是个普通的贫农，事情可能就没有这么简单了。冬玉和冬竹（可能也包括冬雪）一开始正是因为梁光正异于常人的道德感与相应的地位而崇拜自己的父亲，在后续的描述中也并未实际丧失这种道德高地带来的潜藏的自豪。

朱朋朋：父亲和子女的关系也是一个非常值得探讨的问题。在这个文本前半部分，勇智他们对于父亲的态度是有一个从"英雄"到"懦夫"的转变的过程。这个转变当然很大一部分源自子女对父亲"抛弃"母亲、重组家庭的不满。在勇智的一段叙述中，勇智的朋友们曾经像看待偶像一样听父亲谈他的革命往事，学着父亲的样子针砭时事嬉笑怒骂。对此勇智是十分骄傲的，他认为父亲开明、有学问，自己的家庭是梁庄最尊贵的。但是逐渐的，在母亲去世、蛮子进入家庭之后，"那个骄傲大笑、勇战四方的父亲不见了，只剩下一个衣衫破烂的、懦弱的男人"。这个时候父亲的"勇战四方"已经变成"不务正业"，不好好种庄稼、好大喜功、惹是生非、冷嘲热讽、爱出风头——但是很明显，我们设想即使母亲一直还在，这个家庭没有因为重组而变得破碎不堪，梁光正应该始终如此，村民对于梁光正也是始终夹杂赞许与唏嘘。只有梁光正的子女们——这群最亲的人，随着成长、懂事逐渐去除了父亲高大的光环，这当然不是纯粹的"弑父"，因为父亲从来没有变得软弱无力，父亲因为拥有强大的个人精神空间而不断去侵占、折磨子女的生活。正是后文所说的父亲这种没有边界的爱，这种独特的道德原则，让子女在父亲的"行侠仗义"的路上不断地消耗体力和精神、增加反感，变得越来越疲惫不堪。当然直至最后，勇智们对待父亲的态度，都是自豪、反感、敬佩、厌倦、感动、疲惫种种情感复杂缠绕的。

王俊雅：冬玉和冬竹最开始就是因为这方面对父亲很崇拜的。而且后来对父亲这样的道德也是很自豪的。

高梦菡：不然仅靠一个老人的力量也做不到寻亲。儿女们一边谴责一边不断地在支持着父亲。

朱沁芸：第25页有提到冬玉说："其实也不是只陪爹，咱们也有收获。"兄妹几个对父亲寻亲的看法一开始不统一，冬玉冬竹会为父亲说好话，冬雪可能表现得很激烈，其实最后一直都是向父亲妥协的，总觉得梁光正好像站在道德制高点上，冬雪他们内心也承认了。

金理：我想问大家如何看梁光正临终时在医院里和蛮子的那一段描写？

焦子仪：我觉得他这个人是一个自我意识很强的人，他做不做某件事情的关键因素不会是"我能不能""我该不该"，而是"我想不想""我要不要"，他本身就是一个和普遍的价值观念有些相悖的人，所以也很难用道德的眼光去衡量他的举动。而且他这个人幸福感很高，他有自己的一套道理。我们在阅读过程中，可以感到这个人是主动的，注重自我的，像前面他回忆自己和妻子的相见，为了见一下妻子爬到树上喊"麦女儿"，这是很有活力的画面，那么他最后临终时，虽然可能意识已经出现混乱了，记忆回到年轻的时候，也注意不到自己的子女和其他人在或不在，但作者安排这样的结局，可能是把他给人的震撼感再加深一下，就是一个这样自我的，主动性很强的人，哪怕是最后他也是"任性"的，他最后给人的震撼感还是在于他本身就是离经叛道的。

高梦茵：他此时处于意志混沌的状态，我觉得这是自我失守的状态下暴露出的东西。

胡冰鑫：我想补充一下，在这一段叙述之前有一个开始在276页，"急急地催蛮子，说：'快，赶快，一会儿他们就回来了。'"还有一个结尾在280页，"蛮子说：'好了好了，都好了，别煎熬了。都长大了，都成家了。你操心啥。你该享福了。'"这段描写，实际上是将父亲与蛮子多年前在东屋里的情形展现出来。从蛮子的话中，我们隐约可以感受到父亲的处境困难，与蛮子解决欲望是要在子女不在的情况下急急地进行，又要考虑自身又要考虑子女。他哪怕在最混沌的情况下释放天性前，还是操心着自己的子女的。我觉得这个一头一尾让整个叙述过程更有力量。

高梦菡：那我修订之前的说法，这应该是昏迷与清醒之间的状态，所以既需要满足自身潜意识状态中的欲望，又要顾及到现实世界中儿女的感受。

胡冰鑫：我觉得他的偷情到了最后变得可以理解了。如果他真的在麦女儿生病的几年中毫无性欲，那他与那种掩盖人性的传统叙述有什么区别呢？正是因为他一方面尽力地照顾麦女儿，喂她吃饭等等；另一方面又会和菊英、蛮子偷情，才成为了一个活生生的、有情有意、有欲望的"人"的形象。我觉得梁光正的性欲与他的旺盛的生命力相关，也就是充满了动力、能折腾、不消停。

王子瓜：我觉得最后出现的这段情节并不好。阅读的时候我能感到作者似乎是有意在把写作往弗洛伊德等理念上去靠，但是联系起来之后又怎样了呢？要说是为了突出梁光正的原欲、生命意志，那么这样写其实很无效，因为前边的内容并没有任何铺垫，或者任何让你感到梁光正这一面向的地方。实在有些突兀，浓墨重彩却无关主题。

金理：可能我还是选择弗洛伊德式的解读，这一幕是回复到生命的本源。父亲和蛮子之间，不仅是情欲的发作，从吸吮乳房的情形来看，也是孩子回归母体的征象。这一刻他完全不在乎旁人的眼光，挣脱世俗的羁绊，甚至要扯掉那件标志性的白衬衫，白衬衫尽管出于梁光正本人的内在需求,但总是在他者目光注视下的标示物,但这一刻他连这个也不要了……我觉得这一幕,是他生命终结,但也可理解为回复生命本源过程中爆发出的最后的光。

二 "白衬衫"是什么

金理: 我挺喜欢小说中的"白衬衫"。尤其是"白"这种颜色往往是和小资产阶级联系在一起的。世界文学史上的小资产阶级代表人物包法利夫人、中国文学史上小资产阶级代表人物改造之前的林道静,都是一袭白衣。所以我就很好奇梁鸿如何来写一位农民身上一尘不染的白衬衫。

胡冰鑫: 我觉得白衬衫更注重于一种象征。小说中的细节写得很精细,比如抠鼻子上的疤痕。但是白衬衫写得不是很实,是梁光正的"光"的一种象征。比如,梁光正的白衬衫是如何保持那样白的?母亲中风躺在床上多年,没有人替他去洗。而且家庭生活拮据,连孩子吃喝都顾不上的梁光正,也没有去洗过白衬衫。就算他很少干农活,那小说中涉及的种冬麦和豆角的描述中也没有把"白衬衫"坐实。所以我认为"白衬衫"在文中更多的是一种象征,梁光正可能有一件白衬衫,但不可能一直穿还保持终年洁白。叙述者之所以强调父亲的白衬衫,是为了突出父亲的自我意识,哪怕在乡村得不到别人的认可,他也会坚持自己向往与认同的事情,这一点在小说中多处都体现为"执拗"。所以,"白衬衫"就是梁光正的"光"。

江林晚: 这个人一直是执拗的、"不合适"的,连死的时候和棺材墓穴都是不合适的，他的不合适导致他总是要挪地方，折腾了一辈子。看到后面我们会觉得他是一个堂吉诃德式的英雄，如果我们一直跟随的是梁光正的视角，我们可能会过于认同这个荒诞的英雄。难得的是这部小说从子女的视角来叙述，所以我们得以关注到堂吉诃德走后怎样。所以"白衬衫"有也有两面性。

高梦菡： 而且他也并非不知道这种"不合适"的后果。

林诚翔： 说到"白衬衫"的两面性，你们之前提到"虚伪"。那么与其说是"虚伪"，不如说是"虚荣"。梁光正是一个对"荣耀"有所追求的人。他的自我认知、自我期许里确实存在身份的僭越，这种僭越导致他永远处于不合时宜的状态，但同时也包含着善的一面，至少说明了他是一个有独立价值标准的人。

金理： 我比较赞同你这样的说法。"白衬衫"象征着梁光正内心不可被让渡的空间。

王子瓜： 很奇怪，我在看这本书的时候我没有特别注意到白衬衫，看到后记我才注意到。小说里出现的白衬衫事实上我只记得有一两处。我想我们首先还是要回到原文里看看白衬衫出现的具体情境，以及到底出现得是不是真的非常频繁？

朱沁芸： 第106页写"父亲热嘲冷讽，蔑视那些勤勤恳恳的人，父亲那身终年不变的白衬衫，都早已让人们看不惯。"可见他在乡里"白衬衫"并不是大家主流上追求、向往的东西，他的白衬衫变成了他异于常人的特征。他蔑视乡里勤勤恳恳的人，乡里人也觉得他不老实。第107页写"一个天天哼着小曲穿着干净得不像话的白衬衫的男人，一个上过学见过世面能说会道的男人怎么可能这么多年不偷腥呢？"觉得父亲的白衬衫就是他故意要显得和乡里其他人不一样，他是特别的，是读过书见过世面的，是懂得要干净的，甚至是高人一等的。

朱朋朋： 首先我觉得白衬衫是父亲性格中虚荣这一面的体现。这种虚荣是每个人都有的一种心态，大家无论在城市还是乡村都想追求一种体面。我觉得他需要别人看见他的体面，白衬衫是他将这种想法发挥到极致的体现。梁光正不错过任何一个公关空间，把街头巷尾、田间地头，甚至是医院病房，都当成是自己的舞台，把自己或者别人的故事加工、修饰、夸张、编造，根据剧情配合眼泪或者大笑，表演给大家看。父亲"得意地逡巡着观众"，在这种所有目光聚焦的关注中，获得虚荣的满足。其次，后记中多次出现白衬衫的定语是"闪光"的，这也与之后我们即将讨论的"光是什么"可以形成呼应。

林诚翔： 我觉得在农村那样的熟人社会里，面子、名声、口碑反而更重要，那个象征性的位置对人至为关键。倒是在充满疏离感的城市空间，人物更容易游离于种种秩序之外，营造出他们的私密世界，这在很多现代小说里都有体现。

金理： 我记得苏童一篇小说里写比赛盖楼的事情，在农村里谁家盖的楼高就有面子。

胡冰鑫：这里还是有区别。在熟人社会盖楼是可以带来面子的，但是白衬衫未必能，引发的可能是质疑、讥笑。

高梦菡：他也觉得自己就应该是这种形象，不仅仅为了自己的体面，而是觉得自己本来就应该要穿白衬衫的，这是一种自我认同。可能别人觉得并不必要，但对于他自己来说穿白衬衫很重要。

胡冰鑫：我还在想他的白衬衫是怎么保持那种白的。

胡冰鑫：我觉得梦涵说的可以解释林诚翔说的问题。梁光正的白衬衫更多的是代表了他对自身光辉、洁净形象的向往，而展现在农村的环境中会受到什么样的评论，他并不那么在意。梁光正在意的是他自己认同之后内化的价值判断，如白衬衫、公共空间中的正义感等。所以梁光正是一个很有自我意识的人。

王子瓜：白衬衫会让我联想到一些知青文学中的情节，比如常有些乡村的孩子，惊讶于上海来的知青会在夏天做农活时仍穿白袜子。

金理：所以说"白"这种颜色往往和小资产阶级联系在一起。

王俊雅：但他本身就和当地的贫农身份是有差距的。如果拿传统的工农书写来衡量梁光正，那他确实是一个异类。但传统的工农书写本身就是一把歪曲的尺子，人类并非生活在当代文学史的劣质书写中，而是生活在生活里。从生活出发的话，我不觉得梁光正是一个多么特殊的形象。

金理：生活在生活里，这个说得很好。我们在讨论梁光正这个人物的时候总会动用文学史的坐标、父亲的形象谱系来作比照，但梁鸿其实不是面对文学史在写作，而是面对真实和生活在写作。

王子瓜：大家都默认梁光正这个人物写得很复杂，毫不脸谱化。但我觉得还是有一点异议，从他常常帮助别人而不顾自己家庭的一些做法和他对事理的追究上，可以想象出一个"毫不利己、专门利人"和讲究"斗争"哲学的红色形象。不过有意思的地方在于，虽然他具有这类典型形象的一些特点，但呈现的效果却完全相反。此外，刚才朋朋说的有关"舞台"的说法，我认为也不尽然。梁光正未必是一个表演者，很多时候他对自己心中的理想化的想法非常忠实，这样看来他恰恰是真诚的。"舞台"一说，我认为更偏向于梁光正生活的戏剧性。

王俊雅：我倒不觉得是他是"毫不利己，专门利人"的红色形象，反而觉得他是传统农村道德体系残留的多余人。梁光正的价值观是很活泛的，偷黄豆啊，投机倒把啊，这都不是典型的高大全形象应有的行为。相反，这是以活下去为第一要务的人会做的事，传统农村道德是原谅甚至鼓励这种行为的。而在看似超出传统农村道德的地方，则是梁光正"向上"的一面。包括他的白衬衫，他上过学，他微妙的装腔作势（其他同学所说的"表演感"），他与其他农民显得格格不入的方面，是他的一种自我认知，"我与这些泥腿子并不一样"。我修正一下自己先前的说法，梁光正对自己的定位可能并非"乡老"，而是"乡绅"。他觉得自己的知识与道德配得上更好的东西，比现在拥有的中不溜秋的经济与政治地位更好，自己的话语应该更加被人重视。在他的道德观不再像以前一样被其他人重视的时候，他就转而向自己的子女要求配得上自己的关注，引起了一系列的"折腾"。如果将梁光正视为《梁光正的光》的唯一主角，那这本书所有的矛盾都来自于梁光正这种自我认知与他人认知之间的错位感。这是许多退休老干部常有的心态，当代文艺作品最伟大的老干部形象傅明老人身上就体现得很明显，而对于梁光正来说，他的错位感并非来自地位的变化，而是时代的变迁。

或者说，这种错位来自"不合时宜的政治正确"。政治正确本身即是一种高标准的道德，梁光正拥有这个高于常人的道德筹码，所以在农村生活中具有一定的话语权力。虽然他并不热爱土地，但在征地的权力压迫下却坚决不肯卖地，除了贯穿他一生的那种对权威本能反抗的个人主义之外，也可视作是对农村传统道德的一种呼应。不离开自己的土地，在传统道德价值体系中，是一种政治正确。而梁光正正是这种过时的价值体系中的代表，他有意无意地表现这种政治正确，并从中获取公共事务地位与心理慰藉。由于这是政治正确，所以他在公众舆论上是立于不败之地的；而由于这是过时的政治正确，他遭到村长、勇智等新话语权力代表的排斥。

王子瓜：杨庆祥老师的那篇文章里提到过一点，我觉得讲得特别好，大意是按照年龄粗算，梁光正正是梁生宝这一代人的儿子，梁三老汉这一代人的孙子。梁光正身上既有梁三老汉身上的旧社会小农民的基因，也有梁生宝身上新时期试图当家作主的农民的基因。他是有点分裂的。基于刚才我谈到的作为一个典型的红色农民形象，你可以想象假如出现在"十七年时期"的小说里，梁光正这样一个人的所作所为所导向的结果是不是会非常不同。

金理：这个我不完全同意。如果梁光正身处"十七年"，他肯定是站在梁生宝式的人物反面的。他有自己的独立判断，不会让步，哪怕违反当时的主流。你看小说中写，"文革"批斗的时候，他坚持自己的"真话"，不惜被打得头破血流。他葬礼上出场的那些操持外乡口音的老人告诉我们，在那段特殊的岁月里，梁光正完全是不跟随时潮的，或者说，他信靠的是刚才俊雅所言的"以活下去为第一要务"的、来自民间的自然正义，而从"伟光正"的眼光来看，梁光正的举动属于"资本主义尾巴"必须被割弃的。

林诚翔：我记得过去看唐小兵编的《再解读》，一篇写《林海雪原》的论文就把这部小说放在"英雄—武侠小说"的传统里进行分析，红色文学里的主人公有时就像武侠里的英雄人物，他们肯定比普通的个体要大一些，无法简单地作为齿轮镶嵌在集体的机器里，公与私之间肯定存在一定张力。说回梁光正，我觉得他最大的特征就是永远显得不合时宜，无论是在"文革"时期，或是在价格双轨制时代，还是在当下，他有自己的价值、观点、判断，不会简单地从众，无法很好地融入周围环境，而独立的态度则使他在各种问题上频频受挫，这或许部分是因为他没有与之相称的能力吧。

三　叙述者是谁

金理：我其实蛮想和大家讨论一个问题，这个小说的叙述者是谁？这看上去是一个文本形式问题，但又不仅仅只关乎形式。

江林晚：我们可以注意到每一章有一个人作为主视角，但在叙述的时候又经常会经常蹦出"我们"这样的字眼。对于故事在叙述的时候时不时出现的"我们",我是这样理解的,因为后记里面也提到梁光正是一个父辈的符号,那么他的子女们也是一个广义的符号,冬雪勇智冬竹冬玉分开是一个个具有不同个性的形象,但他们站在一起,视线投向同一个地方的时候就是我们,就是我们在座每一个父辈的子女们,这个故事涉及我们该如何处理父辈遗产的问题。

高梦菡: 我觉得某种程度上冬雪性格的强势容易造成一种误解,好像她的叙述才是对梁光正最权威的解读。从整体上来看,小说中的每一章都有一位子女作主要的讲述者。该讲述者与这一节的关联最密切,但所有的子女的理解总和尚且不是梁光正的全部。因而如果判断哪一个人是叙述者的话,不好说。

江林晚: 我觉得他们每个人会有内心的独白和掩藏的秘密。你好像是顺着这个人的视角去看的。冬雪好像就没有掩藏什么。

王子瓜: 冬雪好像有客观原因,很长一段时间都在外出求学,不在场。

王俊雅: 我觉得相比梁光正来说,他的四个子女得到的笔墨则显得贫弱。不论是用乔伊斯式长句咆哮的冬雪,还是从头至尾反抗父亲的勇智,乃至于淡薄得分不清彼此的冬玉和冬竹,他们都像是为了给梁光正提供视角而存在的不高兴的摄像机。作者有没有隐含视角呢,肯定是有的,梁光正在高处,在远处,他的四个子女仰视他,气喘吁吁地追赶他的脚步。梁光正的光辐射四周,但好像并未在生前辐射到自己的子女身上，至少他们本人如此认为。不妨把《梁光正的光》视作另一种意义上的《罗生门》，如果完全信任子女们的齐声抱怨，则会忽略灯下黑里隐藏的梁光正的别的面向，甚至也忽略了子女们那些自己并未意识到而实际存在的关系与感受。但最大的问题是，由于他们的形象如此摇摇欲坠，我根本就不关心他们在想什么。

金理：谈谈我的看法。不知大家会不会和我有同感，觉得前两章和后面几章有个分裂，这个分裂的原因是，小说中的叙述者发生了一个转换，前两章的叙述者是冬竹，从第三章开始叙述者则变换成了虚化的"我们"。我的判断依据是，前两章中冬竹丝毫没有出现，就好比，电影屏幕上面是不会出现摄影机的，隐藏在摄影镜头后面的那个观察者，就是叙述者，就是冬竹。尽管四个子女面貌不同，但是我也可以给冬竹的特殊性找一些说法。首先，她自认为和父亲感情最深，"她最崇拜他，她不愿意谁说父亲一点儿坏话"。其次，是她造成了"小峰受伤"这一裹藏在家庭内部的创伤事件。第三，自前两章之后，每次峻急的家庭纷争的间隙，都会从冬竹视角出发，去"看风景"，比如第89页"对面的山顶上……"、第92页"冬竹看到，山顶上那几片巨大的云正飞速移动……"也就是说，前两章的叙述者是固定的冬竹，从第三章开始叙述者在"我们"四个子女之间移动。

廖伟杰：从叙事来说，小说写梁光正从1960年代到死亡的这段生命历程，现在当然很少有小说按时间顺序从1960年代写到2010年代，这部小说也不例外，它从梁光正死前一个重要的生命事件——

寻找蛮子的时间节点开始叙事,叙事者要通过人物间的冲突推动叙事进展,人物间缘何发生如此多的冲突,叙事者未首先亮明,然后叙事者同时穿插对过去的叙述,读这部小说的过程好像不断破案,到底人物间的冲突缘起是什么,等到关节点一个个被叙事者叙述出来后,读者心头最后一个疑问——小说中导致小峰烫伤的肇事者究竟是谁——终在对梁光正死前的叙述中昭然若揭,巧合的是,这位肇事者梁冬竹也在不断研究她的家人的信件、日记等各种信息,她好像也在"破案",我不知道她是不是想搞清楚究竟有没有人知道她是这位肇事者。这至少证明冬竹的独特。

江林晚: 开头那一章经常有"勇智想""勇智看"这样的叙述,所以我觉得可能是勇智的视角,不过如果说故事主要采用了冬竹的视角,是后面冬竹看了其他人的信得以理解他们的所思所想,那也是可以成立的。

林诚翔: 其实就是一种有限的第三人称叙述,作者不希望自己过于全知全能,他把自己能够自由出入其心理空间的范围限定为少数几个子女。

金理: 就是这个叙述者既要在这些人之间又不能突破这些人。

王俊雅: 就是和梁光正相对的"我们"。

林诚翔: 我没怎么见过形式上这样处理的小说,不知道是作者有意为之,还是因为写作延续的时间较长而导致的技术失误。

金理：形式和内容是融合在一起的。我作一个大胆的猜测，也许梁鸿一开始设计的叙述者是冬竹，但是随着小说的进展，她发现单一而固定的叙述视角根本无法承担书写父亲的重任，所以需要转换，需要有一个自由出入所有子女内心世界的视角，为探索父亲之谜"聚力"。就好像盲人摸象，叙述者在每个子女身上流转，但以此聚合起来的力量所拼接出来的父亲形象，依然无法穷尽父亲的复杂性。

朱朋朋：我还是不太赞成游移于四个子女的视角，而主要是冬竹的视角。

林诚翔：我有一个问题，从后记可以知道，梁光正是梁鸿为她的父辈所作的肖像，那么作者是否把自己——至少是自己的一部分——代入了梁光正的某个子女？比如冬竹？

胡冰鑫：我觉得作者的思考主要是带入到了冬竹身上。冬竹对家人之间纠缠在一起的爱恨的观察，有距离感，或者说她的观察少了参与其中的主观感而更接近于真实。同时冬竹又热衷于寻找家人的日记或是曾经的物件，努力想拼接出家族的事情。这种了解、好奇的渴望，来源于她感知到家人之间在冲突产生之前或之中的爱。

高梦菡：冬竹是一个很少被关注的孩子，但是她自始至终渴望被关注。所以她在整理整个家族关系的时候总是想找到一个自己存在的缝隙。

焦子仪：我觉得作者大部分时候还是跳开了，并没有真的让某个人物来代表她的观点。她在后记提到的"白衬衫",其实会给人一种光辉的感觉,隐含着一个人在物质贫乏的情况下保持某种精神追求这样的意味,这和文中的"白衬衫"给我的感觉是不完全一样的。文中描写到"白衬衫"的时候,永远是一种格格不入的感觉,包括梁光正一出场和后来从农田里回来,两处的"白衬衫"很难让人去联想到一些正面的象征,反而是梁光正这个人和周围脱节、不踏实务农的一种佐证,或者像前面同学提到的"有一种表演的成分在"。所以我觉得作者对梁光正一类人的真实想法可能只存在于后记当中,四个女子可能也只是代表了持不同态度的几类人,梁光正光辉的一面几乎是到最后在陌生人的悼念里体现的,而且文中始终没有梁光正的自述,没有他自己解释自己为什么要这么做,也没有一个全知的、客观的视角,可能作者所设置的各种人对梁光正的种种判断,都只是为了表明我们无法真正了解他,而她自己的态度和思考,是隐含在选择和呈现这个人物的方式里的。

四 "光"代表什么

金理: 最后我们来谈谈封面——一道圆环的光圈和一个好多眼睛的人。

王子瓜: 我觉得这个光很可能是只有冬竹才看得到的光,除了她别人看不到,也就是一种从宗教视角出发才能看得见的光。在小说的结尾,葬礼这一章里,冬竹出现的次数很少,而且她总是作为同冬雪、冬玉、勇智大相径庭的一方出现,冬竹的感受和勇智、冬玉的感受也很不一样。所以如果把冬竹理解为主要视角,光也就能解释了。

高梦菡： 我觉得她或许有想要提高到宗教的高度。

廖伟杰： 叙事者对宗教的态度似乎不明朗，一方面好像对宗教给人带来的精神慰藉作用予以肯定，冬竹在基督教那找到自己宣泄的出口，小说标题"梁光正的光"不知道是不是向《八月之光》致敬，勇智抄《金刚经》的行为似乎也是对自己的某种安放；但另一方面叙事者又毫不留情地写到宗教许诺给人一个黄金世界的虚假的一面，比如说小说穷形尽相地讽刺农村传教妇女的怪异行为。

胡冰鑫： 我觉得这个有很多眼睛的人是梁光正的子女，梁光正是后面的光，而他的子女背对着光，看到的是影子。

朱朋朋： 书名叫"梁光正的光"，从语法关系来看有两种理解的角度——第一，梁光正自己眼中的光，对于父亲来说，什么是他生活中、生命中的"光"，成为他的动力和能量来源；第二，梁光正这个人物身上发出来的光，他的生命能量和人格魅力或者某种特殊的东西，这种"光"指引他人、照亮他人。这或许可以帮我们去看清"梁光正的光"到底是什么。接下来我想从文本中明确提到"光"的几个地方，试着去阐释一下我对梁光正的"光"的含义。

首先，"光"出现在父亲燃起对生活的希望的时候。父亲对待未来美好生活的向往，是比别人更要狂热的，虽然这个向往不来自土地。他隔三差五就要"算一算"，给我们来个"2000 块"，规划一块"美好蓝图"，比如种麦冬、种豆角，每当这时，父亲的未来是"金光闪闪的"，父亲的眼睛是"乐观闪亮的"（35 页），父亲整个人都是发光的，这种希望之"光"甚至会影响到别人，"有人把已经出苗的玉米、芝麻、黄豆，又都毁掉，种上麦冬。那人的眼睛像父亲一样，闪闪发亮"（36页）。暂时的失败也不能打击父亲对生活的热情，隔段时间他就会忘记之前的一切，重新规划一个发着光的美好生活。这种在子女看来近乎盲目的革命乐观主义精神，代表了父亲对生活始终保持希望的一种乐观、热情和坚持，虽然这种热烈狂想往往都是堂吉诃德式的收场。这个层面上父亲的"光"，很多时候都体现在他的眼睛上："闪亮的眼睛"。在冬雪的一段特写中，也出现了这样闪光的眼睛，"冬雪眼睛和父亲最像，闪着光，笑的时候那光聚在一起，形成能量强大的光束，能把冬天最顽固、最阴冷的乌云驱散"（22页）从这段描写中我们可以看到，父亲和冬雪闪光的眼睛背后，是一个拥有着强大生命能量"驱散最阴冷的乌云"的个人——他会燃烧自己的所有能量在穷苦的年代和沉重的家庭中寻找希望之光，这不仅是梁光正自己生活中的光，梁光正同时也把这种光芒带给家庭和别人。当然这种强大生命能量还体现在他热衷于展现自我，还有对于和解和救人的热情之上。这就涉及另一重"光"的理解。

其次，"光"出现在父亲行侠仗义和坚持抗争的时候。父亲帮助一起邻村状告村支书的官司，那姐姐大眼睛里是"热烈而脆弱的光芒"，那是因为她看到了父亲——"父亲的声音铿锵有力，遥想当年的斗争往事，不觉间意气风发。那姐姐仰望着父亲，无限崇拜，想看到了自己的家的未来。"（32页）这些时候，父亲就像一尊散发着光芒的神像，救苦救难的观世音菩萨，拯救民众于水火。正如文中写到父亲讲述当年英勇救人的故事时，"脸上绽放着神一样纯洁灿烂、洞悉一切的笑容"（19页），神是自带圣光的，在这些描述中父亲就像带着光芒一样来驱逐大地的黑暗，似乎就像这本小说的封面插画,有着神像一般的光。梁庄要买地拆迁的时候,父亲公然和政府对着干,"他眼里散发的光确足能凿穿日月。那是来自山顶洞时代的光,古老、神秘,带着人类从蒙昧走向光明,走向食物链的最顶端。父亲被这光芒照耀着,好像获得了启示和指引,手持长矛,向人间的风车刺去。"(216页)手持长矛、刺向风车巨人,这时的父亲似乎不仅是远古穿越而来的神,更是塞万提斯笔下的堂吉诃德,拥有着骑士的战斗精神和意志力。当然父亲并不是神,不能靠甘雨露和杨柳枝来救人,他自己也会被斗得头破血流。父亲也不是堂吉诃德,他的救人不是盲目的、敌人也不是虚幻的,他的帮助确有成效并深受感激。但是父亲在行侠仗义和坚持抗争时,确实是"发光"的,这光芒来自父亲内心的公平正义和善恶标准、道德原则,来自他的良心。他不怕抗争,也善于抗争,和村支书、镇政府、地产商抗争,他既有经验,又有热情,因为他坚持"有理走遍天下,无理寸步难行"。他的这种不畏强权和敢于斗争,不怕麻烦,帮助别人,当然不是"革命样板戏"可以概括的。但是也似乎很难在文学史上找到可以比附的人物。

王子瓜: 我同意朋朋说的"光"是"希望"这个结论。但是我的理由有所不同。其实在读这本书的时候,没有哪里真的能让我感受到"光"的出现。每次你隐隐约约觉得马上就要看到"光"了,这个光明的东西立刻就会被其他的东西消解,有时是因为戏谑的语言、非英雄化的反讽,有时是因为会联想到这个光明背后的黑暗的地方,比如梁光正家人的痛苦等等。真实、绝对的"光",其实是在后记里出现的,最后几段作者写梁光正和他后来妻子第一次认识(或者仅仅是建立了间接的联系)的时候,语言优美,情感充沛。尽管你仍然能够想到整本书展示出来的种种阴暗、痛苦，它们仍然丝毫不能损伤这里的"光"，无限的希望超越了一切。这才是真正的"光"。

朱朋朋： 读的时候特别让我感动的一段：大家在父亲的要求之下去看了蛮子，因为怕再生事端一行人第二天凌晨就匆忙离开。路上冬雪收到蛮子的电话，冬雪说是家里有事，蛮子喊着不会是父亲病了吧，还说给他们带了酸菜和小峰的照片，就在这信号断断续续的大山里，隔着电话大声喊着解释着。此时你会觉得这漫漫大山茫茫黑夜，无法阻隔家人这种最浓厚的关怀和情感，似乎这野山迷雾中发出一道耀眼的光芒，这光芒来自家人。那些痛彻心扉的伤害，与那些沉淀记忆的温暖，即使是重组的家庭再次破碎，这些所有最复杂缠绕的情感，都把一家人紧紧地连接在一起，无法割舍。而梁光正，正是这种家庭情感的忠实拥护者，他坚持不懈地和解家人、寻报恩亲，直至躺在棺材里，都要迫使他的两个儿子团结一心、彼此认同。书中对于这种中国式家庭或者传统家庭相处模式之下的家庭感情的描述，在我看来是最让人动容的，是日常但是会在某些时刻发出耀眼光芒的"光"。看了这本我会有一种想和八十多岁的姥姥聊一聊的冲动。

高梦菡： 我爷爷花了两三年去做家谱。我刚开始不理解，现在大概懂了一些。我觉得"光"也可以理解为一种矛盾的爱。比如说梁光正后来种油菜帮小峰改掉恶习而产生的与勇智之间的冲突，梁光正这样机灵的人，会不明白权力倾轧的伎俩吗？他不愿意相信这种威胁变成事实罢了，因而试图在拖延当中摸索边界，一种既能让勇智保持现状，又能最大程度帮助小峰的边界。另一方面也是为了自己,他要通过对儿女的支配来证明自己的存在,证明自己作为家长的权威,也是一位父亲对于两个孩子的矛盾的无法取舍的爱的曲折表达。

另外,光是不是可以理解为能量的中心呢?当太阳熄灭后,光源消失,整个家庭就散了。如果没有寻亲的过程——这整个过程仿佛就是一种仪式,这些子女也许不会在这几年中产生那么密集的聚会、冲突和感动。

胡冰鑫: 所以我觉得梁光正的光真的照耀了很多人,包括家庭和葬礼上出现的人。父亲在世的时候,在子女之间游移的视角中可以感受到子女与父亲的相处中有套路感,能很快达到高潮,也可以很快消解掉。这些小的冲突的过程的叙述都是很节制的,这中间除了可以感受到家人之间的相互了解彼此的反应以外,可以看到作者对这个父亲的处理态度是比较敬重的。

我觉得在强烈的冲突之外,没有展现出来的爱也意味着很多东西。像勇智自己觉得父亲对自己一点都不好,但是他妻子会反过来说他对你那么好你不知道。小说中说的:"梁光正的世界,梁光正的儿女们知道得并不多",暗示他们每个人的视角都是狭窄的。还有葬礼上出现的那些人,带着父亲的另一面出现,那个在公共空间中的梁光正是光辉的形象。梁光正去世后,"他们重又看见父亲和过去的一切。就好像第一次看见",光存在的时候不自觉,光消失后才被感知,重新认识梁光正也是他们重新认识自我的契机。由此反观整部小说,可以发现正是梁光正不断地折腾才使得他们对于家庭、对于生活一直保持着某种战斗力,相爱相杀也是他们的自身生命力的维系与呈现。我感觉这部小说的本身是不具自足性的,小说中呈现出来的矛盾性的父亲的形象，在小说外部是可以缝合的，但是这个缝合之处在小说中没有体现。小说中主要是通过子女的视角呈现了父亲不完整的一生，站在子女的立场上这样一位父亲对家庭似乎是不够负责任，但是如果让蛮子重新叙述梁光正这个人，那可能就是有担当、热爱家庭的形象了，甚至如果人梁光正自己叙述，那一定也很有趣。我并不否认子女对父亲的评判，但是我强调的是不能忽视在子女视野之外的梁光正，子女的视角在一定程度上遮蔽了梁光正的光。

金理：所以，"光"其实在引导子女/"我们"每个人作反思和自我认知。其实我倒觉得，这部小说感动我的地方，就在于小说内部、所有他者视角都是无力缝合父亲形象的。这里可以和小说独特的叙述者、和对于"光"的辩证理解结合起来。理性不知节制地延伸，甚至不肯在人的精神世界里留下不能认识的疆域，——这可以视作现代性、现代性的文学的扩张性表现之一，内心世界恰恰是到了现代以后才被作为文学的主题和描述对象而被"发明"出来的。人们往往要求小说去揭秘、去勘测真相的方方面面、去"穿透""把握"人物的心灵角落……理性、现代性、小说探触的视角，无不是"光"所生发的隐喻；但是梁鸿了不起的地方在于，她写出了"光"的探索，也谨守"光"隐没于黑暗时、"止于所当止"式的谦卑。"梁光正的世界，梁光正的儿女们知道得并不多。"书中的这句话，让我想到张兆和说起沈从文，"我不理解他，不完全理解他"……无法理解身边的人、无法有效沟通，尤其对于文学者而言——文学应该具备所谓"他者的共感"吧——似乎不是件值得说的事；但我想这才是对最亲近的人、乃至对根本意义上"人"的尊重，因为尊重、明晓：

每个人的生命幽径中总有不被发现的角落，沉默而复杂，无法被表面化、无法被语言穿透、也没有必要在他者的注视下被意义赋予。

王俊雅： 如果要我说这本书最成功的地方在哪，我认为既不是所谓"梁光正的光"辐射的道德能量，也不是同学所说的传统家庭的特殊感情，而是在一个被作者视为带有宗教色彩的"圣徒"（取自李敬泽的"推荐语"）身边，其他人对他感到的尴尬。这个圣像式的封面也好，教会突然的传教也好，冬竹的皈依也好，好像都在暗示梁光正是个不被他人理解的伏地大耶稣。但就算在真正的耶稣身边，也一定有人（甚至可能是他亲近的弟妹）对他感到尴尬。而这份尴尬，可能比梁光正虚无的光更真切。

《收获》青年作家小说专辑：朝向不可预测的未来

时间：2018 年 9 月 27 日
地点：复旦大学光华西主楼 2719 室

金理： 今天我们讨论的内容是《收获》2018 年第 4 期"青年作家小说专辑"。我们先各自谈谈读完之后感兴趣的作品，然后由具体到一般，看看从作品出发，能否对这一代青年人的创作得出一些共性的认识，当然也可能在这样的时代里，共识已经破裂了。

一

金理： 在这一组专辑中，我个人最喜欢的是《逍遥游》，完成度高，有很强的艺术质感。三个各自身陷一大堆生活麻烦的普通人出门"穷游"，展现在我面前的这一趟出游，特别像一部品质上乘、细节完美的艺术片。这一路上，既看山河风景，也小心翼翼地探入人心幽微的褶皱；而且有特别多值得细读的、饱满的细节。比如反复出现的"马"的意象，登楼远望，"我"仿佛看见云雾中的骏马，耳畔还有嘶鸣，暗合"野马也，尘埃也，生物之以息相吹"，成玄英疏："青春之时，阳气发动，遥望薮泽之中，犹如奔马"。被庸常生活压抑得透不过气的"我",终于在此刻"青春发动"。但等下楼后来到山谷,才发觉此前登楼时耳闻的嘶鸣声,原是驯马所为,"鞭子抽得极凶,人和马离得很近,双方像是在台上进行搏斗",这哪里是精神发抒,是人间的受难和磨折。但是这样想也不对,上面这两个场景不是互否的关系,倘若不嫌附会的话,登高楼与下山谷、登高远望与重回庸常俗世,我愿意联系起柏拉图笔下哲人的"上升"和"下降"。总之这部作品中很多细节,形成复杂的意义关联,值得悉心琢磨。再比如那位剪纸的妇女起身相送,"满身的红色纸屑,轻盈、细碎,纷纷扬扬地落了下来"……

我特别惊叹于这位年轻作者的艺术控制力,仿佛置身于暗夜,但也感受到光,但这光也是明灭不定的,就像小说所言"光隐没在轨道里"。班宇很善于处理这种交界的、混沌的人生境遇;耐心地缝合种种看似对立的两极之间的辩证关系,徘徊在明与暗、信与疑、希望与绝望之间,达到一种哀而不伤的艺术效果。小说中三个人物的日常生活显然是单调、疲乏甚至绝望的,一场出游好比探出头来透口气,但终究要回归到原先的生活轨道,什么都没有改变;但也未必,下楼来的"我"还是原来的"我"吗?小说结尾,"我"回到家却不进屋,特意留一点时间给父亲,原先紧张的父女关系似乎增添了一丝善意和体贴。

关于"三人行"我有一个问题,大家在阅读作品的时候,会觉得"我"的好友(谭娜、赵东阳)发生关系的情节很突兀吗?

陆羽琴: 要是读到这段感觉突兀,我觉得可能恰恰是对了。按照旅游人类学的理论,旅游可以被视为世俗仪式中的过渡阶段,旅游者从日常里出来,暂时进入一个非日常的时空。那么他们的"三人行",就刚好符合这样一种期待,他们都是从各自狼狈的生活里逃出来的,事实上期待这段旅程和日常是不同的,期待有什么异样的事情会发生。所以这一段就应该是突兀的、反常的,因为需要这样一种仪式性的东西,按照他们去旅行前的状态,男性朋友(赵东阳)应该是喜欢"我"的,而女性朋友(谭娜)是一个不太受男性欢迎的人,他们并没有什么在一起的可能,但是恰恰是在非日常的时间里,一切都颠倒过来,最不可能发生的事情就很偶然、又很必然地发生了。但是旅行者最后还是要回归到日常的结构里去,旅行中的无结构状态,其实是为了释放在结构中所受的压力,最后重新回到一个平衡状态,甚至达成一个类似成人礼那样的身份转换。不过小说最后他们回到原本的生活里,很难说发生了什么质的改变,甚至旅行里发生的这个事件本身,对"我"来说并不是一件好事。在结尾"我"开始期盼另一辆火车,这一点也很奇怪,因为旅程其实已经结束,他们其实已经从火车上下来了,但这个时候她才开始希望有一辆火车开过来,是不是意味着她又想逃离当下的生活呢?

张天玥: 这一段确实使人觉得在意料之外,我很喜欢这个情节设置。在小说将近结尾之处,谭娜和赵东阳发生关系,这对于"三人行"中的"我"来说无疑是种背叛。"我"却"一点都不怪他们,相反,我很害怕,怕他们会就此离我而去"。"我"作为病魔缠身之人,于他人而言,似乎一直是多余者,然而"我"并不责怪他们的背叛,依然试图抓住和谭娜、赵东阳的一点点联系,认为他们的行为在某种程度上是可被接受的,"我"可能有一种将残破的生活合理化的倾向。另外,从个人阅读的感受来说,小说的前半部分写法并不新奇,但是从此处开始,整个故事明显地呈现"跌落"的趋势,"我"的生活愈来愈向下倾斜,直至故事末尾的最低点。

曹禹杰:我读班宇这篇小说的时候,始终在思考"逍遥游"的意义究竟体现在何处。在谭娜和赵东阳发生关系之前,我觉得这篇小说一直延循着我所设想的道路向前推进,但是性关系的发生让我重新思考"逍遥游"的价值。表面上许玲玲的出游是对和父亲生活的叛离,是一种对于厌倦了的庸常俗世的拒斥,"逍遥游"的意义在登楼远眺的刹那迸发。然而性关系的出现实际上为小说提供了一个转折点,"逍遥游"的第二层意义在于许玲玲对于俗世生活的重新认识。她以观众的视角"欣赏"了谭娜的和赵东阳的性爱,这场性爱可以被理解为一种祭奠,以此来终结他们背叛生活的旅行,回到逍遥游的起点。但正是许玲玲观众视角和看客身份让她能够有机会去进行理性的思考,她在目睹谭娜和赵东阳的性爱后突然理解了自己父亲对生活的选择,因而能够在逍遥游结束后在自己的俗世生活中开启另一段"逍遥游"。

王子瓜:这几篇小说里我也比较认可《逍遥游》。情节、结构只是一个层面,我觉得《逍遥游》真正好的地方在于它呈现出来的生命体验。由病痛引来的人事变化,揭示了生命的真实,它充满了绝望和悲剧性,但小说又不止于这种认识,从痛苦中"我"反而触及了生命"生"的一面,这种既宏观也微观、绝望又渴望的复杂感受,通过一个个细节逐渐累积起来,尤其是到旅行的这一部分之后。小说恰如其分地将这种对生命本身的感受纳入语言,这一点是不容易的。登高望远,加上谭娜和赵东阳发生关系这一片段,正是"我"对生命的感受超越痛苦这单一层面的契机，小说里"我"自己也不知道为什么这个时候会哭。哭的原因当然很复杂，但我相信这其中也有这一部分："我"感到生命尽管布满了疤痕，仍然有快乐的意志，有随时准备迸发的生机，在一个突然变得阔大的世界里"我"体会到"生物之以息相吹"的感受。

从个人的阅读体验上来说，《逍遥游》给了我一个反差，一开始读的时候我并不看好它，首先题目太大了，接着小说开始不久就出现《逍遥游》的原文，这些都会让我有一些初步的判断，这篇小说很难写好。但是慢慢看下去反而得到了一些惊喜，从小说的许多细节中我们能够看到班宇对人事的洞察。小说诠释的只是《逍遥游》中"生物之以息相吹"这一句，通常我们用"诠释了某某理念"这样的方式来谈论一篇小说往往是不合适的，但是如此评价这篇小说却未必不可以，因为像《逍遥游》这样地位的篇章是无论怎样用心地理解和体会都不为过的，而班宇的体会也绝不是概念和逻辑上的套用，而是落实于经验的感受。我们谁都知道、读过《逍遥游》，但知道和体会之间还隔着很远，需要经验的契机，加上感性和智性的成熟，才能有所颖悟。我们这些凡人，终其一生如果能够深刻地体会到"生物之以息相吹"的意味，也十分了不起。显然，在小说的结尾，回到孤身一人的角落里，"我"对人间世已经有了新的体会。

金理：我把这篇小说的主题理解为人的隔膜与呼吸相通。关于"生物之以息相吹"这句，想起张文江先生解释这段时说过一句话："在上出的过程中，天的颜色一层层在变，而身处位置的不同，看到的颜色也不同。"（张文江：《〈庄子〉内七篇析义》）

沈彦诚： 讲到《逍遥游》的东北典型环境，三处细节给我印象很深。两处是突如其来的大火，一次是吃完夜宵后发现一棵枯树自燃，还有一次是回程途中在火车上看到火光，这两处自然现象不可能在南方出现，或许正是因为东北典型环境。还有一处细节是他们旅行中。碰到一个巧女的剪纸展览，写到她"满身的红色纸屑，轻盈，细碎，纷纷扬扬地落了下来"。整篇小说主体是冷色调的，是灰白的，但这三处却是为数不多的亮色，明丽的红色，冲击力很强。

曹禹杰： 关于刚刚提到的"火"的意象，我还有一种理解，就是火隐喻着这场旅行的虚无。旅行的终点是日常生活，这篇小说形成了回环。拒斥日常俗世的逍遥游却只能以返回日常生活作为结局，火的意象某种意义上就是在否定这场旅行的意义，而真正值得期待的，是曾经拒斥的庸常俗世。

金理： 看到有对《逍遥游》的评论说，"总能在他的小说里嗅出铁西的味道"。其实我记得班宇在创作谈中似乎刻意表达了"去东北化"的意思。我们看小说中人物，父亲是自由职业者，母亲死于偶然的脑溢血，好像并没有和惯常阅读期待中东北大工业的颓败等联系起来。不过，我有一点犹豫的是，这种"去东北化"的闪避姿态其实无法贯彻到底，能不能说有点"狡猾"？比如我也很喜欢小说中剪纸妇女出场的细节，但这里张扬的意象，比如"红色"（纸屑）、"轻盈"，是在和我这样的读者对东北的刻板想象（白雪、滞重）的对照、撞击中，才显示出艺术效果。我的犹豫就在这里，剪纸妇女到底是班宇的自由创造，还是被如我这般无数东南沿海的都市读者的美学趣味所反向生产出来的。

陆羽琴：其实火、纸屑、烟花这一类景观设置，并不一定是类型化、机械化的东北叙事符号，更可能是一种逻辑上自然而然的需要。比如以东北为背景的文艺片，之所以会出现这样的景观，是因为片子里的东北通常是太灰暗太冷了，当调子下行到一定地步，就必然需要某种飞扬的诗意和亮色猛地把整个节奏提一下。这部小说也是一样，在死水式的、灰暗粘滞的日常里，自然会衍生出某种爆发和燃烧的渴望，需要一簇火苗跳起来，所以到了某个节点，忽然就会觉得，这时候需要一颗树烧起来，纸屑飘起来，甚至来一场荒地上的大火。但小说好就好在对这些细节的具体处理上，其实这三处细节都是句点，都是一个叙事段落的尾声，它们出现之后主角们就离开了，很轻易地转向下一个场景，没有一味纠结和得意在这一笔上，也没有用更多篇幅去渲染，比如树自燃了，那就很平常地看着它烧完，荒地里起火，问一句怎么回事也就完了，我觉得这正是很见艺术掌控力和作者自制力的地方。

焦子仪：我有一点感受是，东北本身的生活是很安逸的，可能生活里很难有什么波澜，或者说很难找到一个超越日常、可以挣脱那种一成不变的安逸感的出口，像故事里父亲也好，朋友也好，都好像在努力找一些什么不一样的事，把本来可以安稳的生活变得不一样一点，像她父亲复杂的男女关系，她朋友年轻的时候去酒吧疯玩，都是一种相似的努力，通过无谓的"折腾"去对抗重复的日常带来的空虚感，但可能他们自己也说不清楚行为的目的。病痛在这样的语境下同样是一个刺激，这些人围拢在一起，一开始大家都是探病的心态，出于同情，出于情谊，关心"我"的身体状况，怕"我"孤单，到后来就更像是借助这件事，让自己短暂地从原本的一些束缚里走出来，好像不带什么目的，但是又比较长期地停留在这里，去絮絮说一些自己的烦恼。所以我在看这篇作品的时候，就比较在意生病以后她和父亲、朋友怎么去回应这件不那么寻常的事，但是好像到后半部分作者的着力点转移了，开始倾向去写大家说的三人游，但我又会觉得旅途中的事情，像着火，剪纸这些细节也好，"我"在旅途中的一些感想也好，包括结尾伙伴的性行为和此后三个人假装没事发生过这些部分，对我的触动好像都不是很大，可能我自己是东北人，一些小亮点或者大家看来很有意思的心理状态，都没有超出我自己的日常认知，反而忽略了作品的精彩之处，在我看到他们三个去旅游的时候，其实心理上没有什么期待，就算说她在自然中面对冷空气，面对大海，有了一些感触，短暂地有了逍遥的心境，但也不可能真的从那种循环的日常里走出来，不可能说各种问题在一次短程旅途里就顿悟了，反而是生病这件事，本来可以作为一个不寻常的刺激，会有一些腾挪的空间，但故事里"我"的反应好像是比较淡漠的，整个人比较静止，比较游离事外地去应对这件事，整个作品当然是很完整的，人物有自己的逻辑，结构也没什么问题，但从我个人的阅读感受而言，就会觉得比较平淡。

陶可欣：《逍遥游》这一篇从整体上来说是我最喜欢的一篇，也是在阅读过程中唯一没有走神的一篇。这篇小说的题目起得很有意思，《逍遥游》，一上来就好像给读者抛出了一个巨大的问题，但其实书写的故事是非常平凡的甚至是非常边缘的普通人的生活。那么对于故事里的人物来说，何处逍遥，何为逍遥呢？我认为通过探索这个问题可以在一定程度上打开这个文本。

故事中的几个人物都是身处社会底层的边缘人物，他们每个人都在被各种各样的东西束缚，都活得非常憋屈。赵东阳被自己不幸福的家庭束缚，谭娜被日渐老去的容颜和悲哀的恋爱束缚，"我"则是被治不好又拖不起的疾病束缚。在这"三人行"的队伍之中，其他人所受的桎梏都或多或少有咎由自取的味道，只有"我"的苦难似乎是从天而降，发生前毫无征兆而发生后也看不到任何摆脱苦难的希望。"逍遥"这个概念太大了，倘若落实到日常生活之中，落实到这些生活在边缘地带的人物的生活中，那只能是在短暂时间和微小空间中一闪即过的东西，可能只能是在暂时远离熟悉的生活环境之后给自己营造的一点可怜的假象或是幻想。故事中"三人行"的成立是非常耐人寻味的，表面上看，是"我"离不开赵东阳和谭娜，他们是世界上仅剩的"我"的朋友，就像是支撑"我"活下去的两根救命稻草一样，由于这个小说的叙述者是"我"，故而这种抓住救命稻草的感觉就更多地聚焦在"我"的身上。然而，倘若换一种思路，如果没有"我"的存在，赵东阳和谭娜也不太可能成行，更不可能发生性关系，"我"在这个三人小团体里是非常重要的存在，其他二人在各自的生活中都是活得无比憋屈，只有在"我"身边才是自在的。一方面，是他们慰藉了"我"，另一方面，陪伴"我"也是他们摆脱一地鸡毛的琐碎生活的一种方式。在短短的旅途中，这种互相照拂，互相慰藉的微妙关系在三人之间形成了巧妙的平衡。这种平衡实质上又对"我"形成了一种新的束缚，"我"害怕失去朋友，朋友也因为顾及"我"的感受而战战兢兢，我们这一行三人本是为了暂时摆脱生活的束缚而选择旅行，结果却重新落入生活的圈套中。也许真正能使我感到"逍遥"的只有那独自登楼远眺的一小段时间，那一小点珍贵的"逍遥"之感被寄托在"我"的脆弱的文学世界之上，那是被庄子作了注解的自由。回过头来看，赵东阳和谭娜的"逍遥"又不知到哪里去寻了，也许他们的"逍遥"仅仅寄托在越轨的露水情缘之上，也许不是。

二

金理：看来大家对班宇有较高的认同度。时间关系，我们得转换对象，这一组专辑中大家还对哪些作品留下印象？

焦子仪：我对《鱼处于陆》这种去南方的故事更感兴趣一些，这个话题本身也不算新鲜，已经存在很多同类型的作品，不乏艺术上成就更高的，但是作品里妈妈这个人物还是比较有趣的，被各种外部环境影响着，总也不能达到她想要的，这种仿佛被命运不停戏弄但始终有某种坚持的"失败者"形象，我是比较感兴趣的。可能也是一种主题关注的偏好，阅读的时候会顺着这个脉络去看时代对个人的影响可以到什么地步，个人的回应又是怎样，包括作者写故事里的小女孩去南方，本来以为看到一个大城市，看到很现代化的家，但结果就是发现这个城市里还是有破败的地方，爸爸妈妈住的还是渔村渔港这样的比较落后的区域，关于南方的想象，对家族的未来的期望就是破灭了，不过这部分文中的展现似乎比较仓促，但这种南方城市转型、工厂倒闭、下岗大潮等等比较时代性的，又有一点时间空间距离的东西，还是会比较吸引我的注意。

当然这篇作品的艺术完成度可能还存在一些不足，比如说那个小女孩，最后就是一个城市留守儿童的形象，尽管小女孩不是着力呈现的对象，但她并不是一个可以置身事外的他者，实际上是与父母血脉相连，和家庭命运紧密呼应的存在，这个人物身上有很多种可能，与父辈的精神世界的碰撞传承，或者对家族记忆的取舍重构等等，但就这篇作品的呈现来看，这个人物就不是太完整，如果只是塑造一个功能性的角色，似乎作为一个父母辈故事的旁观者、见证者，她的视角又很受限，很多时候就是从电话里听着遥远地方的爸爸妈妈讲，我们在做什么，我们遭遇了什么。还有一点是这部作品的家庭关系这条线后面几乎断掉了，前半部分还会有父母亲的一些互动，母亲对父亲的追求，父亲对母亲的调侃一类的描写，但是到了后半部分，这种互动突然就断掉了，母亲就呈现出比较封闭的一个状态，除了她的幼儿园事业似乎其他的都不在注意了，家庭关系这部分几乎就被舍弃了。

陆羽琴：《鱼处于陆》的问题在于个人命运和时代之间对应得太死了，每一个历史坐标都设置得特别刻意，比如开头那句，有点过于明显了。要表现个体在历史洪流中追逐时代浪潮而失败的悲剧，这个没有问题，可是我有点怀疑这篇小说是主题先行，作者可能是有了这样一个思路和主题以后，先勾勒出时代图景和历史脉络，然后把个人命运的一个个节点严格地对应上去，最后呈现出的感觉就非常不真实，故事和人物都是被相对死板地推动出来的，那么我觉得就小说的艺术性而言，不是很成功。

王子瓜：前面两位同学提出的问题我都有些不同的意见。我觉得父母之间关系的断裂恰恰是这篇小说必须设置的结构，小说正是在写母亲的理想是如何一步一步变成了神经质的顽念，以致有悖初衷也毫无察觉，连儿子的成长问题也抛之于脑后。是什么造成了这样的结果？我个人觉得仅就完成度而言这篇小说完全不输于《逍遥游》。

就艺术性而言也不弱，如果不刻意关注历史和个人命运的对应（事实上无法不对应），而去看它的许多细节，能看出作者传达出了细致而独到的经验和感受，比如一开始就出现的父亲的提亲对象，"跟她母亲一样，会使一把好剪子，她的目光落在谁的身上，衣服的尺寸在心里就有了谱"。小说就是在这样的语调上完成的，这一层面我很喜欢。

但也不是没有问题，我觉得这篇小说的不足之处在于叙事没有层次和轻重缓急，一直在同一个语速上，事情在同一个速度上发展，应该凸显的地方没有得到凸显，尤其是最后他们去看母亲堆放桌椅的小屋的段落，如果再用力描写一下，也许会是十分出彩的地方。

汤沉怡：令我印象较深的是大头马的《赛洛西宾25》。这是我在所有九篇作品里最后一篇看的，因为它的开头并不吸引人，所以我直接跳过了，直到看完全部后才返过来看这篇，却反倒看出了一些有意思的内容来。作者虚构了"赛洛西宾25"这一种物质，由此串联起整个故事。在大头马的创作谈里，她提出："小说家的任务，首先是建立这个世界，其次是在这个世界里找出那些有意义的部分，建立一个模型。……将这些信息合理地纳入进这个模型，并进行推演。"我认为"赛洛西宾25"正是这个小说家所构建的模型的重要一环。其实在许多刊登青年作家作品的平台——如"零杂志""脑洞故事板"等，都可以见到这种写作方式——建立一个有悖于日常的规则或模型，然后围绕这个模型展开故事、纳入信息，这确实能在一定意义上为我们产生"陌生化"的效果、增添阅读的趣味。但是我认为，这篇小说中"赛洛西宾25"出现得未免太晚，而在"赛洛西宾25"出现前的叙述又过于平淡乏味，因此如我这般的读者容易在遇见这个"模型"之前便早早终结了阅读。

陆羽琴：其实我倒觉得作者并没有使用自己在创作谈里提到的方法——所谓"建立模型—改变其中一个参数—观察人物和故事因这一参数改变而自发产生的走向"，这部小说最后呈现出的感觉并不是这样的。一方面，"赛洛西宾25"更近似于故事的谜底而不是故事的前提，这在某种程度上是一部侦探小说，故事已经被写定了，作者所做的只是讲出这个故事、追溯背后的那个根源，直到最后才呈现出人们对这一药物的应对态度，但所占比例是很小的。按照作者所说的创作模式，小说的走向其实应该是：因为有了"赛洛西宾25"这种药物，因为一个非日常的科幻条件介入了现实生活，那么人们要如何去应对，整个模型因此发生了什么样的变动，什么样的故事被逐渐建构起来。另一方面，即使把"赛洛西宾25"视为作者所说的参数，它本身就是有问题的，作者赋予它的所谓"找到人生捷径"的功能是高度抽象的，其实已经寄寓了作者的主旨，它出现在小说里的那一刻，小说的主题已经昭然若揭，这个参数本身并不能引发新的、它自身之外的一些思考，所以故事就已经被限死在这个题目下面了。

林诚翔：《赛洛西宾25》是这组作品中少数让我读得比较畅快的。故事前半程挺吸引人，当看到门卫、学生、科学家、商界领袖、江湖术士等不同职业、不同社会阶层的角色的命运因为一种药物被交织在一起时，我感觉一个阴谋论的世界图景正徐徐拉开。我当时的心理预期是，作者可能要借一个软科幻的壳子，来讨论某种左右着八九十年代以来社会变迁与个人命运的隐秘力量，我不知道作者要把这种历史的动力追溯到哪里，不知道"赛洛西宾25"究竟意味着什么，但它激发了我的好奇心。这样一种高度寓言化的写作并不容易操作，它删略了诸多细部的描写，小说的成败直接取决于故事自身的智性。但坦白说，小说的后半程有点崩坏，没有达到大头马应有的水准。问题在于，她把"赛洛西宾25"直接归结为意识层面的彻底转变——我知道，作为一种精神药物，它的确作用于意识，但我想讨论的是它作为一个变量，在每个人命运中应该占据的位置。这么说吧，小说前半部分给我的印象是，作者从社会中抓取了各式各样的案例，并告诉我们，他们身上都存在某个变量，它的改变不仅将改变个人的际遇，还很可能引发一系列蝴蝶效应，进而，有心的读者可以从中反推出某种对社会、历史的读解。因此，我预计它应该是更为具体的，乃至具有物理属性的变化。但是，原作给出的这种过于源头性的、且彼此之间不构成关联的改变，无法实现我期待的联动，它把呼之欲出的历史的必然性打乱为纯粹的随机性，也把故事降格为关于人物内心选择的寓言，无疑放弃了小说的更多可能性。当然，这种解读和猜想只是我的一厢情愿，不一定靠谱。顺带一提，我挺喜欢小说里关于气功的部分，作为一种特定历史时期的群体活动，气功掺杂了魔幻、科幻、武侠等诸多元素，其实可以延伸出很多有趣的故事，可惜它在这篇小说里只是点到为止。

江林晚： 大头马的这篇小说是这期比较好玩的一篇，它也让我经历了一个从失望到希望再到失望的过程。开头我以为这是一个类似《月亮与六便士》《刀锋》那样的故事，并且小说的叙述方式总是透露出一股对读者的不信任，好像揪着你的耳朵把主题灌下去一样。但是看看看着，发现这故事好像讲的是被《月亮与六便士》和《刀锋》的主角遗弃的人们，这就有点趣味了，我开始期待小说去解构"使命""天才"这样的主题，它似乎也有朝这方面努力的痕迹，但是结尾却落入了一种略显生硬的说教腔调里，并且这种说教的目的也是模糊不清的。

王子瓜：很早以前就关注了大头马，她的作品一度带给我很多新的体验，灵巧的语言，与众不同的经验，虚构的能力等等。但是《赛洛西宾25》这一篇小说没有展示出这些，除了旨趣、结构和情节这些方面，连语言也显得繁冗，也许是故意为之，即便如此无疑也有更合适的处理方法。

沈彦诚：《赛洛西宾25》里面的部分人物是想完成某种解构，想把那种诗和远方的情怀解构成吃药的结果，与鲁迅把魏晋风度解构成吃药和喝酒一样，这其实就是大头马的一篇《诗和远方与赛洛西宾25之关系》。里面的语言显得有些平甚至是粗糙，可能是刻意为之的，有其文体上的需要，我觉得和整篇小说的幽默诙谐还是吻合的。不是很喜欢这个结尾，结尾把吃药给直接否定了，那些人的解构其实失败了。当然这个结尾确实不好写。

林诚翔：《黑拜》这篇是我第一次读到董夏青青的小说，还挺喜欢的。硬朗，精准，不拖沓。它虽然是这几篇小说里篇幅最短的，但在人物的塑造和情绪的拿捏上都很到位。

张天玥：我觉得董夏青青此篇比《科恰里特山下》所收录的一些小说更好读。《科恰里特山下》中有很多篇书写比较跳跃，甚至句段之间粘连感不是特别强，读起来有一点点费劲。但是《黑拜》就讲述了一个短小而完整的故事，这可能是因为作者使黑拜成为了全文非常重要、连贯的叙述对象。

沈彦诚：《黑拜》的水准在董夏青青的作品中是比较高的，不过有些痕迹还是挺明显的。比如里面写到一个军官的突然死亡，其实就和《科恰里特山下》结尾的军官突然掉进水里一样。

金理：董夏是我们"望道讨论班"此前已在关注的作家，我们上学期也对她的小说集进行过讨论。她的写作水平无疑非常稳定，每次出手都在水准线之上。不过我也有类似的感觉，董夏的每篇小说都不错，但如果放在一起读，还是会觉得主题和情境的设置等，会有一些重复的地方，当然这可能也和她生活和工作经历有关。对于这样一位年轻而优秀的作家，理当期待她未来的创作摇曳多姿，她应该总是越过我们的阅读期待，朝向不可预测的未来。

三

高梦菡：《菜市场里的老虎》这一篇风格蛮阴郁，这位作家创作了很多同一类型的作品。看到小说中男孩发现女孩与其他男人发生关系，还是有点失望的，未能免去落入俗套的结局。无论是这篇中的男孩子，还是当代小说中出现的同一类的年轻人，他们看似空洞、迷离，与外部世界交流不畅，其实是源自内部的杂乱。他们没有办法将自身作为输出规范的处理器，对外界的刺激作出符合大众认知的反应，甚至他们自己也未必明白要作出怎样的反应。因而虽然感官俱全，却总是若即若离。但也由于他们拥有没被规训完全的身体，才能在同样的刺激下产生天然、质朴的反应，我认为这很珍贵。

金理： 你从一部作品来把握一种类型的青年形象。顺着这个话题，我们来谈谈通过这一组作品是否能触摸到这一代青年作家的若干症结。我读完之后有一个大体印象，大多数作者出手不太像青年人，已高度定型化，不是那种生长过程中的半成品，毛毛糙糙，却也留下想象的可能性。甚至完全预想到读者会从哪个方向提出批评意见，从而作好了"封堵"准备——已经如此高度完成！比如，我觉得很少在这些作品中感受到此时此地的节奏和语感，我们身处的这个日新月异的时代的经验，好像被什么东西拦在了文学之外。然后我就读到有位作者在创作谈中辩论现象与本质——你看，他已经打好"补丁"了，我们可以说这种写作很成熟，但是不是也就此拒绝了探索与新变？

林诚翔： 读完这期的青年专辑，我最大的感受是，"幽默"作为小说的重要品质之一，在他们的作品里是缺席的，如果说这种现象发生在前代作家身上尚且可以理解，那么年轻一代依然纷纷选择不苟言笑地书写，似乎是值得困惑的。我觉得很多当代小说已形成一种固定的情感机制，总是自然地滑入无助、彷徨、忧郁的情绪，这种情绪，依托于人性、生活等文学领域不容质疑的关键词，已获得被反复描摹的权力，但未必总能在恰当、独到的情境中被发掘和萃取。我不否认，这类作品或许确实部分地刻画了我们时代的内在真实，但也仅仅代表了一种面向。那些炸裂的、剧变的、荒诞的、错愕的、狂欢的、无所谓的身心感受，在主流文学刊物上却并不常见，而我觉得，这恰恰是在 1990 年代与本世纪初成长的作家更普遍的体验，正因为此，我一度期待同代的作家能更机敏、更游刃有余地来组织现实。阅读的时候，我一直在想：这真的是作家们的切实感受吗，这真的是他们理解、接触、应对世界的方式吗？还是说，这些小说只是为了迎合"严肃文学"的想象而不自觉地自我调整的产物？刚刚有同学提到一个有趣的现象，其中多篇小说写的都是有一定时间距离的故事，多是基于二手经验想象、创作的。更进一步说，这类故事其实在当代文学里或多或少有过先例，作家们似乎更乐于退回到保守的程式中开展他们的写作。坦白说，在阅读这些作品时，我的注意力总是难以集中，兴趣难以被调动起来，似乎没有一种力量诱导着我继续读下去，在某些过于沉闷、但又有失精准的细节陈列中，很容易走神。当然，我的评价有点太苛刻了，只能代表个人的趣味。如果横向地对比，《收获》的这组稿子的质量还是比同类刊物要高的，至少可以看得出作者们都有较为扎实的写作功底。

《鲤》匿名作家计划：
传统与创新的变奏

时间：2019年1月7日
地点：复旦大学光华西主楼2719室

一 《武术家》：给形式以历史

金理：《鲤》推出的匿名作家计划引发我很大的兴趣，今天我们一起来讨论。不过时间有限，只能选择四篇来读。要不就从我们"望道"之前研讨过的作家开始，比如双雪涛《武术家》。双雪涛一直是我喜欢的作家，但这篇给我的感觉是故事挺有意思，但回味的余地不多。小说似乎起于一个理念"影子和真身"。

江林晚：最近关于"替身"的主题常常出现。之前张艺谋的《影》啊，包括同时间的《无双》其实也是替身的故事，这会反映了文艺界一些取向的变化，或者背后有什么社会心态的变迁吗？

焦子仪：这个故事的外表是通俗性的，有点俗世奇人的味道。这种现代背景的武侠故事，掺杂着似是而非的历史事件，有点像徐浩峰的武侠小说，往往有个复仇或者问道的核心事件，写奇人们的来历和竞技。双雪涛这篇从故事趣味和技巧上确实没什么可挑剔的，另外他最近好像对讲一个结构精妙的故事很感兴趣。

陆羽琴： 他好像已经写了好几个"某某家"的短篇，有一点"手艺人"味道的那种"家"的形象，可能是想串成一个系列，尝试着从原本的东北背景抽离出来作一个转向和尝试。其实我觉得这篇的结尾非常好，以他的小说技巧，如果想铺开去叙述，当然是不成问题的，整篇小说恰恰是有意地在克制这种延展、渲染的可能，所以情节推进的速度很快，读起来会让人觉得有一点"干"，最后达成的效果是只留故事本身在台面上，而把别的很多枝叶都压缩了，到了结尾戛然而止，是有唐传奇的感觉的。就影子和真身这一组概念来说，我觉得应该把它放到小说设置的历史背景里去看，主角经历了这么多历史风雨、影子神秘地权倾朝野，到了结尾，这一切居然就在一句话里轻飘飘地化作一缕飞烟，整个历史一下子就被悬置了，我觉得他要制造的就是这样一种解构感。

江林晚： 我觉得这篇小说有趣的地方就是你有时候觉得它是很实在的，是有所指的，这种历史的真实感出现在考北大啊、共产党啊、权倾朝野的女人这些细节里，但是当你觉得它很坚实地有所指向的时候，它又会出现非常传奇的、具有强烈幻想性的情节。

金理： 如果按照你们两位的这个意思，双雪涛是把沉重的历史轻盈化了。那么有一类读者肯定是要不满意的，他们偏爱从双雪涛的小说中读出类似东北大工业衰败等现实背景。同时我们上面提供的读法，尤其联系到小说结尾"化作一缕飞烟"的姿态，可能恰恰落入对当下青年人的某种评判窠臼中，比如"脱历史""承担不了历史的重量"等等。

王子瓜：历史对于这篇小说来讲原本就不是它的重点。这篇小说的出发点和落脚点都是那套剑法、邪术，这大概就是作者最初的一个灵感，小说的重点在于用小说的方法来将这个灵感完成，是给这个形式以历史，而不是给历史以形式。初衷就不是一个现实主义者。

金理：这篇给我的感觉，双雪涛可能着迷的就是"影子和真身"这一理念，有点像一次实验，让在虚空中诞生的理念，随着小说叙述的展开，渐渐获得其肉身。我不知道这个作品系列以后能写成什么样，类似奇人异事的小说不容易写，一方面需要有超越性的精神通道，比较玄乎；另一方面，手艺这样的东西需要落实到一个坚实的生活世界中。向上和向下、空灵和坚实、道和技需要找到平衡。

陆羽琴：双雪涛最早从《翅鬼》《天吾手记》那里开始就是写奇幻的，到后来《平原上的摩西》现实的指向越来越强，到他最新出的那本《飞行家》，呈现出的状态似乎是向早期的路径回归，但其实更多的是一种螺旋式的重叠，试图摆脱某种"东北腔"，而去进行一些新的、相对架空的实验和探索，但这种转型最终是一种成功还是回落，就目前几篇作品来看，其实前景尚未可知。

王子瓜：我觉得这样的小说是不适合单篇来看的，也许等到一批这样的作品合成小说集了才能看出些东西。像刚才大家说的，这种写法有点唐传奇、明清笔记小说的感觉，单篇固然也可以看，但是更多的意义还是在于整部集子共同呈现出来的东西。真要说回单篇故事，小说的那股邪气有《聊斋》的影子，它的构思和细节也可以说是远胜《聊斋》，但是蒲松龄对人情世故的洞见、人鬼间情感的想象等，《武术家》里是不太看得到的。我觉得双雪涛的写法有些过于克制了，可以展开一些的地方也全都藏了起来，比方说那个影子寻找她"哥哥"的情节，小说基本上只给了两个情节，对于呈现一个故事来讲这两个情节也许足够了，但是我在读的时候特别希望能稍微多说一点，那个影子是怎样一步步"权倾朝野"，这个过程中她又如何处置寻找哥哥这件事，加上这些我们也许更能看出来她的内心。而现在这种过于克制的写法导致小说只讲好了表层的故事，人物的精神被模糊了。

陆羽琴： 整篇小说的角色冲突和感情其实都是很淡的，按照情节本身的设置来说，杀父之仇等都应该是很激烈的东西，但主角对此好像都没有执念。后半部分一切都是加速的、浮光掠影一般，我认为这是他一种有意的、试验性的写法。

江林晚： 其实我还是蛮喜欢这种写法的。我读的时候一直以为他就不会报仇了，有点像一个反武侠的故事，但因为压抑地够久，后面的报仇也是比较出乎意料的。如果只是执念的话，就是单纯的传统的复仇故事了。

黄厚斌： 我感觉《武术家》有很多明显设计好的现实影射，比如武术家的身世构成，"母亲是满人"，比如后来那个阴影或者说鬼魂对社会的控制和影响。为什么不设置成汉人，为什么是鬼魂而不是真身，我觉得都可能有作者的巧思。而且对于这篇有所架空（一看就不太现实主义）的小说而言，只有理解这种影射，作者的历史观和真正讽喻的对象才能浮现出来。

王子瓜：这篇小说厉害的地方很明显，就是能够落实一个奇妙的想法，而且将它落得很实在，前后延伸出去的结构、历史的细节、故事的细节……也就是说在技术上没什么大问题了，甚至也有一点炫技的意思。只不过纯技术的东西终究不是最难的。

金理：和《平原上的摩西》相比呢？

王子瓜：似乎没法比较。《平原上的摩西》和现实太近了，让人感觉在底色上就比这一篇要实在，而这一篇在底色上其实是飘的，而且更像是想法、概念先行的作品，《平原上的摩西》复杂很多。不过双雪涛小说里的角色大都过于压抑和克制，我们讨论的这两篇都是如此。这当然可以看成是特色，但是也造成了很多问题，以前我们讨论《平原上的摩西》时大家好像也都谈过，现在看来双雪涛在这条路上是越走越远了。

金理：我们今天要讨论的三篇东北作家的作品里，人物性格上都是压抑的、内倾的、受过伤害的，似乎成了一种普遍倾向。

陆羽琴：《海雾》和《仙症》里可能是通过这种压抑和破碎感的累

积，寻求一种内部的爆破，特别是《仙症》结尾的那种释放感。但我感觉《武术家》这一篇的人物并不是一个向内压抑的状态，双雪涛只是想把很多外在的东西都"洗"到很淡，从而有意识地回避某种戏剧化的冲突和爆发点。

二 《海雾》：片段与整体，虚与实，以及精神穿透性

金理： 那我们接下来就谈《海雾》。第一次读班宇是通过《逍遥游》，特别喜欢。然后回过头去读《冬泳》中的诸篇，感觉还是《逍遥游》好，如果以《逍遥游》为起点的话，《冬泳》还是写作前史的阶段。我最近读到著名书评人刘铮对班宇的一段评价，说得特别牛，大意是班宇作品的抒情性很强，这是很容易得出的共识，但是刘铮认为班宇的抒情性与笔下的人物、环境的客观性之间，存在着一种断裂。这个意思很好，不过还是值得辨析，我担心有人会误解说，班宇笔下黑压压的、让人喘不过气来的现实环境中容不得抒情，必须放逐抒情，否则就会成为顾影自怜、逃避现实的借口。这样的判断过于简单化。中国文学传统中最让人追慕不已的抒情时刻，六朝和晚唐，都是暴力与黑暗交织的时刻。所以学者才有"史诗时代的抒情声音"这样的说法。当历史和现实指向无路可逃的必然时，文学恰恰以抒情内爆出"一切皆有可能"。回到班宇的抒情性，这里的问题不是指向文本外部，而是抒情性和文本内在的结构性的断裂，刘铮打了一个很贴切的比方："电影演到令观众动情处，加进来一大段弦乐——也不是不感人，但观众泪如雨下，跟弦乐的关系更大。"

朱朋朋： 我个人的阅读偏好来看，这种抒情性强的文字还是挺吸引

我的。这篇小说好的地方就在于对于海雾稠密混沌的气息的渲染，和主人公这种介于真实和幻境之间的朦胧状态的交织，这部分的描写很出色。但是不好的地方也很明显，一是当这种朦胧状态落到实处，反而会让读者失望。比如主人公对于自己的"幻听症"的过度惊恐和紧张，语言并没有驾驭得很好，有点类型电影恐怖片的感觉，让人感觉落入俗套；还有比如一直在耳边的声音讲述的那个故事，最终落实为三个人物的三种结局，这个叙述似乎隐喻了文中三个现实人物的人生走向，并进一步指向作者的深层表达。但是这个又太落到实处了，感觉和文章整体的朦胧的、游走于真实与梦幻的混沌地带的风格不一致。

金理： 小说中玩伴的声音只是个引子，重要的还是那个故事套故事吧。我蛮想讨论这三个结局的意义。

陆羽琴： 我觉得这里的文本嵌套做得挺失败的，特别是在小说快结束的时候，用一大段篇幅完整、清晰地呈现一遍故事里三条路三个人的结局，把小说前面所铺垫的那种模糊的、破碎的氛围完全消解掉了，其实到了小说结尾，重新回到海边的场景，整个小说看起来又稍微回到了正轨上，因为海边就是那样一种虚实之间、模糊暧昧的地带，和整体氛围是契合的。

金理： 所以有海雾就足够了是吧？

陆羽琴： 对，最后那个故事的突兀呈现，似乎就是在非常明显地告诉读者：我把主题的隐喻放到这个寓言里去了，你现在可以来解读了。

这样就让人有一种兴味索然的感觉,其实去考察这个被嵌套的小型文本自身,事实上是挺有意思的,但这样的呈现方式让人感觉很没意思,在形式上对整个故事的延展结构和艺术效果都是一种伤害。

金理: 如果揣摩这个"森林"的话,那么在远古时代、民间传说和人类学研究中,"森林"往往是一类隔离区,年轻人到了一定年纪需要离开家人和熟悉的社群,到这样的区域中去经受考验,如同过渡仪式中关键的一环。那么可以附会到人的成长。

陆羽琴: 这个故事本身确实是有意义的,但我觉得至少这种讲述方式不恰当,如果最后不把整个故事如此长篇大论、完完整整地清晰呈现,而是考虑去采用其他的方式,比如像前面那种零零散散的、支离破碎的插入,总之是试着去和整个外部文本更好地交织在一起,那么未尝不能达到很好的效果。我的意思是这个结局不是不可以给出来,但至少不是用这样简单粗暴的方法扔出来。最后这个三条路的结局在整个文本中的位置是有一点空降式的,是作者在那个点上急着要一个完全明悟的时刻,于是在他这样的主观意志的作用下,整个谜底就一下子被揭开了,那么我个人认为这种方法是有一点赶、有一点偷懒的。

王子瓜:《海雾》和《武术家》这两篇在我看来有些类似,都是属于那种偏智性的作品,作品的完成最终依靠的是思辨,是体会小说的逻辑结构。《海雾》这一篇的关键就是结尾所要呈现的现实与幻觉、文本的交互,能够落实这个想法就成功了。不过《海雾》里有大量没落实的想法,这不能不让人怀疑朦胧的、美的艺术效果恰恰是呈现失败了的效果。当然，从《海雾》里还是能看到一些不输于《逍遥游》的细节，能看出来班宇的天分，比如有一段是写宿舍楼里的场景，我读的时候眼前一亮，那一段只是轻描淡写，寥寥几笔，写小广告、教辅材料、野长城的明信片等等，但是干净利落，把这个特定的场景写得相当准确。但整体上作者对人物内心的关注还是有些过了头，尽管也许是故意为之，但大量不节制的心理描写仍然会使小说显得有些文艺腔。

金理：蛮有道理的，但可能你说的"智性"还要再另选个词。因为"智性"我觉得用来形容《少女与意识海》可能更合适，就是比较烧脑。子瓜的那番意思可能更接近于"手艺活"。不过我觉得班宇这个作家的才华不在这里，他是一个片段式的作家。单看嵌套故事，那些朦胧交织的意象，比如萤火、曙光、泥潭、树林等等，这些段落非常华丽，是非常典型的班宇式的抒情，我不知道他是不是以前写诗。刚才我说班宇从目前来看是一个片段式的作家，意思就是我能够体会到他是多么沉迷甚至沉溺于对这些局部的雕琢。但接续刚才几位的发言，这些华彩而散落的片段，还没有有机地型构出小说整体的大厦。这个大厦的形成，是不是反而要舍弃若干片段、克制一下对局部的精雕细琢？但反过来也要想，对于作家而言，他的限制可能就是长处。

黄厚斌：我提一个看法，关于小故事和大故事之间的联系，尤其是人物对应上，我们应该还得努力地找一找的，而且作者也已经提供了一些线索。大故事在结尾写到海雾，而小故事里也是，第三个人靠海雾指引方向；小故事中第二个人变成了树，第三个人在返途中对树低语，给我一种联想，因为大故事中的主人公"我"就是经常能听到别人听不到的声音，所以我觉得或许我们可以尝试，把韩晓斌对应在第三个人身上，把"我"对应第二个人。第一个人，我觉得应该对应的是哥哥，因为他早年也应该认识韩晓斌，只是遗忘了，他似乎去往一个更世俗的生活。我觉得尝试建立人物的对应关系，会有助于我们理解这两个故事。

王子瓜： 我觉得黄厚斌的说法挺有道理，他说的那个低语的人这个细节很重要，因为小说里写的"我"的幻听和故事中那个人对每棵树的低语其实就是一直有对应。

黄厚斌： 主人公说到，"分不清男友还是韩晓斌"，这句话其实可以解读为，"韩晓斌"似乎以另一个方式出现，但我觉得，假如第三个人对应的真是韩晓斌的话，那么我会希望看到大故事中有更多关于韩晓斌的细节，而不仅仅是一个呼喊她去上学的人。

朱朋朋： 对于主人公幻听症状的探讨，可能是进入文本的另一个途径。这种症状也可能不是幻听，只是一种幻觉，是某种需要服用药物的精神问题。在听觉上的"异常"，提示我们声音和听觉经验对于女主人公和文本有着非同寻常的意义（不同于视觉经验的）。文中写道，女孩对于哥哥起夜时那种努力克制的细微的声音的敏感；女孩在嘈杂的家庭中无法安眠，但是又只有处于声音的包裹之中才有安全感；写一个儿时玩伴的遥远的声音，穿越时空呼唤现在的自己。这都表达了女主人公对于听觉和声音的能量的信任，她觉得人与人通过声音可以互相连接、互相牵引，对于她来说声音在亲密的关系中有着一种特殊的维系。另外，文中还把视觉和听觉的经验并置起来写：主人公看电视购物，关掉电视机的声音看着睡眠广告、女性内衣广告、生肖纪念币广告。但是她拨通了电话，这个时刻她才和电子世界的另一端建立了联系，虽然她只是想确认自己的一个"位置"——"人群中的第六十七位"。但同时，主人公对声音的这种能量的持续性也是存疑的。文中有个片段描写她和男友一起去教堂，看到墙上图像模糊的劣质照片，她想要从一团马赛克的人脸上看清每个人的脸庞和去处，"她盯着看了很久，也想像照片里的人那样，永远静止在某一时刻，成为一座时间里的雕像，没有声音能驻留在其中"。视觉的画面即使被照片定格，也会随时间而模糊，无法得知他们的面容和去处；听觉的经验，也同样无法驻留在时间里成为雕像。但是写到这里，就落入了青春文学感时伤世的语调，即使是从一个对声音异常敏感的女孩的视角书写出来，时间的稍纵即逝，存在的不可把握，这个落脚点也会有那么一些轻浅和矫情。

江林晚： 这篇拆开来看，进行片段的解读还是有意思的。但你要把小故事的寓意落得特别实，况且这个小故事写得也不是很有新意，然后用它去统率整个大故事，那全篇就变成一个带着青春疼痛色彩的寓言故事了。

黄厚斌： 因为缺少韩晓斌的实质性描写，我觉得关于小故事和小说中的现实的联系，作为读者，就像拿一个虚的地图去找虚的迷宫。

王子瓜： 我有个可能不太公允的想法。这篇还是可以和《武术家》稍微再比较一下。当后者的语境里出现那个邪术的时候读者立刻就知道是"假"的，读者和作者之间立刻进入了一个非常清晰、大家都心知肚明的契约里，一个所有人都看见了但还是要进去看一看的陷阱。而《海雾》这篇在这方面没那么讨巧，小说在虚实之间摆动，让人不知道该站在哪个立场去看。读《武术家》的时候读者不会要求要每个细节怎么去和现实的逻辑去对应，它躲开了这样的问题，《海雾》这篇就躲不开。一方面是需要吃药来治疗幻听的现实，一方面是幻听的声音和以前的同学之间的介于现实和幻想之间的联系，一方面是幻听的声音所讲述的完全虚构的故事，它的虚实摆动导致了层次的混乱。之所以这么说，是因为我想到了卡夫卡，这篇小说的构思其实很适合用卡夫卡的方式去写。

焦子仪：我赞同子瓜的想法。这篇故事要么现实一点，去写幻听患者的状态，要么象征性强一点，赋予种种物象更为复杂丰富的指向，并且解读时有迹可循，但班宇似乎就停留在两者之间，达不到逼真，又把这些幻听到的声音看作一些隐喻，似乎也不是很立得住。

陆羽琴：关键在于班宇可能没想好自己要走哪一条路，介于虚实之间的中间路径未必走不好的，没有必要去营造绝对的虚或实，虚虚实实之间的美感如果处理得好，小说应该是可以很好看的。

王子瓜：是不是先讨论清楚这篇小说到底是想讲述什么比较好？简单地说，是不是这样：整体的意图是借海雾里的召唤来呈现现实与超现实的交互，结构上是通过小说现实中的人物与那个声音讲述的小故事里的人物来对应，对应关系在于小故事里那个迷路、找不到村庄也找不到大海、最后等待自己变成树的人就是小说现实里的那个主角，而她的幻听就是小故事里那个从前结伴而行、后来找到大海又折回、通过跟每一棵树低语来寻找同伴的人，也暗示他是主角提到的那个同学？是这样吗？如果是这样的话，那这篇小说最好的一点我觉得还是最后的那个想法，它试图制造出一种机制来表达人与人之间精神的穿透性。我觉得这是个好主题，但做法上还是不够好，尤其是迷路、大海、村庄这三个象征反而把小说带得太文艺、俗套了。我想到有一个类似的想法但做得非常漂亮的例子，就是《权力的游戏》里 Hordo 之死的情节，它就属于那种干脆利落的写法，没有那么多层次的摆动，只需要在最后来上一段就足够了，达到了非常好的效果，结尾重新诠释了前边的所有情节，故事的张力被陡然扩大。

三 《仙症》：诚意的写作抑或奇观的写作

金理：接下来我们讨论另外一位东北作家的作品《仙症》，此前我从未听说过郑执这个名字。

陆羽琴：他好像在网上说，这篇是他第一次尝试去写严肃文学，以前似乎是写商业性的东西居多。

金理：看来写什么都能锻炼人啊。从完成度上而言，这篇确实非常完满。

王子瓜：《仙症》这篇我感觉就是在各个层面做得都比较好，结构、语言、细节、技术、情感的收放等等都在一定的水准上。

焦子仪： 郑执似乎更像一个东北作家。当然，作家的写作不是一定要有浓厚的地方色彩，他的地方感不是在于故事里有很多东北方言和民俗，主要是在人物的精气神上，这种很八卦、对什么都不在乎的态度，很有东北市民的气质。我阅读的时候会觉得人物有比较强的真实感，有自己所处的文化背景和生活态度，人物的生存空间是有实感的特定区域。班宇地方特色不太浓厚，可能也是他自己想去掉这种痕迹，并且向内地去做一些微妙的情绪、复杂的心理的探讨，但我会觉得他的人物面目比较模糊。

金理： 这篇作品中作者给自己设立了很多难度，但解决都比较圆满。比如说，叙述语调和内容之间很有悖反的张力：其实这是个感伤的故事，尤其王战团的人生，但全篇的语调非常强悍、有生命力。叙述上的难度还体现为"我"的故事，不知道大家是什么时候发现"我"也得过抑郁症？我是到最后才发现的，全篇的叙述者"我"其实也是个满身伤痕的人。

陆羽琴： 对，就是在小说快结束的时候，小说的焦点非常快速地从王战团移到"我"，这个转换真的非常厉害。

金理： 包括不算主要人物的李广源，我特别感兴趣于这个人物，真是光彩照人。这个人物形象也发生过陡转，刚出场给人感觉是无赖小混混，但其实他非常有担当。但作者不动声色地就缝合了其中的裂隙，这其实也是一种对自设的难度的克服。

朱朋朋： 还有大姑这个人写的也很好，几次信仰转换，都写得自然而有力。总体来说，这一篇的人物形象塑造得非常好，几个主要的人物都立起来了。对于人物主要特点的把握和勾勒，富有生活气息的语言，情节描写的顺畅生动，这些都非常成熟。

王子瓜：我第二遍看这篇小说的时候注意到很多第一遍时被忽略的细节，由此体现出作者的精心制作。比如"王战团"这个名字的处理，很多小说都会讲到人物名字的由来，但是这篇的处理方式就很棒，让你完全感觉不到一丝刻意，它是借了政委的话提到了一点点，而且话完全是表现政委本人的特质，使这个解释作为对政委的描写而被顺便带出来。又如《海底两万里》，第一次见王战团的时候他就跟"我"说下次带给你看，后来"我"长大了再见到王战团他果真带了一本给"我"，这是很小的细节。比如跟王战团早有婚约的那个女人，写她的家庭背景是知识分子家庭，等等，不细想的话你会觉得这就是一个普通的背景，用来解释和推动情节，但是细想一下，王战团这样一个"有才华"、爱读书下棋写诗唱歌的人，他和那样一个背景的女人有过婚约，就变得非常顺理成章。每个细节都有呼应，都能对得上、圆得起来，这样的写作就特别有诚意。还有李广源发起的那次聚餐，里面几家人不同的表现，虽然也都是几笔就带过了，但是能看出来很多信息，"我"家对李广源的态度和大姑家之间微妙的差别等等。其实这些无关紧要的细节、次要的情节读者很可能一眼就看过去了，但作者还是精心让每个角色都是他该有的样子，始终保持在一个毫不松懈的状态，我很喜欢这样的小说。

话说回来，我觉得这个小说最重要的问题还是几次提到的"卡住"，第一次出现是王战团在帮"我"修电视机天线的时候，后来在赵老师治疗"我"口吃的时候也反复提到相关的话。大家怎么看这个"卡住"？

金理： 这两处"卡住"的照应和呼应也很高明。一开始就是修天线，最后我的理解是，王战团和老赵合力，把"我"托举了起来。

朱朋朋： 还有个"卡住"，是在王海洋进焚尸炉的时候。

王子瓜： 我读的时候一直在想，"卡住"的到底是什么？表面上看，王战团是因为政治上的小错而被"卡住"，但按照小说的叙述来看，其实本质上是被心病卡住了，是他无法摆脱间接导致了女人的自杀而内疚。而卡住了"我"的也是心结，按小说的描述来看，"我"的口吃也是心病，一个看起来没什么大不了的病，却影响了一个少年的生活和成长，使他逐渐自闭，后来也采取了一种近乎自毁的方式来反抗家长，这就变成了心病。卡住的都是心灵。

金理： 王战团的"卡住"可以再仔细辨析一下，其实有两个原因：一个是政治运动中受到迫害，一个是辜负了那个女孩子。前者作为受害者，后者作为施害者。是不是应该这样理解：如果你对别人造成了伤害，那么自己也会被"卡住"？

王子瓜： 主要是伤害了别人之后，尽管小说写得比较模糊，但无疑王战团的心里也有负担，这就变成了心病。同样，"我"的心病是什么？"我"逃避治疗，自暴自弃，尽管父母的治疗方法完全成问题，但是"我"确实是一度身陷或者说"卡"在和口吃相关的另一种心理问题里。

陆羽琴： 但他去解决困境的方式是通过认罪，从这个角度看，小说最后"我不再会被万事万物卡住"还是一件好事吗？如果结局是好的，那么这个"罪"又意味着什么呢？

王子瓜： 我觉得小说的这点就很厉害，其实不是向赵老师认罪拯救了他，而是王战团拯救了他，认罪的叙事表面上看浓墨重彩，却被后来王战团的叫喊降格了，变得不那么重要。

金理： 至少是合力拯救吧。因为王战团是在用毕生的经历托举"我"。

陆羽琴： 那如果说不再让自己被"卡住"是一个打开心结的过程，那么怎么去理解与之相连的"往上爬"这个表述？它所暗示的似乎并不是一种正面的意味。

金理： 如果从世俗的角度来说确实如此，对照王战团的经历，"往上爬"就意味着没人可以迫害你了。另外我们还要注意，治愈好口吃和领悟到不会被"卡住"中间还是有一段时间距离的，"我"是在回忆中才领悟的，原文中的"从此"也是以海滩为起点吧。

陆羽琴： 我提一点不同的意见。我感觉结尾所暗示的是一种悲剧性的屈服，"我"的疾病最终被治愈、被正常化，而整个治愈的过程都通过"我"被动的、认罪的姿态来实现，这和所谓的"打开心结"，是有区别的。如果非要把不"卡住"解读为一种解放的状态，那除非和前面王海洋的死连起来读，因为王海洋解决"卡住"的方式是在死亡里，是超出现实的绝对解脱，最后王战团在火葬他的时候说

"海洋，你到顶了，你成仙了"，这个表述和后来对"我"大喊的"往上爬，爬过去了就是人尖儿"的话语是不一样的。

金理： 所以你认为结尾是类似于鲁迅笔下的"狂人"被治愈了？

陆羽琴： 如果不考虑王海洋那个向度，我觉得单看结尾是这样的，"往上爬"也许不一定是绝对功利的、庸俗化的指涉，但要将之形容为某种解放的、奋进的姿态，我觉得是有点过头了。

王子瓜： 我觉得"狂人"的规训这个题旨对这篇小说来讲有些过于理论化。首先王战团和"我"的疾病本质上就都不是那种存在意义上的疾病，它并没有试图表达诸如这样的问题：王战团为什么不可以就这样疯癫着活下去？"我"为什么不可以继续口吃？为什么小说里的其他人不能如常对待他们？我觉得作者关心的不是这类问题。

陆羽琴： 那怎么去理解"罪"？如果说王战团的罪是因为辜负了自己的情人，那么小孩子的罪来自于哪里？

王子瓜： 他当时说了什么其实无所谓，重要是他终于开口说了，说就是得救。我觉得"我"也是这么想的，他只是想尽快把这个流程走完。

朱朋朋： 这种解读没把赵老师这一层放进去，赵老师还是比较重要的。

陆羽琴：在赵老师这个层面，这个罪是因为他吃过刺猬，是和一整个超现实的层面连接在一起的，那么这个层面意味着什么？

焦子仪：吃刺猬这件事只是一个壳子，他总要找一个点作为自己承受苦痛的理由。小孩子有心病，在自己放弃治疗的时候父母还在逼迫自己，他心里很反感，处在一个和外界较劲的状态，最后就是达到了一个点，他和自己和解了。不较劲了就好了。就像王战团和他说，"死子勿急吃"。既然事情已经很糟糕了，就把它放在那里由它去。另外我觉得结尾的不会被万事万物卡住也只是他当时的心境，解放的力度可能没那么大。

王子瓜：我觉得赵老师和其他人的许多情节都构成了这篇小说表层的叙事，他们是普通人都会看到的人，作者就是要在这层叙事之下把真实的故事讲出来。

朱朋朋：但是我觉得表面的叙事肯定也是经过作者加工的。如果这样解读，就会有表层叙事与核心叙述割裂开的嫌疑，如果是这样的话，作者为什么不选择一种和故事核心更相关的一种表层叙事呢？而且对于结尾的理解会不会有别的可能？如果结尾的理解是"我"从此打开了心结，那么如何理解冲撞的主体是赵老师发力呢？而且王战团的精神托举也是非常遥远的。还是会觉得最后的结尾和文本的主题找不到落脚点。只能这样说，结尾"我"吐出了一口黑血，应该是象征"我"的某种"郁结"或"疾病"被排解出来了。

王子瓜：我觉得说得通俗一点就是"坦然面对"，用解决而不是逃避的姿态去面对。

焦子仪：结尾的理解，吐血其实也是蛮痛苦的过程，是冲撞的具象化，他一直受到外力的挤压，在这个点上和解了。

王子瓜：王战团的呼声不就在隔壁？小说的叙述也很具体，是前边赵老师发力的时候"我"咬紧了牙关，直到听见王战团的声音才出现转机。不被"卡住"的这种态度，可以理解得比较庸俗，但我偏向于更有价值一些的理解，王战团其实也是个半知识分子的形象，他身上有知识分子的弱点，比如逃避了之前那个女人的问题，不被"卡住"应该是一种去解决的姿态。

当然这篇小说也存在一些问题，比如王战团究竟是什么样的心理，我们也都只能推测，那个女人到底是不是王战团真正的心病，其实也是不清楚的。

金理：如果把"我"的开悟理解成王战团的托举，那么设想一下，把开悟后的"我"放到王战团当年的情境中，"我"会有什么反应。我刚才说在对待初恋女友的时候王战团也是施害者，可是话说回来，在那个特殊年代，王战团好像没有更好的选择。

王子瓜：我觉得是这样，不再"卡住"，也就是"坦然面对"，尽管不能解决所有问题，但是至少能不留心结。一个不会被"卡住"的人，在王战团当年的情境中根本就不会进小黑屋，不会因为心病而有说梦话的毛病。按小说的逻辑大概是这样。

黄厚斌：结尾出现的"灵魂仿佛被一分为二""吹来了相似的两阵风"让我觉得主人公会不会在这种治愈中也要损失一些东西。比如会不会人格分裂。

徐铭鸿：我个人会觉得这种一分为二意味着"我"的精神分裂。可能前面五个部分中"我"之所以能够对那些痛苦的事情轻描淡写就是因为在这次分裂后他具备了能够以"不被卡住"的云淡风轻的姿态来诙谐而不失冷峻地描述王战团的人生。这看似是结尾，但其实是整篇小说作为"我"的叙述在性格设定上得以成立的前提，因为作为"我"的一面心理映射的王战团被彻底压抑至死亡而"我"清醒而舒适地存留了下来。因此我很难把整部作品看作是一次心理的纾解。虽然口吃和内心的不满都可以是一种急需被改善、被释放的东西，但这些事情也可以是一种抽象意义上的缺陷或是不合规矩。从这个角度来看，我还是觉得这是一部通过一种精神状态压抑另一种后，生成的带有明确局限性的自我言说，因此读者还是应该从叙述者的视野里跳出来。

陆羽琴：如果不考虑这个灵魂一分为二的问题，结尾就是一个确证的时刻，是他意识到自己早已"不再被卡住"的时刻。然而这个时刻的两阵风，就暗示着这种明悟，是以都市和异国作为参照系的，是以凡尔赛和斯里兰卡这样一些非常小资的符号，去和那些神神鬼鬼的乡野进行区分，真正和某种过去告别，那么这里其实就隐含着一些比较微妙的价值判断。

王子瓜：刚才我们提到的"往上爬"也是类似的问题，说到往上爬我们就会想到西方19世纪现实主义文学的典型，巴尔扎克、司汤达笔下的人物，"往上爬"代表着一种唯利是图或者说获得世俗成功的观念。这篇小说其实隐约也有，看不出作者是有意为之还是无意。比如李广源，大姑一开始拿刀要杀了他，因为他是个花花公子，还"毁了"自己的女儿，到后来李广源成了女婿，又是学医的，总为王战团的病出主意，大姑就觉得他"原来是个好人"。"我"一家对李广源的态度也是如此，就是看到李广源有能力、"有用"，好像这一点就能掩盖他之前的劣迹。我们生活中其实就是这样的，而作者就这么写了，小说里也看不出作者对这方面的反思。最后的"不被万事万物卡住"，还有"我"当下的生活好像都有种成功感，没法避免读者对那种庸俗倾向的关注。他可能自己没有注意这一点，"我"的感触不可避免地带上了一点小资产阶级获救后的沾沾自喜。

卢天诚：我对这篇小说的一个看法是，这种写法还是有点套路了，包括他开头"指挥刺猬"的情节所刻意营造出的新奇感，以及结尾最后一句话对《百年孤独》开头的摹仿，都让我觉得在文学史中似曾相识。这是不是有一种制造"奇观"的嫌疑？或者说这种写法，魔幻现实主义加上浓郁的地方色彩的写法，是被文学史证明过极为有效的写法，那在艺术形式的层面上其实没有多少新东西。虽然写出来是很好看，我也非常喜欢这篇小说。

陆羽琴：我当时读的时候也想到"奇观"这个问题，这个小说的"好"有多少来自于这种在读者看来是奇观的东西，比如刺猬啊神鬼啊这种地域色彩非常强的、明显是大部分读者日常经验之外的东西，我认为小说的手法中是包括对这些符号有意识的运用的，而绝不仅仅是某种自然而然、习以为常的流露，它们本身在当代东北，也未必是日常经验的一部分。但反过来想，这些因素本来也就是文本内在的一部分，似乎被它们迷住也没有什么问题，和欣赏一种技法的区别不大。但无论如何，总会有一种"作者靠这些奇观吸引了我"，"而我通过阅读在消费文本中某些特定符号"的感觉。

金理： 这就是东北作家要面临的问题，优势和困境都在这里。

四 《少女与意识海》：多维层面的博弈

金理： 记得格非在评审的时候，表达过这样一个意思：有些作品是他们这代作家也能写的，有些作品是他们没法写的。我估计后者里就有《少女与意识海》。而我们"望道讨论"以前也提及过这样一个问题：现在生活是多姿多彩的，但一进入纯文学的时候好像就陷入某种格套中，仿佛有一道过滤网，把生活中很多丰富的面相都过滤掉了。由此我们对《少女与意识海》这样的作品会有一个预设：它应该表达的是某种新鲜的时代经验。

徐铭鸿： 我个人很喜欢这部作品，但坦白说我也没有去细致地"读懂"它。因为我觉得进入这部作品的关键在于透过它的叙述去感受人物和她遥望的偶像之间的距离感。这是一种浮动的距离感。创作者一方面需要将叙述者的视角恰当地叠合于观众，也需要在人物"我"和所面对的虚拟物之间设定不过分狎昵又不过分疏远的距离。这是一种当代社会受网络亚文化熏染的人，在赛博空间中与一个庞大的虚拟文化形象尝试进行对话时很容易产生的感觉。我觉得这篇小说把握到了这一点。

高梦菡：他们之间的关系其实很像一场博弈，她的行动和他们的对话都没有什么具体的指涉性。

徐铭鸿：我很同意"博弈感"，因为这个词很契合这种互动的状态，而且这种互动不见得具有实质性意义，也可能只是虚幻的。2018年有非常多突出的当代流行文化电影，比如关于网络与游戏的《头号玩家》《无敌破坏王2》，还有一部比较冷门关于好莱坞流行文化的《银湖之底》。它们有一部分的故事模式就是主角去寻找自己所迷恋的偶像、影像或是音乐内部的神秘规律（《头号玩家》《银湖之底》），期待寻找某种带有灵韵的独特性与反叛性；也有的则是通过视觉化的方式来呼应流行文化内部，以及体系化的现实世界的运作逻辑（《无敌破坏王2》）。这两种流行文化电影创作的取向和这篇小说有所重合。它并不是站在流行文化之外或者直接站在正统经典文化之中去进行批判，而是尝试去提供入口，去给观众与读者带来体验感，虽然这往往只是第一步。年轻一代对流行文化的态度某种程度上的确是走向固化的，但是这种固化中也有模糊的值得去探索的部分。这种看上去铁板一块的东西要如何用模糊的方式来表达，这些有着共同趣味的群体的情绪要如何被有效地传递。我觉得这是这些作品要做的事情。

这还涉及文化体验方式的习惯性差异，但也有不同作者的创作技巧的问题。我个人阅读这篇小说的方式像是迷幻色彩的"漂流"，跟随着它的意识悬浮在这个虚幻与现实完全交织的世界。但是偶尔跳出来又能发现这不是一篇仅仅讲述"沉溺"的作品。它的距离感一定程度上是通过一些具备文化研究理论色彩的情节点带来的，一边让读者沉浸，一边要"打捞"读者。比如其中对虚构世界与《无敌破坏王2》颇为相似的视觉化：在虚拟世界里要建立怎样的秩序？如何去营造需求？而身临其中的人如何表达迷恋？如何经由对庞大的虚拟对象的改造来进行自主的阐释？这些点会简易地浮现出来。

金理： 那么我又联想起刚才关于"奇观"的说法，因为一般读者对东北日常生活的隔膜，所以容易去消费奇观。同样，因为我这个代际的读者和你提到的这种流行文化、青年亚文化之间有经验差异，才会先在地觉得这样烧脑的作品很新鲜、代表着当下和未来。我尤其想知道的是，你们"站在内部"是怎么看的？

高梦菡： 这不是读者的问题。如果小说足够好，其内部体系自洽，应该是可以吸引各种类型的读者的。我不是太同意这篇是在写"我"和偶像的故事这种判断。它的实验性很强，特别是在今天我们都不陌生的 AI 技术，VR 的浸入式体验等，可以在短时间调动多种感官体验，无论是密集程度还是引起惊奇的效果，都是传统文字叙述做不到的。这篇的实验性可能就是要向技术靠拢，探究如何使用文字达到感官体验。这绝非是说传统文学在今天前景悲观，不是的。反而语言有无限的包容性，可以达到感官体验无法企及的深度。如果这样理解的话，这篇当中叙述的冗长可以解释为为了能产生视觉效果的副作用，容易引起阅读枯燥。但是又能看到作者试图化解掉一些枯燥的努力，比如用文字游戏的方式将无目的的对话拆解，后面的句子不断在解构前面的句子。

王子瓜：坦率地说，这篇我不太能看进去。我觉得还是语言不够好。比如我读几句："网络上的阴谋论还在发酵，有个 facebook 用户发现，一个叫"mora"的账号发布了动态""我打开那个叫 http://www.yume-robo.com 的网页，首页的中心，是连在一起的几何图案""需要注册才能进入 USUS，在注册之前，可以先去广场围观。我把页面换到广场，从进入空间的人数和反应来看……"这几句里新词出现的方式就特别刻意，想要强调新概念的感觉。能不能放松一点？有一类科幻确实比较考验语言，因为我们和作者其实都没有那样的生活，要写得生活化就更难。其实文学有时需要大量的和中心观念联系不是那么紧凑的细节帮我们提供真实感、生活感。而这篇小说给我的感觉就是特别想要把他的构思告诉我，特别想把故事讲清楚，目的性太强。

朱朋朋：有点类似于一个产品说明书。

王子瓜：对。这些最好是放在写作之前的工作，在写作的时候尽量能把它们当成熟悉的日常来写。

胡冰鑫：从另一个角度理解这个文本是三个层面都在游戏当中。第一个是在故事层面上看，"我"在玩游戏，全文的重点就是在呈现"我"如何参与这样一个游戏；第二个是在游戏空间中，usus 在玩"我"，usus 在文本中不再作为一个被动的游戏，而是一个似乎有着开放性、可变性的人格化的网络游戏，"我"与 usus 在网络空间里是互相平等、博弈的双方；第三个层面是在文本与真实空间中，文本与读者之间也在玩游戏，从文本中很多意义不明确的地方与类似产品说明的文风可以发现，文本本身似乎在与读者玩一个关于"阅读""理解"的游戏。

朱朋朋：我是很支持这种先锋的尝试的。也看得出来这个文本对比如《无敌破坏王2》等很多电影元素的吸收。在文本某一些部分，比如进入usus的过程，能感受到文字背后的人物在通过虚拟通道的感觉。但是，用文字去实现游戏虚拟空间的构建，这个挑战的难度太高了，画面的信息非常多，但语言的表现力就太弱了。

徐铭鸿:之前我提到《头号玩家》是因为它在流行文化这个主题上有直接的相似性。但是具体到《头号玩家》和这篇小说的区别我觉得是很明确的。流行文化时而以一种解构经典文化的姿态出现，但是这种带有叛逆姿态的文化内部是否也有需要被解构被拆解重塑的东西。后半句是《头号玩家》没有去做的，它只是在说这群年轻人怎样逃避一个凋敝困窘的现实世界去一个虚拟的地方找到所谓的"自由"。说到底是把流行文化的力量限定在"虚幻"里，和现实世界隔开了。我个人觉得这篇小说更适合对比的电影文本是《银湖之底》。这部电影一方面突出的是流行文化作为一种激发年轻人探索力量所具备的主体性，另一方面突出的是流行文化的反叛性如何被社会权力秩序所虚构，这种空洞又如何引向虚无主义。影片本身的情节缀连也突出一种实感与神秘感的相互交融，在这种虚实张力中构建出的叙事牵引力对我个人而言是无比强大的。这篇小说的效果我觉得更近似这部而非《头号玩家》。它一面要求能够沉浸，一面在不断地进行一种之前说的"说明书"式的抽离与自我阐释，这种张力的维系体现了一种面对流行文化时的敏锐感知力。

郑小驴《去洞庭》：
在"美好"与"虚无"之外

时间：2019 年 6 月 4 日
地点：复旦大学光华西主楼 2719 室

一 "车"与"船"

金理： 南京师范大学何平教授推荐入选他们学校英才培养计划的三位同学参加此次讨论，我们首先表示欢迎。我还是比较相信"批评即选择"，一个评论者不可能是"全能选手"对所有作品都有能力发言，而只是会选择气息相近的作品。郑小驴是我近年来持续追踪的作家，新长篇《去洞庭》与以往相比有些变化。这部作品主要写了五个人，每一章讲述一到两人的故事，随着情节展开，人物关系也渐次展开并发生交涉。我们不妨从人物谈起，比如小耿。

文雯： 从现实社会来看，我认为现在新闻中时有曝光类似于小耿这样的人物。他们平时看起来是老实人，但犯下了暴力罪行。这种个人的恶或许影射着社会的恶，我认为我们有必要深挖这些犯罪者的社会底层背景。

金理： 小说一开篇，小耿是登场的第一个人物。在阅读初稿的时候，我就和郑小驴讨论过这个开头，很有吸引力，但是也可能会遭致一些"经验读者"的反感，这里面有情色、有暴力，过于社会事件化，这一切都会导致读者给小耿贴上标签。我猜测作者可能有意挑战难度，似乎在和读者互动：这是你们预想当中的人物面貌吧，我来带你们看看小耿到底是个什么样的人。

陆羽琴： 小耿在小说中有两次爆发：一次是小说开头的犯罪，一次是游行中打砸日本车。而我的问题是：这两种爆发、这两种暴力是同一种性质的吗？如果把砸日本车理解为一种底层的复仇逻辑、一种隐藏在群体中的情绪宣泄，那么如何去理解小说开头那个暴力的瞬间？张舸是他的老乡，她的整个阶级身份和流动轨迹也和他非常相似，那么小耿这种指向同阶层的女性的暴力意味着什么？为什么会发生这样一个同阶层互害的场景？这种暴力为什么在小耿和张舸之间得以成立？我觉得这似乎和他打砸日本车的时候，那种向着上层的愤怒情绪是不太一样的。当然可以把它们都理解为一个冲动的瞬间，小说确实是在这样不断推进着的，冲动之后是一些无法控制的意外，然后事情就此一落再落，但如果把所有这样跌落的瞬间都理解成同一种性质的、间歇性的沉寂和爆发，我觉得可能不太妥当。

黄厚斌： 开头的作案使人期待，离家乡（人际圈）越远，犯罪的道德成本才会越低，所以遇到了一个老乡，小耿居然愿意犯罪，这让我很惊奇，尤其这个同乡还要求小耿带她回老家。难度其实非常高。

陆韵： 小说中多次提及的"车"似乎是欲望的象征（小耿、史谦）。小耿年少在农村跟随父亲骑行的四轮车，成为了幼时在父辈压抑下的原始欲望。当他来到城市之后，这种欲望的种子依然存在于小耿内心中，他的强奸犯罪前后始终贯穿着一个意象——标致车钥匙，这里的"车钥匙"带着城市秩序的隐喻意味，带着地位与权势的暗示意味，而小耿始终处在这种城市化的阴影下，也处在这样的欲望召唤下，强奸行为就是小耿用自己的原始暴力对抗这种压抑的爆发表现。而史谦的那辆牧马人也是另一种生活状态的暗示，小说结尾史谦和小耿作为两个阶级具象化的人物，通过车联系起来，史谦提出小耿可以开着车走改过自新，而小耿仍然没有摆脱。

金理： 这番对于"车"的解读很精彩，我想起现代文学史上的新感觉派，他们的作品中反复出现对于车的描写，关联着男性目光凝视下的女性、欲望的启动，往往成为一种都市病症的象征。此外，驾车所带出的操控与失控的双重感受，也弥漫在整部小说中。

陆羽琴： 很有意思的一点是，小耿对张舸的理解根本就是错误的。张舸的车钥匙给他的信息是：独居、多金而热情的女性。但其实张舸到了这个时候，已经是一个非常失意惨淡、精神也不正常的落魄者，因此小耿对她的整个印象和主观定义其实都是错认，而他之后采取的一系列暴力行动也来源于这种错认。他的判断依据在很大程度上都是不可靠的，一个很好的细节是，张舸声称公安局长要包养自己，而一直要读到很后面，才知道这一切全部都是张舸因为妄想症而胡编乱造的故事，但小耿到了小说最后都没有发现这一点，他们在车祸之后就不再有交集，小耿不知道她还活着，更不知道她是个精神病患者。这两个人的沟通完全是失效的，而他们之间又存在一种奇异的承接关系——两个人同为在这社会中挣扎的底层青年，最后张舸苏醒、恢复、负担起最后的希望然后走下去，那么我们如何去理解小耿在这个过程中所扮演的角色、如何理解他和张舸之间的关系呢？

金理：我最近重读鲁迅《祝福》，相比于礼教杀人的现成结论，在今天的时代里重读《祝福》，我更倾向于将祥林嫂的悲剧根源理解为工具理性的交往方式。在《祝福》里，四婶看待祥林嫂是出于做工得力；婆婆看待祥林嫂是出于交换；周围人群看待祥林嫂是出于"咀嚼赏鉴"的乐趣；连代表着现代启蒙价值、作为知识分子的"我"面对灵魂有无的追问时，也只是一再敷衍，甚至事后为敷衍寻找自我宽宥的借口……周围的人面对祥林嫂，只是为了不断榨取她的实用价值，彼此之间无法袒露内心生活。其实祥林嫂根本不是麻木不仁的底层代表，强烈的生活痛感一再于她内心搅起波澜与悸动，她有倾诉甚至嘶喊的欲求，也曾做出种种突围的尝试。但祥林嫂从未得到过周围人的理解与呼应，相反，被那层层叠叠的冷漠与隔膜迫压着，最终被杀死。而在今天这样的时代，社交工具泛滥，交往活动更趋便利，但人人都深刻地感觉到"人群中的孤独"，很难在充分的情感联系的基础上建立起深度交流。

说回《去洞庭》。当年迫压着祥林嫂的层层叠叠的冷漠与隔膜，今天还在迫压着小耿、张舸们。尤其悲哀的是，《去洞庭》人物群像中，在社会食物链的位置上最接近的就是小耿和张舸，但他们之间无法抱团取暖，反而是一种暴力伤害。其中有个细节：张舸找到一个机会逃入卧室，并关上了门。正在这个时候，她养的鹦鹉大喊

"救命"。恼羞成怒的小耿扯碎鸟笼,逮住鹦鹉,鹦鹉发出凄厉的哀鸣。于是,好不容易暂时摆脱危险的张舸竟然为了挽救这只鹦鹉而放弃抵抗,从卧室中出来了。原因在于,"这只鹦鹉,是小鹿在北京遭遇严重情感和精神危机后,离开北京前买的,既是她唯一信赖的'伙伴',也存储着她一段生命信息,故而她宁可不顾自己的安危也要保护它"(鲁太光:《陌生的写作——郑小驴长篇小说〈去洞庭〉读札》)。我联想起越剧《红楼梦》中著名唱段《问紫鹃》,黛玉逝后,宝玉到潇湘馆哭灵,与紫鹃有一段问答,其中有段唱词如下:"宝玉:问紫鹃,妹妹的鹦哥今何在?紫鹃:那鹦哥,叫着姑娘,学着姑娘生前的话呀!宝玉:那鹦哥也知情和义。紫鹃:世上的人儿不如它。"我们也生活在"人不如鸟"的世界里,原子化的个人,缺乏情感滋润的社会人际生活与精神生活。

小说开篇暴力伤害事件所凸显的人际冷漠与错位、原子化个人,又与小耿另一次导致命运陡转的"高光时刻"——"反日游行"中打砸抢联系起来。丸山真男发现,法西斯主义恰恰是由四分五裂的原子化状态产生的。从农村进入城市的人们,既不属于共同体也不属于市民社会,原子化的个人是无法自律的,他们不断受到媒体操纵,"原子化的个人一般对公共问题不甚关心,但正是这种不关心往往会突然转化为狂热的政治参与"(柄谷行人:《丸山真男的思索与追求》),这种政治参与为他们摆脱孤独、焦虑提供了一个发泄口。由此来看,郑小驴为小耿这个人物提供了自洽的转变逻辑:平日里被盘剥着尊严,如何在游行的特殊情境里,翻转为打砸抢分子。

陆韵: 小耿和张舸之间的关系就存在着这种工具理性。他们看似是同一阶级的人物,但实际上他们相遇的身份就是邮递员与业主,他们的相遇就是城市秩序中的偶然性，而并不存在着深入交往的可能。所以这一对看似同一阶级的人物中出现了暴力，就像是小耿对自身工具身份的大力报复。

陆羽琴： 那岂不是意味着，小耿的暴力反而恰恰成为了两个人相遇的契机，因为如果他们两人遵循原本"快递员和女业主"这样的社会身份的话，那么张舸关上门、小耿离开，他们此后就没有交集了，但是当小耿通过这样一个非常暴力的方式，闯入了张舸的家，他们的轨迹就交错了。张舸当时的问题其实已经到了无法和人以正常的方式建立起任何联系了，她去相亲也好、坐地铁也好，即使走在外面，其实也已经被困在妄想症的世界里出不来了。而在她和小耿的非常规关系里，张舸反而是更为积极的，她以非常激烈、非常不可思议的方式去回应小耿的暴力，让他带自己回家，这里面事实上有一个双向交流的契机，但是小耿没有办法理解这一点，一再误认，他所做的事情是，把张舸关进后备厢、把她的嘴用胶带封上，以至于这段旅程无法展开公路片式的情节，而被迫中断在一场车祸上，而到了那时，小耿也不知道后备厢里的张舸是生是死。

金理： 这是很有意思的观察，暴力反而成了打破封闭结构的契机。看过一部日本电影，表现拳拳到肉的打斗，据说导演意图就是表现纯粹的暴力，在当时日本内倾而压抑的社会里，人们避免和陌生人发生任何形式或程度的交流、冲突，于是暴力成为沟通的唯一途径。

陆羽琴： 而如果把小耿这样的状态与"车"的意象联系在一起，张舸这个人在小说里恰恰是和"船"联系在一起的。首先她的名字就是船的意思，最后她苏醒的那章叫"瓶中船"，船是前男友图们寄给她的。其实张舸在车祸之后，在小说里就不再行动、也不再出现，她整个人都成为静止的、隐形的存在，和小说里其他那些开着车争先恐后奔赴洞庭的角色就形成了一个对照，到了最后这群人都以悲剧收场，只有张舸看着瓶中船，在那一瞬间，虽然船还在真空的瓶子里，但在她的想象中，它已经顺流而下，去到了该去的地方。这是不是意味着，车是到不了洞庭的，只有船才可以，甚至张舸原本就是洞庭人，她早就到过洞庭了，所以去洞庭对她而言，其实是回家的路。

杨兆丰：是偶然的暴力的介入使她回家。

王子瓜：张舸的结局似乎是小说中唯一比较明亮的部分。的确是这样，张舸和小说其他几个人物分享着同样的危机：人和人之间精神和情感的隔膜。而只有张舸最终得到了这样的温暖，尽管这种温情是通过某种倒退达成的，病床上她回到了父母的照看之下，这种明亮是童年的回光返照。她其实远没有解决那个伤害了她的问题本身，即如何处理新的亲密关系，如何遏制家园之外的孤独边界的扩张，数年之前她勇敢地逃离了自己的家园，现在她不得不回来。由此来看，小说结局实质充满反讽，明亮只是表象。

文雯：张舸和小耿还不在一个层面上。精神分裂不只是压抑、爆发，而牵涉对自我的认同。张舸有向上流动的意愿，尽管无法跨出自己的阶层，不断受到打击。而小耿的阶层没怎么波动，目标很现实。

曹禹杰：我想张舸和小耿两个角色不能分离。两个人的出身都和洞庭湖有千丝万缕的联系，然而在都市中的张舸心中挥之不去的是"船"，而小耿却天生怕水，心向往之的是"车"。两个人相对而言似乎一个静、一个动，"船""车"与欲望的关系在许多影片中被反复使用。他们身上的特质是相互成全与互补的。

王子瓜：或许应该审视一下我们的思路。"强奸"和"游行"是有关小耿的两个突出情节，可情节不过是小说的要素之一罢了。就这篇小说的写作而言，不论这两个情节是否合理，它们都没有超出我们对小耿阶层的想象。不妨像刚才提到的"车"那样，考量小说的某些细节处理，好的细节可以挽救寻常的情节。作者做得怎么样呢？我认为不够。一个比较典型的例子，我们可以看看小耿在得知父亲患病之后那一段作者的叙述方式。这四五段文字几乎是把我们对此类情节的印象复述了一遍，除了开始的两句之外几乎没有什么细节。小说不应该是说明书，作者在描述而不是描写，除了所有人都知道的东西之外看不出作者的洞察。

作者所熟悉的是某种典型化了的人物，有时会让人觉得有些褊狭。"车"的细节也是如此，小说中每个男人都爱车，不只是小耿和史谦，岳濂、栗子的丈夫都爱车，因此车在小说作者的写作中并非某个阶级的符号，不带有具体性，也没有反思性，只是认可并借用了都市男女的共同意识，被识别为某种通用的尺度。许多地方都有这样类似的问题，未免显得刻板了些。

二 "铁钉"与"旱烟管"

金理: 接下来我们谈谈作品中的其他人物。

严芷玥: 顾烨其实是理想版的张舸。她满足了张舸对于阶级向上流动的所有想象,但她的这个阶层也会有自己的烦恼,比如婚姻纠葛、情感关怀的缺失以及对自我价值的探寻无路等,也不是完美的。

陆羽琴: 关于顾烨的故事,小说里是不是还嵌套了一个文本?岳濂写了一个哑巴去洞庭湖,把妻子和情夫沉尸的故事,而这恰恰是他和顾烨在现实中所面临的命运。我觉得这个处理蛮好玩的。

金理: 个人认为其中旱烟管一段,不容忽视。

王子瓜: 我觉得旱烟管的细节应该是这部小说最出彩的地方。哑巴把旱烟管摆在妻子面前,意思大概是让妻子在死前最后再体验一回做人的感觉,也是让她认命,让她不要害怕和紧张,死得有尊严一点,因为在哑巴看来她的结局是注定的了。妻子却不理解此举是何意。这个情节之所以精彩,是因为它解释了为什么史谦带着顾烨去洞庭之前要先去西藏。我认为带顾烨去西藏旅行一趟在史谦那里的含义大概就等同于哑巴拿旱烟管的含义,而哑巴妻子的不理解、拒绝,也等同于顾烨一路上的抗拒。通过旱烟管,内外两个故事真正统一了起来,这种统一不仅是表面上元素的相似性(夫妻、出轨、情人、情杀),还在于深层逻辑、生命况味的相互映照。假如没有这种逻辑的相似性,史谦在决定去洞庭湖(杀人)之前先去西藏就变得难以理解。

金理：郑小驴笔下的人物谱系中，小耿这种类型是此前一直登场的，而史谦是全新的人物，其实我对他挺抱期待的。《去洞庭》中的其他人物，几乎都跟随着生存的本能，某种程度上可以说，他们没有在小说中获得成长，我所说的成长意思是，对自己的人生能产生一种"自反""自省"的意识。我觉得唯有史谦是可以做到的、有能力做到的。史谦和顾烨去西藏双湖的旅途，看得出郑小驴做足了戏份，途中与栗子见面、海市蜃楼的幻梦、与藏民的相遇，被屠宰的羊……我希望这一切应该给史谦一个自省、自我救赎的机会。那枚铁钉应当是"长相剽悍的汉子"钉入车胎的，前后文是：史谦路遇一群藏民，被邀一起喝酒，当后者得知前者的目的地是双湖时，角落里一个眼角有刀疤的汉子"目光陡然亮了一亮，用一种古怪的眼神投向他……双湖还是别去的好，那地方太危险了"。双湖也许是藏民心中的圣地和人类的禁地，所以我猜测那枚铁钉是汉子在提醒史谦不要冒险犯禁。我想起有一次去瑞士，朋友带去阿尔卑斯山山顶的一座冰雪游乐场，登顶要坐火车，我记得那段隧道两端刻着很多人的姓名，就是当年为了开凿这段铁轨牺牲的筑路工人，这样安排当然是为了让后人感恩，同时也有一种人定胜天的豪气。我却感到巨大的悲哀和荒诞，那么高的山顶本来就是神住的，本来就不应该由人来踏足的，那么多筑路工人牺牲，就是神在惩罚人的僭越吧。藏民将铁钉钉入车胎以阻止史谦去双湖，联系到此行目的，可以视作及时提醒：人不应该超越自身位格去审判、决定他人的命运。所以，铁钉挺有隐喻意味的，可以和哑巴故事中的旱烟管对位：旱烟管除了刚才王子瓜说的功能外，或许也是哑巴下意识给自己留下一点犹豫的时间，人未来的命运就有可能在这电光火石间反转。可是在哑巴的故事中，旱烟管并未改变命运的走向，哑巴还是杀了女人。可是我多么希望那枚铁钉可以改变史谦故事的走向，能否给他一个省悟、放下"我执"的契机呢？

文雯： 史谦的人物形象比较饱满。但史谦身上杂糅了很多因素，他的形象饱满而不能自洽。比如，史谦在离婚后有一段非常淫乱的猎艳史，这段经历对于这个人物形象来说，有什么存在的意义呢？

王子瓜： 这就是小说的问题，人物太类型化了。史谦不是一个老板，他是你能想到的所有老板。老板们青年时期胸怀理想却不得志，只好追求物质，奋斗之后非常成功，成功了就会出轨，出轨了就会让情妇怀孕，怀孕了情妇就会想要上位逼老板离婚，老板就会内疚，还会有父女关系问题，老板开始赌博，然后在西藏这样的"圣地"遇到新的恋人，然后反过来会被出轨，最后老板事业也失败了，人生无常啊。同样的，顾烨也不是一个嫁给了老板的文艺女青年，她是所有嫁给了老板的文艺女青年，从艺术家前男友到老板老公，到穷作家情人，到意外怀孕到堕胎（未遂）到艳照到被捉奸……小说人物过于类型化了。

曹禹杰： 谈到史谦这个人物，我一直在想"藏野驴"的奔跑和史谦内心有没有什么关系。藏野驴在小说中一共出现了两次，第二次是史谦梦中梦到了自己开车与藏野驴赛跑。史谦不是一个单向的角色，可是史谦身上的反思因什么而起？和藏野驴有什么关系吗？

金理： 跑死藏野驴，是不是也可以理解为人"征服自然"的一种盲动、自大。或者一种欲望扩张的隐喻。

陆羽琴： 小说里最早出现藏野驴，应该是史谦当年第一次遇到顾烨的时候，跟她讲了关于藏野驴的逸闻。有意思的是，那时候史谦的故事里，不是他自己把藏野驴给跑死了，而是说有一个传说，遇到坏心眼的人故意去逗藏野驴，能把它们活活累死，也就是说，这个所谓坏心眼的人，在他的陈述里不是自己，他无意识地想要摆脱这样一种罪名，而等他做那个梦的时候，他才承认自己是累死藏野驴的那个人。那么这不就是一种罪感意识吗？而如果说那天晚上藏民把钉子钉到他的车里，是为了阻止他去双湖，而他去双湖如果是为了杀顾烨，那么这个梦里的藏野驴，就可以被理解为那些他想要伤害或者曾经伤害过的人。

其实史谦关于藏野驴的这个梦的结构，和小耿之前喝醉之后讲故事的结构是非常像的，他自鸣得意地给藏民讲一个冒险故事，却招致了对方的不满，而小耿去讲述自己人生中的得意时刻，却立马被史谦所厌恶，这里面的意味是相似的。这两个人物的对位确实非常有意思，但这样你就会发现，史谦和小耿、顾烨和张舸、小耿和张舸，这几个人之间都存在对位，而似乎只有岳濂这个人物，没有任何的对位，这个角色好像游离在这群人之外。而非常耐人寻味的是，他又刚好是一个小说家，我不知道作者在这里有没有投射。

严芷玥： 岳濂的形象虽然着墨不多，但其实他无论身世背景、兴趣爱好还是性格特征都是作者明确给出描写的。同时，我认为书中的女粉丝或许是张舸。这样岳濂这个人物就勾连所有人，他让整部小说内部的环形解构更加圆满。

文雯："漂泊者"这个称呼似乎可以形容小说中的所有人，而作者对他们有一种悲悯视角。

陆羽琴：这种悲悯视角到了岳濂那里似乎就不成立了，如果说小说中别的角色不管境遇如何、身份如何，都有自己的一层痛苦的话，那么岳濂这个人好像从头到尾都过得挺快活，虽然最后莫名其妙卷入了命案，但他在此前好像是没有一种悲剧自觉的。

王子瓜：我觉得岳濂和小说里另一个青年艺术家都有些问题，他们都带着普通人对文艺工作者的刻板印象——做作、虚伪、无能、只想着乱搞，他们的艺术除了情爱、孤独之外什么都没有。小说的某一段给出了岳濂的一段日记，这段日记反映了岳濂遭受"黑暗"的痛苦和对"纯粹"的向往，但"黑暗"和"纯粹"到底是什么呢？不免有些自我感动的嫌疑，再加上他对"纯粹"的形容是"就像新婚之夜干干净净地进入一个女人那样"，这实在不是什么高明的写法。小说对他们的痛苦的认识，除了泛泛的痛苦之外还有什么具体的东西呢？这些都让人觉得这伙人根本就不懂文学和艺术。

陆羽琴：这种日记中的反思和他现实中的所作所为，不是就显得很反讽吗？阅读起来就会觉得，这个日记本身是非常矫揉造作、非常虚饰的东西，我不知道这是不是作者的本意。

三 视角、影视化与巧合

金理： 很多同学都提到，这部作品受到新闻事件、影视的影响。最后我们不妨谈谈这个话题。

陆羽琴： 新闻串烧的问题在于，当读者在小说里面看到非常多社会新闻的材料的时候，想到的不是说这个素材本身有什么问题、它好不好、小说应不应该用，而会想作者到底熟不熟悉这些事情，他对这些事情的叙述，到底是来自于自己的思考、想象和揣摩，还是仅仅来自于一张报纸的版面，是不是简单地看到一个社会新闻，就把它安插到自己的小说里，而事实上并不熟悉其中的暗流涌动。其实读这个小说的时候，有一些地方，一些符号化的情节和刻板的人物行为模式，会让我有这样的一种感觉。其实说到底，这篇小说里有什么非常知名、指向非常明确的新闻事件吗？没有的，但读者读起来就会觉得很多情节像是新闻，这样的印象事实上就说明它的描写和社会新闻——甚至不是新闻特稿——的叙述力度和深度没有区别，我想如果作者真的挖下去，如果能把新闻素材处理得非常好，读者应该就不会有"新闻串烧"这样的感觉。

黄厚斌： 感觉写作者让渡了一部分虚构的权力。从读者接受看，非虚构和虚构各有其力量，小说似乎不必去跟非虚构或者新闻，去争夺这个战场，因为小说在这点上，永远跑不赢现实。好像王安忆老师在某篇讲稿说过，新闻告诉我们生活是什么样子的，小说告诉我们生活应该是什么样子。

陆韵：小说的开头很类似于深度报道的架构，将事件的高潮放置在开头，为人物提供一个窗口，再逐渐通过其他窗口一一呈现。

严芷玥：其实我们常见的深度报道主要是为了刻画某个人物不为人知的一面或者层层揭示某个新闻事件的真相。而我很喜欢看新闻串联起来的小说，是因为它刻画一个多面的人物，为大众提供大家对这个人物刻板印象以外的东西。另外这部小说的影视化处理不错。举个简单的例子，如开头光影变化等，以及对于空间远近的处理，其实是非常专业化的。

王子瓜：我觉得大家可以关注一下作者的后记，这段后记里暴露了许多问题。作者大概是说想要"制造一些云雾"。其实关键不在于有没有"云雾"，不在于你到底给出了解决方案还是只呈现了某种困境，关键在于有没有"制造"，有没有洞察到一般人往往没有意识到的困境，没有发现的"云雾"。此外，作者一方面说"以写作作为逃避现实的借口"，一方面又说他想要体现对"现实的包容和理解"，如果一定要在这两者之间选择的话，我期待看到作者自述中的后者，但显然他的呈现还不成功。他说他要"站在美好生活的对立面"，的确，他看到了史谦、顾烨们的"美好生活"的泡影，但拒绝这种美好生活，并不意味着就要选择一种虚无的生活。在"美好生活"和"虚无"之外，还有一些剩余的东西，比如某种"真实"的生活，小说并没有意识到。

黄厚斌：这个小说对人物视角切换的运用，使其更容易成为影像化作品。这种结构往往又都跟悬疑、犯罪绑在一起，比如《疯狂的石头》《心迷宫》。人物和事件总会在某个结点相遇。

金理：不少同学都提到，《去洞庭》的人物和视角结构，在影视中也极为流行。其实往前推的话，至少福克纳、昆汀早就作出过大师级的示范。那么为什么这类结构在今天重又流行？

文雯：人们对有痛感的真相怀有一种的渴望。因为多线汇聚之后的冲击力更为强烈，比单线叙述发展到最后揭露真相产生的痛感放大了很多倍。

严芷玥：我认为这样类型的作品能流行有一部分原因是它讨好了有话语权的人，也就是有一定影视鉴赏能力的中产阶级。比如说影评人等，他们具有话语权，他们对这种结构的描述与赞赏，影响了很多和他们有共鸣的普通中产阶级知识分子，而我们就身处这个阶层之中，或许我们以为它流行，只不过是在我们这个阶层内部的流行，像小耿那样的人物，他们大多数不会看也不会喜欢这样的电影。

文雯：也就是回到最开始我说的个人恶和社会恶。这些纪实报道、非虚构文学和关怀社会现实的文学是要给这群人看的，我们必须去挖掘到底下的什么，否则就是中产阶级的失格。
　　说到影视化写法还有一例，小说中的巧合相当多，比如发生的三场车祸，而且三个车祸都对情节起着不小的作用。

严芷玥：是的，三个车祸其中有部分作用是形成环形结构，让人物命运串联交叉。

黄厚斌： 但也会产生巧合。比如小耿的车祸，茫茫人海，为什么他偏偏会撞到前老板的妻子和情夫的车呢？这种设计感太浓烈了。

曹禹杰： 我想小说中的许多情节拐点并不能单纯从巧合的角度去考虑，尤其是小说中人物的故事如此贴近当下社会现实。再回到开头的那场暴力，张舸有那么一段时间占据了上风，且不去说这与她的精神状态有何联系，我想这类施暴者和受害者在施暴过程中角色交换的案例在当下现实中随处可见。从这一点出发，我可能更倾向于将这些事件看作世情的再现，而不是单纯从巧合与否来考量。

陆羽琴： 其实在小说里面，不是所有的巧合都被引爆成戏剧冲突了。比如小耿的第一场车祸，小耿跟岳濂撞车，但直到最后、小耿去绑架岳濂、岳濂身死，他们都不知道当时相撞的是彼此吧？而这里如果他们发现真相的话，会产生一个剧情上的冲突点，但这个冲突并没有引爆出来。小说设置了非常多类似的巧合，我个人不觉得这是一种浪费，这种读者和角色之间视角的差异，是非常有意思的，巧合如此之巧、如此之多，而身在其中的角色对此一无所知，俯瞰一切的读者就很容易感受到其中近乎悲剧又近乎喜剧的命运感。要把这样的情节彻底曝光出来，是非常容易的，作者能在这里控制住，我觉得还是很不错的。

陈春成《夜晚的潜水艇》：
轻逸的美学与逃逸的姿态

时间：2020 年 11 月 5 日
地点：复旦大学光华西主楼 2719 室

金理： 陈春成的小说集《夜晚的潜水艇》豆瓣评分高达 9.1，我会把这一评价想象为一面透镜，今天的讨论，我们既要推敲透镜下的小说文本，也不妨追究透镜本身的质地，它显示出什么样的阅读趣味、情感结构与生活态度。

两个世界，及其边界

法雨奇： 陈春成小说中的许多人物和这个现实世界都有一种游离感，如《夜晚的潜水艇》中的主人公所说："我并非只在这个世界生活"，他创造了一个自给自足的世界，每天身处其中，以至于游离于现实世界之外。现实世界是灰暗的，是小说的"我"想要逃避的。"我"要面临"高考，就业，结婚，买房"，还有不断老去的父母。结果是"我"妥协了，决定离开那个幻想世界。想象力离他而去的那个时刻，是一种创造力丧失、灵性的毁灭，甚至可以说一个人精神上的死亡。小说中"我"后来成为了一个艺术家，晚年写了一部回忆录，名为《余烬》，其中说道："我的火焰，在十六岁那年就熄灭了，我余生成就的所谓事业，不过是火焰熄灭后升起的几缕青烟罢了。""余烬"这个标题让我联想起经历历史暴力后幸存下来的作家，如路翎，创造力几乎完全丧失，以一种灰烬的姿态重新出现在文坛上，这是非常让人痛心的。

作者在作品中对历史事件是有指涉的，如在《竹峰寺》中就使用了"浩劫"这个词："在我们看来，知道那场浩劫只有十年，忍忍就过去了。在他们也许觉得会是永远，眼下种种疯狂将成为常态。"《〈红楼梦〉弥撒》中出现的那个未来世界，某种程度上也是对历史的影射。小说中的"我"被注射了迷幻剂，被要求背诵一段台词，要宣称官方写的这本《红楼梦》和他当年看到的完全一样，他照做了，"只记得一片面目模糊的人头攒动、掌声震荡、红色横幅高挂"。然后他被丢进了监狱里，呕吐晕眩了几天，又"满心悲痛，放生痛哭了几场"。从此之后，就一头扎进了《红楼梦》的世界，跟随着不同角色在书中流转，彻底疏离了现实世界。

小说中的外部世界是没有自由的，拒绝让一个人成为他自己，要将人削减到一个非常渺小和卑微的存在，甚至侵入人的精神，监视人们的思想。如在《音乐家》中，恐惧已经深入到主人公的潜意识里，"我甚至担心过他们会不会有什么仪器，能监听我们脑子里的声音"。正是因为外部世界的灰暗，小说中的主人公们才要躲进幻想中，躲进《红楼梦》里，躲进竹峰寺，为了守住自己内心的一片园地，退回到一个隐蔽的精神领域去享受成为自己的自由。

金理： 陈春成的小说中有一组森严对峙的二元项：一边是颓败的现实，无趣而又危机四伏的外部世界；另一边是内在的幻想世界，艺术与自由的信念。前者对后者形成压迫，而后者面对前者又具备超越性与拯救性。

法雨奇：在作者笔下，生活不过是一片没有希望的、灰暗的废墟，而艺术才是真实的生命。艺术是将个体从荒芜现实中拯救出来的强大力量，甚至具有了"神性"。小说主人公们怀抱着极大的虔诚，在艺术中去寻求人生的终极意义。如《传彩笔》中的"我"对文学的虔诚"少有人及"，而《〈红楼梦〉弥撒》中，人们将《红楼梦》视为世界的本源，对其顶礼膜拜，就更加具有宗教性。作者塑造的主要人物形象或许都可以概括为"艺术的圣徒"。而在小说中，主人公们追求的艺术又是完全去政治化和绝对纯净的。如《传彩笔》中的那只神笔"容不得一丝不虔诚"，用它创作出来的作品只有作者一个人能看到。主人公对艺术纯粹性的追求也许是对将艺术视为政治传声筒的一种反叛。这种退回到内心世界，在全然的孤独中，攀登美的高峰的沉静姿态里，缺少了对于外部世界的改革力量。从这意义上来说，小说又存在消极的成分。

李玥涵：我看到的不是艺术的拯救，而是艺术的虚无。《〈红楼梦〉弥撒》基底是博尔赫斯的"对称性"，指向的是，用艺术的具体形式确定下的理念，其终点是消失；《传彩笔》中，最伟大的作品写下却不能为人所知，中年人留下一本空白作品，结论是，这些具有终极意义的文学作品只能从一个人的梦中传到另一个人的梦中，或许被人们的生活所经历，却无法被写下，这里也有种"巴别塔"的无法穷尽，我感到，艺术只能被认知到它被折射到世界的某一部分；《夜晚的潜水艇》写灵感的消失，伴随人的社会化；《音乐家》

写获得灵感的人与物的消失，夹带了自我在抵达艺术与本我时，与权力之围剿进行的斗争；《竹峰寺》写某种象征着理念的碑文被置入日常被忽略的、生活化的客体——石桥，让我觉得，藏碑的老和尚渴望让它落入虚空。从这一脉络中，我感觉，陈春成笔下的文学与艺术从来不试图拯救人类的心，甚至不能用语言中的词语和句子去呈现，而是可能搅动起人对控制/受控、权力/信仰、名誉/无名、回忆/现实、超我/自我/本我的某种对抗性感知，或使主人公时刻被提醒去警惕现实的包围与关联；而"艺术"只通过自身的名义，给人短暂离题的情境和向内发掘的冲动——却不能拯救现实，除非一种极端，人随艺术消泯（《音乐家》），而这圆融也关联死亡。

《夜晚的潜水艇》结尾处让我印象深刻："我的火焰，在十六岁那年就熄灭了，我余生成就的所谓事业，不过是火焰熄灭后升起的几缕青烟罢了。"读前半句想到《洛丽塔》开头"Lolita, light of my life, fire of my loins. My sin, my soul."，对回忆与欲望露骨的迷恋；后半句想到诗人朱朱《青烟》结尾——"她还发现这个画家/其实很早就画完了这幅画，/在后来很长的一段日子里，每天/他只是在不停地涂抹那缕烟"，"烟"超脱出男人为妓女作画这一情色场域、也作为动作中的迷雾留下并延伸了时间。《夜晚的潜水艇》主人公之名"陈透纳"似有所指：英国画家透纳，为工业社会景观蒙上一层迷离烟雾，给现实带来超现实的面纱，尤其是，他势必消耗漫长时间去描摹覆于物体上的烟。陈透纳对逝去灵感的追忆也如此。陈透纳的"火焰"，似亨伯特对洛丽塔、童年灵感与性欲（在陈透纳这里是对内部现实的创造欲）的迷恋，他的"青烟"，似朱朱作品中画家不断描摹的、超出现实社会等级与物欲关系的、联结人与本我的、超越的追求。可是，这层烟作为一个"时空体"，具有捉摸不透、无可触及而只能被人"试图"持续描绘的质地。所以陈春成笔下文学艺术的可能性，是绝对真理，却也如深渊一般，只能抵达其空洞的表面外；他对艺术的本质有着根本的距离感或敬畏，因此，无法在作品中直接带来这艺术真理被暴露的那一刻。

杨贺凡：前面有同学提到了陈春成小说中人物与现实之间的"游离感"，我想要顺着这个话题延伸下去，谈谈小说中幻想的与现实的这两个世界的距离感。像《竹峰寺》中展现的，一个是竹峰寺这个作者有意构建的古老的社会生态结构，它包含了许多幻想的因素，另一个是竹峰寺外的世界，充斥着功名利禄、红尘琐事、历史烟云，它是一个与现实生活密不可分的世界。作者将这两个世界穿插在一起，但它们却时时存在着断裂。我没有办法顺着竹峰寺那个充满古意的世界，顺利地降落到现实中，这其间的不适感，甚至无法让我相信，它们是两个相连的世界。在我的感知中，陈春成并没有把两个世界连接与契合的地方找到，他也无法为笔下的人物提供一个在二者之间穿行的钥匙，所以我们会看到慧航突然的转变，那也是充满矛盾的，作者无法为他的内在情感转变提供一个有说服力的逻辑链条，因此只能搪塞说："可能是年纪到了，也可能是山居生活改变了他的脾性"。而我觉得最根本的原因，在于陈春成没有处理好"纤尘不染的想象"与"沾满世俗的现实"这两个空间的构造与贯通，所以它们在这部小说中，断裂得如此明显。尽管如此，陈春成仍然是一个能够让我沉浸其中的作家，并且他还处在成长中，因此，我还是非常期待他的创作。

沈彦诚： 能否用一种现实的逻辑来理解小说，尤其是小说中的另一个世界。比如《音乐家》的最后，音乐家古廖夫化烟而去，而秘密警察库兹明觉得自己产生了幻觉，这不能用现实的逻辑来解释。我愿意将这里理解为两个平行展开的世界的交合点，在之前，音乐家沉浸在幻想世界将乐章推向高潮，而警察的追捕也将现实世界的紧张推向高潮，而在这里，幻想世界将现实世界吸收进来，呈现一种超越性的力量。这样两个世界的构建的确可以看到博尔赫斯的印记，他的故事外壳可以很好看，可能是侦探、复仇这类通俗的形态，但是他真正想要构建的是另一个世界，在这个世界里，博尔赫斯带给读者智性上的挑战。但是在陈春成的小说里，我觉得这两个世界的分离体现出的是一种深刻的不安全感，外部的、现实的世界是具有侵略性的，它能渗透到生活的方方面面，在这个时候，主体选择从外部世界逃离，回到自己的内心之中，依托某种力量构建另外一个世界，这种力量可以是艺术、想象、回忆等等，在这个想象的世界中，主体得以抵抗外部世界的入侵。"潜水艇"、还有《竹峰寺》里的"瓮"，就是这个内在世界的对象化。其实我个人也有相似的经验，小时候候会把房屋想象为漂泊在海上的船，这样世界就可以离我远去，我可以获得安全感。所以，我看《夜晚的潜水艇》的时候一直会想到《海上钢琴师》，在一个艺术构建的内在世界中，主人公抵御了20世纪现实世界的风暴。不过似乎陈春成小说中主体的逃离更为彻底，《海上钢琴师》中的主人公至少能在下等舱的演奏中获得部分的归属感，而陈春成小说中似乎找不到这种归属感。

顾迪： 回应刚刚同学们聊到的现实逻辑问题，因为我是读创意写作专业，进入写作时常会面临现实中发生的事情放进小说里却被指出没有说服力，但是现实确实这么发生的。这里涉及现实逻辑不等于小说逻辑的问题，我们在写小说时着力点更在于小说提供的自身逻辑是否自洽。汪曾祺在谈到短篇小说未来发展的方向时说："至少我们希望短篇小说能够吸收诗，戏剧，散文一切长处，而仍旧是一个它应当是的东西，一个短篇小说。"我认为这个"应当是"的要素有一个，就是小说是"做"出来的，它需要设计，需要自己的理路和自身建构的一套逻辑。

曹禹杰：《夜晚的潜水艇》中陈透纳的海底漫游也提供了一个唤醒我自己生命经验的空间。我小时候也非常喜欢在夜晚幻想从事各类工作时的场景，比如文具店的店员、电车上的售票员。当然，这种幻想于我而言不是出于一种深刻的不安全感，而是源自对身边熟悉却又陌生的职业的好奇心，是一种探索未知世界的渴望。刚才许多同学都提到了小说集中的两个世界，一个现实世界和一个虚构世界，不过我认为这两个世界并不是那么泾渭分明，两者都是现实与虚构并存的世界。刚刚沈彦诚还提到了《海上钢琴师》，其中海洋与陆地的对立最终处理的是边界性的议题，其实对于陈春成的作品而言，我觉得关注两个世界之间的边界和交集是非常有意义的。"在某一意义上，一切事物都是可以引合而相与比较的；在另一意义上，每一事物都是个别而无可比拟的"，在陈春成那里，究竟是什么支撑着他构造的两个世界并形成内部自洽的逻辑，那些玄妙的物象又在何种程度上链接这两个世界，值得进一步探讨。

李玥涵：《夜晚的潜水艇》记录了陈透纳童年"白日梦"能力的消逝过程与其间的主体抗争。弗洛伊德谈到白日梦，指出是男孩女孩在童年时期容易展开的幻想,男孩普遍幻想获得地位、权力、开展冒险,女孩普遍幻想爱情。也即孩童通过幻想达到"欲望的满足"。而这一现象在成长中逐渐减少,成年后会消失。因此,陈透纳儿时用建构包裹自身的潜水艇来达到的灵感满足,最可能结局就是失落。这是陈春成幻想笔法的现实意义,也带来悲剧的基调。

读这篇立刻想到台湾作家袁哲生短篇集《寂寞的游戏》中的一篇《潜水艇》。袁哲生生前患有抑郁症,文字给人高度的敏锐、警觉感。他写童年玩捉迷藏"一旦开始躲藏就很难停下来"对蜷缩幽暗角落的病弱依恋,写同伴制作遥控潜水艇再到独自尝试如潜水艇般浸入水缸,而他看了"只想静静地沉浸在那份完美的消失中"。袁哲生的笔,投入了儿童的敏感自闭,还有对环境中的静谧的渴望。他充分动用了童年家庭、邻里环境的经验(陈春成同样),可这熟悉中渗透了"我"的疏离,潜水艇的沉浸如黑暗洞穴,是自我保护与对世界的割裂。而陈春成的潜水艇意象,是想象力的自由发挥,不过,虽珍惜的是童年的冒险世界,看似流光溢彩,但我揣测,这也可能是一种躲避。如里尔克《布里格手记》中小男孩在戏剧服饰和面具中间的换装游戏,如前面曹禹杰说童年的职业想象,都和潜水艇类似,是建构强力自我新身份,来分裂、体验,以此化解社会化过程的未知危机。这也映衬了陈春成笔下主人公孱弱、纤细的神经。

但是,成年后陈透纳用曾经的能事壮胆"撞死"异己的世界,其实有别于童年用夸张怪诞进行的抵抗训练,对过去"金币"的"借用",是用于纪念的哀悼仪式,显露出一种亨伯特式的流连自满和不自知,从中我看出了人的彻底失灵。

两类意象,及逃逸姿态的美学化

张培:在小说中,我们能发现许多类似、雷同的意象,如灰烬、烟尘、海、星云、虚无、空白等。给人的印象是朦胧模糊的,就像透纳的画一样,在一片模糊氤氲的总基调中透出隐约的形象,而且色彩感强。这会使得有相当阅读经验的读者感到不适,因为意象过于密集(反之,对于阅读经验不多的人来说会觉得很新奇)。此外,刚才说到的两个世界,无论是现实世界还是虚拟世界,在他的笔触中都显得过于干净了,这会导致在处理一些严肃题材时的无力感。相反,如果这样的文字中有情感落到实处,就会相当动人。比如《夜晚的潜水艇》,那种少年幻想的、青春的题材,会非常成功。

曹禹杰:如小说集标题所示,反复出现的意象——"潜水艇"值得我们关注。"潜水艇"除了在《夜晚的潜水艇》中作为核心意象出现外,在《传彩笔》中也有它的影子,当主人公在梦中为"笔"寻找后继者时,"我能透过屋顶看见那些微光,然后飘落下去,穿进那个人的梦里。每个人梦中的场景都不同。有的在山洞里,有的在马背上,有的在潜水艇中。"潜水艇一方面如竹峰寺中的那个"瓮"一样,提供了一个逃避遁世的空间,但与此同时,潜水艇在潜入深海后终将浮出海面,与现实的世界劈面相逢。这一过程中存在着一种"上浮的力量"。这种力量隐匿在小说文本中,本来可以以此来很好地处理两个世界的边界性问题。作者在小说结尾处中提供了一个回忆录的视角,这种视角其实开启了另一种重新书写儿时世界的可能,以一种置身其外又立足当下的视角再次回到已经离"我"而去的世界,融入更为现实的因素并展开反思。这其实能够真正触及两个世界的边界性。略显遗憾的是,在小说集的其他篇目中,这种"上浮的力量"没有被充分呈现。

金理: 陈春成喜欢在行文中点缀繁复的意象,由意象渲染出情绪。这些意象主要分成两大类型。第一种意象类型可以命名为"一个自足的空间"。比如《竹峰寺》中的"瓮",主人公"躲在里头,油然而生一种安全感,像回到了自己的洞穴"。又比如《夜晚的潜水艇》,当"我"驾驶心造的潜水艇作海底冒险时,高考、就业、结婚、买房,"漂浮在我的宇宙之外"。还有《李茵的湖》中的耽园与匿园,名字就很可玩味,"耽搁的耽,或耽溺的耽,透出一种自得的颓废",耽溺/匿于园中就仿佛身陷"被时光赦免的角落",而万物隔绝"在墙外滔滔而逝"。不用再多例举,上述意象营造出的自足空间恰是逃离现实的一块飞地。现实与飞地的关系也由此可见,现实总是灰暗、无趣和颓败的,对人的生存构成压迫,"一个我在纸上勇猛精进,另一个我在现实中却耐着诸般苦恼";而飞地是对现实的救赎,还以自由的幻想、天才的艺术等来指称,飞地当然比现实占据优位,就仿佛集权社会中那群音乐家,可以在"幻想中演奏","但比真实的更好"。谈及陈春成身受的文学资源,大抵会提到博尔赫斯与汪曾祺,我更想举出《画梦录》时期的何其芳,来揭示书写个体与现实两造间关系时的"青春期"特征——仿佛"受了伤的兽",一旦在外界遇到抵触,一阵惊悸后,赶紧蜷缩起身子,退回那自己制造的"美丽的、安静的、充满着寂寞"的洞穴中(何其芳:《一个平常的故事》)。这种逃逸姿态的核心,是以赛亚·伯林所谓"退居内在城堡"。

陈春成作品中第二种意象类型,正是对上述逃逸姿态的美学化,如同那阵"青烟",由此涸染出的情绪被传神地凝聚在福建方言"心啾"中,"形容那种无端的愁绪,类似于思乡怀人、怅然若失",之所以"译成啾",而不是"心纠或心揪",因后两者"力度太大"。底层青年在阶层突破的途中伤痕累累,挣扎着退回边缘,这类题材一度蔚为大观。陈春成不采取与现实贴身肉搏的姿态,而以轻逸的意象来对逃逸进行美学化。

杨兆丰: 但是作者对这种逃逸是没有反思的,和伍迪·艾伦《午夜巴黎》那种"逃逸-反思-复归"的路径还不太一样,他是无条件享受逃逸的,也要求读者一起去享受。而如果读者兀自产生反思,并期待小说里的人物对逃逸也能够进行反思,就可能会对他的小说有些失望。

谢诗豪: 从个人经验出发,我认为,逃逸现实的才华是相对简单的。虚构的确是作家能够行使的权力,但也许我们需要更加珍惜,而非滥用它。以大家普遍好评的《音乐家》为例,他对时空历史的搭建,显得太过"轻易"。一个严肃的作家,也许需要做得更多。我有类似的写作经验,当需要处理一段相对陌生的时空时,采用急就章式的"填充",比如需要一辆车来帮助我体现故事的时间,就去搜当时苏联人开什么牌子的车,可之外呢?

我还想谈谈语言的问题,这在豆瓣上广受好评。他的语言总体简洁,同时以叙述为主,描写不多,节奏颇快,比较符合当代人的阅读习惯。这无可厚非,但我在阅读时,也发现有时候,因为简洁而失掉了"准确"。这可能和他文字里的"古意"有关,这份"古意"能够简化,有时也能"美化",但同时也可能导致"失准",比

245

如他在写竹峰时用"苍然""直指云天",这样的表达的确很便利,也似乎能帮助我们营造那片空间以及高耸之感,可细想之下,其实并不准确,流于泛泛。

《竹峰寺》我再多讲两句。这部小说的叙事方式很有"新意",不是像西方小说那样,以人物或者空间为中心,而是类似卷轴式的东方古画,缓缓展开,人物在画中行走,分为不同板块章节,可能在第一章,主角是"我",等走到下一章,出现新人新景,我们会发现,叙事的重心悄然转换。这是中国古代小说惯用的叙事结构,这点陈春成很擅长。他写藏碑、藏钥匙时,设置悬念、借用了悬疑推理的技巧,颇为精致。如果要说美中不足的话,我会觉得,他在处理人物动机时,显得有些"犹疑",比如藏钥匙这个行为,在这篇小说里颇为重要,相对而言,它的动机就显得有些弱了,简而言之,我会疑惑,为什么小说里的"我"那么想藏钥匙?如果陈春成不写前面那些动机,直接在藏碑之后,"突兀"地出现这串钥匙,我反倒会觉得有趣,好像天经地义,所有人都有不得不藏的"钥匙"。而现在,他给出动机,但又不足以和强烈的欲望相匹配。

曹禹杰: 我在阅读《竹峰寺》的时候,被小说最后一段中的一句话吸引了,"光的涟漪在字迹上回荡",它促使我重新去阅读结尾。我觉得它可以成为我们尝试理解并把握陈春成文学创作的一个隐喻。"光"在字迹上"回荡"是一种非常轻逸的姿态,但当这样的姿态同时出现在各篇小说中的时候,也成为写作的一种束缚。如果说《夜晚的潜水艇》《音乐家》让我们感受到了轻逸姿态的魅力,那么《竹峰寺》《酿酒家》则带来了审美的疲劳,而《〈红楼梦〉弥撒》这样一篇有着科幻小说外衣的小说却没有很好呈现出《红楼梦》这样一个复杂文本可以唤起的多重空间与经验。《红楼梦》在小说中只是作为一个外壳出现。刚刚有同学提到了中国叙事，《〈红楼梦〉弥撒》中显然存在着以往许多科幻小说的痕迹。如果能够深入挖掘《红楼梦》的潜质，而不是仅仅将其作为一个增加轻逸色彩的外壳，那么这部小说是有可能成为"中国叙事"的一个代表性文本。

沈彦诚："光"的意象抓得很好。《竹峰寺》是我很喜欢的一篇，尤其喜欢里面写"光"的一个段落——"黄昏时我总爱在寺门外的石阶上坐着"这一段。这段写的是"黄昏转入黑夜的那一小会儿"，明与暗、光与影错落交叠。在《尺波》里面，相似的场景再次出现，不过那次时凌晨时分，鬼出没的时节，"天将亮未亮之际，阴阳交界"。《画梦录》里面，何其芳也着迷于构造明暗交替的时刻，比如《独语》。小说中的主人公很多时候也是在"独语"，不过陈春成赋予了明暗之交的自然变化以特殊的意义，由明入暗正是"对什么都心不在焉，游离于现实之外"的时刻。光影交替给了主体逃离外部世界的契机，自然与主体产生了神秘的呼应——"苍然暮色，自远而至，至无所见而犹不欲归。心凝形释，与万化冥合。"作者引了柳宗元《始得西山宴游记》的句子，又创造性地赋予了它新的意义。这篇小说给我的感觉的确是古意盎然。碑刻上的文字，以及对于古典文本的重新激活产生了悠久的历史感。在这篇小说中，"我"抵御外部世界的力量来自两个方面，一个是"我"的记忆（"钥匙"对"我"而言就是《追忆似水年华》中的玛德莱娜蛋糕），一个就是这种历史感。它们让我感受到了坚实可靠的力量。

谢诗豪：这里我还想说下这部小说的优点，它其实有意识地在处理历史。尽管这有时我也困惑,陈春成一面在逃离现实,一面又在细节处"暗合"历史。但总体而言,他处理"历史"的方式很有吸引力,类似《圣经》。他的小说充满了叙述,陈春成好像扮演了上帝的角色,在他眼里,小说无所谓过去现在未来,他知道全部,于是他可以任意地安置时间,同时可以不必对人物做"冗长"的背景介绍,因为这不是他的重心。他的叙事姿态也赋予他这样的权力,就好像上帝说,彼得会三次拒绝承认是他的门徒,而无需对此作任何解释。陈春成也有权力设置一个角色,而不对其进行貌似"必要"的描写。我很喜欢他自信的叙事姿态,可同时我也反问,这样的自信是否能够天然成立?因为我们知晓《圣经》很大程度上就是历史,而小说,从 story 走向 history(作者搭建的历史)需要付出很大的努力。

张天玥:"逃离现实"和"暗合历史"的倾向并不冲突。所谓的"历史",从本质上来说,更像是作者本人的"发明",而并不含有具体的社会历史内涵。他搭建了历史的"外壳",但其内核是空无的,也正因如此,小说获得了更大的内部空间去盛放、连接作者和读者的私人经验。我认为这依然是一种逃离的姿态。

作为发生机制的"绝美理念"

蔡欣芸: 作为福建人,我能体会到陈春成作品里葆有的一方地域里的"土味"。文本里经常出现的寺庙山林等意象虽然过于频繁,但我建议大家去泉州等闽南地区——作者的生活环境体验看看。你就能理解为什么陈春成的状态是"自得其乐",你能感受到生活在那里的人所处的一种沉浸模式。我喜欢的原因是陈春成的心态及他在书写时所展示的对生活的热情，唤起了我童年时的"游戏"状态。他身上的气味在我感知是爽利、松快的，虽然还没达到"超脱"，但我想说他足以体现闽南人"欢喜就好"的人生态度。

杨兆丰：不过他的观察力似乎被想象力遮蔽了，至少是失真了。虽然艺术发展到20世纪以后往往不再仅限于是描绘外形，但基于观察力的内在真实性依然应当是艺术的核心。纯粹只依赖想象力去推进可能会把作品推离艺术的领地。

张培：他的这种观察或许是偏内向的感知吧。

谢诗豪：我个人觉得，感知可能没有鲜明的内外之分，就好像普鲁斯特，他向内的挖掘毋庸置疑，但其实他对周围环境与人的观察，同样细致深刻。我想，区别可能在于，不同人所拥有的外部空间不同，有的人只能观察到沙龙宴会，有的人却做各种田野调查。

另外我想回应刚才同学的说法，陈春成的想象力也许没有那么强，整部小说读下来，能够看到他的情节还是比较"套路"的，这并非贬义，作家有时候需要一定的"套路"来帮助他形成风格。他可能是有意地重复，让这些短篇具有相对一致的指向，给读者留下更深也更持续的冲击。

杨兆丰：陈春成作品最弱的地方其实是人物关系，在小说集中，你几乎找不到任何一篇，能够留下一个生动、真实的人，能够给你一段印象深刻的有效且有趣的人物关系——随便举个例子，《竹峰寺》

里"我"和几个和尚的关系就完全不属于这一预期内,在陈的小说世界中,人与人之间的关系总是陌生、简单且相对静止的。人与人之间的交锋被作者忽视了。

金理:陈春成擅长的是意象的营造与情绪的渲染,塑造复杂人物及人物关系好像不是他的追求。

俞玮婷:陈春成小说里只有一个人,一个沉浸在自己的内心世界的人。叙述的中心只是一个人物的发展,而且完全是内心世界的发展。在《〈红楼梦〉弥撒》《音乐家》《竹峰寺》这几篇中我们可以归纳出这样一种叙事模式:主人公往往与社会环境格格不入,不愿意参与到外界的各种活动中,而是转向自己的内心。他有惊世的才华,创造出最高境界的艺术,但他的艺术不能对外界产生任何影响,甚至就像《传彩笔》中写的那样,其他人一看见,就会变成空白。《〈红楼梦〉弥撒》中的陈玄石,睡了上千年,醒来发现自己处于一个可怕的专制的世界,最后退居内心的大观园,每日附身于《红楼梦》中的一个人物,在小说的世界里行走;《音乐家》中的古廖夫,在高压的社会环境里同时既是审查者又是创作者,他创作的曲子只能在他内心演奏,艺术在他生命的终点达到了完满,而在他把自己写的一首钢琴曲给年轻人弹之后,紧接着这些年轻人就被捕了;《竹峰寺》里最高境界的艺术是那块《蛱蝶碑》,最终"我"悟到了碑的所在,也领略了最高的艺术,继而下山了,碑还是留在原处,可能再也无人能睹其面目;《夜晚的潜水艇》中陈透纳想象力、创造力的巅峰停留在了十六岁那年那艘幻想中的潜水艇,之后他自己放弃了想象力,后来成为画家后作的画都是对早年那些梦境的模仿。这些故事里的艺术，就像《夜晚的潜水艇》中博尔赫斯投入大海的那枚硬币，永远不会出现在世人面前。只写一个人，这也没什么问题，但是如果这个人与外界没有互动，他创造的艺术永远封闭在他的内心，这样一种图景似乎传达出一种绝望色彩。对我而言略显悲观。

沈彦诚： 加莱亚诺批评博尔赫斯的《恶棍列传》："对本国的恶棍，他身边的恶棍，他一无所知"，"除了过去——在祖辈的过去里或在知道过去的人写的书中已经存在的事实，他不承认任何其他事实。其他一切都是云烟。"智性无疑可以创作出优秀的作品，但若沉浸于此，我们或许只能看到主体耽溺于自己的想象之中，丧失了更为丰富的可能性。

顾迪： 豆瓣里我读到两个很有意思的评论，第一个打了五星，"陈春成似乎总在讲同一个故事，描画没有影子的影子"。另外一个则指出他的缺憾也恰恰在此，"一篇还好，篇篇如此，难免显得轻浮而审美疲劳"，说他学到了汪曾祺的淡，却没有学到汪老语言的简约美、韵律美，故事的踏实真切。确实，他的文字给我感觉像雾，能感受到想要造出一种轻盈，但或许正如他创作大多是玄想所得，呈现出的姿态是懒散，还达不到逍遥。

杨兆丰： 刚才同学说到，《夜晚的潜水艇》给人感觉读了很多篇都好像是在读同一篇。那我们不妨更进一步，直接去拆解他小说写作的发生机制，看看他的故事是以怎样的一种引擎来驱动的。首先，故事往往会从一段材料或者一段类似音乐前奏的话来引入，会给内容定一个大致的基调。这段前奏有的时候会成为之后手记体小说的引言。接下来，他用大量的篇幅来引入、塑造并迎接一个"绝对的美学理念"。这个美学理念由于故事内容的不同，是以不同形态出现的，可能是绝美的音乐，可能是《红楼梦》，几乎每一篇小说都有这样一个符号化的绝对美学理念被叙述者提出。但这种美学形态往往因为内在原因（比如《传彩笔》），或者外部环境因素（比如《音乐家》），它是不能被旁人所触摸的。接下来，文本里唯一一个，或者少数几个领略过这种绝美形态的人会升华（消失）或者失去它。总之这种绝对的美学理念及其外化的形态最后又从我们视野里退场了。但按照陈春成小说的逻辑，就算保存它的载体和介质消失了，这种美学理念依然是客观存在的事物，它值得永远被人们追寻、怀念、敬畏。陈春成这本小说集就是反复在用这种套路化的起伏和路径来唤起我们的情绪。

此外，因为他的小说几乎都是在探究绝对的美学理念和形态，所以他需要频繁地用第一人称的文体来描绘小说人物对这种美学理念的发现并为之倾倒的过程。我们可以看看什么样的人物最有机会发现这种美学理念呢？音乐家、画家、博客写作者……很多人都是创作者。这给他的很多小说赋予一种元小说的色彩，但如果一味地在小说里关注创作本身，就不可避免地给人一种自恋的感觉。当然，我相信作者并不厌恶"自恋"这个词，毕竟"孤芳自赏"是他小说里常用的词汇和概念。

说回到绝对美学理念这个陈春成小说最重要的核心。因为得而复失，小说人物往往没办法真正去复原这种恢弘、极具冲击力的美，所以这种美学理念是作为一个被转述、被形容的事物出现的，作者并不会真正把它展示出来。这其实是一件富有宗教意味的事，作者塑造了一个类似于"美神"的事物，这个"美神"是世间至高的艺术存在。从这个角度来说，这本书叫做《弥撒》也没什么问题，里面除了《〈红楼梦〉弥撒》之外，还有《潜水艇弥撒》《石碑弥撒》《彩笔弥撒》《爵士乐与古典乐弥撒》……但很遗憾，这个"美神"并不会对文本外的读者"显圣"，我们只能在小说中去敬仰它，不能去体会它。作者并未有效传达"什么是美"这件事，只是强调美的存在。那我们拿出另一个富有宗教意味，且引入至高的美学理念和形式的文本来对比，芥川龙之介的《地狱变》，就能更明显地感受到陈春成小说的这个问题。《地狱变》里面，首先，画师良秀一直是怀疑绝对美学理念的，因为他的创作逻辑是眼见为实——他认为至美是不可能被人所看见的。但最后，他确实亲眼看见了这种美学形式（作者专门描写他的这一目击"充满佛性"），读者也有幸藉由他的双眼得以一见。当读者读到一个父亲要把自己在世间唯一在乎的女儿被活活烧死的场面摹画下来时，心中也是非常震撼的。这么看来，陈春成的小说人物更像是某种教会神职人员，灌输给你美神存在的理念，带你做弥撒，劝你去朝圣，却没法让你直观地亲眼目击它。

金理：同样表现绝美，《地狱变》里的惨烈，是陈春成轻逸的、"心啾"式的美学世界所屏蔽的。

张天玥：作者对小说中那些最美好的、最神圣的事物，刚才同学所谓绝对的美学理念的外化形态，都是含糊其辞的。譬如《红楼梦》、彩笔写出的绝妙文章、潜水艇的瑰丽冒险等，作者并没有对它们进行细致的描绘。这一方面可能是因为，这种具体而微的描绘是不必要的，读者只要了解它们承担着"最高美"的功能就行了；另一方面，言说的匮乏或许正是作者能力的欠缺，也许他自己也说不清楚是什么支撑了它们成为"最高美",这样来看,"最高美"存在的合法性就会受到质疑了。

顾迪: 有人评价陈春成的写作有一种"豆瓣属性"。他确实让大多数人产生共鸣,构建了一种作者和读者之间平等互动、反馈的阅读场域,与此同时收获了主流刊物的认可。对于一个年轻作者的处女作来说,其实很不易。我想说今天我们对他的讨论和批评,是因为我们对文学有更高的要求,期待陈春成可以做得更好。

笔谈

王咸《去海拉尔》：
在穿林打叶声中缓步徐行

在穿林打叶声中缓步徐行

金理

不妨从《去海拉尔》中写到的诗人李朝说起。1990年代的中国当代小说尤其喜欢表现"诗人之死"的主题：诗人是敏感而骄傲的，和日常生活格格不入，而周围人群和社会是多么庸俗、物质和功利，总之，诗人孤身和整个世界对抗，最后心力憔悴而殒命。然而王咸写了一位不像诗人的诗人，或者说，李朝是一位非常健康的诗人。他写玄奥的诗句，同时也认真地养猪，似乎这二者本没什么形上、形下的区别。他经常云游比如去西藏，不过这不是逃避现实的"诗意远方"，"他去西藏比我去镇上的小公园还平常"。他是随遇而安的，暴雨也阻挡不了乘兴去拜访朋友，不免让人想起苏轼的《定风波》"莫听穿林打叶声，何妨吟啸且徐行"，一个获得内心自由的人在"穿林打叶"的纷扰时代中也可缓步"徐行"。他曾被国安带去看守所，也没有定性什么罪名，待了五个月出来，这番经历想必在其他诗人那里会成为炫耀的资本或取之不竭的"创作资源"，而在他看来这只是"打了个盹儿"……与我们印象中的诗人比起来，李朝是多么"平淡无味"(小说中"我"的一位同学，因袭着惯习的诗人印象去拜见偶像，结果"怀疑自己拜访错了人")，我想原因可能在这里：前者身上某一种才性不加节制地发展，而李朝没有让任何一种才性独占整个性格。"凡人之质量，中和为贵矣。中和之质，必平淡无味。故能调成五材变化应节。"(刘邵《人物志》)与其"拉紧某一种特殊张力而企图使所有内在的能源涌现于眼前"以时时刻刻对抗世界，还不如让那些能源解甲归田，唯有"平淡无味"才能确保多面向的完整性格和全备性的选择，使个人泰然自若地随其所处的情境而应变[1]，"调成五材变化应节"。用李朝的话来总结——"反抗正好是被劫持的证明"。

王咸的小说大抵以第一人称"我"作为叙述者，这个"我"性格寡淡，从不占据舞台中央，不以自身的活跃推动情节进展。这让我想起小南一郎先生研讨唐传奇时引据的一个日语词汇——"影薄"："中国近世长篇小说里的男主人公，几乎都给人留下一幅'影薄'的印象"，"他们的行动促使故事得以大幅度发展的场面并不多"。小南一郎将原因之一归结为作品传达的"人们对于自己和社会的意识"。对比一下，古代长篇叙事诗中常常有个性强烈、性格鲜明的主人公登场。"两者最大不同在于，寄托于英雄的古代人的社会认识是将自己作为坐标中心，在这一中心周围，配置着距离远近不同的其他人；而近世的人们的社会认识，则失去了把自己置于事物中心的信念，……人们的主流认识是，并非那些拥有强烈个性的人物主导着社会，而是自己以及和自己具有同样分量的其他人方才是大多数的

---

[1] 朱利安：《淡之颂：论中国思想与美学》，卓立译，华东师范大学出版社2017年8月，第28页。

存在，是后者构建起了这个社会。"[1]——这种社会意识，内在地契合着王咸的认识，他笔下的人物从不身居"坐标中心""主导社会"，而是冷静、温和地看时代的开阖与热闹，"虽然不过是软弱的凡人，不及英雄有力，但正是这些凡人比英雄更能代表这时代的总量"[2]。

小说中的"我"住在市郊，王咸径自称其为村子，这里断然见不到海派文学中惯常出现的情景与人事。天空下是黑瓦房顶，周围有葱茏花木和苗圃，每晚九点左右，除了偶尔的犬吠之外，村子里就没有声息了——

> 有时候，我在房间里看书，看到深夜，然后关了灯，从房间里出来，突然看到月光越过窗户，安谧地铺展在宽阔的走廊上，心里就如同读了经书一般的清凉。

这个凭窗的姿态，让我想起沈从文。1957年"五一节"前后，沈从文在上海，经常在所住的上海大厦十楼眺望——

> 带雾的阳光照着一切，从窗口望出去，四月廿二日大清早上，还有万千种声音在嚷、在叫、在招呼。船在动、水在流，人坐在电车上计算自己事情，一切都在动，流动着船只的水，实在十分沉静。

> 艒艒船还在作梦，在大海中飘动。原来是红旗的海，歌声的海，锣鼓的海。（总而言之不醒。）

---

[1] 小南一郎:《唐代传奇小说论》，童岭译，北京大学出版社2015年10月，第99-102页。
[2] 张爱玲:《自己的文章》,《张爱玲文集》(3)，时代文艺出版社1999年10月，第251页。

> 声音太热闹，船上人居然醒了。一个人拿着个网兜捞鱼虾。网兜不过如草帽大小，除了虾子谁也不会入网。奇怪的是他依旧捞着。

这是特殊年代里的特殊节日，外白渡桥上有喧嚣的时潮与熙熙攘攘的人群，然而沈从文的眼睛却偏离开去，"发现一个小小的游离自在的生命存在"。张新颖进而认为，舢舨船里那个人其实不妨看作沈从文，在红旗、歌声、锣鼓的海洋里"总而言之不醒"，即使醒来也并不加入到"一个群"的"动"中去，只是自顾自地捞着那小小的虾子[1]。我借沈从文这个例子来形容王咸作品内的"我"、作品外的作家（文学常识告诉我们叙述者当然不同于作者，不过在王咸的情形里二者分享着很多共同经验，我是这么认为的）与其置身的时代的关系。

那么，"我"从窗口到底看到些什么？那天大雨整整下了一下午，"我"在书房里看书，从后窗看到郭大哥夫妇坐在了二楼的走廊上，他们的走廊没有围栏，总给人一脚踏空的危险感——

> 他们坐在那里，面对着东北方向。郭大哥坐在一只高凳子上，大嫂坐在一只矮凳子上。大嫂微微地靠着郭大哥，郭大哥则坐得笔直，双手平放在双膝上。大嫂盯着眼前落在露台上的雨，郭大哥则眼望前方，望着很远的地方。他们一直静静地坐着，看不出他们的嘴唇在动。我看了一段时间的书，抬起头来，他们还是那样坐着。等我第三次看他们的时候，他们还在那里，好像雕像一样。

---

[1] 张新颖：《沈从文的后半生》，广西师范大学出版社2014年6月，第117-119页。

我在一个很无聊的会上偷偷读《邻居》，读到上面这段时简直无法自抑，只能起身到会场外站一会儿平复心情。王咸的笔墨惯常是平淡的，也不表现戏剧性冲突，却突然就将日常生活的内在风暴径直推到你面前。中国古人说"乐之隆非极音也"（《礼记·乐记》），那些震耳欲聋的声音可能强烈而饱胀地占据感官，然而真正打动人心的却是渐行渐深、藏着隐秘的"遗音"。就像上面这个段落掀起内心深处的波澜壮阔，里面有郭大哥夫妇执子之手的爱情，有面对渺茫未来时的惊悚与自我宽慰，有底层化解苦难的方式，有普通人临深渊时的庄重自持……但这说不尽的一切都在雨声中，王咸还特为强调雨虽然下了一天却很"平稳"，不是要将这个瞬间停顿下来、升华为人生哲理，而依然是流动不息的日常生活的内在经验。

王咸小说叙事主体的存在境遇

吴天舟

我想从一个细节开始谈起。在《邻居》的第 21 节，一个下着雨的夏日午后，坐在书房看书的"我"，"从后窗里看到郭大哥夫妇不知什么时候坐在了二楼的走廊上。他们的走廊没有围栏，总给我一脚踏空的危险感。他们坐在那里，面对着东北方向。郭大哥坐在一只高凳子上，大嫂坐在一只矮凳子上。大嫂微微地靠着郭大哥，郭大哥则坐得笔直，双手平放在双膝上。大嫂盯着眼前落在露台上的雨，郭大哥则眼望前方，望着很远的地方。他们一直静静地坐着，看不出他们的嘴唇在动。我看了一段时间的书，抬起头来，他们还是那样坐着。等我第三次看他们的时候，他们还在那里，好像雕像一样。"这个细节让我印象很深,它写得很崇高,用了"雕像"这个往往被现代文学用来形容英雄的比喻来形容郭大哥夫妇这样生活在低处的人物,显示出作家对于人的尊重。不过,我想将这个画面所包含的信息读得更加详细一些。从叙事主体"我"的角度上看,这一段写的的确是郭大哥夫妇,但其实,"我"也同样属于这个画面,观察者与被观察者的位置是同样重要的。在我看来,王咸的小说中,叙事者与被叙事的对象这物我双方很难完全被分割开来加以讨论,有时甚至会隐隐约约地感觉,故事里的人物是作为叙事者"我"的一面镜子而存在的,表面上看似乎是在讲述别人的故事,但其实真正所想要衬托出的还是"我"的心境。或许只有在人与人的关系之中,一个人复杂的内心世界才有可能被我们看得比较清楚。以该段为例,郭大哥夫妇坐在没有围栏的走廊上的这种危险感当然是郭大哥罹患肺癌、女儿又不如其所愿地跟了老马这一生存处境的具象化,这个画面让我直观地想到《去海拉尔》里李朝引用的那句尼采的名言:"When you look long into an abyss, the abyss looks into you.(当你在凝视深渊的时候,深渊也在凝视着你。)"但如果我们从一个普遍的存在主义的视角去思考,难道凝视着郭大哥的"深渊"的"我"不也同样拥有着属于自己的深渊吗?郭大哥夫妇的深渊被"我"所捕捉到,而且除了危险以外还在二人的依偎间有一股虚弱的暖流在流淌,可"我"自己的深渊又是否有被"我"所自觉到?抑或说,它又有没有被阅读着小说的我们所感应(这又是另一层"看与被看"的关系)?感应又是否能像"我"一样丰富?更进一步地想,阅读着小说的我们自己的深渊又是如何呢?到这里,已经不是仅仅能用单纯的崇高感所足以涵括的情绪了,而是有一种让人后背发凉的冷峻包含在其中。

另一方面，需要指出，"我"的凝视又是经由了后窗的中介。窗框是一个常见的表示限定性的意象，也就是说，"我"所能看到的东西是片面的、不完整的，而"我"又同郭大哥夫妇保持着一段明显的距离，双方呈现为一种遥遥相望的关系，这多少折射出叙事者"我"看待事物以及对待生活（尤其是其中的苦难组分）的姿势或立场。我认为，这是解读王咸时一个颇为关键性的问题。在《去买一瓶消毒水》的结尾，故事的叙事者感慨道："他根本就不在生活中，一切都只是一个生活旁观者的幻想"。王咸的小说可以互文地进行理解，这番感慨既适用于《邻居》里的"我"，也可以视作为王咸的其他小说中的叙事者所普遍共享的精神危机的病灶。在读《盲道》的时候，我感到，虽然小安和老政都有着这样或那样的人格缺陷，但看似理性的、生活在相对高位之上的"我"对于他们其实透着几分羡慕的心理，他们虽然无知冒昧，但却拥有着并不"旁观"生活而是直接同生活相碰撞的力量，这构成了对"我"一成不变的、麻木了的生活态度的冲击，给"我"以震惊感，换言之，他们的出现告诉了"我"，自己的生活并非没有问题，他们将"我"所面临的深渊直接地推到了"我"的面前。然而，遗憾的是，"我"却并没有因为这个契机而获得成长，甚至连实质性的改变都很难察觉，这样的处理方式是违背一般的闯入者故事的套路的，好比一颗石子丢到湖面上，石子确实沉淀到湖里去了，不过水纹却很快地平复下来。这多少让我有些失望。纵然是人到中年，但一个好的生命状态却并不应该是拒绝成长的，但在王咸的一系列叙事主体身上，这个成长的过程确实遭到了停顿，生命的活力感受不到了。更加极端的例子或许是《去海拉尔》。小说中的诗人李朝我认为是一个非常具有当代色彩的人物，他可以在不同的人面前扮演着不同的角色，也就是说，他熟练地掌握着将自身的主体性撕裂开来，并按照实际需要去使用不同部分的能力。这样的人在生活当中是既常见又让人畏惧的。那么面对李朝，叙事者"我"的态度又如何呢？李朝好像成为了"我"触碰现实世界的一个重要的管道，是李朝（更确切地说是他的MSN网络账号）让"我"原本狭小的世界变得空旷起来（为什么会狭小本身就是一个值得讨论的问题），这似乎是一种将齐泽克所说的交互被动性（interpassivity）发挥到了极致的做法，"我"通过他人的享受来获得自己的享受，自己什么都没做却又仿佛都已经做过了，这里，"我"的主体性存在已经相当稀薄，"旁观"的位置是越退越向后了。如果我们站在一个具有批判性的知识分子立场上的话，那么恐怕会很难不对此种状态感到忧虑。在我看来，"我"（也包括王咸各则小说中的叙事主人公）和李朝是同一根源制造出的不同表象，他们都是当下这个资本主义高度发达的社会典型的产物，而且又都与资本主义的实际需要若合符节。

于是，问题也就相应地被转换为，这样的主体是怎么一步一步被生产出来的？我觉得王咸小说的一个细腻而精彩的地方在于，它一直有一个社会历史语境躲藏在后面。这个社会历史语境不像某些理论色彩很浓厚的作家那样被处理地比较直白，甚至还可能构成一个体系。在王咸那里，它是闪闪烁烁，模模糊糊，一点一滴渗出来的。这其实非常符合我们对于历史的主观感受。好像我们都是过来人，都能说出一点经验体会，比如80年代怎样，90年代又怎样，然而一个完整的、具有前后逻辑的线条我们是很难很清晰确定地勾勒出来的，更符合实际的感受反倒是像王咸所写的一般浑浑噩噩的，好像时间一下子就到了当下，世界变化了，人也衰老了，遭遇到中年危机，内部外部总觉得有许多问题，但又不知道怎样去解决，只好驻足不前，可恐慌与危机感又始终挥之不去。我之前并不了解王咸，也没有读过他的作品。不过从字里行间看，他是一个冷静谨慎的作家。他习惯从自我出发，写自己看到的有体验有把握的东西。这个态度很诚恳，它未必能彻底地解释什么问题，但至少告诉了我们问题是存在的。有人或许会觉得奇怪，《盲道》的主人公应该是小安，那老政这个角色是不是有些多余？我想提一个也许并没有什么根据的解释。当年的知青老政从上海跋涉到新疆，而现在像小安这样的年轻人又从另一个边疆云南希望流动至上海，在这个贯穿了历史的交叉跑动中，几十年的时间过去了，许多生命也虚耗了，可好像很多问题并没有很好地得到解决。而也许能去参与解决（历史上也曾经积极介入过）的知识分子"我"对于这些人的生命却又感到茫然，宏大的时空反过头来成为了衬托"我"内心世界的巨大布景。回到这篇文章开头谈到的"深渊"意象，我不禁想起卢卡奇在《小说理论》前言里嘲讽阿多诺的话，他说阿多诺已搬进一个"漂亮豪华、舒适的设备应有尽有、却处于深渊边缘、行将陷入空虚和无意义的饭店。而在享用惬意膳食或艺术节目之间，每日都目睹着深渊，这只会提高对这种美妙、舒适生活享受的喜悦。"这个话当然说得极度刻薄，阿多诺显然不是这种失去了批判性的理论家，我也无意将这段讽刺机械地套用到王咸的叙事主体身上（作者和叙事者之间的身份更不应该被粗暴地对应)，可对于我们理解面对着深渊的人物（也包括我们自己）的生活态度和行动方式，它或许依然是一个并不过时，也值得我们加以反思的提醒。

虚实之间：王咸小说的"非虚构"感

冯允鹏

在当下，"非虚构"是一种与"虚构"相较而言相互相生的叙事风格。关于当代文学中的"非虚构"倾向，有研究者认为，至90年代末，相较于传统虚构小说，日益受到读者的关注的"非虚构"文学作品，主要是通过作家把自身真实经历写进作品，并明确表示此乃"我"的真实的故事，或是以"记录员"的身份，将他人的真实经历以"口述"方式如实写出，甚至其中还有历史中的原始文本的直接展示，如日记、书信及其他有关资料等。因此他把当时的非虚构文学分为三类：亲历性非虚构叙事、口述实录体非虚构叙事以及具有鲜明"文献"色彩的"历史文体"叙事[1]。

近年来"非虚构写作"在中国的兴起其实并不难理解。从学科层面上看，目前人类学、历史学、社会学与文化批评等社会科学学科都在以一种新闻报道式的方式进行学术论述，并诞生了"口述史""质性访谈""田野调查"等一些系列的细分学科方法论。正如《写文化》（Writing Culture）一书所言："来源于日常生活的细腻观察和叙事，其他无名对象的声音中的证据——亦即民族志的基础材料，代替了对社会与文化的宏大理论或出于空想的叙事而成为主流。"[2]因此自成表述的客体又是自为的主体的文学本身而言，"非虚构"元素的广泛运用并为公众所接纳使得写作者能够进一步在传统虚构小说独特的自身结构中进行文学性实验上，通过对接现实生活的"真

---

[1] 徐成淼：《当前文学的"非虚构"倾向》，《贵州大学学报》（社会科学版），1999(5):74-77。
[2] 克利福德、马库斯：《写文化》，北京：商务印书馆，2006年，第6页。

实性"激发起更多读者的阅读冲动与兴趣，并促使着人们去对它进行持续而深入的讨论与诠释。

而通读王咸的小说，我认为他最突出的文学质感正是这种"非虚构"。作为编辑出身的他或许是出于职业习惯的缘故，读他的文字总感到一种其他写作者少有的干净与克制。在他小说的字里行间中，各个角色都被如王咸捏泥偶的匠人一般准确地再呈现出来，带着一种"非虚构"的色彩，从这些人物身上我们很难看到那些经典文本中的经典人物的典型性或共通性。换言之，无论是从《去海拉尔》中的李朝还是《盲道》中的小安，这些人物身上似乎都并不存在着哪种群体或集体的原型投射，读着王咸笔下"我"与他们之间的故事，我们仿佛看到的就是关于"那一个人"真切的生命故事，置身处地地参与到这些小角色的生命轨迹当中，让人觉得这一切真实得似乎有点虚假，都又怀疑过后又不免让人确信这似乎就是生活本身。

关于王咸小说的"非虚构"，这里需要与"非虚构写作"作出一点区分。我并不认为王咸的这几部作品是"非虚构写作"或是"非虚构小说"，因为它的作品确实葆有了传统意义的虚构小说的特质，因此"非虚构"感的说法其实是更倾向于将小说中的现实性与真实感理解为王咸的一种文字特性或特色，而并非将其归入当下流行的"非虚构写作"当中一概而论。其实，就思想的深度、艺术的精到等方面来说，"非虚构"在当下远不成熟，这在王咸的小说里可能也表现得比较明显：众多看着无谓的闲笔和絮叨，甚至在主要人物以外关于次要人物看似有点过度的刻画（譬如《盲道》中的小安与老政、《邻居》中的郭大哥与老马），总让人看不清楚人物之间的关系。但正是因为这种"非虚构"，我想这些"非虚构"的人物也是不得不写，因为从王咸自身的创作动力来看，这是源于真实的表达欲望和记录诉求，而不是出于特定的"作家"身份所进行的形象塑造，或许正是如此，在成就了其独特的文学质感与风格。

应当说，王咸文字中的这种"非虚构"感是恰如其分的。因为"非虚构"写作借助新闻式的素材和人类学深描的方式，很容易便在一种"口白"般的讲述之中陷于过度抒情而导致文本的内在结构松散，进而变成某种抒情性散文。这也从侧面上说明了这种新闻化、人文化的描述方式与传统的"文学"文类间有着明显的紧张感，而一旦文本结构越来越松散，分析力减弱，而内在结构的松散，使得它易于被主流意识形态的叙事所选择和编织，它所被寄望的介入性和自主性便都无从谈起[1]。但另一方面，如《行路中国》《江城》，以及《中国在梁庄》这种带有新闻报道、社会观察意味的"非虚构"写作，由于植根于当下中国变化与矛盾最为剧烈的乡村，因此都获得一种正当性，在广泛意义上得到大众的关注和影响。应当说，近年来中国主流大众或者我们这一代人，对于乡村的许多观感，其实都难以离开这种"非虚构"，因此我们当下谈"非虚构"我们就很容易想到了"梁庄"、想到了"返乡"。但从写作本身，我认为"非虚构"一种文学元素，其背后应该有一种更深层次的指向。

就我个人而言，对于这波自 2010 年以来兴起的中国乡村非虚构写作，又或者我们上溯到上世纪类似晏阳初的定县实验，这种以文学或是学术或是身体力行切入到乡村建设之中的浪潮，都和一种提法颇为相似："小资"的"底层"化。"所谓'底层化'，是指受过高等教育、更认同精英阶层及其文化的群体，在社会分工结构中越

---

[1] 刘卓:《"非虚构"写作的特征及局限》,《文艺理论与批评》,2018(01):113-120。

来越与'工蜂''蚁族'等群体趋同。这仍与城乡二元对立的结构有关，这个结构需要并不断制造内在的不平等和区隔。这些通过高等教育进城的人们，对自我与社会、目前城市身份与原先农村身份关系的认识，使得他们的思想处于矛盾和撕裂之中。"[1]因此关注底层生活的"非虚构"写作在展示苦难和悲悯情感方面带有底层叙事的影子，但这种底层叙事往往又因作家立场的错位和作品的虚构性而产生出了诸如情感匮乏和刻意制造生活困境等问题。

因此，如果我们从传统知识分子以"非虚构"写作城乡二元关系的视角来重新审视王咸的小说，应当说王咸可能比当前比那些"乡愁""返乡体"的非虚构写作者可能更进了一步，文章的关怀不仅只是到"乡村的民间中"去，而是关注到了更多场域之中的不同个体的命运。这一方面或许确实要归功于上海的"世界主义"，但另一方面或许也是出于作者对于乡村式写作的自观与反思，使得书中"我"的那种对于小人物或者弱势群体的"他者的凝视"并未陷入一种悲天悯人的状态之中，这种状态应该说是颇为难能可贵的。

因此回到王咸的写作本身，与其他作家相比，王咸的人物塑造应当说带有更明显的真实感和现实感，这或许得益于他资深编辑的身份，得以阅文亦阅人无数。我们可以看到王咸在我们面对日常生活的视角变得钝化之时，以某种冷静的中间人（in-between）的身份，在"自我"与"他者"的身份之中游走，试图回归到个体的生存细节之中，在那些遥远的岁月片段里面，呈现出时代巨轮下卑微个体的成长印迹，并以那种细碎而又平淡的笔触，企图排解多年来内心深处郁结的纠结和困惑。尽管在各个人物的故事里，"我"的

---

[1] 李云雷：《新小资的"底层化"与文化领导权问题》，《南方文坛》，2013(1):39-41。

举动或是反应有时不免让人感到抢戏，这或许是王咸在施展其"闲笔"时不经意间遗下的"赘笔"，但很快焦点有重新回到了这些人物身上，继续展开关于他们生命故事的讲述。

一代人有一代人对自己的岁月以及社会的表述，王咸以他克制而略带隐忍的笔触精到地记录与描绘下了一些时代小人物在朝向时代洪流时的表情与反应，再藉由"我"之口向读者娓娓道来，这样的写作突破了宏大叙事和精英话语对于历史中某一主要群体甚至典型人物的关注，转而向世人展现出历史的微光下小人物的日常生活和精神世界，而通过这些小人物的故事，从中不难看出置身于时代洪流中人类个体的我们，实际是多么的渺小、无力与不确定。

从错觉到去标签化

陶可欣

王咸的小说有着独特的风格，《去海拉尔》中描绘的人物，无论是诗人李朝，"盲道"小安，门房老政还是身患癌症的邻居郭大哥，几乎全都很难用三言两语说清楚。作者似乎在刻意寻求这种效果，展现出一种去标签化或者去身份化的倾向。这里我主要谈的是《去海拉尔》与《盲道》这两篇小说。

在《去海拉尔》的开头一段，作者描绘了一个场景，他一开始以为是有一只黑猫在扑凌霄花，凌霄花落了一地，但事实上走近了看，却发现根本没有凌霄花，是一辆酒红色的轿车撞了那只黑猫，地上的"落花"是猫的血迹。

这个场景可以有很多重解答，我认为其中一种解答就是，作者想要给读者传递一个信息，那就是生活中充满了错觉，人们认为自己得到了真相，但实际上他们只是获得了自己想要得到的那个"真相"，根本不是事物的本来面目。普通人看到的、感受到的东西，是他们站在自己的角度接收到的，他们按照自己的生活经验去处理这些信息，使用一些先在的概念去解释身边发生的一切，但是一旦深入地去了解，就会发现先前得出的结论可能只是一种错觉。这种错觉往往是很顽固的，因为人们总是习惯相信自己愿意相信的事物。

作者在《去海拉尔》和《盲道》这两篇小说中所做的工作之一，就是用自己的方式试图去冲破日常生活中的错觉。（也许用"幻觉"这个词更好？）他的着力点在于人物，可以说他是通过一种去标签化或是去身份化的方式去冲击普通人的思维惯性，也可以说是通过采取一种"深入了解"的姿态去为人们理解这些人物提供一些新的视角。

《去海拉尔》中的主角是诗人李朝，《盲道》中的主角是"盲道"小安。在文中的"我"与两人相遇之前，这两个人物由两个"介绍者"引出，诗人由酷爱李朝诗歌的诗社同学引出，小安则由门房老政引见。

先说李朝。"我"对李朝的认识首先是从他的诗歌开始的：

> 李朝的诗则让人觉得玄奥，每个字都认识，词也是我们熟悉的词，但是被诗人组织在一起，却让人如坠迷宫，看不到爱，也看不到恨，或者愤怒什么的，只隐约感受到一种诡丽之美，字是汉字，但是诗却出离了汉语的意蕴。

这种"玄奥"的诗风引起了诗社同学的强烈崇拜，但当同学第一次见到李朝，得到的印象却是这两个，第一是他沉默寡言，第二是他一点都不像上海人。同学将他的经验转述给我,让"我"觉得李朝一定是个长得很清癯的诗人。可以说"我"在见到李朝之前,是通过两重"介质"认识他的,一重是他的诗歌,另一重是同学的转述。结果等到真见到了本人,才发现李朝长得像乡村体育老师,大块头而且凶悍。无论是同学还是"我",见到了李朝都有种认错了人的感觉,也许长期以来在人们心目中的"诗人",都是浪漫、清瘦、书生气的样子,就像鲁迅说的,秋天薄暮,吐半口血,扶着侍儿看秋海棠。这是人们(媒体的影响功不可没)安放在"诗人"这个概念下的标签,这也是人们理解与自身有相对距离的他人的一种方式。这种方式本身无可厚非,但当一种特质被反复强调时,有许多别的可能性就容易被忽略,我们以这种方式获取到的他人的形象,也许只是一种顽固的错觉。

当《去海拉尔》中"我"与李朝真正见面,成为朋友,开怀畅谈的时候,呈现在"我"和读者面前的其实是一个丰富得多的人,他见什么人说什么话,有时油滑有时浪漫有时孩子气,甚至想要去养猪。这时候"我"的反应很奇怪,了解他,成为他的朋友,这使"我"反而觉得理解他的诗歌越来越困难了。当"我"摆脱了原先的错觉,迎来一小部分真实的世界的时候,那个"真实的世界"也许是很难被理解的,甚至有可能依然是一重新的错觉。李朝在我面前讲的故事,表现出的他的自我很可能有很大的表演成分,那个"真实"的李朝像他的 msn 签名"寻隐者遇"一样,依旧是"云深不知处"。包括那只猫,当"我"回到凌霄花下面的时候,血迹已经被雨水冲走了,如果有第三个人来看,他不会知道这里发生了什么,他更不会知道"我"下午产生的错觉,他只会知道这里一切如常,那只猫的生和死都被隐匿了。那个一切如常的"常"下面,很可能隐藏着一个有着无限可能的世界。

再说小安。我在读《盲道》的时候，总感觉它和《去海拉尔》有种隐隐的联系，看了又看，发现这联系或许是《寻隐者遇》这首诗。在《盲道》的最后，这首出现在《去海拉尔》中李朝 msn 签名上的诗再次出现：

> 有一次，又要捣鼓这枚假币的时候，她突然说："这怎么有点像一句古诗啊？"

> "什么古诗？"

> "只在此山中，云深不知处。"

把小安和李朝这两个人放在一起，实在找不出太多共同点，李朝是个成名的诗人，虽然名气不太大，但活得总算潇洒。小安则是个爱好文学的云南青年，他没有学历，在"我"看来文学素养也很一般，没有什么谋生技能，更没有社会经验，脸皮不薄，在"我"家一住就是好久，最后临走还要问我借钱。除了爱搞文学创作，这两个人物相似的地方也许只有让"我"看不透这一点了，他们俩是"隐者"，故事中的"我"是那个"寻隐者"的人，寻了半天，还是云遮雾罩，糊里糊涂。

小安是个"怪人"，他是一个不在乎身份的人，找不到工作，他也不太着急，活得全无人间烟火气的样子，唯一的信念是成为作家。《盲道》中出现的所有人，老政、"我"和妻子都很为他着急，拼命为他规划未来的人生，门房老政是出人情，"我"和妻子真是费心又费力，所有人都认为他要认清现实，没有学历，在现代社会几乎不可能成为作家，他应该老老实实地做个农民或者当个小工。但是小安始终我行我素，而且在故事的最后居然还能云游四海，初步实现他的文学理想（参加了云南书会），过得不错。故事中与小安形成鲜明对比的人是"我"单位的门房老政，老政是从新疆插队落户几十年又返沪的，他人生的最高目标就是获得一个合法的身份，那就是他的上海户口，为此不惜与警察发生矛盾，甚至会去冒险静坐示威，最后也因此丢失了他引以为豪的门房工作。

还是先从小安说起，故事的题目叫"盲道"，这是老政安放在小安身上的第一个身份，那是单身汉的意思，可以说从一开始，小安周围的人就试图使用一些标签或是身份来认识他，但是无一例外，都失败了。小安不断拒绝"我们"安放在他身上的那些标签和我们为他设想的生活模式，他像是生活一连串常数中跳出来的一个异数，因为无法定义，或者说拒绝按照其他人给他的定义生活，所以我们无法理解他，他也无法理解我们。

老政在某种程度上做的是和小安一样的事，只不过他是反其道而行之，是通过获得一种合法的身份的方式来拒绝自己原先的身份。他的目标与小安一样明确，要取得自己的上海户口。他不断强调自己是个上海人，他强调自己曾经是个连长，他把单位大院作为自己的"领地"，这些行为何尝不是在拒绝那些"新疆人"和"门房"的身份标签呢？相比于小安，老政是更自觉地接受定义的那一种人，但是这种标签和定义是否能涵括他的生活呢？也许并不能。"我"对于老政的理解也许并不比对小安的理解更多，尽管如此，文中的"我"还是试图去接受并承认他们的生活的尊严。

卡尔维诺在《新千年文学备忘录》中在谈到"精确"这一文学属性时，最后写道："尚有一些人，他们把使用文学视作孜孜不倦地探索事物，不是要接近事物的实质，而是要接近事物的无限多样性，触摸事物那永不会枯竭的多种多样的表面。"[1]

就王咸的这两篇小说来说，无论是冲破错觉还是去除标签，他也许就是在做这样的努力，虽然那些人物或多或少"云深不知处"，但他仍旧通过一双有限的眼睛去探索并发现他们身上无穷无尽的可能性。

---

[1] 伊塔洛·卡尔维诺著，黄灿然译：《新千年文学备忘录》，译林出版社，2009年3月，第77页。

石一枫《借命而生》：
于时代错位之中让理想重生

一场关于理想的浪漫追捕

吴天舟

石一枫选择的创作形式同其写作立场间存在着一定的张力。表面上看，《借命而生》[1]仿佛是一个通俗故事，悬念跌宕，阅读快感强，在一则访谈里，石一枫也自觉地认可王朔的晓畅口语对己"影响巨大"[2]，这些特征似乎都在将《借命而生》同我们俗常理解的严肃作品拉开距离。然而，在我看来，这些叙事表现终究只是包裹在作品外部的壳，《借命而生》的内在气质仍然是知识分子式的。由此，我们或许反倒得以相对公允地看待作品里那些符号化的想象和细节上的失真，它们是从知识分子的视角出发对于现实开展抽象时的副产品，是由写作主体与架构小说的方法论共同决定的。这些短板无疑会对作品产生消极影响，可却不应被简单归因为技术层面的

---

[1] 石一枫：《借命而生》，北京：人民文学出版社，2018年。本文对于《借命而生》的引用俱出自该版，以下不再另注，仅在括号内标示相关页码。

[2] 石一枫、木子吉：《作家对现实生活不感兴趣，那就是失职》，《北京青年报》天天副刊B5版，2018年5月8日。

失败，相反，它们本身即构成了小说所欲图表达的主题的有机组分。我将《借命而生》的核心主题界定为理想。这些空洞的存在显示了站在知识分子立场上的石一枫所想要借由文学追逐的理想的乌托邦性，而此乌托邦性又不仅属于作家个人，它亦同时是历史的难题。

不过，在分析理想的失败前，我们还是应首先追问，《借命而生》试图建筑的理想的内容究竟是什么？岳雯将其追溯为1980年代的精神[1]，这当然是合理之辞。只是，正如小说名"借命而生"所暗示的，这份理想的层次或能被读解得更为多元。所谓"借命而生"，即是指若想要以一个人的方式生活（而不仅仅是生存），一条性命已然力所不逮，必须要借由好几条性命的不断累续方才可能。与此相应，在这一条条累续起来的性命中，石一枫寄托的理想也是复数的。小说的主要角色有杜湘东、姚斌彬和许文革三人，将这三条性命并置合参，我们得以拼叠出《借命而生》中理想的基本轮廓。其中，诚如岳雯所洞见的，石一枫有意识地将杜湘东设置为了"80年代之子"。无论是将其人生从"1985年警校毕业以后"（p1）写起，还是在其恋爱过程里不断泛起"张瑜的发型""吉永小百合的侧脸""席慕蓉的诗与三毛的散文"（p6）等80年代的流行标签，石一枫都在强化着这样的印象，那个年代的明媚以及其被新的时代超越后的失落感裹挟了杜湘东的精神生命。当然，确切地说，杜湘东的精神生命是被石一枫的创作意图与创作方法给人为截留在80年代的。然而，对于姚、许二人，小说却提供了单凭80年代这一范畴所无法充分穷尽的复杂性，尤其是其中涉及工厂情结的部分，引入一些对于

---

[1] 见岳雯：《"那条漆黑的路走到了头"：读石一枫〈借命而生〉》，《扬子江评论》，2018年第2期。下文中对于岳雯观点的引用俱出自该文，以下不再另注。

社会主义时代理想的想象能力恐怕是必要的。

先看姚斌彬。姚斌彬尽管伴随80年代的结束早早从故事中退场，但他却以一个幽灵的姿态始终游荡于杜湘东和许文革的生命轨迹，可以说，姚斌彬代表着小说的超越性向度。而对杜、许二人而言，姚斌彬又根据他们所见所感到的不同真实呈现出了不尽相同的意义。就许文革论，姚斌彬是他的头脑，是姚斌彬位居时代前沿的思想意识引领着他在改革开放后"新的世道"建立起一种"新的活法"（p239），如岳雯所述，其中的价值观浸透着80年代以来对于"个人的确信"。但另一方面，姚斌彬所凭靠的乃是自身以双手实现的劳动。岳雯注意到了其中由"社会主义中国所赋予的神圣的光泽"，不过她的论述重心偏重于80年代对于此种光泽的改写，即技术与技术带来的自我实现。然而，在"社会主义中国"（其实用社会主义理想来概括更为适切），劳动并不仅仅意味着对于人之主动性的释放，它自身便意味着道德与审美。而这种道德性与审美性，顺沿80年代以降价值观的变异，渐渐地在艺术的领域受到压抑，工厂与工业劳动作为表现对象被愈发负面化，甚至不可见化。在个人主义话语主导的叙事中，姚斌彬们多会如后来的许文革一般经历个人际遇的改天换地，却很少会像石一枫一样突出其为了"摆弄机械"连考大学都不顾，进入厂子后更废寝忘食，建立起摆满五花八门物件的秘密车间的面向。然而，这个由"游标卡尺、焊枪""形形色色的家伙什儿"以及"琳琅满目的工业产品"（p89）所打造的空间其实不单闪烁着美感，从中更可完整地窥见一个人的生命信息。对姚斌彬而言，劳动不是自我实现的外在手段，其本身便足以构成目的。不能忘记，姚、许盗窃案，所图之物远非金钱，而是"为了研究它""把发动机里面的构造搞明白"（p238）。甚至，直到赴死，姚斌彬都在以一种"超然物外地专注"（p103）忙碌于把捆绑自己的麻绳绑好，仿佛那个阿Q努力画圆的生命之圈。彻底抛离工厂、工人精神与社会主义文化背景，我们便很难领会姚斌彬那股对于手感、物与细节深入骨髓的"瘾"（p240）。

　　杜湘东的回忆则提供了姚斌彬的另一幅脸孔——自我牺牲，另一种典型的社会主义道德行为。需要注意的是，这里的自我牺牲不应被理解为简单的舍己为人，它还同一份宏大的理想血脉相连。如杜湘东所言，"姚斌彬把逃走的机会让给了许文革，他要让许文革……替他完成他想干而干不成的所有事。"（p264）故而，这份理想的内涵与气象唯有结合许文革的后半生方可照见。于是，我们便不难理解许文革这一人物在形象上的"断裂"。敏锐的读者或会察觉，《借命而生》中似乎存在两个不同的许文革，一个孔武有余头脑不足，另一个却智识过人勇谋兼备，一个思想简单沉默寡言，另一个却胸怀大志善于表达，甚至还具备了不凡的领袖气质。许文革何以在越狱之后完成如此惊人的进化？这固然与他在90年代的乱世间摸爬滚打的磨砺相关，但倘若我们比较两个许文革的区别便会发现，许文革所多出的禀赋完全是从姚斌彬那里"借"过来的。换言之，石一枫尽管让姚斌彬自我牺牲，但却让其精神以寄宿于许文革肉身的方式获得复活，杜湘东所苦苦追捕的许文革，其实早已同时是姚斌彬了，而这个融合了姚、许二人所长的新许文革将承担起把理想付诸现实的重任。小说尾部，许文革带着杜湘东来到了一切故事发生的原点——六机厂：

　　　　都是几十年前的建筑，灰砖砌成，四四方方的像若干密不透风的盒子，外墙上刷的标语也不是时下流行的"向时间要效益"，而是当年的"团结起来，振兴中华"。……许文革……开始带领杜湘东在那些灰盒子之间穿行。经过一个地方他说："这是热加工区。"经过一个地方他又说："这是动力区。"……进行这些介绍时，许文革旁若无人地走在杜湘东身前。他挥舞着手臂，步伐变得轻快，连伛偻的身板都挺直了起来。从这人身上，杜湘东突然感到了一派天真，那感觉就像一个孩子正在向他炫耀什么复杂的玩具。这是一个他从未见过的许文革，和那个强悍的、决然的、满身戾气的、处心积虑的许文革判若两人。……许文革又说了句"这儿以前是铸造车间"……杜湘东随即反应过来，姚斌彬生前就在铸件车间工作……咔然一响，呈现的是一副亮眼的景象：车间内部已经被粉刷干净，连头顶都换成了这两年才普及的高压氙气灯；地面上铺展着一条杜湘东看也看不明白的机械生产线，在灯下静默地反着光。(p232-234)

这是《借命而生》最为震撼的片段之一，却又是颇为暧昧的。我们容易像杜湘东一样，将此场面视作许文革自我肯定的展演——一个资本家终于攀上了自身事业的巅峰，他"纵横捭阖挥斥方遒"(p234)，忘我地发表着下一步的挣钱计划。不过，此种理解方式却无从统驭许文革所坦露出的那派天真，以及他对于姚斌彬生前劳作过的空间的那份强烈执著。追随许文革的脚步，我们抵达了凝聚着姚、许二人青春记忆的秘密车间，在曾是赃物的皇冠车的嗡鸣里，许文革如数家珍般地念叨起这台亲手修好的车的机械参数——"1985年出厂，六缸发动机，二点八排量，四挡自动变速箱，四轮独立悬挂，电动车窗，前后立体声喇叭……"(p237)。此刻，我们才终于和杜湘东一齐恍然，原来资本家许文革从未切割掉自身的工人属性和劳动欲望，其根本目标也绝非源源不断地积累资本，"他想干的只不过是开工厂"（p256）。六机厂是其梦想的原点亦是终点，这是一个加强版的维修车间，许文革用近二十年的奋斗，追求着在更大范围内再现和升华当初那份劳动与创造的快乐。需要强调，对许文革而言，工厂不只拥有物与私人层面的意义（这是个人主义逻辑所同样包含的内容），它更指向人与群体的层面——"他是从厂子里出来的，他知道那些按照军工标准培训出来的工人才是最宝贵的资源……只要以前的工人还在，他就坚信自己能让这家工厂起死回生……"（p234）——换言之，许文革的理想是整体性的，它既是自我肯定，同时也是互助的胜利，它潜在地召唤着一种工厂共同体的组织形式，这是对此曾一度荣耀，又逐步沦为废墟与贫民窟的历史实体之政治使命的全面复兴。至此，《借命而生》的理想终于叠放完成，通过从姚斌彬到许文革的"借命"，一整套从社会主义时代孕育出的价值体系被递交在读者面前：与人本需求相一致的劳动、成就他者的奉献精神、以共同体为媒介的连带感……怀带着对于这些要素的共情去审视许文革发动工运仍无力保护工厂，最终决意在皇冠车内自杀的行为，它便不仅包罗了岳雯所指出的产业资本溃败于金融资本这一重意涵，而是同时是一次复生社会主义精神遗产的战斗的壮烈落幕，后者真正撑起了许文革这一形象身上英雄主义气概的厚重。

然而，不可回避的是，这条成就理想的道路上遍布了太多的巧合、空疏与矛盾。譬如作为故事关键转折的矿山追捕。杜湘东距成功仅一步之遥，却眼睁睁地看着许文革利用一场矿难从自己跟前逃之夭夭。这场矿难又是隐喻性的，它一方面暴露出新时代资本主义生产方式"人吃人"的丑恶，另一方面又通过许文革出奔的老矿隐隐地昭示着社会主义制度的优越——"老矿是国家修的，那时又刚发生过唐山大地震，因而建筑质量绝对超标完成，新矿塌了老矿也不会塌。"（p156）在此有意设置的二元对立里，社会主义体制的光辉宛若加持着许文革的神迹，小说的写实性也从而被石一枫的浪漫主义情怀所压倒。对于许文革发家史的刻画也同样值得推敲，石一枫当然未尝规避个中的灰色成分，但由杜湘东警校同学的调查报告所拼凑出的许文革却透露出一股不必深究也不可深究的氛围——"有恶必惩那是理想状态，用这个标准要求谁，谁都没法儿活"（p217）。相较于许文革亲自道出心路时的浓墨重彩，这番修辞确实有意识地遮蔽并合理化了许文革发迹过程里那些黑暗的面影。杜湘东接受不了这样的答案，可一旦他被许文革的理想之光所照射，他便在心里"替许文革结了案"（p242），许文革固然有罪，但我们应该做的却是像杜湘东一样——"和往事干杯"（p243）。然而，往事恰恰是不能干杯的。毕竟，倘若我们对于罪恶换来的生产力视而不见，那又何来造就了日后许文革高尚人格的基础呢？但如果我们为了生产力就豁免罪恶，那么一个知识分子的批判立场又该如何维系？石一枫无力解套这个两难之局，他既承认资本主义的力量，又不甘抛却对社会主义时代那些美好部分的挚情。于是，所能做的唯有在叙事上以身犯险，而相应的代价则是小说写实性的进一步丧失。仔细想来，许文革的六机厂其实洋溢着一股怪诞的违和感，一面是苏联式的建筑和毛时代的标语，另一面却是背后南方股东看不见的手，它俨然一个社会主义时代的北方国营大厂与改革开放以来的南方资本的后现代拼贴。而那辆皇冠车也同样启人疑窦。当许文革报出一连串的机械参数时，我们的确看到了一个优秀工人的骄傲，可我们不能忘记，"当年能坐上这种车的，最起码也是个司局级干部"（p237），在社会主义体制下，干部与工人的身份间几乎存在着不可逾越的鸿沟，工人水平面上的平等背后，是干部在垂直方向上的绝对特权。许文革将皇冠车视为自己一生的根柢，这便使得其认同糅工人与干部这两个的异质组分于一身，如果我们片面地突出前者的正面价值而忽视后者所折射出的社会主义体制内部的差序结构，那么其结果甚至将可能走向理想的反面。

在我看来，《借命而生》是这样一部作品：石一枫敏锐地把握到了几十年来的诸种社会不义，为了探求超克这些不义的资源，他站在知识分子的立场上，遴选性地激活了社会主义时代的思想遗产，并希望将其同80年代的理想精神和改革开放巨大的经济实绩相调和。可这一努力的结果却如夸父逐日，石一枫无力以现实主义的笔法贯彻自身预设的目标，《借命而生》最终也沦为了一出浪漫主义的神话。在此意义上，杜湘东和姚、许二人的关系可以视作整部作品的缩影。这一关系又是双重的。首先，他们是警察与罪犯，这一道德上的高低也影射了80年代之于社会主义时期一度占据的审判地位。可伴同杜湘东的追捕之旅，审判的关系却逐渐为移情所替代，姚斌彬的自我牺牲沉淀为杜湘东心底一个难以释怀的结。杜湘东不愿承认姚斌彬的道德高度，正如改革开放时期对于想象社会主义记忆的拒绝。但石一枫最终还是让杜湘东选择原谅，他与许文革和解，也让理想主义向社会主义遗产敞开了胸襟。不过，杜、许二人的和解还拥有另外一层意味，这是失败者与成功者的和解。石一枫放过了这一层面的深究，他转而将许文革塑造为悲剧英雄，一个集社会主义的情怀与改革开放的能力于一身去抗衡跨国资本和腐败的国家权力之联合这一绝对之恶的失败者。这样的处理错失了将改革开放与社会主义时期同时对象化的契机，也让小说的结尾流于苍白。对比奥运会场上实打实的烟花，杜湘东"多年的憋闷也在此时一扫而空"

(p265)的自我劝慰充满着知识分子式的自怜。想起《寒夜》结尾抗战胜利下汪文宣的死亡,不得不说,石一枫的批判锋芒相较于其文学前辈仍逊色得多。尽管如此,我依然敬佩于石一枫正面迎击理想这一主题时所展露出的勇气,《借命而生》与其说是呈示了一位出生于后社会主义时代却又不失历史同情心的知识分子重扬理想风帆时的挫折,倒不如说是见证了这一思想课题本身的艰困,毕竟,它乃是中国革命与现代化进程的历史所遗留下的最诱惑也最为危险的挑战。只是,我希望在此强调,当我们试图借由回忆想象理想时,还有其他重要的工作有待完成。重申马克思的提醒恐怕是有益的,"社会革命不能从过去,而只能从未来汲取自己的诗情。它在破除一切对过去的迷信以前,是不能开始实现自己的任务的。从前的革命需要回忆过去的世界历史事件,为的是向自己隐瞒自己的内容。……无产阶级革命……则经常自己批判自己,往往在前进中停下脚步,返回到仿佛已经完成的事情上去,以便重新开始把这些事情再做一遍;它十分无情地嘲笑自己的初次行动的不彻底性、弱点和拙劣……"[1]

"憋闷"的欲望无处安放

陶可欣

换一种视角看石一枫的《借命而生》,可以把它看作是男主角杜湘东一个人的故事。

---

[1] 马克思:《路易·波拿巴的雾月十八日》,《马克思恩格斯全集》第11卷,北京:人民出版社,1995年,第134-135页。

之所以这么说，并不是要取消姚斌彬、许文革、刘芬芳等角色在小说中的意义，而是为了提醒读者，没有必要仅仅将这部小说当作一个"现实主义"或者说具有强烈"现实感"的作品看待。尽管作者石一枫曾经在访谈中强调"决定小说面貌的一定不是技术，而是作家对生活的理解"，似乎为这部小说打上了"生活""现实"之类的印记，但这并不影响读者从另一个层面切入文本，剖析其中丰富的意义空间。暂时抛开对80年代和这部小说的先入之见，《借命而生》或许可以解读为属于杜湘东一个人的故事，小说中其他形形色色的人物都带有他的一部分人格的投射，换句话说，为了使杜湘东这个人物完成自我的塑造，小说牺牲了其他人物的一部分主体性。如果采用这种解读方法，部分小说中出现的问题便可以得到解决。

缠绕着警察杜湘东一生的关键词是"憋闷"。一开始，作者笔下的杜湘东就给人一种"屈才"的印象，他在警校的考核成绩很好，擒拿格斗在省里比赛拿过名次，百米跑进过十二秒，却被分配到了北京郊区的一个看守所，显然是"大材小用"。但"憋闷"的原因显然不止于此，问题恐怕更多地源于他的内心。小说中提到杜湘东的理想，直言杜湘东当年对于警察生活的想象，"是立功，是破案，是风霜雪雨搏激流和少年壮志不言愁"，他自己当然也知道那是一种"不切实际的浪漫"，但是现实让他觉得窝囊。窝囊是明面上的，偶尔心里不痛快，也很快适应了。小说中杜湘东参加同学聚会，回来以后觉得自己没什么朋友，有点儿悲哀，"但再一想，什么日子不是过，如果总是这样，人简单着，嘴新鲜着，心寂寞着，那其实也挺好。"为了不让自己"不痛快"，他索性淡了与老朋友的联系，也不准备交什么新朋友，在一个熟悉的小空间中自得其乐。

窝囊升级为"憋闷"，是因为杜湘东的生活起了波澜，他爱上了冷库管理员刘芬芳。在杜湘东看来，刘芬芳是个很讲究精神生活的人，有着杜湘东眼中的"80年代"的感觉，这让杜湘东感受到十分"贴心"，这也是他们相爱的原因。似乎是刘芬芳对于城里的"精神生活"的向往激发了杜湘东调动职位的想法，当这一想法遭受到所长轻描淡写的反驳之后，他才开始了旷日持久且始终不息的"憋闷"，与此同时，故事中的另外两位主要角色姚斌彬和许文革正式出场。值得注意的是，杜湘东"憋闷"的原因并不是得不到调动本身，而是周围人的反应，不仅有真实的反应，比如老吴的嘲笑，更重要的是他想象中别人的反应。在调动请求被反驳后回去的路上，他开始揣摩所长的意思："话分两截，上半截的意思是，三年之约过后还有一个三年之约，这次的约定能否兑现，取决于是否有个像杜湘东一样傻的大学生过来顶缺。而后半截的意思简直让他感到侮辱：难道他的调动申请被所长解读成要职称、要待遇了吗？这么想着，他的脸就铁青了，他的脖子却涨得通红。"相似的描写还有："当晚在食堂吃饭时，杜湘东只觉得脸上发烧。他感到人人都在看他，还猜测人人都在议论他想走而又没走成的事儿。老吴那张臭嘴肯定闲不住，也许在同事们中间，他已经被说成了一个心比天高但却才大志疏的家伙——不光如此，还拿犯人撒气。这么一想，刚才的那记耳光仿佛抽在了自己脸上。"

杜湘东想象中的别人的反应，验证了一部分他自己的心理状态。杜湘东是有欲望的，他求名，求利，求色，他的欲望不比任何普通人少，甚至因为他的健壮的体格和好强的天性强于普通人，但他从来不肯承认自己的欲望，总是用各种各样的"80年代"的精神将之包装起来，压制下去，使他在自己的世界中成为一个"好"人。一旦别人有意无意地戳穿了他的伪装，或者他的欲望通过他想象中别人的反应呈现到他的意识层面,他就会显得无比紧张与焦虑,似乎感觉到人格受到了侮辱。与其说杜湘东的"憋闷"是因为理想与现实的差距,不如说是因为潜在的强烈欲望得不到承认和释放而产生的恐慌。

在这种"憋闷"情绪的影响下,杜湘东遇到了姚斌彬和许文革,这就使得接下来整个故事的真实性和"现实感"大打折扣。刚认识这两个犯人不久,文件上罪证确凿,但是杜湘东却凭借与这两个犯人的简单接触判断出他们两人身上没有犯罪的"味儿",这显然具有很强的主观性。姚斌彬对于母亲的挂念唤起了杜湘东对于自己母亲的愧疚,许文革对姚斌彬的兄弟情谊和他表现出的对杜湘东的信任都使他深受感动,再加上他自己的郁郁不得志使他对于所谓的"上面"有着本能的反感,这一系列因素使杜湘东几乎在一开始就为两人"脱罪"了,并且在两人身上投射了自己的一部分理想人格。他甚至由自己的潜意识引领,"鬼使神差"地去了一趟案发地点六机厂,试图寻找并且最终也找到了自己满意的解答,两人在道德上是"无懈可击"的,和杜湘东一样是个"好"人,甚至连许文革的感情生活也与他自己有着惊人的相似。可以试想一下,假如去掉了杜湘东的成分,虽然案件的真相不会改变,但姚斌彬和许文革两人的主体性很可能会产生质的变化,姚斌彬极有可能是个野心勃勃,为达目的不择手段的人,为母亲治病只是他拼命挣钱的一部分原因,而许文革,从他后面的表现来看,也绝不会像杜湘东眼中表现的那么简单鲁莽。

小说中的关键情节,即姚斌彬和许文革的逃跑,非常值得玩味。杜湘东在他们两人的逃跑前屡屡"破戒",第一次上班时喝酒,第一次迟到,第一次擅自离岗,第一次因为私人原因而玩忽职守,这些错误的起因似乎都是因为刘芬芳，但结果全都落实在姚、许两人身上，如果不是杜湘东的潜意识作祟，很难解释清楚其中的深层原因。姚、许两人的逃跑使得杜湘东的"憋闷"变本加厉，这件事变成了他的心结，他一方面始终不懈地想把许文革捉拿归案，另一方面却将姚斌彬和许文革共同的母亲看作自己的母亲一般去照顾。他一天天地"颓废"，外表邋遢，做事油滑，表面上看是向生活妥协了，但实际上他对欲望的压制愈发强烈。由于物质上的拮据，刘芬芳与他不和，在杜湘东看来，脱掉了80年代包装，显露了真实欲望的刘芬芳显得市侩庸俗，这让杜湘东十分排斥，从而使他成为了某种性无能。这种时候，他选择前往姚斌彬母亲家，在一个虚幻的母亲身上寻找精神认同。

小说情节最有争议的地方是杜湘东前往煤矿抓捕许文革，这段情节虽然描写得十分紧张刺激，但杜湘东作为一个在警校接受过系统训练的警察，旁边还有一个更加老练成熟的"大虾米"警察作为帮手，居然采用了在煤矿里大叫一声"姚斌彬"的做法来辨认许文革，直接就在矿道里展开了一场追逐比赛，这未免太戏剧化也太不合理了。但假如结合杜湘东之前的行为，这一"失误"或许可以理解为：虽然在意识层面上杜湘东立志抓住许文革以洗刷自己的耻辱，但他在潜意识层面上并不想抓住他。杜湘东将自己的一部分人格投射在许文革的身上，这一场警匪游戏一定程度上是杜湘东自己意识与潜意识之间的斗争。许文革以姚斌彬的死为代价，成功越狱，来到了外面的世界，不断奋斗，许文革做的事其实正是杜湘东自己想要去做却永远无法做到的事，从某种意义上来说，杜湘东才是那个含冤入狱的囚犯，他的笼子是由自己编织成的，可怕的是，哪怕他成功越狱，换了一份工作，他也很可能被再次"缉拿归案"，重新落入自己给自己造就的生活的罗网中。唯有借助许文革，杜湘东才可以在一定程度上直面欲望并承认欲望的合理性，因为许文革的欲望已被姚斌彬的死亡"净化"过了，具有了道德上的合法性。

在整篇小说之中，除了开头和结尾，许文革这个形象几乎没有正面的描绘，都是通过杜湘东这个介质来呈现的，这个人物的"现实感"很弱，这有助于塑造杜湘东这个相对复杂的形象。但这样一来，结尾杜湘东向许文革讲述姚斌彬的牺牲以及两人的和解就显得力度不足，甚至可以说是削弱了整篇小说的完整性。这或许是解读方法上的缺陷，使用精神分析的方法来解读这部小说，有它牵强的地方，但可以提供一种新的读法，一个新的视角，这就足够了。

时代接力，命命相续

陆羽琴

在诸多当代小说中，警察故事往往刻画的是在时代变局、物欲横流中坚守初心的人，工人故事则偏爱以改革开放后的工人下岗潮为重心，进而描绘一群被时代抛下的人、一群被大机器淘汰的螺丝钉。

《借命而生》却是对这两种故事类型的反动。小说的主角是警察杜湘东、工人许文革和姚斌彬，他们都是各自体系中的求变者：杜湘东在一潭死水的生活中挣扎，从一开始就试图调离看守所，其叙事基调很容易让人想起老舍的《离婚》。许文革、姚斌彬这一代青年工人，则是在变动前夕就敏感嗅到了风向，进而主动叛逃、以求变革的时代弄潮儿，这就不同于姚母这一代被牺牲的下岗工人，他们所试图走上的道路，与改革初期的所谓投机者、后来的资本家其实是一致的。

因此，与其说《借命而生》是一个关于理想的故事，不如说它是一个关于追逐的故事。被追逐的对象不是某种不变的理想，而是不断变动的时代。个体的目标不在于熔铸出一个集所有时代精华于一体的理想轨迹，而是要追上这个摧枯拉朽、一骑绝尘的时代。即使无法赶在前头，也至少不能被抛在后头，即姚斌彬所谓"世道变了，在新的世道里，人应该有种新活法，活得和以前不一样"[1]，为此"我们得先做好准备，变成有本事的人"。换而言之，其中正确的逻辑链是，因为世道更新，所以活法也要更新，无论其中孕育的新事物、新理想是什么，容纳它们的时代外壳才是风向标。

而所谓"借命而生"，就是在这场惨烈追逐战中用生命接力的过程。在庞大的时代洪流中，个体是无力且脆弱的，所以一条命不够用，一个人会走岔，只能用一条条命去接续和填补，以支撑和探求最终的可能出路。

许文革的一生，就是这样一条不断"借命"的道路。

其中最引人注目的一次"借命"，是姚斌彬以自我牺牲促成了他成功越狱。不同于传统侠义小说中的兄弟情谊、彼此成全，驱使姚斌彬作出这一决定的关键动力，与其说是道德感，不如说是使命感，他知道自己的右手已成残废、无法治愈，才决定把逃跑机会让给许文革。因为作为一个技术工人，他已经失去了在新时代中安身立命的唯一资本，生命的路径至此没有了更进一步的可能，其唯一的可能价值就是用来为手脚健全的许文革打掩护。

---

[1] 石一枫《借命而生》，北京：人民文学出版社，2018年，第239页。

事实上，姚在这里的牺牲本不是必要的，两人的原计划应该是分路逃亡、各求生机，并非二中只能活一的必选题，是姚斌彬主动从警察手中抢走了无用的枪，迫使杜湘东豁命追击，而非他和许文革分一支必须要被带走的枪。也即，是他主动把两人可能共活的不确定概率，强行扭转成自己必死、许文革必活的确定结局。

这就可以解释许文革这个人物在小说后期近乎诡异的断裂式成长，他直接继承了姚斌彬的全部意志和能力，所谓"这个许文革不仅包括了过去的许文革，而且包括了死去的姚斌彬，一生一死之力在他身上混合催化，衍生出了义无反顾的气概"。他是借姚斌彬的命活下去的，也就要做到姚斌彬已经不能做到、而希望他去做的事情。

因此，小说的主线从来都不是属于杜湘东的警匪追逃故事，而是属于许文革的奋斗史，入狱一事作为许文革人生中的障碍，在借了姚斌彬的命之后，就已经被抵消了。在越狱的那一瞬间，他就已经摆脱了罪犯标签，接续上了曾经的工人身份。

这也就是为什么姚许二人的入狱原因是拆解发动机，抛开其中关于偷盗的误会不谈，它本身就是一个只有特殊时代中才会被重视的罪名，而非任何时代中都致命的道德错误。其质量在改革变局中很快就可以被遗忘、被减轻，成为某种不值一提、轻易可以撂开的案件。

所以杜湘东对许文革的追击注定会失败，因为许文革才是那个真正的追击者，要去追击那个他和姚斌彬因外力阻截而一度错过的新时代。甚至在某种意义上，许文革在越狱中不仅借了姚斌彬的命，还借了杜湘东的命，杜湘东的警察生涯因越狱事件而前程尽毁，他调离看守所的理想正是因此而彻底破灭。

有趣的是，姚斌彬的这一自我牺牲，作为一个时时被暗示的悬念,直到小说结尾才由杜湘东告知许文革,以制止许文革的自杀。也即,姚斌彬这个始终漂浮在小说后半部分的幽灵,和杜湘东这个被时代抛弃、进而自我放逐的行尸走肉,又以多年前借命的真相,再次联手借了许文革一命。但从另一个角度来说,死者不能借命、杜湘东的生命也早已是空壳,最后续上的这条命事实上并不存在,这场接力至此已经无法继续,至少对许文革而言,他的故事已经止步于此,此后他的生活就和时代分岔,进而和这部小说的叙事无关了。

许文革最后的失败是一种自愿的投降,其关键原因并不是像多年前那样、被横空杀出的外力阻截,而是他出于对实业、对工厂的固守,放弃了和资本合作的机会。他不再和时代保持步调一致,试图以工人运动倒逼时代为自己让步,于是接力和追逐本身也就被取消了。而许文革的理想主义正是在停步之处才被树立起来的,他在自己与时代的最后交汇点上握住的东西,反过来就定义和书写了他一生的理想。

然而,故事的主角还可以被视为姚斌彬,正如许文革所说,"我一个人背着俩人的命,得替他活成他想要的那副模样",否则"我们这两条命都没必要在这世上走一遭"。值得注意的是,此处的主语是"两条命",而不是"两个人",即所谓"借命而生",是姚斌彬的魂灵借着许文革这条命重生,借着许文革之手在实现自己的遗志。

那么在这个意义上,许文革的理想最终在失败中确立起来的瞬间,也就是姚斌彬的死亡真正被确证的时刻,许文革之所以只能止步于此,是因为姚斌彬曾经的梦想和预见仅止于此,即所谓"学技术、做生意、开工厂",他并不是只能想到这一步,而是只来得及想到这一步就死去了,在许文革身上延续下去的生命,是一条早已定格和断流的生命。只是在许文革完成所有姚斌彬曾经想做的事情之后，这条命的枯竭和无以为继才被意识到，这个早已被写定的终点才被发现。

在小说结尾，"杜湘东的讲述与许文革的讲述合并在一起，组成了一个完整的故事，姚斌彬的故事"，从环环相续的生命接力终点溯源而上，他们中或许最有希望和能力的人，也是最早死去的人，事实上从被捕时右手受伤的那一刻起，姚斌彬的未来就已经不存在了，进而，整部小说、整段历程突围的可能性，在开始之前就已经被掐灭。而众人苦苦挣扎的数十年，和姚母老年痴呆后误以为姚斌彬未死的幻觉，其实并无二致。

值得注意的是，小说中对诸多重大历史年份的描绘，都呈现出私人史与宏大叙事的分离感，从许文革的名字，到姚斌彬墓碑上的"生于一九六八，死于一九八九，年二十一"，到杜湘东生命中一个又一个数过去的五年，外界的种种风波事件始终是不可见的，呈现出的只有小人物们的生死存亡，显眼的时代坐标只是他们用以标注自己生命进程的符号。

直到结尾处，"那条漆黑的路"终于"被他们走到了头"，2008年奥运会的焰火和临时工地上的光亮并置出现，然而，所谓"电视里放着焰火，苍穹布满光彩"，因其可见而显得更为遥远虚幻。这或许可以被视为一则人和时代关系的寓言，当人在时代中疲于奔命的时候，时代是可及而不可见的，当人终于和时代分道扬镳，时代才终于以无法触及的凛然之姿，变得清晰可见。

作业本

为什么我们看不见他们：
为一种青年写作辩护

金理

一 不完整的文学地图

近年来我主持复旦中文系"望道"读书班（现当代专业），十多位本科生参与，每半个月组织一次讨论会。在读书班创建的时候就和学生有过一个约定，我们不去关注那些已然完成经典化、能够用文学史坐标体系标定的作家，而是追踪新人新作。2017年我们集中讨论了一批年轻作家的作品，主要以各大纯文学刊物推出的青年创作专号、"90后"小说专辑为依据。阅读之后大家普遍的感受是不太满意，用学生的话来说觉得这些作品并不能够代表他们这个代际群体当中最有创造力的文学，所以反过来我请他们推荐人选，于是我第一次听到了大头马、陈志炜等名字。我渐渐意识到，学生们心目中"青年文学"的版图，和我心目中的不完全一样，他们在提醒我更新阅读视野。

记得李敬泽先生打过一个很形象的比喻："80年代的变革是要抢麦克风，这个麦克风要拿到。现在就是，行了，这个麦克风你把着吧，我不要了，我另外拉一个场子去讲。"[1] 在 1980 年代，一个热爱文学、有才华的青年人，在他出场的时候先要做一件事就是抢话筒，那个时候"话筒"比较单一、稀缺，可能就掌握在占据文坛中心位置的人手上；但是今天这个时代不一样，年轻人一看你是麦霸，得了，"这个麦克风你把着吧，我不要了"，他们自行跑到另一方天地里载歌载舞。这另一方天地，比如"副本制作""联邦走马"等独立出版推出的作品集，比如围绕在"黑蓝"周围，以及围绕在本文讨论对象之一陈志炜主持的"押沙龙短篇小说奖"周围的文艺同人圈……借用批评家何平的话，他们提供"裹有那么多充沛的探索和冒犯精神的青年写作"[2]。

今天的研究者纷纷抱怨青年写作暮气沉沉，这未必不是有的放矢，但也兴许这样的悲观判断只是受限于研究者自身过于"传统"或"主流"的视野。而那些最具探索精神的青年人很可能正在"另外一个场子"里风生水起、载歌载舞。一方面，置身于固化的文学生产机制、接受保守文学惯例规训的"新作家"们纷纷写出的是"旧文学"；另一方面，真正敢于冒险的青年人却长期处于"我们"这些专业读者、研究者的视野之外。然而如果我们不把这些青年人的创作纳入视野，就可能永远只是面对一张残缺、陈旧、不完整的文学地图；如果只是面对这样一张地图而对中国当代文学现状发言，那么不管讲得多么振振有辞，发言的有效性都是需要被质疑的。

问题来了，为什么我们看不见他们？

---

[1] 李敬泽、姜晓明：《如何面对复杂的时代经验》，《南方人物周刊》2017 年 5 月 1 日。
[2] 这是 2017 年 10 月 14 日，何平先生在复旦大学召开的"双城文学交流工作坊"上的致辞。该工作坊由何平与我召集，第一期以"青年写作和文学的冒犯"为题，研讨那些在主流文学机制之外的青年写作。

二 形式的辩证

2014年《收获》杂志推出"青年作家小说专辑",我认真拜读了全部作品,兴奋之余(这样权威的刊物集中呈现二十三位"80后""90后"作家新作并召开开放式论坛,对于更多普通读者去认识青年文学、创作与批评之间良性互动等,都会起到巨大推动作用),也有疑惑、遗憾。这些作品的面貌单一,仿佛传统现实主义(机械反映论的现实主义)联展。我不由得想起1980年代中后期《收获》推出的先锋文学专号。那几期杂志"向读者展示一伙陌生的作者"(马原、余华、苏童、格非、叶兆言、孙甘露……),同样是青年人的出场,他们的叙述风格对于主流文坛来说极具挑战和冒犯性,以致一度传出"有关方面决定改组《收获》编辑部"的风声。很多年之后,有人问余华:"为什么你超过四分之三的小说发表在《收获》上?"余华回答:"因为其他文学杂志拒我于门外,《收获》收留了我。其他文学杂志拒绝我的理由是我写下的不是小说……"[1]原来差异在这里:二十多年前《收获》发现的是一批来历不明的家伙,是其他杂志的"弃儿";而今天的这些年轻作者中不少已是声名在外的文坛"香饽饽",大多数人的创作很像"小说"、太像"小说"。

2015年,中国文坛一度大张旗鼓地纪念"先锋文学三十年",这是一种"闲坐说玄宗"般的缅怀、悼亡。我看到前辈们作出如下判断:"到世纪末的青春写作、类型写作等大众文化范畴的文学出现之时,先锋文学也就彻底终结了。"[2]我上面对"青年作家小说专

---

[1] 余华:《1987年 我们那时的写作不讲文学规矩》,《北京青年报》2014年3月21日。
[2] 张清华:《谁是先锋,今天我们如何纪念》,《文艺争鸣》2015年第10期。

辑"的观感似乎也在验证着类似判断。然而理查德·切斯提醒我们："宣布先锋派消亡已经成了一种惯例。但事实似乎是，在现代状况下，先锋派是永不停息的运动。"[1]这是两种截然相反的意见，在今天的语境里，指认先锋派"永不停息"过于草率，但写下"彻底终结"的悼词可能也为时尚早，折中的态度不妨先自问：具备先锋余绪、探索精神的写作，是客观上不存在，还是我们看不到？

看不到的原因很多，在我们和他们之间横亘着障碍。无疑，今天的现实和文坛风习都不鼓励文学形式上的探索。大众阅读发生在地铁等交通工具里，通过手机等智能设备，来浏览微信朋友圈，这种"无难度阅读"和形式探索格格不入。布罗茨基认为，巨大的悲剧经验、"叙述一个大规模灭绝的故事"，往往会限制作家的能力与风格，"悲剧基本上把作家的想象力局限于悲剧本身，……削弱了，事实上应该说取消了作家的能力，使他难以达到对于一部持久的艺术作品来说不可或缺的美学超脱。事件的重力反而取消了在风格上奋发图强的欲望"[2]。今天当然不是悲剧时代，但是社会巨大的结构转型同样会产生巨大的"事件重力"，人们感慨"现实超越艺术"，言下之意是艺术只要"如实"摹写现实就已足够，由此"取消了在风格上奋发图强的欲望"。艺术摹写现实的方式多样性、作品的想象性结构和社会环境之间的联系，面对这些课题，作家们往往懈怠了，"越是缺少创造力的作家越是经常性地满足于不加转换地描绘自己的个人经验，而其作品中对社会现实和集体意识的直接方面的再

---

[1] 理查德·切斯：《先锋派的命运》，《先锋派理论读本》第40页，周韵译，南京大学出版社2014年7月。
[2] 布罗茨基：《空中灾难》，《小于一》，黄灿然译，浙江文艺出版社，2014年9月，第235页。

现也就越常见"[1]。

先锋写作总是和青年一代联系在一起，为什么今天的青年人都不屑于形式创新？请别误解，我并非主张回返"形式主义"，不过，那句老话还是值得重提——"形式不仅仅是形式"：在根本上，形式的变革是一种观察、理解世界的方式与视野的更新。文本形式上的陈旧、无挑战，往往与思维上的保守密不可分；文学先锋意识的死亡，通常关联着意识形态的终结和指向"另一个世界"的想象力的枯竭。当下青年人的文学中充斥着匍匐、逼仄与单薄的经验，满足于现实的简单复制，失败青年的形象反复登场，或者如病态般提前进入暮年，利用对青春的回忆与"乡愁"来反向补偿……上述症候的出现，意味着文学沦为了一种从属于生活的被动产品。现实中或许不如人意事常八九，"方圆几百公里内，连个现实的励志故事都没有"[2]；但是失败的现实和失败的经验就只能被动地、毫无转化地带入文学中？文学固然基于对现实状况的描摹，但同时又具有不被现实派定的条件、状况所辖制，而超越现实给定性的动能与想象力。文学理当是一种辩证处理"现实感"与"乌托邦"的特殊机制，就如鲁迅所言"世界岂真不过如此么？我还要反抗，试他一试"[3]，彻悟到绝望的现实感，但还要纵身一跃，"于无所希望中得救"。总之，文学不应该机械被动地反映现实，而当焕发出强劲的能动性以参与到历史进程中；哪怕身处闭合的社会结构、静止的生活秩序，青年人的文学更加需要召唤出拒不臣服的想象力，"试他一试"。

---

[1] 戈德曼：《文学史的发生学结构主义方法》，转引自陶东风：《文学史哲学》，河南人民出版社，1994年5月，第105页。
[2] 韩寒：《青春》，《青春》，湖南人民出版社，2011年11月，第14页。
[3] 鲁迅致许广平信，《鲁迅全集》(11)，人民文学出版社，2005年11月，第491页。

上面谈了文学的能动性,更进一步,文学形式在现实面前也当具有能动性。我们都承认,文学作品的形式技巧与社会环境之间有着密切联系,但这一联系绝非机械式的,也就是说,一方面,形式技巧和文本结构的变化反映了社会结构的变化;但另一方面,文学形式之于使其得以成型的历史语境,又能产生某种类似逆袭的效果。川合康三先生论中唐文学的新变(破坏固有的文学秩序和固定的形式,"把奇怪的东西果敢地写入诗中"),将创新的萌芽溯源至杜甫,并引了吉川幸次郎的话:"杜甫不是被动的诗人,而是能动的诗人。不是顺从的诗人,而是叛逆的诗人。作为所谓现实性的文学家,他具有令人吃惊的写实能力、描绘能力,而另一方面,在他纵横的笔力之下,并不一定原封不动地顺从地描写作为素材的存在事物。即使对自然他必加以变形,或者他自己能动地创造出新的自然。"[1]再举一例,巴赫金生活在苦难的时代,一生命运多舛[2],他的乐观、自信和蓬勃的创造力,某种程度上源于对文本形式的孜孜开掘。巴赫金在陀思妥耶夫斯基的小说中看到,"所有的主人公都激烈地反驳出自别人之口的对他们个人所作的类似定论。他们都深切感到自己内在的未完成性,感到自己有能力从内部发生变化,从而把对他们所作的表面化的盖棺论定的一切评语,全都化为了谬误。只要人活着,他生活的意义就在于他还没有完成,还没有说出自己最终的见解。……人是自由的,因之能够打破任何强加于他的规律"[3]。巴赫

---

[1] 川合康三:《终南山的变容》,刘维治等译,上海古籍出版社,2013年9月,第41、43、44页。

[2] 关于巴赫金的生平与遭际,参见钱中文:《理论是可以常青的——论巴赫金的意义》,收入《巴赫金全集》(第一卷),河北教育出版社,2009年9月。

[3] 巴赫金:《陀思妥耶夫斯基诗学问题》,白春仁、顾亚玲译,《巴赫金全集》(第五卷),第75、76页。

金为何钟情于众声喧哗的复调形式，因为这一形式背后寄托的理想是"自己有能力从内部发生变化"，每一个人都可以通过自己的行为来改变、丰富、创造这个世界[1]。这就是文学的能动和形式的逆袭，"心夺造化回阳春"。

今天的社会生活和文学场域的共识也许并不鼓励先锋实验性的写作，重复以上这番"文学常识"无非是要表明，形式的探索依然有其意义。这也是为我接下来的讨论对象作足铺垫，陈志炜创作风貌最突出的特征就是形式实验，其实创作量并不小，门类囊括中短篇、长篇、剧本和翻译等，然而在文学期刊上发表作品聊聊不足十篇。在此先回应我上面提出的那个问题：具有探索精神的青年写作者客观上是存在的，我们需要看见他们。

三 陈志炜：悬而未决的"边界"

古怪的情节逻辑、取消日常生活细节、悖离传统现实主义美学规范……陈志炜的作品有着鲜明的风格特征。我这里想讨论的——借作者的话来讲——是一组既"重视手艺"又"呈现生活"[2]的超短篇。

不妨从《水果与他乡·比椰子更大的是商人》[3]谈起。椰子商人从亚热带飞往热带，发现亚热带的商业社会逻辑不管用了，手机屏幕冒起了烟，笔记本电脑同样。因为"在热带，精细的电子设备

---

[1] 参见李茂增：《现代性与小说形式》，东方出版中心，2008年2月，第160、161页。
[2] 《当小说作为烟时——青年小说家陈志炜访谈录》，这是一篇陈志炜自己"创作"的访谈，未刊。
[3] 以下讨论的陈志炜作品包括：《水果与他乡》，未刊；《白皙》《卡车与引力通道》，《青春》2014年第10期。陈志炜的创作有多种类型，本文主要讨论他的一组超短篇。

一般是无法运转的";机器表面上可以运作,内里却都是由热带的巨人们用人工来推动,比如出租车没有发动机,由巨人蜷在驾驶室里用双脚搭配轮子来转动,飞机也是由巨人来助推,连亚热带销售的椰子,都是巨人们从热带投掷过来的……巨人这个奇特的形象,站在工具理性、技术扩张和利润最大化的反面,让人们想起卢梭(小说不仅空间上从亚热带向热带位移,叙述时间也是倒流的,似乎应和着卢梭式的回返自然)和西西弗,"我看到他从赤裸裸的生活中逃离……像巨人用推力与地心引力做抗争",焕发出一种迥异于现代生活的健康和野蛮[1]。陈志炜在他的创作中,着力塑造了一类来自古典世界的人:除去此处的巨人,还包括《白皙》中的"我",告别"海水深处"的故乡,在"搭上一艘货轮"的同时被"砍掉了多余的手和脚",然后来到工业码头,又一直担惊受怕再"被斩掉蛇颈,永远无法回到海水的深处",也就是说,"我"的离乡之旅,伴随着原初的完整性的不断丧失。

偷偷抽着小说家烟斗的鹦鹉躲在机器后面,锈迹斑斑的传送机正在运转,小说家写完书稿就塞进传送机。机器发出滴滴声把书稿传送到出版社,审稿意见是"写得不好也不坏",不过此时"出版社的侦探小说家失踪了,情感小说家正好离婚了"(多么反讽!),所以决定赶紧印刷,"出版社做了校对,觉得语法太严谨,不像是一本正规出版物,就帮小说家增加了语病和错别字;又从库存里撕来几页滞销漫画,做封面和插图"。印好的新书将由快递公司的卡车司机,通过"引力通道"的技术,"把长篇小说呀、短篇小说集呀、诗

---

[1] 具体可参见"望道"讨论会上王子瓜的解读。《隐藏"密钥"的写作:关于陈志炜小说的讨论》,微信公号"批评工坊"2017年10月24日推送。

集呀"送到各个宇宙各个星系……陈志炜这部短篇《卡车与引力通道》不足两千字,以荒诞而反讽的笔墨,勾勒出文学作品创作、生产、消费的整个链条,这一文学和链条服务于"霸权"的顺畅运行,我们可以在葛兰西的意义上来理解此处的"霸权",即将支配性的价值观推广到社会各阶层(小说中是"宇宙各个星系")的过程,它不仅借助古老的传统(由传送机的锈迹斑斑暗示),而且获得最新科技的加持("引力通道"是项"伟大"的技术),不仅内在于政治和经济制度中,而且以经验和意识的形式内在于一般社会思想中,这是多么坚固而恒远的堡垒。但是且慢,这根整体性的链条似乎不会天长日久的严丝合缝,总会有"偶然"和"意外"发生,比如这一次,卡车司机选择了收音机快进,一连串的阴差阳错,导致收音机中喷出火舌,最后小说家的书溜出引力通道,飘向宇宙深处……你肯定会觉得这种建立在小概率事件上的"弱者反抗"过于浪漫,顶多表达一种姿态罢了。不过我们还是要注意一下小说末了,望着小说家的书飘向宇宙深处,卡车司机拍拍衬衫、点起一根烟:"追不回来咯。"这番神情,完全颠覆了我在上面关于"霸权"的阐述,原来在社会民意的内部存在这么多缝隙,在这么多细碎却又客观存在的缝隙上建立起来的所谓霸权和共识,真的稳固吗?也许只是在等待一次意外发生?这么想来,近乎开玩笑的姿态或许就孕育着抵抗的可能。《卡车与引力通道》中那根链条,维系着小说在社会空间中的生产、传播和接受,按照比格尔的说法,先锋派起源于对18世纪资产阶级社会发展出来的一整套"艺术体制"的摧毁,那么,陈志炜是在续写这个寓言吗?

由此可见,陈志炜在陌生化的形式、疏离现实逻辑的情节下,完全讲述着一个现实的故事。我们同样可以把《白皙》读入到当下语境中,与现时代的弱势青年生存状况关联起来。朝气蓬勃的青年往往和高科技空间联系在一起,但是《白皙》却将我们带入到一片"废土"般的世界:日夜不停"振动与轰鸣着的工业码头,银盐粉似的钢屑从巨型垃圾大厦顶端喷出"。这处码头用来接收、处理垃圾,产品的消费与垃圾的回收,已然构成跨国资本主义世界体系的隐喻,欢迎来到第三世界的"垃圾大厦"。"我"来此寻找堂弟,堂弟和"我"一样,"从海水里出来",然后加入"码头上的居民",在毫无防护措施的情况下从事着血汗劳动。为什么说毫无防护措施,你看——"银盐粉似的钢屑"抹在"每个人的眼睑上",即便清理之后,"眼睑也会变得红肿,角膜也随之凹凸不平",于是"每个人的眼睛都因此变得巨大",于是"用变形后的眼睛承载更大量的钢屑",甚至把钢屑扫在一起,做成厚饼充饥,"胃穿孔的伤口上都是钢屑"……陈志炜以夸张的形式将一个"不可见"的群体推到我们面前,除非他们以工伤事故或自杀弃世等极端方式呈露存在感,一般情况下我们看不见这个群体,"他们有舌头,却没有声音"(陈志炜再三写到码头居民的沉默),他们的沉默和我们的无视是同构的。现在,你肯定"认出"了他们,背井离乡,不仅遭到高强度的劳动剥削("现在已是夜间,工业码头仍没有停止振动与轰鸣"),而且忍受着残酷的工业伤害,他们没有未来……"我"找到了堂弟,还好他"没有被斩掉蛇颈,被堆在防波堤上",居然还神情淡然,面对没有未来的未来,堂弟就安居于"垃圾大厦"之中。小说的结尾非常诡异,"我"作为外来者去到码头,原本是为了寻找堂弟,但是最后居然变得和码头居民一样,感到心跳的节奏"顺应了码头的振动而跳跃",这莫非暗示着内心空间的被殖民,外来者"我"最终也被"垃圾大厦"俘获,古典的人被现代的码头规训了?

不过且慢，我在上文的解读，将对立性的品质、命运、情境处理为明暗分判的两端（"海洋"/"垃圾大厦"、古典/现代），但是陈志炜小说中的实际情形并不是那么清晰、绝对；我们还可以发现，类似"码头"这样的空间以及跨界行为（《水果与他乡》中椰子商人从亚热带来到热带、《白皙》中"我"从海底来到码头）在陈志炜小说中反复出现，也许我们可以理解得复杂一些。海港、码头甚至楼梯井等边界空间，都被霍米·巴巴视作"一个象征性互动的过程，一个构建高低、黑白之间差异性的联结性组织。……使任何一端的身份都不可能安于基本的两极对立状态。这一在变动不居的身份认同中的间隙性过渡，开启了文化混杂的可能性。它包容了种种差异，不存在假想的或被强置的等级体系"[1]。边界空间的作用，正在于搁置传统的、固定的、官方的分类，将对身份的诉求安放在各种差异和矛盾中进行不断协商，由此浮现临时而新异的主体。进而，边界上这一主体形象的怪诞也是顺理成章的，在小说中，"我"具备冗余的手脚和"白皙而水肿的蛇颈"，怪诞形象"力求打破规定的价值等级秩序"，"破除世界及其一切角落的习以为常的图景"，"破坏一切习惯的联系"[2]。这样看来，堂弟和"我"都是越界者，个人情感、文化和身份认同在跨越界线的过程中不断游移、塑形。"我"一直担心堂弟迁居码头之后会受到伤害，没想到堂弟比"以前更健硕了，白皙而水肿的蛇颈上，没有沾染一丝一毫的钢屑"，甚至可以分身为二，"堂弟的身边，还有另一个堂弟，一个与堂弟一模一样的

---

[1] 霍米·巴巴：《边界：现代的艺术》，赵静蓉译，《当代批评理论》，人民出版社，2013年5月，第7页。
[2] 巴赫金：《长篇小说的时间形式和时空体形式》，白春仁、晓河译，《巴赫金全集》（第三卷），第358、366页。

堂弟"。读者于此不免猜测,堂弟面对"垃圾大厦"而能完好无损,是否与这种开玩笑一般("产生于压迫、强制和恐吓条件下"的世界图画是"开不得玩笑的"[1])的分身术有关呢?在"压迫—异化"的单向路径之外,越界经验释放出另类身份认同的可能性,这或许也是一种弱者反抗的游击术。总之,"我"和堂弟们的冒险之旅,与其视作被工业世界所征服,毋宁理解为一段险峻而又朝向未知的临界体验;边界地带依然凶险,贯彻着由上往下的统治意志,甚至成为驯化异类的前哨,但也可能因为不可预见的流动性而对统治意志形成干扰。一切悬而未决。

四 大头马:虚无尽头,"海水曾经被分开"

《不畅销小说写作指南》[2]虚构了一个写作班和一场奖金三千万的写作比赛,八个不同身份的参赛者各自提交作品,由此衍生出八部短篇。其中《阿姆斯特丹旅行指南》写"我"和朋友杰西卡·李借助米其林旅游指南,在阿姆斯特丹寻访妓院,但发现男性侍者们并不提供性服务,只是把"我"带到不同的房间,借助神奇的唇膜和耳机,"我"进入了电子游戏般的情境体验……当"我"无法分辨真实与虚幻时,惊心动魄的一幕发生在了侍者J和杰西卡·李的对话间。这是经典成长小说中常常出场的情节——"我"作为成长状态中的价值客体,有待去获得自我本质属性,在此过程中,代表不同世界观、价值观与思想路线的两种力量介入其中,争夺对价值客体

---

[1] 巴赫金:《1962—1963年笔记》,潘月琴译,《巴赫金全集》(第四卷),第385页。
[2] 以下讨论的大头马作品包括:《不畅销小说写作指南》,湖南文艺出版社,2017年7月;《谋杀电视机》,四川文艺出版社,2015年12月。

的领导权，上述"对话"正是一场争夺战。J通过迷幻剂给出各种奇瑰体验，指示着逃离日常生活、"人生有无数可能"、"探索世界的野心"；杰西卡·李代表真实的世界，也意味着一成不变的生活轨道、静灭的湖面泛不起一丝涟漪。现在，一个存在主义式的选择难题搁在了"我"面前："你愿意选择过那种终生生活在幻觉里，被药物控制大脑的所谓体验式的生活，还是愿意过一种艰难、枯燥但真实的生活"。随着情节发展，我们发现，这一番选择原来也处于子级的嵌套之中，阿姆斯特丹之旅依然源于上一层级的迷幻剂的演绎，如果"我"无法产生"自反性"，意识到这是虚幻的旅程，那么就将"永远地困在这个旅程里"。幸好"我"最终"记了起来"，"回到真实世界"。小说的结尾是不是终局？"我"曾经依靠药物麻痹完成"自己对虚无的拯救"，那么走出梦魇之后，如何在"无趣的生活"中重建生命的意义？

　　我被这篇小说所打动，因为在表面上的颓废背后，我感触到奔涌而出的求生意志，"貌似的颓废，实在只是猛烈的求生意志的表现；与东方式的泥醉的消遣生活，绝不相同。所谓现代人的悲哀，便是这猛烈的求生意志与现在的不如意的生活的挣扎"[1]。这挣扎在小说结尾并未止息，到底凭借什么，我们才能最终脱离如贪吃蛇般的循环和《盗梦空间》式的嵌套结构？关于小说中"我"面临的选择，诺齐克早就假设过一台提供快乐、美好、成功等任何所欲的体验机，"你会愿意进入这一机器的生活，编制你生命的各种体验吗"？有没有比这个更重要的东西？"一个人通过自己的努力形成一种自己的全部生活的图景和现实，并按照这一全面的人生观行动在道德上是

---

[1]　周作人：《三个文学家的记念》，《谈龙集》，河北教育出版社，2002年1月，第16页。

有意义的。"何怀宏先生于此作了一个非常重要的补充:"甚至这个人在自己的人生中屡经挫折,不很快乐,甚至他最后也没有取得预期的成功也是有意义的,因为他过了他自己的一生,这是他作为一个人所主动选择的,尽管前面有种种挫败,他最后也许还是会感到欣慰。"[1] "我"跳出了虚幻的旅程,再无需其他的信靠,这一自我决断本身,理当照亮我们哪怕晦暗的余生。

《不畅销小说写作指南》在结构上非常有意思。在小说的正文部分,作者戴着颓废、反讽的面具穿行于种种流行文化元素之间,但是到了后记,终于素面朝天,收去嬉笑怒骂,脸色一凛,正颜相告:"这将是最接近真相的作者后记"。这篇后记是我近年来读到的、难得一见的好文章,情辞俱胜。"我跋山涉水远赴世界的尽头,希望可以因此获救;体验最为极致的迷幻,希望可以看见终点的答案。"你看,这位求解者从《阿姆斯特丹旅行指南》中蹀躞行来,他/她曾经想象"大师的存在""真正的智慧","然而你不能否认这一切恐怕只是你的想象。然而你不得不痛苦地承认这一切最大的可能大概也许甚至应该必须只存在于你的想象"。自然,接下来只能是"上帝已死","因而你试着学习聪明者游戏人间,效仿利己者掌握游刃有余的技法"。但还是不甘心,"这就是结局吗"?然后由沙漠中总被路人忽略却深不可测的一口井,"我"想起曾"看见过意义""目睹过爱""感受过柔软"。最后,仿佛耶和华吩咐摩西"举手向海伸杖",仿佛《银翼杀手》中逃脱的人造人首领罗伊说:"我曾经见过人类难以置信的景象"(《银翼杀手2049》中萨伯·莫顿临终前也对K说:"你从未见证过奇迹"),仿佛从炼狱中挣扎生还的报信人——"我将

---

[1] 何怀宏:《何以为人,人将何为》,《探索与争鸣》,2017年第10期。

告知你我所知晓的一切真理：如果海水曾经被分开，它必将再一次被分开。如果虚无曾经被意义所击碎，它不得不终生屈服于意义的又一次显像"……这篇后记的题名叫《我听说海水曾经被分开》。我反复读这篇后记几近泪下，但是正文和后记的关系又让我迷惑不解。正文中的各篇小说，发生于生活、写作与世界遭遇时的困顿中，然而到后记中却如天路历程般求得正解。我的疑虑是，正文中无法畅快表达、压在纸背后的意思，终于却也只能在后记中卒章显志般的淋漓爆发；这是不是意味着，后记中"如是我闻"的经训，实则无法开枝散叶般遍在于、内在于小说正文，后记的立地成佛如此简练干脆，反而形成反向的拉扯，使得后记无法收束正文，甚至反照出正文中"求生意志"的挣扎一直无法妥善的安放，而真理的世界与生活的世界依然断作两截，可爱者不可信，可信者不可爱。又或者，作者正是以反讽的方式，在正文里先行摧毁所有一度确定着我们生活的信条，通过这种否定，"白茫茫一片大地真干净"，再于后记中迎受恩典的降临。尽管有这样那样的疑虑，我却无法不被年轻作者穿越虚无的艰难尝试所打动。阅读大头马的旅程，恍若卡尔·巴特所言："在最后的和最深的怀疑主义中，可能存在着一些破碎的东西，那是关于上帝，关于上帝本身的回忆……只有在人们被迫与处于深渊的人为伍时，他才能达到信仰成就的真正高峰。"[1]

大头马的创作风格驳杂，从书名《不畅销小说写作指南》来看，当是在致敬科塔萨尔，小说集中涉及的庞大书单——《斯通纳》《中国套盒》《悠游小说林》、福克纳、菲茨杰拉德、塞林格、索尔·贝

---

[1] 转引自卡尔：《虚无主义的平庸化》，张红军、原学梅译，社会科学文献出版社，2016年10月，第101页。

娄、奈保尔等——也显现出纯正的文学教养；但其中又时时掺杂着摇滚、嗑药、好莱坞大片等时尚文化、青年亚文化因素。我们经常把实验性、先锋性的艺术探索比喻为"诗的孤立区"，似乎特定的审美经验与其环境之间并无关系，其实"没有什么人的活动，甚至是最自由或最无偿的活动，能在真空或完全忽视其时代的历史现实条件下展开"[1]。尤其今天的先锋更不能设想成一种过于"纯净"的写作，它理应与最时尚的经验、最前沿的技术（比如《阿姆斯特丹旅行指南》中的迷幻剂完全可以置换成VR、人工智能）进行互动（协商/反抗）。

一方面是作家自身风格的驳杂，另一方面我们今天置身于"乱花渐欲迷人眼"的文化状态中——由于中国特殊的语境，主导文化、精英文化和大众文化早已不是铁板一块或截然分裂，而是存在着互渗、互动，这一切都对评论者提出挑战。我在豆瓣上看到有读者对大头马的小说提出批评，认为不过是"游戏性、叙事快感、玩世不恭和小圈子饭桌上抖机灵的戏谑"，完全将其归入流行文化式的写作，不值得严肃去对待。"时尚倾向于把一种新的或陌生的形式变成若干可接受或可仿效的形式，一旦它广泛流传并普及进而成为法语所表示的程式化，或英语所说的'俗套'时，就提供另一种形式来展开类似的变化和转变"，故而借庞德的话，先锋是"一种俗套与另一种俗套之间短暂的喘息"[2]。困难就在于，我们评论者是否能在时尚的连续性中感受到"喘息"的停顿；当我们对当下年轻人的创作进行考察时，必须既内在于流行视野又与之拉开一段距离，入

---

[1] 雷纳托·波吉奥利：《先锋派三论》，周宪译，《先锋派理论读本》，第75页。
[2] 同上，第62、65页。

乎其中，出乎其外，感知到种种"俗套"背后更为真实的存在。比如我们在上文论及，陈志炜貌似古怪的形式与离奇的情节背后，隐藏着严肃的关切，大头马亦然。我们不妨再回想一下《阿姆斯特丹旅行指南》中"我"面临的抉择，逃离日常生活去"探索世界的野心"指向人天然的激情这感性一面，而拒绝迷幻体验则指向实践自由意志这理性自觉一面，那么有意义的生活到底如何来调节自然与德性？这依然是一个非常古典而恒远的主题。再比如，大头马在她的创作中大规模地驱遣反讽叙述，反讽是我们这个时代最具魅惑力的文学姿态，它能提供一种安全感（就像戴着面具生活能够给我们提供一种安全感），所以被传统写作、流行文化和社交网络等所共享。但是，在大头马反讽叙述的间隙，会有"意义从现实虚无的地平线上涌起的瞬间"，尽管一闪而过，但只有感知到了这样宝贵的瞬间，我们才能看到一位年轻的创作者从困顿中起步，"呼唤着匿迹的意义再度显形，并且，不在凌驾于现实残骸的无限性之中，而在我们惨淡经营的世俗里"[1]。

我在这里讨论大头马的写作，更是想召回一种批评的方法论。在 1990 年代，以韩东、朱文为代表的青年作家自居社会边缘，激烈反抗文坛主流和文学传统，引人侧目，在一般的评论意见中很难得到负责的理解。当时陈思和先生在其主编的《逼近世纪末小说选》中多次选入韩东、朱文的小说，各卷序言中也不惜篇幅地加以解读。陈思和这样解释他的"钟爱有加"："我之所以不强调小说里的放浪形骸因素，也不是不看到，只是觉得这些因素对这些作家来说并非是主要的精神特征。'无名'的特点在于知识分子对某种历史趋

---

[1] 荻弦：《北京城里的蝙蝠侠——读大头马的短篇小说》，《文学》，2018 年春夏卷。

向失去了认同的兴趣,他们自觉拒绝主流文化,使写作成为一种个人性的行为。但个人生活在社会转型过程里仍然具有自己的精神立场"[1]。在"放浪形骸"中提取出含藏其间的锐气,这多少得冒一点火中取栗的风险,"我愿意把这些作品中一些隐约可见的创意性因素发扬出来,愿意看到这一代作家潜藏在自己内心深处的真正激情被进一步发现,而不愿意看到一些似是而非的理论去助长新生代创作中的平庸倾向"[2]。我觉得陈思和先生在此示范了一种非常宝贵的文学批评的方法,"君为李煜亦期之以刘秀"[3],始终以建设性的态度,扩张、敞亮创作者在追求"艺术真实"的过程中原先构想的"微弱的影子"[4],进而将批评者主体的理想中的"应当怎么样"放入具体分析。今天我们的研究者在面对新一代的青年作家时,也应该拨开"乱花迷眼"的形势,在表面的放浪形骸下感知到作家独立的精神立场和"潜藏在内心深处的激情"。

结语

结束本文的时候,还有一些未尽之意。首先,必须承认,我上

---

[1] 陈思和:《"无名"状态下的90年代小说——答〈小说界〉编辑问》,《豕突集》,汉语大词典出版社,1998年12月,第285、286页。

[2] 陈思和:《碎片中的世界与碎片中的历史——〈逼近世纪末小说选(卷三)〉序》,《不可一世论文学》,人民文学出版社,2003年12月,第195页。

[3] 陈思和曾这样来表述其文学批评的关怀:"我明知当时的创作至少在作家主观上并没有达到我所想象的程度,但我总是愿意把我认为这些创作中最有价值的因素说出来,能不能被作家们认同或有所得益并不重要,我始终认为文学评论家与作家本来就应该站在同一起跑线上,用不同的语言方式来表达对同一个世界的看法。"陈思和:《笔走龙蛇》"新版后记",《笔走龙蛇》,山东友谊出版社,1997年5月,第424页。

[4] 雪莱说过:"流传世间的最灿烂的诗也恐怕不过是诗人原来构想的一个微弱的影子而已。"见雪莱:《为诗辩护》,《西方文艺理论名著选编》(中),伍蠡甫、胡经之主编,北京大学出版社,1986年6月,第78页。

文对两位年轻作家的解读（尤其对陈志炜的解读）过于光滑、明晰，其实他们的创作实景比我的解读更为晦涩、层峦叠嶂；可能出于为形式的辩护，我给出的描述似乎更侧重于主题社会学。其实我只是为了强调，这些有先锋探索精神的青年作家，根本不是象牙塔中的自闭者，不仅仅为追求形式上的奇巧（在经历一拨又一拨的现代主义洗礼之后，我们对任何小说都已见怪不怪），而是站在时代风雨中，铸炼一种切身的文学技艺，去安放、处理现代社会错综复杂的感受和经验。

其次，先锋文学原先"所针对的敌人象征着停滞的力量、过去的专制和旧的思维形式"[1]，然而今天的写作者如入无物之阵，举着投枪却找不到方向。更可怕的是，这个时代有着充分的宽容和余裕去接纳、消化先锋们的冒犯。情形就如同大头马笔下的《谋杀电视机》："我"因痛恨电视而加入一个入室砸毁电视机的团伙，他们计划着潜入电视台制造爆炸，没想到最终被告知，"我"其实是被真人秀节目偷偷相中，团伙内的队友不过是工作人员的饰演，在他们指导下的种种越轨行为不过是节目组的策划，多么恐怖的"楚门世界"：这个支配性的社会结构和意识形态，完全可以灵活接纳一切挑衅性的力量，一方面提供安全的位置，另一方面暗中纵容后者打扮出一道另类而无害的风景，布置在消费时代的幻象中。小说中，"我"在得知真相震惊之余，依然选择实施爆炸计划，如同鲁迅所言"但他举起了投枪"；但是现实中有志于先锋写作的青年人，日夜身陷"各种旗帜，绣出各样好名称"[2]的无物之阵，他们期待的可能

---

[1] 马泰·卡林内斯库：《先锋派的概念》，顾爱彬、李瑞华译，《先锋派理论读本》，第112页。

[2] 鲁迅：《这样的战士》，《鲁迅全集》(2)，第219页。

不应该是一次性的戏剧场景。如何将从内部爆破的冲动,转化为更为清明、成熟和坚韧的心智,汇入创作,去揭示时代的隐秘;如何以"边界"的站位,跳出两极对立,在等级体系的间歇与缝隙处积累越界的潜能,这才是当务之急。

2018 年 1 月 17 日

郑小驴《可悲的第一人称》：
个人主义的末路鬼[1]

吴天舟

"体面的，要强的，好梦想的，利己的，个人的，健壮的，伟大的，祥子，不知陪着人家送了多少回殡；不知道何时何地会埋起他自己来，埋起这堕落的，自私的，不幸的，社会病胎里的产儿，个人主义的末路鬼。"

——老舍《骆驼祥子》

一 两种典型的叙述模型

"北漂"或许是我们这个时代最为火热的超级能指之一。从官方到知识界，再到丰富多元的民间社会，各种背景不同、诉求各异的意识形态均在利用各式不同的媒介参与到"北漂"话语的书写和

---

[1] 本文的部分想法得益于张旭东老师的讲座《重读〈骆驼祥子〉》，特此说明并致谢。

诠释当中，从而"北漂"也愈发演变成为一个鱼龙混杂的话语角力场。然而，尽管这些叙述话语背后的立场与目的迥异，有两种典型的叙述模型却时常吊诡地为它们所共享。

其一是去刻画一个孤立的个体对于外部世界的反抗以及这种反抗的最终失败。在这个模式当中，孤立的反抗者往往代表着青春、健康、善良和高尚，而外部世界（北京）则充满着黑暗、丑陋、肮脏和堕落，它不断用强大的力量挤压戕害美好而无力的反抗者，并最终将他们的反抗实践彻底绞杀。这种叙述运用了经典的悲剧模式，反抗者一般被形塑为一个希腊式的英雄，通过它们的失败，故事的写作者营造出一种悲壮崇高的美学感受，并由此产生对于污浊的外部世界尖锐的批判效果。

第二种类型讲述的同样是关于孤立个体的故事。然而，在这些故事的主人公身上，我们却看不到上一种故事类型当中的人物身上的勇气与反抗精神。在感受到外部世界的压抑之后，他们往往将出走作为自己人生的选择，而出走的方向则一般是寄寓着作者美好理想的远方异乡。这种叙述模式或许堪称中国作家的拿手好戏。在古代，一旦官场上的士大夫对污浊的现世生活厌倦，那么回归山水田园的理想世界便是他们不二的心灵选择。对于这个理想的桃花源，早有论者精当地点出了它的两个基本特征："一是这种理想世界中的生活是顺应自然、弃绝文明的。日出而作，日入而息，随时而种，随时而收，不要厉志，不劳智慧，草木识时，四时知岁。二是这种理想世界中的人际关系也是顺应自然、弃绝文明的，没有维持统治阶级存在的税收，没有人与人之间的不平等关系。"[1] 大体说来，这

---

[1] 邵毅平：《诗歌：智慧的水珠》，复旦大学出版社，2008年4月，第181页。

种理想图景也是今日不堪都市重负的人们所心向往之的乐土。

虽然这两种叙述模式具体的展开面向和侧重点有所不同，但有一点却是共通的，那就是它们都表现了对于外部世界的异化的一种个人主义式的抵御。这种抵御如果积极，那么便以反抗的面目呈现，如果消极，那么就用出走的方式表达。

在使用这两种叙述模型的文学作品当中，郑小驴的《可悲的第一人称》[1]显得尤为突出。在这部短篇小说里，出走与反抗这两种个人主义式的抵御被完美地融合到了一起。小说讲述了一名"北漂"从北京逃遁到中越边境的原始丛林拉丁之后所发生的故事。故事的主人公"我"本意借助异乡的原始气息来净化自身疲惫不堪的灵魂。但随着时间的推移，"我"却愈加发现，这种出走其实不过是一种无能为力的虚妄拯救，北京的记忆依然如鬼魅一般绵绵不绝地折磨着"我"的内心。此时，在丛林中种植的一地药材便成为了"我"心灵上的唯一寄托，这也是"我"对于外部世界反抗的最后战场。然而，在一场百年难遇的大雪里，"我"的背水一战也最终沦为了泡影，空余茫茫的雪地埋葬着我所有道不尽的悲伤。通过这篇小说，郑小驴不仅刺穿了出走神话的虚伪浮泡，而且以"我"在北京和拉丁的双重失败，向读者展现了在当代中国个人主义式逆袭的无路可走。在文末，失去所有的主人公在雪地里肆无忌惮地发泄着自己的情绪，但对于我们来说，或许更为重要的是去思考，在当前的困顿危局中，对我们这些除了自己的身体以外一无所有的年轻人而言，是否还具存着一种可能的救赎之道？而这种可能又必须建立在怎样的认知和实践之上？

---

[1] 郑小驴：《可悲的第一人称》，《收获》，2014年第4期。以下引文不再注出。

二 个人出走神话的幻灭

在大部分表现"北漂"生活的作品里,北京都是叙事的核心场域,人物所有的悲欢离合基本都发生在繁华的都市当中,但郑小驴的处理却恰恰相反,在小说的一开头,他就将我们直接带入这个充满异域风情的边陲之地:

车子到了拉丁,前面就没路了。老康告诉我,越过那片丛林,河的对岸就是越南。那是我头回看到榕树,巨大的树冠遮盖了大半个天空,像片树林一样。四周寂静得让人发慌,仿佛时光遗忘之处。在北京很多个失眠的夜晚,坐在黑暗中,好几次我都幻想过会有这么一个场景:站在葳蕤的原始丛林前,周围空旷无人,四面八方都是我的回音。我泪流满面。不知怎么,想哭的冲动最近越来越频繁。而这种感觉离拉丁越近,冲动就越强烈。

那天刚下完雨,阳光刺透密林,给草地铺满了碎片般的光斑。我踩着这些光斑,独自一人沿着林间小道朝深处走着。光折射在我的脚上,我走哪,它就跟哪,怎么也没法摆脱它们。我默默走了许久,抽完了烟盒中剩下的几支烟。空气湿润,林子里只有我的呼吸声,比失眠的夜还要静。这就是拉丁,终于没人知道我在这了。

榕树、密林、草地、阳光、空旷无人的寂静,更为重要的是"终于没人知道我在这了",一种截然不同的全新生活似乎伴随着开到拉丁的汽车也一起走入了"我"的生命,这是"我"的理想,也是"我"在北京无数个失眠的深夜当中所屡屡呼唤的救赎,"我泪流满面"。因此,即使这个地方充满着"我"所不了解的人和事,充满着令人畏惧的野性,"我"也将这里视作了"我真正的栖身之所"。

新的开始往往建立在对旧我的舍弃之上。在拉丁的第一个夜,

"我"抛弃了"我"的手机,这也宣告了"我"对过去生活方式的告别。在这里,手机无疑有着鲜明的象征意义,它是人类智慧的结晶,也是资本主义的现代文明让人异化的帮凶。在北京,"我"不断地感受到这种异化的存在,在手机不断地侵蚀中,"我"越发变成了机器的附庸——"一个电话就能左右我的情绪,左右我的计划,一天到晚,我必须都开着机,证明着自己的存在和存在的价值。要是几天下来没收到一条短信和接个电话,我就会心慌,感觉自己遭到了全世界的抛弃。"而另一方面,"我"又对这种异化骑虎难下,借助手机的力量,"我"能特别容易地形塑出一个虚构的自己,并由此证明自己在现代社会之中所取得的"幸福感"。——"在微信朋友圈,我让自己看上去充满阳光和正能量。我做义工的场景、每周一次的有氧运动以及变着花样的厨艺……这些生活被我一一晒了上去。我断定李蕾会看到。即便是她不看,她身边的朋友也会转告她。我只想告诉她,离开她之后,我过得很好。"这种虚伪的幸福感可谓是"我"自欺欺人的方式,它是"我"在都市的一种心灵支撑,让"我"欲罢不能。但在这里,在拉丁,这些压力和虚伪都可以不用考虑了。"我"能按照自己的意志把握生活,按真实的想法表达自己,"我"平静了,自由了。"我"享受着这样的生活:

看书、烤火、打盹,一天的时间可以无限漫长,直到我想结束的时候,闭上眼往被窝一钻为止。再也没谁来打扰我了。我可以安心地做自己想做的事情。那些依附于身已久的陋习与怪癖,在新的环境中仿佛得到了彻底的涤荡。我甚至再没有失眠过。在梦中,我总是在奔跑,奔向陌生的山谷、河流和麦田。梦中的天空湛蓝如洗。那些曾经屡屡光顾我梦境的阴霾、追杀与犯罪的场景,再也未曾出现。我甚至一次也没梦见过广告公司、难缠的客户、垃圾短信和彻夜排队的楼盘开售活动。那些令人生厌的东西终于可以从我脑海中清场了。每天我按时醒来,精神饱满,饱受折磨的失眠症终于消失了。天气晴朗的时候,我甚至重拾了多年前的习惯,开始记日记。

至此,个人出走的神话似乎已经建立起来。然而,只要我们仔细考察便可发现,尽管表面上的形式非常接近(美好的自然风光,健康的肉体,愉悦的心灵……),但就本质而言,"我"的这种生活状态同传统诗文里描述的那种理想世界其实并不相同。在传统诗文当中,理想世界是具有人间性的,这些远离世俗的文人们所向往的是一种"顺应自然的人际关系",而非一种完全与世隔绝的生存状态。而"我"所追求的却是一种纯原子式的个人孤立,在"我"不断强调自己"不想见人"的行为上,我们可以清晰地观察到一种将自己同外部世界之间完全切断的倾向,只有当这种完全的切断成为可能,"我"才能够真正获得一种对于自我的解放。从这种倾向当中,我们可以看出,"我"并没有真正接受并融入新的生活。在思维的深处,"我"依旧沉湎在过去的阴影当中不能自拔。因此,当原始丛林所带来的新鲜和神秘逐渐褪去,当静谧提供的安宁被孤独感所取代时,北京的记忆便也以梦魇的姿态排闼而来了。

首先袭来的是与李蕾的回忆。李蕾是"我"在北京时期的恋人,曾经与"我"有过一段非常幸福的时光。在很大程度上,李蕾象征着一种"北漂"心目中普遍向往的理想生活——同心爱的人一起奋斗打拼,买下一间即使偏远逼仄但却温馨的房子,然后在这个充满发展、充满机遇的现代都市里扎下根来。对于"北漂"们来说,结束漂泊之日其实才是他们人生的真正开始。因此,在李蕾身上,可以说寄托着"我"对于未来的全部梦想。也正因为此,与李蕾的分手便成为了"我"心头始终不能愈合的伤痕。由于房价的飙升,"我"

和李蕾的积蓄一直够不上首付，因此只能辗转于各种租房当中勉强度日。在堕胎两次以后（孩子是奋斗的累赘，没有房子的两人并没有生孩子的本钱），李蕾最终离开了北京，而"我"也在忧郁度日后同样无奈地选择了出走。

苦苦缠绕着"我"的还有同小乌的往事。如果说李蕾代表着对"灵"的渴望的话，那小乌就象征着一种"肉"的蛊惑。"我"和小乌的相遇非常偶然，对她的了解其实也并不多。在两人的关系里，无论是出游、接吻还是性爱，主动的一方始终是小乌，而"我"则"似乎在有意回避某种即将成为可能的现实"。但是，小乌的身体不由自主得"让我着迷，如痴如醉"，（相反与李蕾的性爱并不完满——"进入的时候，她咬着嘴唇，眉头拧了一下。她始终闭着眼，这么多年了，她一直拒绝做出某些改变，这种表情曾经让我愤怒过。"）因此这种"回避"始终没有成功。小乌是另一个北京的缩影，是忘情享受的快乐，是不能抵挡的欲望。初到拉丁时，"我"一度淡忘了李蕾和小乌。通过抛弃手机，"我"不用再虚伪地给李蕾炮制生活的假象，也不会再收到任何发自小乌的电话和短信。可是，当"我开始怀念那些忙碌的日子，怀念城市的喧嚣与灯火"，当"我""被孤独折磨得奄奄一息"，这两段被尘封的记忆便被迅速地激活，并反讽地成为了救赎我当下生活的灵丹妙药：

我开始频繁地手淫，这是我短暂逃离孤独的办法。有时想着小乌的身体，有时则是李蕾，反复回味着她们俩的不同。我甚至幻想着她们俩一起出现在我面前的场景。这种念头越强烈，对孤独的体验就越深。我梦想她们马上来，然后极尽疯狂地干那件事。每晚我都被这种念头折磨着，直到东方发白也难以安眠。在黑暗中，我不厌其烦地数着绵羊，带着极度疲惫，才能睡上一会。而白天，则萎靡不振，像丢了魂似的。

这种记忆的魂兮归来其实已经在事实上宣判了个人出走神话的彻底破产。虽然"我"的肉体远离了都市，但在内心深处，"我"却根本无法抗拒都市记忆对于自身无孔不入的渗透。尽管李蕾与小乌都已不在"我"的身边，但她们在"我"心目当中的投影却依旧强大得岿然不倒，北京还是那个让"我"魂牵梦萦之地，一切都同过去没有什么不同，只有因远离而导致的灵与肉的炙烤在久久地煎熬着"我"的内心。

本来，一个人的经历就具有一种天生的连续性，不可能在脱离经验前史的情况之下单独成立。认为过往的追求以及追求的失败能够通过出走强行割断，其本身就是对于记忆的一种粗暴的篡改。而且，对于"北漂"们来说，情况又显得更为特殊。在城乡差异巨大的当代中国，"北漂"们其实处在一个非常尴尬的游离位置。他们不是乡土的孩子，但也不是都市的嫡出，他们始终陷入在城乡两极不同文化的拉扯当中，找寻不到可以立足的位置。而这两极的力量却又是不均等的，由于权力、资本和资源的高度集中，高度资本主义化的现代文明可以轻易地制造出一种洋溢着梦想与欲望的幻觉，它不断召唤着本就具有求新求变性格的青年人，形成一种难以抗拒的引诱。在"北漂"们的心中，"乡"是美好的，但却同时又是陌生的，是不能长久生存的。一旦接受过"城"所抛出的橄榄枝，那么他们便再也无法摆脱它的控制，不是身处其境死中求生，就是在记忆的疆域里怀抱都市的幽灵做死亡之舞。比起用通讯工具建立起来的物质网络，资本主义意识形态的这种对人深入心灵的操控以及其操控结果的不可逆转或许才是这种异化真正令人忧惧的强力所在。当在它扩张自己版图的同时，其他所有可能的替代性选择都显得毫无力量，这些选择只能无可奈何地走到穷途末路的尽头。

由于出走所带来的断裂只能发生在外在物质环境转移的层面上，而不能促使内在的主体性发生根本的蜕变，个人出走神话也就愈发显示出其虚妄的本质。在小说中，郑小驴刻画了一个颇为意味深长的场景。当李蕾最终离"我"而去，"将我内心里的某个东西带走了"之后，"我"和几个"熟悉北京，比自己家乡还要熟"的"资深京漂"一起喝得烂醉。在回家的路上，我们"干嚎着汪峰的《北京，北京》和崔健的《一无所有》"。如果说在《一无所有》里凝结了这些知道北京每日有多少人出生，多少人死亡，知道有多少张病床却不知道怎样才能在这个地方活下来的人心底的那种撕裂的痛苦的话，《北京，北京》则唱出了他们心中对这座难以割裂的城市的那种欲去还留的复杂情结。在歌曲的最后一节，汪峰绝望地嘶吼着：

如果有一天我不得不离去 / 我希望人们把我埋在这里 / 在这我能感觉到我的存在 / 在这有太多让我眷恋的东西 / 我在这里欢笑 我在这里哭泣 / 我在这里活着也在这死去 / 我在这里祈祷 我在这里迷惘 / 我在这里寻找 也在这失去 / 北京 北京 / 北京 北京……

三 个人反抗的破产

尽管个人出走神话彻底幻灭，"我"在距京几千公里的原始丛林里仍难逃高度资本主义的现代文明对自身的掌控，但郑小驴却并没有使"我"直接落入虚无的洞穴，而是借助一块种满药材的田地，让"我"发起了最后的反抗。表面上看，这场反抗失败的原因是不可抗拒的自然力，是一场百年难遇的冰雪灾害毁掉了"我"多年以来的苦心经营。但偶然之中，其实隐藏着必然的因素。在我看来，这样一种个人反抗的方式本身其实已经包含着难以成功的致命缺陷，而失败不过只是一个时间上的问题。

首先看"我"决定在这块地里种植药材的原因：

这真是块好地，种什么收什么。我种了几蔸胡萝卜，长势意外地好。当我吃上自己种的蔬菜水果时，甚至对老康的告诫嗤之以鼻。这儿根本没什么虫害，蔬菜水果没有天然的敌手，压根不要洒农药化肥。

……

我自信不比那些广东佬差。说不定他们只是些大老粗，不懂得科学种植。我的自信来源于我大学里选的农学专业。大学四年，虽然吊儿郎当，但是最基本的知识还是懂的。……我问过老康，那些广东佬每天都住这儿吗？老康目光中带着疑惑，摇了摇头。"我和他们不同，我天天就住这，我懂它们，我天天侍弄着它们呢！"我仿佛找到了底气。

从上述引文中，我们可以看到，"我"之所以能下定决心种植药材，其原因完全是出自对于土地和自我的强烈信心——由于这块土地先前的收成很好，"我"又具备胜过他人的农学知识以及更加勤恳细心的态度，因此，只要"我"一直努力，那成功就是必然的结果。这种线性进步的想法可谓与传统的"一分耕耘，一分收获"的观念完全一致，然而，尽管愿望很美好，但这种判断其实并不具备理性因素的支撑。

其次看"我"进行生产的过程：

我在拉丁雇了二三十个老汉，帮我进去挖地和薅草。浩浩荡荡的一群人，扛着锄头箩筐进了山，像是去干一件新鲜事儿。几天后，偌大的地里沟壑纵横，都种上了天麻和三七，蔚为壮观。他们干完活，我让老康给他们结了工钱。老汉们对我充满了好奇，眼神中夹杂着玩味和几许不解。干完活，我打发他们都出去了。除了在开垦时，"我"短暂借助了他人力量的帮助，在其他全部时间，"我"都是自己"薅草、追肥、注意虫害"的，从事生产工作的始终只有"我"一个人而已。"我"与他人的关系比较接近于传统农业社会里那种松散的邻里互助，而和现代社会当中的那种严格的契约关系存在着比较明显的差别。由此，其弊端同样显而易见，在"我"的生产活动中，组织性与协调性严重匮乏，这直接导致了在收割时"我"无法迅速地召集到足够的人力帮工，最终成为"我"失败的原因之一。

最后看"我"种植药材的目的：

我为重新燃起的梦想隐隐地激动着。老长一段时间以来，梦想这个奢华的话题令我感到无比厌憎。就像我憎恨那套虚伪的社会法则一样。

有天夜里，我梦见自己咸鱼翻身，药材丰收，卖了一百万，大赚了一笔。我几乎是笑着醒来的。屋外正下着大雨，电闪雷鸣，透过窗户，我看到一道道强烈的闪电像上帝执鞭，愤怒地抽打着天空。我将被子裹得紧紧的，梦里的喜悦顿时荡然无存。那个晚上我再也没合眼，内心反而充满了焦虑，这么大的雨，将我心中那团刚刚复燃的火浇了个透心凉。

表面上看，"我"的行为当然是在追求梦想，但对于梦想，"我"其实有着更加明确而实在的定义，那就是赚钱，通过财富的积累来改善自己的生活，最后实现社会地位的"咸鱼翻身"。但这种将梦想和财富进行简单等量代换的做法有着一个直接的恶果，那就是对于自我的物化。虽然这种物化在本质上同"我"的追求其实是矛盾的，"我"所真正希望得到的并不是金钱，而是尊严、爱情以及其他人之为人应该具备的东西,但只有财富的积累才是"我"获取这些东西的唯一路径。因此,"我"不得不选择以它作为自己的梦想,并在逐梦的过程中不断地感受痛苦——"我的失眠症不知何时又悄然回来了。这叫人绝望。曾几何时,我以为战胜了这个恶魔。特别是在这丛林的两三年,它消退得无影无踪。每晚我都枕着松涛入眠,在这儿,没有任何东西能干扰到我。然而失眠和焦虑在这个冬天频繁地光顾。"

究其本质,"我"的这次反抗依然是传统农业文明生产方式的一个变体:出于对天时地利的粗浅估量及对自我力量的信心(这种信心背后是对于个人主体性的肯定),以一种自给自足的自然经济方式从事生产,最终实现资本增长以及资本积累的目标。但显而易见,这种生产方式是极为脆弱的。首先,由于规模限制,它的资本积累速度相当缓慢。在前现代,这个矛盾尚不算特别尖锐。但在高度资本化的现代社会,这种小生产者的个人资本积累方式便迅速地暴露出其弊端。由于积累速度缓慢,资本的增长很有可能无法满足对于资本越来越高的需求,从而这个资本积累的过程便永远无法终止,个体只能在不断地轮回当中反复持续着自我异化的过程,并最终走向毁灭的边缘。其次,这种生产方式对于突发情况的应变和周转能力严重不足,这在小说里就表现为"我"在天灾面前的无能为力。故事当中的天灾共有两次,第一次是雨季的洪水。在这次水灾中,由于补给线的切断,"我"几乎丢了性命,只是由于侥幸发现的木薯才使"我"最终逃过一劫。(木薯可通过浸泡解毒并不在"我"的认知范围内。)但这种偶然的幸运却无法次次光顾,当"我"遇到的灾害范围更大,力度更强时,"我"的个体经营就一败涂地了。试比较一下,倘若这块药材地是一个现代化中药企业的一个部分,那么通过整体科学合理的布局、人力物流资源的配置以及对市场供给的杠杆调节，在天灾面前即使依旧难逃损失，但至少能够形成一定抵御风险的弹性空间，这是纯粹以个人为单位的谋划经营所绝对无法做到的。但更为悲剧性的是，这两个缺陷又是互为表里、相辅相成的。由于无法完成资本的原始积累，个体便始终不能跳脱这种小生产者的个体经营模式，对于风险的控制和防备就永远都无从谈起。在现实的困境里，个体所能做到的唯有像"我"一样去进行一场倾其所有的赌博。一旦这场豪赌出现任何偶然因素的扰动，那么参与赌博的个体就只有同"我"一样可悲地输得一干二净。

但郑小驴的深刻不只停留在阐明了"我"在拉丁的这次反抗的限度。通过将拉丁与北京两段记忆的并置，他敏锐地把握到了"我"在北京上一次反抗的真正面目以及"我"反抗受阻的根本原因：

我想象着卖完药材的场景，钱包鼓胀，仿佛又回到刚来北京的那年，整个世界都不在话下。

通过这样一种感受的互通，郑小驴引导我们再次反思"我"在北京时所追求的梦想。其实，"我"的愿望完全可以用另外一种话语系统重新表述：同心爱的人一起打拼——两个独立的个体分别用自给自足的方式进行财富的积累；买下一间即使偏远逼仄但却温馨的房子——完成资本的原始积累后实现个体对于财富的需求；在这个充满发展、充满机遇的现代都市里扎下根来——新一轮资本积累的开始。通过表达话语的置换，我们可以看到，两种表面上大相径庭的生活方式其实具有高度的内在一致性。而导致"我"失败的原因也同样是相同的。在"我"的故事里，"我"从北京出走的原由主要有两个：一是房价的飙升，二是李蕾的堕胎，而这两点其实可以归于一点，那就是"我"对于财富的需求一直大于现有的积累。由于资本的原始积累过程始终无法完成,"我"便只能在看似距离梦想一步之遥的迷思当中背负着生命不能承受之重,这正是自给自足的小农生产伦理所无法破解的生存困境。

在文本里,郑小驴两次写到了鸽子的意象。第一次见到鸽子是在李蕾堕胎的医院前,"它蹲在烟蒂的旁边,翅膀好像受了伤,正瑟瑟发抖着。我们的目光相遇的那一刻,它似乎想着要逃,扑棱扑棱,却只挪动了几尺远。它绝望地处于我的目视之下,索性耷拉着头,面对着脚下的一堆脏雪,像已屈服于自己的命运。我朝周边看了看,没别的鸽子了。"而第二次写的鸽子则已经被关到了笼子中,边上是一个"熟练地褪毛、剖解,剪刀使得比医生的手术刀还熟练"的家禽贩子。鸽子本是一种群居的动物,但"我"在北京所见到的鸽子却是落单的。它以为凭借自己的力量便能展翅高飞,而它也确实这样自由的飞翔过。但在这座充满着更为强大力量的都市里,它却最终受伤了,再也飞不起来,并最终难逃被捕、宰杀的宿命。在这里,鸽子是"我"的象征,也是李蕾和千千万万试图凭一己之力挑战世界的"北漂"们共同的化身。

在"我"的身上,可以说集中了"北漂"们身上共通的局限。即使身处中国最为现代化的都市,即使接受过现代文明的洗礼,但对于"北漂"们来说,所能选择的奋斗方式却依然只有传统的自食其力一种。他们没有其他的路可走,但又无处可逃,所以只能在这种奋斗的假象里自我欺瞒,并不断复制着自我异化的循环。他们在这种循环里变成挣钱的机器,也在这种循环里走向死亡。在小说的结尾,"小鸟再没回来,然而我将必须回到她身边"——因为她怀孕了。

新一轮的循环已经开始……

四 失败之后

由于在现代社会，纯粹依靠个体的反抗方式已无济于事，通过出走来寻求解决之道亦非上策，那么一种直接的应激反应便是选择去将个体的部分自然权利移交给国家，进而组建一种集体性的共同权利，通过这种共同权利的运作来保障个人的基本生存发展不受侵害。这种思路是有其合理性的。然而只要我们将"北漂"的形成历史纳入进我们思考的范畴，那么问题便迅速地复杂化了。在"北漂"群体的形成过程当中，我们可以明显地看到国家意志运行的痕迹。通过政策的倾斜，资源被集中分配到了本身并不具备特殊发展优势的地区。可以说，国家意志才是形塑"北京"这个巨大的现代神话幕后的真正推手。在"北漂"的问题上，我们必须认识到这种个人同集体关系的复杂辨证——究竟个人的权利应该以怎样的方式在一个怎样的范围之内向集体让渡，集体又应该以怎样的方式来保障个人基本权利的诉求得到落实，这些都是摆在我们面前无法回避的命题。从这个角度上说，郑小驴的故事远非认识的终点，他并不提供任何通向出口的方法论。作家所做的只是向我们打开了思考的疆域，对于我们思考的漂流来说，一切不过才刚刚开始。

2015 年 1 月 7 日

贾行家《尘土》：
数十载的人世游

王俊雅

可能对大部分人来说，贾行家是个陌生而有点儿好笑的名字。贾行家是谁？网易博客"阿莱夫"及网易微博专栏"他们"作者，文艺青年出身，前摇滚乐手，单机游戏玩家，人送贺号"哈尔滨耶稣""禅宗朋克""端坐在长条凳上的相声界伊藤润二"……可能这些标签都不足以描写他是个怎样的人，又写出过怎样的文字。

贾行家的第一本散文集《尘土》出版于2016年11月，同年10月《读库1604》收录《他们》，离他在博客上发表文字开始，过去了十年挂零。《尘土》是旧博客文章选集，跨度从2007年到2016年，出版时做了许多修订，下的心思深密，他又是不愿谈自己的，读者也只好以意逆志，暗自揣度字缝里写出的字。

《尘土》分为"人""世""游"三节，谈人，谈世，谈游，谈来易来去难去，数十载的人世游。"人"讲家族记忆与逝者身后一点念想，讲希望被留存的平淡；"世"偏向于杂文，给自己定个题，信笔写去，天马行空五洋捉鳖都是它；"游"则是一束游记，描述如今的东北和山东怎样重归于原应得的萧疏荒寂，兼及远远望过的几座城。可留恋的与活该失去的都被滚滚洪流裹挟去了不知哪里，在世的人无可无不可地往前走，他独自回望。

人

我知道贾行家七八年前有个未竟的家族史写作计划，写了十几个片段就搁了笔，许是意识到自己的限度。后来也断断续续地写过些断章，几乎都收在《尘土》里。这些篇章里有些有小说笔法，有些是由个杂文题目兼及记人事，有些则直是风物诗中三两人影，寂寂地往远处走去。

"人"这一节里，讲的人物都是贾行家本人的家族亲眷，间有朋友邻居。看他写自己的亲戚，觉得那真是个开枝散叶落地生根的巨大家族，亲戚关系叠床架屋，从姑姥姥到长房大哥，都是城市里的核心家庭觉得遥远如唐朝般的词汇。读这一节时常惊异于这个榕树般的家族里人人都安于天命，即使远离土地，也生活得像农作物，不以他人血肉为食，以自己的气力生长，尽力为后代挣下一份家业，萎谢也安静。他们的生活里充满自知或不自知的遗憾与失落，人是极平凡的人，失落也是极平凡的失落，是不知道去责怪什么的。"人"里的大部分主人公都尽力去过一份清洁体面的生活（无论物质或精神），成功的，未必心满意足，失败的，也不是因为懒惰或愚蠢。不是传奇，只是人世。

"'去者日以疏，来者日以亲'，去和来的都不得已，居于其间，也是不得已。'以疏'之后，我于他们的生命里，感到平淡遍及的哀伤和贵重。"如这序文中所说，"人"这一节里，几乎都是逝者，或曰归人。贾行家刻意在谈论自己相熟亲近的人时兼连谈论他们的死亡，给那些人物行状画上个不太圆满的句号，自己站在近处目送他们离去。那些人"小心翼翼地活成生活，有的最终交付了出去，有的仍然打碎了，使我不得不庄严。"留下的人在人事流转里仍然保持记忆，仍然带有对故人的哀矜。

贾行家是哈尔滨人，祖籍是山东，礼仪之邦，讲宗族与规矩，离他也是远的，说起来却带着几分"了解之同情"："在烧化的黄表纸里，在雪地上炸开的通红的二踢脚碎屑里，他知道他永远位于那个散发着酒香肉香烟烛火气叫作'年'的日子的开端。他知道他的子孙，那些相貌相近的弟兄和他们各自的女人，要被拴在同一块土地里劳作，默默地积攒家道，聪明优异的去读书进学，扬显祖宗；他们还在一片相连的屋檐底下吃和睡，若有哪个外姓人冒犯了其中的一个，都要引起他们全体的仇恨，若是哪个做下见不得人的丑事，使全族蒙羞，就摒弃于祖坟之外；他们谁都无法撕裂、断绝这纠结的血脉和荣辱，福祚磨难与共，生来就要领受名字中间的那个字。谁料，那一行范字，到我父亲那儿就随意弃置了，再没有重新拾起。"

但这"了解之同情"是有共情心，而无同理心。这种古典伦理有其内在自洽的运行逻辑，却未必是好的。贾行家叙写自己的父祖辈，说到自己的大哥遵循爷爷"每支上都要有后"的看法，为大脑炎后遗症智力障碍的成年弟弟寻访一个可以为他留下孩子的女人，母亲大惊说这荒唐，而大哥回答："三婶你不明白，这是要做的，成了就是又一家人家。"故事的最后说"母亲看到了孩子，是个很好的孩子。"尽管贾行家并不接受这种行径，他却并不作出价值判断，只是陈述在他所亲近的人看来，这个世界应该有什么样的秩序，笔调克制得有点儿像在描写一个不相干的外人。他只是与那个人相熟，觉得他的人生是值得被记忆的，却不带什么"故显考公讳老大人"

的荣耀或割席分坐的鄙弃。他记述的是一种已经过去的生活，以及这平淡生活中生存过的人物。在这些记人的篇章里，只是呈现他所知道的人与事，并希望他所讲述的人与事在不存于世时，在他人心里留下一点印迹。

世

贾行家的外号不少，都是朋友给上的，其中有一个尊号叫"磕功王"，意即"磕碜人界的功夫之王"，极言他刻薄人的本事，爱之者赞为"单刀入阵，寸铁杀人"，恨之者视为冷嘲小道，上不得台面。他本人倒并不如何夸耀这门手艺，正经提起来甚至带点儿羞惭，以为是"心理晦暗病态"之表征。但想到好形容，总不免技痒，或发微博，或不动声色地嵌入文章里，透出几分狡狯和得意来。

日语里有个成语叫"人类观察"，贾行家可说是一位"人类观察家"。他自承"生命力不旺盛，爱欲不旺盛"，缺乏很多通常认为是美好的情绪，换得一双冷眼，对行于当下的事件、思潮与背后的某种逻辑有异常的敏锐。他对于宏观的事物一贯缺乏敬意，好像对三个人以上组成的团体都觉得可疑，是以很少对什么东西燃起热情，总要审视一番，看看那些堂皇的激昂的文艺的诱人的言辞里隐藏着什么棉絮芯子。他又读许多杂书，看影视打游戏，常年混迹在人群里，输入丰富而基点坚实，能从习以为常的社会与历史里看出许多扭曲与变态，观点和文法都受刀尔登影响。《侠与武》里写侠客："侠义公案小说是'为市井细民写心'，侠客疲软，也是因为这'民心'早已告饶，连自己的性命都懒得负责，不劳侠客爷牵挂。至于侠客，最可美慕的是政治待遇，'半拉官人'，最好看的，是办完公差行有余的捉奸，又解气又解馋，否则解释不清，一个江湖人，又没有电线杆小广告那些加粗黑体的毛病，为什么不恨杀人狂却恨婚外性行为。又说，这是因'人情日异与昔……虽故发源于前数书，而精神或至正反……民心已不通于《水浒》'——民心连《水浒》都已不通，真是越想越可怜。至于真正圣明的皇帝，倒是连忙都不要他们帮，这些义警，只会越帮越忙，顶多帮帮闲，还是要靠发动群众。"真是一鞭一条痕，一掴一掌血。

鲁迅对热讽与冷嘲的区分是大家都熟悉的，区别在于前者希望被讽刺者改善，而冷嘲则缺乏热情与善意，直是说怪话，内设是知识分子应该对社会有所建树。从这个意义上说，贾行家大概是冷嘲。但是鲁迅对冷嘲的论断，更有名的是这一则吧："约翰弥耳说：专制使人们变成冷嘲。我们却天下太平，连冷嘲也没有。我想：暴君的专制使人们变成冷嘲，愚民的专制使人们变成死相。大家渐渐死下去，而自己反以为卫道有效，这才渐近于正经的活人。"那么，有冷嘲毕竟比无冷嘲要好些了。我想热讽与冷嘲，区别毕竟还在是否对被讽刺者抱有愤怒与希望。贾行家有没有过希望，我不确定，但他大概是曾经很愤怒的，然后这愤怒被现实磨去，被修养压下，被疲倦屏蔽，发酵出阴阴的冷嘲来。

"世"里还有一种文章，是群像剧，与"人"相比，就是彼此都为过客，远远地看过去，激起点儿涟漪，写下来，是"说话只说眼前的事"，也在有意无意之间。因为是如是我闻的他人事，也并不一定是多么严肃的事情，用笔就轻些，也有余地说得容易些。写下来的意思，大概是一种俗世人情，不像文艺作品常见的斗争冲突，是日子总得过式的调和。这调和就是人世，有清洁而美的，也有极鄙俗的，更多的还是无可奈何。《重婚》里讲到两代前有个小学教员，在城里娶了同事的女老师，正在月子里时，乡下的原配带着两个孩子进城来。"两个女人一个斜靠在床上，一个坐在床沿儿，商量了几个日夜，小声哭了几回，事情定下了：周老师多租了隔壁一间房子，两个女人都守着他住了下来。不到十年，蔡老师生了五个孩子，珠河的又添了四个。"家主的男人死后，一个有点儿特殊的大家庭变成两个，又变成十几个，事情就那样过去了，被流传成一种轶事。旁人说起来，觉得是奇闻，已成为中年人的孩子们讲起来，也颇以为是大团圆喜剧。一场凑合，一手调和，一口饮尽。

游

贾行家写任何人事都像是过去完成时，他停留在不远不近的过去回望更远的过去，把当下视作一种不太好理解的未来。他是哈尔滨人，笔下的风物常带几分风刀霜剑的冷刻，热闹的地方则好像顾前不顾后似的快活，让外地人看了觉得像是奔命。我从他那里得到的东北印象全无"共和国的长子"之风范，比较类似于"共和国的阑尾"，是市场化和供给侧改革打算切除的那部分。东北无端得来许多助长出的繁荣，又突然失去，重归于原应有的苦寒与荒凉。那场繁荣残余的许多人活在酒里，也死在酒里。

"游"里大半是记述一场黑龙江小城环游，让不曾去过东北的人看了，印象只剩下灰茫茫的一片，水泥的颜色，一个模子里扣出来一栋挨一栋的空楼，又夹杂着吊诡的彩灯闪烁。讲到煤，也讲到石油，这些事物现在让人困惑，既得利益者仍然肥白，而曾经为这片土地下埋藏的资源感到骄傲的工人们只是疲惫。他写下伊春的晨昏："伊春的夜深且冷，行人更少。那位老总说，伊春交个人所得税的，百分之九十是他的工人。所以夜里深且冷。我住的地方前面有条大河,白天是清的夜里是响的。早晨发现有人在每个河墩上都写了一句话,走了一公里也没有看完,意思是求一个女人回来,答应带她离开这里。"

也有些看起来更像传统风物散文的篇章,讲哈尔滨的多些,贾行家的家乡。写道外生活是很动人的,短暂的春日里丁香抛洒香气,缓慢平淡的市井生活,日常的一点点粗放享受,麻将、吃食、茶馆,间而写到俄罗斯人留下的美丽红砖教堂,面对虚无时摆出的无物之阵。突然这些东西都消逝了,"一件事物的离去也带走了另外一些:一棵树被砍倒,鸟飞起和落下的声音消失;一条河干涸,河岸变成狭窄的伤疤;一个说唱艺人离世,几百首歌谣散佚",道外被驱入那个仓皇地发达又仓皇地败落的东北,去撕咬、残杀、醉生梦死,让人真切地感受到帝力之大与局中人的无知觉,无负担,无忧患,无畏惧。

贾行家笔下的东北和时代,带有一种迷狂的焦虑,浪头卷过去,幸运的弄潮儿在浪尖上玩出种种杂耍,大声嘲笑沙滩上留下的涸辙之鲋,殊不知下一个浪头就要来,而其后谁都不可知。贾行家怀着温情和无可奈何书写那些搁浅的人,抬眼看看浪尖,厌倦地背过身去。他回望过去的时候,看到那个年代的匮乏与丰富,转头看看现在,放眼望去,是丰富与匮乏。过去固然没什么好,但也有可留恋之处,是已知与不那么焦虑。未来可能好,却好像没什么好依傍的。

人世游之外

我当代散文读得少,印象里是平易晓畅与繁缛富丽各顶半边天,近二年又是前者占上风，其中似又以学周作人汪曾祺一路为多，写风物人情，力求明白如话而有诗意，又点缀些旧书的片段故典，使读者见之亲切还欣欣然觉得颇长知识，就是很不错的散文了。贾行家的《尘土》，则是少见的一派。

他谈论理想中的当代汉语，说应当"内部的肌理符合现代审美，理性和常识健全，逻辑贯通，有思辨的快感，从而具有建筑般的结构美感；形式上能接续千年中文的美好神采，读起来动听，各个声调抑扬顿挫，长句利落，短句干净，句子间顾盼生动"，而实际上却是"朝来寒雨晚来风"，一间四处漏水长霉而无可易居的旧宅，又说"总觉得像刚从个冬季的蹲坑上站起来，头晕眼发黑，脚下又麻又软，屁股不知到哪里去了"。既然这工具不趁手，只得自己操起锛凿斧锯，重新车出些符合匠人手感的东西来。

读贾行家的散文，不轻易，读着觉得文法与节奏都异于常人，纹理致密，如咬嚼菜根。他的单句信息密度高，少用虚词，每句话都是一个核心，没有散碎在外的词语和分句。而这打磨过甚的密度，就用长短句的气口来调整节奏，讲求"伸缩"，在坚固的意象与思辨里构成流转的文气。全篇谋划，也是同样。看看每一段都是间不容隙的整块红砖，谋篇结构上却极骀荡，硬生生被他砌成曲水流觞。

翻《尘土》常是带笑的，贾行家的用词句法五方杂处六经注我，从禅宗公案引到阿赫玛托娃，东北话和相声中得来的狡黠俏皮话与官方红色语汇各得其所，罕见的文言词与刻意求生涩的自造词随手安插在意想不到的地方，读者读到个怪词儿惊一跳，细想起来又实在熨帖如天生，是夺胎换骨法。引《远近青黄》一段为证："（青岛）窗外有海，西山有爽气，选了这样的好景致、好气候，铺了舒舒展展的大局来豪赌一场，赌仙家神通，赌洋洋哉固大国之风，赌软着陆,赌夕阳不下山,赌向苍天再讨五百年。"极书面与极白话夹杂,带有对自己所拥有语言任意而出的自信。

每个写作者都或多或少地有一套自己习惯的语法句法,贾行家通过这些可能会被视作琐细的技艺,清醒而有意识地试图建立自己的汉语。很难找到像他这么在乎文体与语言的散文写作者,这使他的写作看起来没有多少气势,也说不上灵性,取而代之的是密度与重量。要写得甜俗滑腻是极容易的,"宵寐匪祯,扎闼洪庥"看上去难,实则掌握了模式也是覆掌之间的事。而两者都无所取的贾行家选择了这样独自处理笔下的语言,说不上是野心,更像是不得已而为之,类似于家里缺了件市面上早已绝迹的物什,没有办法,只得亲手从头打磨起。是好是坏,好歹是自家用,怪不得别人。

《尘土》这个集子是收了十年来贾行家的博客选集,篇目之间没什么联系,全书的节奏很不均匀,也嫌密度过大。常读散文的人大概觉得他的笔法太像小说,家族史么,福克纳,马尔克斯,莫言,滚瓜烂熟。与那些熟悉的写作者不同的是,贾行家不追求他们喜爱的异常与刺激,连死亡也是平常的,激不起一点涟漪。用他自己的话说,"我们家这五六代人里,没出过英特迈往的英雄,也没有叛逆、天才或疯子,搜检上百年里各支上的记忆,无凶杀、无孽情、无横祸,都是些可勾销的琐碎恩怨,子弟们出外考学,到乡派出所政审,只发现某位姑老爷涉嫌破坏军婚,还是抗美援朝时的事,叫爱听故事的人看,实在一筹莫展。"在那些记叙里我们能看到若隐若现的"我",是如同故事里的其他人一样平凡的,叙述到自身时,勾勒出的形象甚至还显得平庸,与其他聪明精彩人物相比,是个灰灰的臃肿影子。而这个影子却独自担当了剧中人、观察者、叙述者这三重身份，在回忆与想象中隐隐地浮现出来。作为作者的如今的贾行家远远审视着作为人物的过去的贾行家，这距离感实在是很妙，在"显示"和"陈述"间达成个微妙的平衡，显出点一体两面的意思来。

也就不妨把这两重人格分开吧：身为作者的贾行家是"世"里那个议论冷刻的杂文作者，身为人物的贾行家是内心愤怒而不安地观察着世界的青年人，外表沉默如一袋面。而当写作中出现一个故事的时候，看似无所顾忌的前者突然就退避到幕后，将后者突兀地推进前台的角落里，让他去看那个小小的世界，说话只说眼前的事。故事里不该有议论存在的位置，如果要有，戏子也只该有三分。意思里大概是一份谦卑：没什么人有资格评判一个实在的他人的人生。

《尘土》有个半公开的副标题"归人与过客"，是引自张楚的歌。张楚活跃的年代里贾行家还是个愤怒的摇滚少年，前者的歌声承载的悲哀、讽刺、愤怒、无可奈何和最后的同情被一点一点吸收进后者的经验，在而后的时间里，他怀揣敬意与遗憾，书写那些被时代大潮裹挟着消失，并认为没有问题的蚂蚁。

时代不愿记忆的，总该有人记忆。

大头马:
北京城里的蝙蝠侠

薂弦

一名痛恨电视的男子被真人秀节目偷偷相中,在饰演队友的工作人员的引导下,撬门逾墙,砸烂电视,甚至企图潜入电视台制造爆炸,最后关头,他被告知此前种种不过节目组的策划,震惊之余他依然选择了实施计划。一位毫无文学天赋和经验的男子意外入选写作大师班,奔赴某座南方海岛接受荒诞不经的培训,课程结束后还被要求提交一篇习作,以供评委考核,消极怠工的他直到截稿前十分钟才发现比赛奖金高达3000万元,慌乱之中将这段离奇的经历写成了小说。

以上是大头马的两部小说集《谋杀电视机》(2015年)和《不畅销小说写作指南》(2017年)的同名短篇所讲述的故事,其中,影视与文学被以一种态度暧昧的方式逼至绝境,或濒临毁灭,或堕入彻底的空虚。考虑到作者的身份——一名"自幼喜爱文学和电影"的职业编剧和业余作家,她的颠覆不能仅仅被解读为无伤大雅的玩笑,而隐约透露出其对待创作及生活的立场。假若我们暂时抛开对时下粗疏的代际划分方式的过分警惕,大头马的姿态颇能说明青年一代作家——尤其是生于90年代的小说家们（1989年出生的大头马也戏称自己为"泛90后"）——当前的处境：经历了近三十年倍数播放的历史后，曾经坚固的事物都已烟消云散，对崇高的想象力亦随之告罄，但迎面扑来的现实巨兽仍在急遽膨胀，新鲜、异质的经验尚未充分沉积，惟有借助后见之明才能被真正把握。对置身于历史迷雾中的一代而言，在众声喧哗里寻求稳固的位置，自然要比见招拆招来得困难，因此百无聊赖和玩世不恭构成了最普遍的心态。而大头马的小说恰好记录了作者，乃至整个代际的写作者，在类似的虚无中领受的自由和遭遇的危机。

小说《不畅销小说写作指南》里，大头马将整个文学建制微缩成海岛上的一场比赛，以漫画式的笔法勾勒出小圈子的众生相：故作高深的大师班导师牛某，性情古怪的网络言情写手李恒，善于逢迎的青春小说作家耿小路，性感撩人的文艺圈名媛郑梦，年过半百的儿童文学作者"知心姐姐"，以及其他勾心斗角的"文人"。某些描摹确实入木三分，但究其内核，想必不是"文坛现形记"般的"谴责"，因为"谴责"首先意味着有所确信。而作为一位"小学三年级开始在媒体发表作品"，但直到"2012年世界没末日之后"才逐渐在豆瓣等平台上创作小说并找到读者群的作家，大头马可谓游走于主流的"刊物—学院"秩序之外，对传统的上升途径和资源分配模式并无太大兴趣。因此，她选择以王德吾这样的局外人身份介入一场"文学盛事"。作为参赛者的王德吾不过一具空壳，他的诗人角色只是临时编造的产物，而一旦占据这一主体位置，就立即在机制中运转起来，为他人的奉承与攻讦所裹挟，也适时地拿腔作调，加入表演，甚至在夸张的3000万奖金的激励下，还能文不加点地写就一篇小说。在此，大头马倒没有打算以类似朗西埃的态度书写一个印证"智识平等"的寓言,她要做的,是以戏谑的语调和近乎流水账的形式回顾一篇小说的诞生,同时也是创作这篇小说本身,并在此过程中架空了写作——王德吾的奋笔直书实则动摇了我们的文学认知。以这样一篇小说来统领这部姑且可算作"中国套盒"体的作品,不仅是为了交代后续数篇小说的由来,也奠定了全书的基调。

相比于《不畅销小说写作指南》里曲折的取缔,《谋杀电视机》则选择直接的屠戮。大头马在文中策划的爆炸之所以强劲,不是因为她赋予这一行为崇高的意义,恰恰相反,而在于她抽空了"谋杀"的合法性基础,从而凸显出破坏的物理属性。大头马借小说人物之口表达了对电视观众的费解:"我确实不懂,互联网已经发明几十年了,什么人还会守在电视机前看一部中途会插播牛奶广告的恐怖片"[1];更反复调侃企图为谋杀计划提供凭据的"批判理论"的陈词滥调:"我们破坏电视与任何你们现在给出的解释都无关,既不是什么批判庸俗文化,也不是反对传播媒体,还有什么……企图掀起第四次科技革命"[2];她坚称叙述者"我"是一个纯粹的电视厌恶者:"我们破坏电视只是因为我们讨厌电视"[3]—然而根据小说内容,叙述者如此痛恨电视着实不合情理,他从索要赔偿到加入犯罪团伙的转变若不出于游戏心理,实在缺乏逻辑必然性。于是,叙述者变得吊诡起来:他憎恶电视,又预防性地消解了他人对电视的批判,也不提供任何建设性的方案。站在更高视角,大头马甚至撇清了小说与"楚门的世界"式的故事的联系:"当然不了,又不是《楚门的世

---

[1] 大头马:《谋杀电视机》,四川文艺出版社,2015年,第53页。
[2] 同上,第136页。
[3] 同上,第136页。

界》"[1],因此,叙事者的袭击无法被视为电影和小说中司空见惯的对生命之虚妄的毅然揭露。简言之,既有的价值都被他拒之门外。然而,这重重的否定游戏,未能打开上升之路,却只标记出一个空洞的立场,一座游移不定的空中楼阁:叙述者似乎与坚定、明确的信念绝缘。最终,他只能将否定诉诸最粗暴的毁灭,以终结整场闹剧。如我们所见,小说的结尾停顿在了爆炸前的片刻:"10,9,8,7,6,5,4,3,2,1。"歇斯底里到镇静的叙述者默念:"这才是真正的倒计时。"[2]当然,考虑到我们不同程度地分享了叙述者的情境,这也为我们的生活按下倒计时——当一切根基均被"谋杀",我们将迫降在何处?

虽然反讽这一概念牵连出的思想线索过于驳杂,且以之为切入口的文学研究早已不胜枚举;但是,借助它来讨论大头马的小说依然行之有效。在以上两部作品里,反讽均是最基本的运作方式,当代文学建制的昏庸陈腐、电视节目的枯燥贫瘠以及某些流行文化批判者们的刻奇心理等现象,经由大头马对不同群体的话语的反讽性运用,徐徐铺展开来,又自行瓦解。将自己摆放在一个旁观的反讽者的位置,确实为叙事者赢得了绝对的逍遥,可是这种姿态并非毫无风险。如果说王德吾尚能选择在适度保持距离的前提下,与荒诞的现实共舞,故而为自己预留了一席之地;那么,在《谋杀电视机》的主角那里,情况远为复杂:这位无所用心的破坏者贯彻了近乎"无限的绝对的否定性",哪怕他因真人秀节目而获益,也仍要践行蓄谋已久的自杀式袭击,但超越性的救赎则未曾兑现。从这个意

---

[1] 大头马:《谋杀电视机》,四川文艺出版社,2015年,第142页。
[2] 同上,第147页。

义上说,《谋杀电视机》或许算是《不畅销小说写作指南》逻辑的继续演进,它在消解各式现象的同时,也完成了对自身的否定,与其说"我"谋杀了电视机,毋宁说"我"谋杀了自己。

有关中国当代小说的反讽问题,恐怕无法绕开杨小滨的著作。在探究新时期先锋小说的叙事时,杨小滨指出,余华、徐晓鹤、残雪、马原、格非等作家凭借对主流话语的修辞和结构的反讽式重写或戏仿,揭示了其中潜在的精神分裂,解构了这种典型的宏大叙事。具体到理论层面,他将反讽的谱系一直延展至阿多诺意义上的"否定辩证法",进而视反讽为80年代先锋小说的后现代性的根源。[1] 相较于杨小滨,黄平近年的工作辐射的时间维度更广:他以"形式层面的'反讽'"和"思想层面的'虚无'"为线索,串连起王朔、王小波、韩寒这几位游离于当代文学史主线叙事之外的畅销型"边缘作家"。[2] 这种文学版图的重新勾描颇为及时,也相当准确,因为伴随着宰制者的主人话语被更为复杂且隐蔽的准则所取代,以及黄平所谓的"参与性危机"——即青年无力介入社会、历史的现状——成为定局,"反讽传统"无疑已是笼罩着一代写作者的整体氛围。换句话说,这条传统延伸进最近十年后,不复是可以被选择性忽视的一支,而成为不容回避的写作面相,乃至分化出错综复杂的水系。就其具体样态而言,除了传统的写作出版模式或新兴的网络文学机制催生的作品外,也包括社交网络上涌现的种种无明确文体规定性的断片,后者里已为网友熟知的进展就有网络"严肃文学""特师"大咕咕咕鸡的"锤片"。2016年年中,新浪微博上大咕咕咕鸡与阿

---

[1] 参见杨小滨:《中国后现代:先锋小说中的精神创伤与反讽》,愚人译,上海三联书店,2013年,第六章。

[2] 参见黄平:《反讽者说》,上海文艺出版社,2017年。

乙之间爆发的一场多少有些"事件"意味的对决，曾无意中暴露了"主流文学"遭遇网络书写时的震惊和错愕。大咕咕咕鸡正是采取一种标准的虚无立场和反讽话术——几乎原封不动地复制他人微博，但指向截然相反的意思——戳破了阿乙正义信念中的偏执和理解能力上的困顿，乃至使他陷入"语言机能紊乱"的境地。

不论是基于对大头马小说文本的阅读，还是对其出场轨迹的追溯，都有理由将她接续到这一"反讽传统"的延长段上。她的首部小说集里的几个短篇，诸如《你爷爷也一样》《在期待之中》，明显沾染有大咕咕咕鸡的文风（倒不是说大头马在效仿他的文风，而是大咕咕咕鸡准确把握了我们普遍的汉语感受），熟练地调度社交寒暄、职场套话、政治宣传中对年轻一代可谓语言暴力的修辞进行言说，游刃有余地穿行于尴尬的现实场景，却不为之束缚。至于多以"某某指南"为篇名的第二部小说集，据我推测，灵感来源应是《克罗诺皮奥与法码的故事》一书里的"指南手册"（Manual de instrucciones），尤其以《道歉指南》和《米其林三星交友指南》在形式上最贴近科塔萨尔。不过，大头马的指南折射出的心境，却有别于科塔萨尔在重新认知哭泣、恐惧、上楼梯、上发条等日常事件时显露的创造性的天真。她总是后撤到足够安全和自由的反讽之中，看似劳心地出谋划策，却暗中肢解了情感的严肃性，譬如她对道歉关键点的归纳："问题不在所要克服的心理障碍和所要掌握的技术细节上，而在于正确认识对方将要未要接纳之际，内心所洋溢起的赢家情绪"[1]。此类观察固然洞若观火，有毒舌却精辟的一面，但不得在行事时效法，它更多地落足于体验超然事外的快感，以及捕

---

[1] 大头马：《不畅销小说写作指南》，湖南文艺出版社，2017年，第181页。

捉尚未定型的理想之物——这恰是反讽者的意图所在，也不无可取之处。

但是，让我们回想一下《谋杀电视机》最后的爆炸场景。大头马剥洋葱般的层层否定，是否也可能只得出虚无的空心？在她积极地自我推翻所廓清的空地上，究竟该如何重建稳固之物？仔细考察，大头马的笔下那些富有喜剧色彩的角色大致可以分为两类：一类是被揶揄的存在，是作者试图消解的对象，其"理型"应是猥琐、乏味、迂腐、别扭的中年男性，譬如《在期待之中》里的老王；另一类则是表面上玩世不恭的游戏者或反讽者，负责揭开虚幻的价值，他们往往也担任着故事的叙述者，例如《婚礼偷心指南》里的偷情客。但二者之间并非泾渭分明，对前者的描摹，有时其实暗含着作者的自嘲。至于后者，哪怕他们确是作者的部分意志的化身，也不完全等同于作者，某些时刻，我们甚至能看到大头马暗中将矛头对准这些不完全可靠的第一人称叙述者自身的问题（《谋杀电视机》即一个例证），这是否意味着，她对于反讽孕育的空虚同样有所关注？黑格尔对德国浪漫派的批判，或许可以借来描述大头马面临的难题：一方面，当"自我"通过反讽使"一切有事实根据的，道德的，本身有真实意蕴的东西"都显得虚幻时，他本身的主体性也因此变得空洞无聊；另一方面，不满足于自我欣赏的"自我"又渴望找到"一些坚实的，明确的，有实体性的旨趣"，殊不知他根本不可能从空虚中抽身。[1] 对于黑格尔所说的这种"精神上的饥渴病"，大头马又将如何解决？

有意思的是，在两部小说集的部分章节或片段，我们确乎见证

---

[1] 黑格尔：《美学（第一卷）》，朱光潜译，商务印书馆，2012年，第83页。

了与上述反讽式的观看不同的姿态,即,企图着手修复其间的罅隙。那些意义从现实虚无的地平线上涌起的瞬间,尽管一闪而过,但带着内蕴的激情,展露出新一代作家在应对外部刺激时多元的方式:他们不仅能像克尔凯郭尔说的,"把自己从日常生活的连续性对他的束缚中解脱了出来","无所顾忌一身轻"[1];同时,也可以秉持某一信念,介入悖谬的世界,或是从这片瓦砾里,发掘新的可能性。比起上一代人曾经的进退失据,这种从容的出与入,可能有赖于更圆融的心智。

由一位剧作家夜跑时的回忆和沿途景象交织而成的小说《Ordinary People》,就还原了一个覆灭的价值重生的过程。小时候,母亲的区别对待令他怀恨患有阿斯伯格综合症的高智商哥哥;成年后,数学天赋过人的哥哥沦为落魄的剧评人,而他却成了四处招摇撞骗,但风光无限的剧作家;于是,他加倍地放纵自己,享受虚浮的成功,只为了刺激作为假想敌的哥哥;直到他突然意识到,自己对哥哥的仇恨不过是因一场误会而生的魔障。小说即将收尾时,终于解开心结的剧作家突然插入了一个乍看之下与前文全然断裂的故事:涉世未深的男孩为了换取城里唯一的作家继续给他讲故事,独自前往幽暗的森林捡拾柴火,不料竟在林中遇到了神明。神告诉男孩,他自己才是真正的作家,并指引他向北走去。由此,男孩开启了跌宕的人生,先是承受了战乱、流浪之苦,短暂的婚姻之后,又迎来了丧偶、丧子之痛。当他垂死的女儿躺在床上请求父亲的慰藉时,他讲起了自己的一生……这则嵌套在小说中的故事占据了相当

---

[1] 索伦·奥碧·克尔凯郭尔:《论反讽概念》,汤晨溪译,中国社会科学出版社,2005年,第220页。

大的篇幅，且有缭绕的宿命之感，令读者不得不试着构筑它与整体的联系，纵使有过度阐释之虞：如果说，剧作家迄今为止的人生始终表现为主体性的匮乏——他被哥哥的阴影所笼罩，或是企图窃取哥哥的身份（伪装成阿斯伯格综合症患者），或是从哥哥的角度凝视自我（向他炫耀自己的成功）；那么，小男孩的故事则翻转了这一状态——只有独立寻找故事的人才会成长为真正的故事，哪怕只是一个与家人分享的私人故事。后者具备一种不依靠给定的标准，也不流于犬儒，而是从纯然的虚无中重建微小神迹的决绝。这似乎遥遥回应了黄平提出的"参与性危机"，即使是渺小无力的个体，如小故事里蒙受厄运的主人公，也有义务完成自我。大头马的另一篇小说《评论指南》，曾抛出过一个令人费解的公式："评论从来就是模仿"[1]。别误会，这不是对批评家们轻佻的嘲弄，而关乎人同周遭事物的关联。评论，至少依通行之见，涉及价值判断。大头马的意思或许是，不应从对象中跳脱出来，指手画脚，评论的要义在于，"从细节入手"，深入对象，跟随万事万物（她明确指出，"评论"包罗万象）而运动。

《Ordinary People》结束于一个大头马小说中鲜见的值得信赖的形象。她让跌倒的剧作家重新起步，留给读者陡然放大的背影：

> 于是我再次跑在了这条全中国乃至全世界最宽阔的马路上，感到内啡肽像一万个宇宙一般占据了全身，我想我的脸上应该挂着睥睨众生的微笑，我宽大的T恤被风吹得扩开来，影子投射在地上。我感到自己像一个英雄，一个蝙蝠侠。一个和两千万

---

[1] 大头马：《不畅销小说写作指南》，湖南文艺出版社，2017年，第247页。

普通人一起，住在北京的蝙蝠侠。[1]

将此置于蝙蝠侠/小丑的对立结构中看，叙述者终究没有滑向小丑所标示的虚无的一侧，用一句"Why so serious？"质诘并撼动我们业已破败不堪的世界，结尾油然而生的萧索的使命感，瞬间将读者拉回蝙蝠侠的阵营，当然，那是孤身一人的阵营。北京，这帝国的心脏和喉舌，光鲜与肮脏的共生体，这座《〈风的安全法〉补充资料一编》影射的魔幻都市，也和哥谭（Gotham）一样，有待"黑暗骑士"从暗夜深处挺身而出。这是身为两千万居民之一的大头马秉持的隐秘的英雄主义。

第二部小说集的最后，在讲完八个风格各异的故事之后，大概是为了避免读者的误解或偏信，大头马特地补充了一篇别有深意的后记。"我曾见过人类难以置信的景象"（I've seen things you people wouldn't believe），出自《银翼杀手》（Blade Runner）里罗伊·巴蒂（Roy Batty）的赛博朋克版"岘山之叹"的起句，遥接了原作对有限生命之境遇的体察。大头马从"跌入万丈虚无"开始，一步步向意义的峰顶攀爬。诚如作者所言，这份高度诗化的自白，无疑是"最接近真相的作者后记"，它除了提示出夏加尔、克尔凯郭尔、拉赫玛尼诺夫等写作时的精神奥援之外，更镌刻下作者多年来变幻的内在纹路。在漫长的流转中，她曾扮演过困惑的求索者，聪明的放纵者，顽固的怀疑者，虚脱的绝望者，但现在，一切似乎都有了答案：

> 我将告知你我所知晓的一切真理：如果海水曾经被分开，它必将再一次被分开。如果虚无曾经被意义所击碎，它不得

---

[1] 大头马：《谋杀电视机》，四川文艺出版社，2015年，第29页。

终生屈服于意义的又一次显像。如果发明词语者曾经发明了未来，那么未来将永无止境地在灵魂之间流传。

我但愿你在永恒的沉默中能回想起曾经听见过一个无能者笃定地告诉你，她曾领略美的奥义，洞悉真的魔法。

从先知摩西出埃及的无畏，到诗人马雁"发明词语者/发明未来"的果敢，大头马如同"大隐隐朝市"的当代巫师，呼唤着匿迹的意义再度显形，并且，不在凌驾于现实残骸的无限性之中，而在我们惨淡经营的世俗里。这一意义上，作为维系作家和世界的纽带，写作的使命也得以界定：是的，它必将朝向"美的奥义"和"真的魔法"。

2017 年 10 月 6 日

笛安：
倒下的船长

赵明节

在"龙城三部曲"的《南音》之中，有这么一个情节：小叔布置给学生一个作业，是写惠特曼的诗歌《哦船长，我的船长》的读后感。南音回忆自己虽然不喜欢这首诗歌，但是对它记忆深刻，她甚至感觉自己和苏远智之间的关系就如同一条船上共同出生入死的人一般。[1] 在之后的书写之中，笛安再次提到了这首诗歌，这一次是西决在撞死陈宇呈之后，被警方带走之前，回头看了南音一眼。这一刻，南音觉得自己是那个唯一能够理解船长也就是西决的水手。[2]

这两处的书写颇具意味，从情节上来看，书写这首诗歌不仅不可以推动情节，甚至还显得赘余。从篇幅来看，两次书写所用字数在整本书的体例下都显得微不足道，但是笛安保留了这首诗歌：

哦，船长，我的船长！我们险恶的航程已经告终，
我们的船安渡过惊涛骇浪，我们寻求的奖赏已赢得手中。

---

[1] 笛安：《南音上》，湖北：长江文艺出版社，2012年版，第81页。
[2] 同上，第230页。

港口已经不远，钟声我已听见，万千人众在欢呼呐喊，

目迎着我们的船从容返航，我们的船威严而且勇敢。

可是，心啊！心啊！心啊！

哦，殷红的血滴流泻，

在甲板上，那里躺着我的船长，

他已倒下，已死去，已冷却。

哦，船长，我的船长！起来吧，请听听这钟声，

起来，——旌旗，为你招展——号角，为你长鸣。

为你，岸上挤满了人群——为你，无数花束、彩带、花环。

为你熙攘的群众在呼唤，转动着多少殷切的脸。

这里，船长！亲爱的父亲！

你头颅下边是我的手臂！

这是甲板上的一场梦啊，

你已倒下，已死去，已冷却。

我们的船长不作回答，他的双唇惨白、寂静，

我的父亲不能感觉我的手臂，他已没有脉搏、没有生命，

我们的船已安全抛锚碇泊，航行已完成，已告终，

胜利的船从险恶的旅途归来，我们寻求的已赢得手中。

欢呼，哦，海岸！轰鸣，哦，洪钟！

可是，我却轻移悲伤的步履，

在甲板上，那里躺着我的船长，

他已倒下，已死去，已冷却。

这首诗歌不长，但惠特曼的文字已经足以道出笛安创作的某些特质。在诗歌中，"我"穿越欢呼，穿越人群看到的是倒下、死去、

冷却的船长。"我"知晓船长的牺牲,"我"清楚船长的不易,但是"我"已无力拯救船长。纵观笛安的小说,"我"像是笛安的分身,穿过外表直截了当地揭穿人生的残酷,就像是笛安的母亲蒋韵评价的一样:"她才能毫无障碍和果敢地穿过别人认为是重点的地方,或者俗世常识的藩篱,到达一个新鲜的、凛冽的、又美又绝望的对岸。"[1]这种刺破表象的勇气是笛安超越她的同龄作家的最可贵的地方,笛安不仅仅限于对于日常生活的描摹(如落落),并不耽于对于天堂、彼岸的恶俗想象(如郭敬明),也不停滞于对于生活恶意的嘲讽(如韩寒),她赋予了自己穿刺、揭开的任务。同时,在笛安的小说之中,我们能够找到许多对如"我"和船长一般互相纠缠的人物,蒋韵评价之为"无法挣脱无可奈何的命运关系"。[2]这两大特点贯穿着笛安的所有创作。在船长倒下之后,笛安的写作世界里还留下些什么?

一 "家"与"乡"的书写

在笛安的小说中,人物都活在一个个形态各异的家庭之中,以她的代表作龙城三部曲为例,这就是围绕着一个郑姓的家庭展开的故事,故事的主角正是三个堂兄妹。这样的人物设定的特点被郭敬明敏锐地捕捉到了:"笛安选择了当下青春文学里最不热门的父辈家庭伦理题材。"[3],而苏童以另一个方式表达了自己对于"家庭"这个选题的看法:"也不是改头换面的'家族'小说。"[4]而有趣的是,

---

[1] 笛安:《妩媚航班》,湖北:长江文艺出版社,2012年版,第13页。
[2] 同上,第11页。
[3] 笛安:《西决》,湖北:长江文艺出版社,2009年版,第4页。
[4] 同上,第6页。

笛安自己不认为写了一部家族小说："我从不认为我写了一部家族小说，因为像我这样一个生在工业城市，度过了人际关系简单的寂寞童年的人，不可能对所谓的'家族'有什么深刻的情感。"那么，笛安笔下的"家"究竟是怎样的家？

龙城三部曲中的郑家一共有四兄弟，笛安却只侧重书写三叔一家的生活。对于大伯一家的生活，笛安仅仅是用"热衷暴力""善于争吵"这样的词语带过。甚至对于小叔一家，笛安根本就没有进行任何有效的书写，小叔一家只有在出现在三叔家中的时候才被当作一个"家"来进行整体性看待，在其他时候则是以小叔、陈嫣、大妈等独立的个体存在。同时，我们也需要看到，这样一个"家"只有父系血统的存在。真正的家族生活是在一家之上延伸蔓延开来，而借由不同的亲属关系扩散到其他的、不同的"家"，正如《乡土中国》中的差序社会，"家"的概念是模糊的。而笛安对于"家"的描绘止于这四兄弟身上，大妈、二婶、三婶的娘家则完全虚无。大妈再婚的对象虾老板形象模糊，没有任何语言也没有任何实质性的行动在书中出现。这样的"家"的书写存在着巨大的残缺。

笛安笔下的"家"既是对于中国历史、中国当代文学书写的继承，也是自我想象的展现，更代表了一代人心中的渴望。自计划生育政策实施以来，独生子女成为中国家庭的常态。"80后"没有亲兄弟，只有堂兄弟、表兄弟，他们经常面临的困境是成长中的孤单和无助，没有一个兄弟姐妹可以与自己一同长大。这样的困境在小说中屡屡展现："他是我弟弟，他叫可乐。"[1]在这样的情况之下，三叔的家就成为众多孤岛之中的桃花源，那里聚集了一家人的热闹和

---

[1] 笛安：《东霓》，湖北：长江文艺出版社，2010年版，第7页。

繁荣,重现了中国历史中的无数个"家"的面貌,正如巴金笔下的"家"一样。但是反过来,笛安自己没有过家族生活的经历,这直接影响了她书写的准确性、真实性,她笔下的"家族"其实只有一家人,她笔下的"家族"只有父系关系的走动、来往而缺乏母系亲属。这样的悖论正是"80后"内心的展现,他们生于孤单,坚持着对于"家族"式亲情的想象。从这个角度来看,笛安并不是在书写改头换面"家族小说",甚至连"家族小说"都说不上,家族是一代人内心呼喊的表现,是一代人困境的反证。笛安运用写作填补了自己抑或是一代人成长的空白,试图通过对于"家族"缺席的书写抵达"家族"的在场,这是"80后"独有的"家族想象"。

与"家"相对应的是对于"故乡"的书写。故乡作为一个人长大的地方,是扩大版的"家",给人提供温暖和眷念。笛安笔下的故乡多半名字叫龙城,描绘往往是不友好的:"我来自更北的北方。那座城市更寒冷、更内陆,充斥着钢铁、工厂的冰冷气息。那里的美女都是荒凉戏台上的张扬花旦。"[1]故乡显得冷冰冰而又僵硬。同时笛安还会使用"墓碑"这个词语来形容故乡:"龙城,这个没有龙的城市,我的故乡就正式变成了我的墓碑。"[2]甚至,笛安还使用"埋葬"来描述故乡与人的关系:"我允许你埋葬我了。"[3]

有一个作家也曾使用墓碑来形容自己的故乡,那就是贾平凹。在《秦腔》的后记中,他这样写道:"我决心以这本书为故乡树一块碑子。"[4]贾平凹为故乡立碑,原因在于他纠结于城与乡的选择,

---

[1] 笛安:《妩媚航班》,湖北:长江文艺出版社,2012年版,第166页。
[2] 笛安:《南音下》,湖北:长江文艺出版社,2012年版,第186页。
[3] 同上,第67页。
[4] 贾平凹:《秦腔》,北京:人民文学出版社,2008年版,第544页。

他痛心于乡村的衰败。然而此处笛安的立碑和贾平凹大有不同。贾平凹笔下的故乡，总是给人提供一种归属感，虽然土地上有人要不断离开，但是离开总是伴随着不舍和留念。但笛安笔下的故乡被完完全全客体化，它只是一个地点，它只是一座城市，人居于其上是因为命运使然。人在故乡长大，不能感受所谓的乡音乡情。更进一步地，笛安还敏锐地指出在故乡中，其实并没有多少地道的"故乡人"："其实我和你一样，来这个城市没多少年。"[1] 甚至笛安自述"我自己是个永远的异乡人。"[2] 如果说在世纪初，故乡还对人能产生一丝眷恋的话，那么行至笛安，行至当今的中国，每一个人都是漂浮在土地上的原子，可以随意转换住址。土地与人之间不再发生直接的关联。与这样的转变伴随而来的是人深深的无根感。所以我只允许你"埋葬"我的一切。与"家"的书写一样，笛安通过扩大版的"家"写出一代人生存中的孤独和犹疑。

如果说鲁迅笔下的故乡是凋敝落后的，那至少还代表着鲁迅对于故乡还有着深厚的感情。他曾经深爱过故乡，所以他感叹如今故乡的衰败。那么行至笛安，她笔下的故乡很少显得多情、丰富，人对于故乡也是木木的，发不出什么感叹。顶多就是简单的"春天有着沙尘暴""冰冷的钢铁气息"。人不能够因为被安排到故乡生活而爱上故乡，这样一种情感的缺失导致了笛安对于故乡表述的苍白和无力。

二 矛盾的人物

笛安曾经在一篇给友人的序《她有一个岛》中将人分为三类：

---

[1] 笛安：《妩媚航班》，湖北：长江文艺出版社，2012年版，第166页。
[2] 笛安：《南音下》，湖北：长江文艺出版社，2012年版，第192页。

一为"那些认为自己想要的东西全体合理的人,是这个世界上软弱的大多数",二为"那些永远坚定地摒弃自我的欲望,追求"对",并且不断修正"对"的定义的人,是圣贤",三为在对的与渴望的之间,为自己选择战场的人。[1]

在笛安的小说之中,我们很容易看到这三类人之间和它们内部的矛盾。第一类人被笛安描述为一个单纯、强大而又懵懂的性格。他们非常清楚自己想要的是什么,但是他们又无比善良,他们会以自己独特的阳光和正能量来确立自己在世界上的存在。例如《怀念小龙女》中的小龙女,《请你保佑我》中的宁夏。而更加普遍的是第三类人,在那一篇序之中,笛安借由第三类人讨论的是一个创作者应该拥有的特质,在她的小说之中已经扩大到了对于人的一种生存状态的描述。这一类人往往不安分,他们心中总有自己最想要、最渴望的生活,为了这一种目的,他们往往不惜一切代价也要完成。而这一类人往往是在追逐自己理想生活的过程中被现实所困住,被人群捕杀,最后羽毛散尽恢复到正常的生活秩序。比如《怀念小龙女》中的海凝,比如龙城三部曲中的东霓。笛安敏锐地发现,这两种人都不可能在现实生活之中获得圆满的结局。第一类人因为他们的单纯而对世界毫无抵御能力,他们架不住世界对他们的伤害。而第三类人面对的是整个世界的异样目光和联合捕杀,因为他们太过于灼热和特殊。更加讽刺的是,在《怀念小龙女》中,笛安甚至安排了第三类人对于第一类人的伤害作为故事的结局。笛安刺破真相,指出在这个世界上,做一个好人和做一个有个性的人同样艰难。

而对于第二类人,也就是永远认为自己"正确"的人,笛安的小

---

[1] 消失宾妮:《孤独书》,湖北:长江文艺出版社,2011年版,第4页。

说之中有一个代表人物：西决。西决的生活之中，很少会关心"自我"的需求。西决在很小的时候就失去了父母从而寄宿在三叔家，这样的虽然温暖但实质是寄人篱下的生活给予了西决事事考虑他人想法的特质。比如当陈嫣和小叔最后结婚了，西决并没有去责怪小叔和陈嫣，反而是去祝福他们之间的感情。正是这么一个内敛，照顾他人的人物形象成为了笛安的理想："既然我已经不再相信我曾经深信不疑的'美'，既然我现在又没有找到新的坐标，那就破坏掉之前确立的。"[1]笛安在写作的过程之中逐渐发现，要想使一个人永远成为"圣贤"困难重重，首先要面对的是自己内心的欲望。一直以来压抑、忽视自己欲望的西决最后选择将汽车撞向陈宇呈，为昭昭"报仇"。内心深处的欲望在此刻喷薄而出。笛安在这里洞见了人性的复杂，戳穿了"圣贤""专门利人"等等冠冕堂皇词语的本质。

与西决相对应的是陈宇呈，陈宇呈与西决相似，都认为自己所做的永远是正确、圆满之事。与西决不同的是，陈宇呈选择讨好的对象不是整个世界而是自己。陈宇呈和西决构成了"独善其身"和"兼济天下"的明显对比。可是笛安选择让这两种不同的"正确"互相毁灭，向世界提出了问题：究竟我们应该成为怎样的人？我们不能成为一个完全"正确"的圣贤，我们也不能成为一个完全天真的孩子，我们也不能成为一个恣肆张扬、追逐内心的人，那么这个世界给怎样的人留下了希望？从这个意义上来说，笛安超越了青春小说、"80后"作家的视野，将小说的命题提升到了普世的层面之上，对人生提出了质疑，不再纠结于青春的疼痛与感伤。只是这样的问题笛安还不能给出答案："既然我现在又没有找到新的坐标，那先破

---

[1] 笛安：《南音下》，湖北：长江文艺出版社，2012年版，第194页。

坏掉之前确立的。"

三 血缘与历史的书写

在龙城三部曲之中，有两个人物都被血缘问题所困扰着，东霓一直闹着要和大伯做亲子鉴定以证明自己不是大伯亲生的但是当她拿到最终的化验单是，她的反应又是"信封被我昨天颤抖的手指撕得乱七八糟"。[1]西决最后发现自己并不是郑家的孩子，在酒吧喝得大醉，并且在这之后和郑家人有了心灵的距离。这种心灵上的隔阂最终导致西决选择把他对于"世界"的美好希望都寄托在昭昭身上，最后奋不顾身地将车撞向昭昭。这两个人物身上呈现的激烈反应体现了两人对于自己血缘的格外重视。血缘作为家族延续的纽带，它给予人最基本的归属感和存在感。正如上文讨论到的家与乡的书写，"80后"一代缺乏兄弟姐妹，所以他们渴求家族生活与家族记忆，同时故乡的模糊与荒芜给予了他们深深的无根感。那么血缘作为这二者之间的桥梁，既强化了"80后"的家族想象，又弥补了"80后"孤立漂移的无根感。笛安对于血缘的书写击中了"80后"的潜意识，还原了"80后"对于自身位置与归属感的重视。

与血缘相联系的是不仅仅是"80后"在"家"这个空间上找到了归属，它对应的更是"80后"在历史时间中找到了位置。血缘意味着家族的传承和延续，这就涉及又一个命题：历史书写。一直以来在文学批评的视野之中，"80后"作家总是被指责缺乏对于历史的沉思，小说中的人物就像飘在空气之中。然而在笛安的小说之中，

---

[1] 笛安：《东霓》，湖北：长江文艺出版社，2010年版，第15页。

历史以一种借尸还魂的姿态出场,例如《东霓》中的片段:东霓到朋友Peter哥的宾馆吃饭,其中Peter哥安排了一个惊喜,就是在吃饭的时候奏起当年东霓在新加坡曾经唱过的梅艳芳的歌,让东霓上台演唱。东霓借着演唱回忆起自己当年在新加坡的演唱经历,觉得自己曾经的经历对于今天的自己是一种讽刺。东霓在不经意间完成了对人生的回顾——也是东霓对自身历史的书写。

有批评认为,"80后"在共同体想象断裂之后已经无法完成对于历史的表述,历史对于他们已经是碎片化的信息,难以被整合。然而这种说法所面临的困境是,是否因为我们面对碎片化的历史现实就可以停止对于历史的叙述?为什么碎片化的叙述不能称之为历史叙述?"80后"面对的历史,一开始就是高度私人化的,在各式各样的共同体想象倒塌之后,回忆历史,势必就要先从个人开始,从最私人化的表述开始。不同于"50后""60后",回忆历史的时候可以由大及小,由国家及自身,"80后"的历史叙述从个人经验出发也未尝不是一种良好的解决方法。回到"80后"作家的书写上来,"80后"作家所创造的人物要么完全没有历史,比如《小时代》里的各色青春少女;要么动不动就苦大仇深,超出了一个正常"80后"所能感知到的"历史",比如《大地之灯》里的简生。真正属于一个"80后"的历史思考在东霓身上得到了展现——在她的回忆之中,没有苦大仇深,没有家仇国恨,她从自己跑场子的经历出发回顾,显得十分真实和自然。梅艳芳的歌词隐约之间泄露了这场历史回忆的心得:

> 同时过路,同做过梦,本应是一对;人在少年,梦中不觉,醒后要归去;

三餐一宿，也共一双，到底会是谁？但凡未得到，但凡是过去，总是最登对。

台下你忘，台上我做，你想做的戏；前世故人，忘忧的你，可曾记得起？

欢喜伤悲，老病生死，说不上传奇；恨台上卿卿，或台下我我，不是我跟你。[1]

东霓终于明白自己身上背负着沉重的过去在踽踽前行，曾经欢乐的跑场子的记忆非但不是炫耀的勋章而是刺目的疤痕，而如今只能更使她步履维艰。无论是东霓还是西决，他们都意识到了自己其实背负着历史，背负着血缘在生活着。相对于其他"80后"作家笔下的"80后"，这两个人物显得更为成熟，自然也是更为沉重，与无忧无虑的"轻"形成了鲜明对比。历史在这里借助个人的思考和感悟终于借尸还魂，走进"80后"作家的写作之中。

四 砸碎理想之后

笛安前十年的创作终止于龙城三部曲，小说的结尾并非生机勃勃，而是显示出深深的犹疑。生活于龙城的人们最终只能"把自己变成坟墓上那几簇鲜艳的野花"。[2] 笛安的写作是尖锐、富有洞见的，她能够刺破人生华丽的表象，直击意难平和无聊的内核；笛安的写作无疑也是具有代表性的，她绕过了青春文学中常见的无病呻

---

[1] 笛安:《东霓》，湖北：长江文艺出版社，2010年版，第165页。
[2] 笛安:《南音下》，湖北：长江文艺出版社，2012年版，第186页。

吟和扭扭捏捏,喊出了"80后"一代内心的无根感和沉重感。笛安的写作也是严肃的,她并没有跟随潮流写作,而是选择写出自己独特、深刻的思考。但是如果站在文学史的角度来评价,笛安的写作还不够宽阔和成熟,还不具有广泛的指涉时代、社会的意义。"青春文学"本身就是和青春有关的故事,然而,青春作家总要长大。在刺破谎言、拥抱现实之后又一个更棘手的问题:既然这个现实伤痕累累,那么理想在哪里?西决倒下之后,又有哪一个人物可以代表笛安对于这个世界美好、温暖的想象?这是"80后"作家们所要共同面对的问题。除了解构、推翻之外,新的世界,新的文学还需要有全新的世界观来建立。

后记

金理

"望道"讨论班本来是复旦大学一项有建制的活动规划，主旨是让有能力、有兴趣、有进一步深造意愿的学生在本科阶段就按照二级学科的方向，在老师的带领下，展开学术训练。我曾担任过中文系现当代文学方向的指导教师，在刘志荣教授的建议下，和学生一起讨论当下文学现场中的新人新作（还没有被文学史的经典坐标体系所锚定的作家与作品，尤其关注在传统视野和精英文学机制中被忽视的文学可能性）。很可惜学校在2016年终止了"望道"计划。但我觉得这是一项非常有意义的活动，于是在学生们的支持与参与下，依然延续至今。对学生们而言不算学分，对我而言不算工分，类似课余兴趣小组。我们每个月组织一次讨论会，地点在光华西主楼2719室（这是本书副标题的"出处"），参加的学生以中文专业为主，也有来自其他院系的。每一次的讨论内容整理成文字稿，定期在我们自己开设的公共微信号"批评工坊"上推送。这些文字就构成了本书的"圆桌"与"笔谈"两部分。有些同学对涉及的话题产生进一步的思考，独立成文，就构成了"作业本"这部分。

我留校任教的时候，受一份刊物邀请，与导师陈思和教授作过一次对谈，对谈形式也许比较随性，却决定了我此后大半的学术事业规划。我组织"望道"讨论小组，其实也是想向年轻学子们传递这份召唤：潜心于流动不居的文学现场，携带着新鲜的问题意识去捕捉文学新芽，立足于此时此地、泥沙俱下、充满偶然与碎片的当下，在每一个不断更新的时刻中开启通向永恒与经典的契机……

有了微信公号的推送后，"望道"讨论小组渐渐产生影响，一些主持刊物的友人还曾委托我向讨论中表现出挑的学生约稿。承蒙何平教授信任，嘱咐其高足来参与讨论，所以在"作者简介"中留有几位南京师范大学的学生名字，以纪念这份交流情谊。

本书中的若干篇章曾在报刊上发表，向提供宝贵平台的师友们致谢。在"望道"讨论小组活动展开及成书出版过程中，得到我系领导朱刚老师、张岩冰老师的大力支持，特此致谢。

个人的心得体会在收入本书的《为什么我们看不见他们：为一种青年写作辩护》中已有交代，此处不赘。当我在整理这部书稿时，心情愉悦，想起闻一多先生的诗句——

> 好了！新生命胎动了！
> 寂寥的园内生了瑞芝，
> 紫的灵芝，白的灵芝，
> 妆点了神秘的芜园。
> 灵芝来了，新生命来了！
> ……
> 少年们来了，灵芝生满园内，

一切只是新鲜，一切只是明媚，

一切只是希望，一切只是努力；

灵芝不断地在园内茁放，

少年们不断地在园内努力。

2019 年 11 月 5 日

作者简介

（根据圆桌讨论中的出现顺序排列，信息采集时间为 2021 年 2 月）

方文宇，复旦大学中文系 2013 级本科生，中国传媒大学播音主持艺术学院 2017 级硕士研究生在读

王俊雅，复旦大学中文系 2013 级本科生，台湾清华大学中国文学系 2019 级硕士研究生在读

王子瓜（本名王玮旭），复旦大学中文系 2018 级博士研究生在读

赵明节，复旦大学中文系 2017 级硕士研究生在读

孙时雨，复旦大学中文系 2013 级本科生，现任职于四川广播电视台新闻中心

焦子仪，复旦大学中文系 2018 级硕士研究生在读

徐铭鸿，复旦大学中文系 2019 级硕士研究生在读

朱朋朋，复旦大学中文系 2017 级硕士研究生，现任职于宝洁（中国）营销有限公司

闵　瑞，复旦大学中文系 2017 级硕士研究生，现任职于华润置地（上海）有限公司

邱继来，复旦大学中文系 2016 级硕士研究生

林俊霞，复旦大学中文系 2020 级硕士研究生在读

朱沁芸，复旦大学中文系 2020 级硕士研究生在读

郑嘉慧，复旦大学德语系 2015 级本科生，现自由职业

萩　弦（本名林诚翔），复旦大学中文系 2016 级硕士研究生，现自由职业

洛　盏（本名郭新超），复旦大学中文系 2016 级博士生在读

陈丙杰，复旦大学中文系 2014 级博士生，现任职于复旦大学图书馆

唐晓菁，复旦大学中文系 2020 级硕士研究生在读

卢天诚，复旦大学中文系 2019 级硕士研究生在读

沈洁心，复旦大学中文系 2020 级硕士研究生在读

高梦菡，复旦大学中文系 2017 级硕士研究生在读

江林晚，复旦大学中文系 2017 级硕士研究生，现任职于叠纸游戏公司

张丝涵，复旦大学中文系 2020 级硕士研究生在读

陶可欣，复旦大学中文系 2017 级硕士研究生，现任职于上海市位育中学

廖伟杰，复旦大学中文系 2018 级博士研究生在读

胡冰鑫，复旦大学中文系 2017 级硕士研究生，现任职上海私立学校

陆羽琴，复旦大学中文系 2015 级本科生，斯坦福大学东亚语言与文化系 2019 级硕士研究生在读

张天玥，复旦大学中文系 2017 级本科生在读

曹禹杰，复旦大学中文系 2017 级本科生在读

沈彦诚，复旦大学中文系 2017 级本科生在读

汤沉怡，复旦大学历史学系 2019 级硕士研究生在读

黄厚斌，复旦大学中文系 2016 级硕士研究生，现任职于广州华商学院

陆　韵，复旦大学中文系 2018 级硕士研究生在读

杨兆丰，复旦大学中文系 2018 级硕士研究生在读

文　雯，南京师范大学中文系 2017 级本科生在读

严芷玥，南京师范大学广播电视编导 2017 级本科生在读

吴天舟，复旦大学中文系 2016 级博士研究生在读

冯允鹏，复旦大学中文系 2017 级硕士研究生，现任职于中欧基金管理有限公司

杨贺凡，复旦大学中文系 2019 级硕士研究生在读

张睿颖，复旦大学中文系 2019 级硕士研究生在读

法雨奇，复旦大学中文系 2019 级硕士研究生在读

杨贺凡，复旦大学中文系 2019 级硕士研究生在读

顾　迪，复旦大学中文系 2019 级硕士研究生在读

谢诗豪，复旦大学中文系 2019 级硕士研究生在读

张　培，复旦大学中文系 2019 级硕士研究生在读

蔡欣芸，复旦大学中文系 2020 级硕士研究生在读

俞玮婷，复旦大学中文系 2017 级本科生在读

李玥涵，复旦大学中文系 2018 级本科生在读

图书在版编目（CIP）数据

我曾经和这个世界肝胆相照：2719文学对话录/ 金理编选.
-- 上海：上海文艺出版社, 2022
ISBN 978-7-5321-7991-6
Ⅰ.①我… Ⅱ.①金… Ⅲ.①中国文学－当代文学－文学评论 Ⅳ.①I206.7
中国版本图书馆CIP数据核字(2021)第278906号

发 行 人：毕　胜
责任编辑：余雪霁
封面设计：道　辙 at Compus Studio

书　　名：	我曾经和这个世界肝胆相照：2719文学对话录
编　　选：	金　理
出　　版：	上海世纪出版集团　　上海文艺出版社
地　　址：	上海市闵行区号景路159弄A座2楼 201101
发　　行：	上海文艺出版社发行中心
	上海市闵行区号景路159弄A座2楼206室 201101 www.ewen.co
印　　刷：	启东市人民印刷有限公司
开　　本：	889×1194　1/32
印　　张：	12.375
插　　页：	2
字　　数：	287,000
印　　次：	2022年1月第1版　2022年1月第1次印刷
Ｉ Ｓ Ｂ Ｎ：	978-7-5321-7991-6/I・6335
定　　价：	58.00元

告 读 者：如发现本书有质量问题请与印刷厂质量科联系　T:0513-53201888